약편

仙道 체험기

19

신선神仙되는 길이 보인다
경이적인 현상이 눈앞에 펼쳐진다!!
선도수련의 현장을 체험으로 파헤친 충격과 화제의 소설

약편 선도체험기 19권을 내면서

『약편 선도체험기』19권은『선도체험기』86권부터 89권까지의 내용에서 선별하여 구성하였다. 시기적으로는 2006년 6월부터 2007년 12월 사이에 일어난 삼공 김태영 선생님의 선도 체험 이야기, 수련생과의 수행과 인생에 대한 대화, 이메일 문답 내용이다.

마음, 기, 몸을 수련하는 삼공선도는 조직이 없으며 사회생활, 가정생활을 영위하며 수련함을 원칙으로 한다. 수련 중 생기는 초능력 사용을 자제하며, 체험을 위주로 자력 수행을 한다는 점에서 다른 선도와 차이가 있겠다. 그저 오욕칠정(五慾七情)에서 벗어나 생로병사라는 윤회의 고리를 끊어 버리고 부동심과 평상심을 얻기 위해 수련하는 것이다.

이번 19권에서도 마음공부, 몸공부 및 기공부가 강조된다. 마음공부의 경우 마음을 여는 지름길로 첫 번째, 거래형(去來型) 인간이 되어라. 두 번째, 여기서 한걸음 더 나아가 역지사지(易地思之) 즉, 나와 상대하는 사람의 입장에서 나를 바라보라. 세 번째, 여인방편자기방편(與人方便自己方便) 즉, 남을 위해 주는 것이 곧 나를 위해 주는 것이라는 이치를 일상생활에서 실천한다. 네 번째, 방하착(放下着) 즉, 모든 것을 내 탓으로 돌려라. 결국 바보가 되라는 것인데, 이는 수련이 고도로 진전되어 자성과 자타일여(自他一如)를 깨달은 사람만이 할 수 있는 일이기도 하다. 마음을 활짝 연다는 것은 바로 이러한 경지를 말한다.

　몸공부에 있어서 특별히 몸살림 운동이 소개된다. 이를 통해 삐뚤어진 몸의 균형을 회복함으로써 건강은 물론 운기조식에도 좋은 효과를 가져온다. 이 운동 또한 지구력이 좌우한다. 그리고 기공부에 있어서 목표로 하는 것이 현묘지도 화두수련이다. 19권에서 현묘지도 수련 체험기가 3개 실렸는데, 읽다 보면 감동과 더불어 운기도 많이 될 것이다.

　『약편 선도체험기』를 편찬함에 『선도체험기』에 구사된 사투리 등의 말투나 언어 습관의 경우 의미가 통하는 한 원본 그대로 두되 일부 표준어로 고치기도 했다. 교열을 해 준 후배 수행자 별빛자, 따지, 일연 님들께 감사드리며, 『약편 선도체험기』를 발행해 주시는 글터사 한신규 사장님에게도 늘 고마운 마음을 전한다.

단기 4355년(2022년) 4월 15일

엮은이　조　광　배상

4

차 례

〈86권〉

다음은 단기 4339(2006)년 6월부터 단기 4340(2007)년 4월 30일 사이에 있었던 필자의 수련 과정과, 필자와 수련생들 사이에 오고간 수련과 인생에 대한 대화 그리고 필자와 독자 사이의 이메일 문답을 수록한 것이다.

시누이의 행패

20대 후반의 신혼 주부인 오경아라는 수련생이 말했다.

"선생님, 시누이가 행패를 부릴 때는 어떻게 하면 좋겠습니까?"

"시누이가 한집에 같이 삽니까?"

"같이 살지는 않지만 바로 이웃 아파트에 사는데, 하루에도 몇 번씩 뻔질나게 찾아오곤 합니다."

"어떻게 행패를 부립니까?"

"시부모나 남이 안 볼 때만 저를 보고 '어이 촌닭'하고 부르는가 하면 마치 깡패처럼 제 몸을 툭툭 치곤 합니다."

"그때 오경아 씨는 어떻게 대응했습니까?"

"속에서 열불이 확확 치밀고 두 주먹이 불끈불끈 쥐어지는 것을 참느라고 안간힘을 쓰곤 하죠. 생각 같아서는 통쾌하게 반격이라도 가했으면 속이 시원하겠는데 『선도체험기』를 70권이나 읽은 주제에 그럴 수도 없고, 제 딴엔 참느라고 하는 것이 그 정돕니다.”

“그 정도 가지곤 어림도 없습니다.”

“그럼 어떻게 해야 하죠?”

“속에서 열불이 확확 치미는 것을 참느라고 안간힘을 쓰곤 한다고 했는데 그럴 때는 오경아 씨 얼굴에도 울며 겨자 먹기로 억지로 참는 모습이 겉으로 역력히 나타날 것입니다. 시누이는 바로 그걸 즐기는 겁니다.”

“그럼 어떻게 하면 됩니까?”

“상대가 그렇게 나올 때는 반드시 오경아 씨에게 뭔가 불만이 있을 것입니다. 어떻게 하든지 그걸 알아내어 충족시켜 주면 됩니다.”

“그걸 시누이에게 물어보아야 합니까?”

“직접 물어보기가 뭣하면 눈치로 알아내든가 그것도 여의치 않으면 시어머니를 통해서 알아내면 될 것입니다.”

“알겠습니다.”

오경아 씨가 집에 돌아간 지 일주일쯤 뒤에 얼굴에 밝은 미소를 띠고 삼공재에 다시 나타났다.

“선생님 말씀대로 그 이유를 알아냈습니다.”

“뭔데요?”

“얼마 전에 있었던 시누이 아기 첫돌에 제가 보낸 은수저 선물이 성에 차지 않았던 모양입니다. 그것을 시어머니의 입을 통해서 알아냈었고 그 즉시 남편과 상의하여, 뒤늦게나마 시누이에게 선물을 다시 하고는 사이가 좋아졌습니다.

그때 선생님께 상의드린 것이 절대적으로 도움이 되었습니다. 그때

만약에 제 자존심만 내세워 대립과 갈등이 깊어졌다면 시누이와 저 사이는 점점 더 악화되어 돌이킬 수 없는 지경이 되었을 것입니다. 그것을 사전에 막을 수 있었던 것은 순전히 선생님의 충고를 따랐기 때문이었습니다.

저는 이번 일을 겪으면서 사람 사이의 관계에서 일어나는 어떤 불화나 알력이든지 노력 여하에 따라서 해결하지 못할 일이 없다는 것을 알아냈습니다. 선생님, 앞으로는 인간관계에서 일어나는 어떠한 문제든지 제힘으로 해결하지 못할 것이 없겠다는 자신감을 갖게 되었습니다. 모두가 선생님 덕분입니다."

"시누이를 이해하려는 오경아 씨의 갸륵한 노력이 있었기에 가능한 일이었습니다. 앞으로 오경아 씨가 아이를 낳아 첫돌이 되었을 때 시누이가 오경아 씨에게 성이 차지 않는 선물을 한다면 어떻게 할 것입니까?"

"그것까지는 아직 생각해 보지 않았는데요."

"선물은 어디까지나 그때그때의 선물 그 자체로 끝내 버려야 합니다. 훗날의 반대급부를 바란다면 오경아 씨는 시누이와 똑같은 속물로 전락해 버리고 말 것입니다."

"선물을 무주상보시(無住相布施)로 생각하라는 말씀이시군요. 시누이가 제 아이의 첫돌에 비록 제가 한 것보다도 못한 시답잖은 선물을 해도 속은 좀 쓰리겠지만 그냥 받아들이도록 노력하겠습니다."

"만약에 오경아 씨가 그것을 마음으로 받아들이지 않는다면 시누이올케 사이는 또 벌어지게 될 것이고 그 악순환의 고리는 언제까지나 이어질 것입니다. 그 고리에서 과감하게 벗어나야만 무명(無明) 중생의 경지를 뛰어넘을 수 있습니다. 이 경지를 벗어나지 않고는 자기 존재의 실상에 도달하기는 어렵기 때문에 하는 말입니다."

"명심하겠습니다."

거짓말과 초월자(超越者)

마침 나 혼자 삼공재에 앉아 있는데, 서영화 씨라는 오십 대 중반의 여성 수련자가 찾아와서 조심스럽게 입을 열었다.

"선생님에게만 꼭 말하고 싶은 사연이 있어서 이렇게 찾아왔습니다."

"그렇습니까? 어서 말씀해 보시지요."

"제 남편이 위암 말기로 병원에서도 치료를 포기하는 바람에 집에서 누워 있는데 병세가 위중하여 오늘내일하고 있습니다. 그런데 얼마 전에 남편이 느닷없이 우리 부부가 30대 초반에 있었던, 지금은 새까맣게 잊고 있던, 누구에게도 말하고 싶지 않은 일을 끄집어내어 죽기 전에 진실을 꼭 알고 싶다고 말합니다. 사람에게는 누구에게나, 비록 살을 섞고 사는 부부일망정 밝히고 싶지 않은 사생활의 비밀이 있는 것이 아니겠습니까?"

"물론입니다."

"그런데 이제 운명(殞命)의 순간을 앞둔 남편이 그 비밀을 꼭 알고 저 세상으로 가겠다고 합니다. 더구나 남편은 어떤 사람으로부터 그 비밀에 관한 결정적인 제보를 받았지만 몇십 년 동안 마음속에 깊이 묻어 두고 있다가 이제 최후의 순간을 앞두고 그 진상을 알아야 평생 지고 다니던 짐을 내려놓듯이 편히 눈을 감을 수 있겠다고 애원하듯 말하니 어떻게 해야 좋을지 모르겠습니다."

"혹시 남편이 견성해탈하신 초월자(超越者)십니까?"

"초월자라뇨?"

"도인이나 부처냐 그 말입니다."

"물론 아닙니다. 그저 평범하고 선량한 일개 평범한 보통 사람일 뿐입니다."

"그러시겠죠. 남편이 초월자시라면 그런 일을 구태여 알리려고 하지도 않았을 것입니다. 그렇다면 끝까지 진실을 밝히시지 않는 것이 좋습니다."

"왜 그래야 합니까?"

"그 비밀을 들으면 틀림없이 누구를 미워하거나 원망하게 될 것입니다. 그렇게 되면 또 다른 업을 지을 수도 있으니까요."

"그렇지만 부부간에는 거짓이 없어야 한다는 무언의 서약을 어기는 것 같아서 솔직히 말해서 제 마음이 편치 않습니다."

"그러나 그것이 비록 거짓말이라고 해도 공익을 위한 것인 이상 끝까지 지키는 것이 좋습니다."

"선생님께서는 그 비밀이 무엇인지 알고 싶지 않으십니까?"

"외부에 알리고 싶지 않은 사생활의 비밀이라면 굳이 알고 싶지 않습니다."

"선생님께서 그렇게 말씀하시니 저도 생각이 달라집니다."

"생각이 달라지다니요?"

"저 역시 이 비밀을 저 혼자만 가슴에 묻은 채 관속까지 가지고 가고 싶지 않거든요. 천주교에서 신도들이 신부에게 정기적으로 고해성사를 하는 이유를 저는 이제야 알 것 같습니다. 신라 때 임금님 머리를 깎아 준 이발사가 금령을 어기고 홀로 대밭 속에 들어가 '임금님 귀는 당나귀 귀'라고 마음껏 외쳤던 이유를 이제야 저도 알 것 같습니다. 저는 그 은밀한 사건이 있은 뒤 20여 년을 살아오는 동안 저 혼자서 이런 약속을 해 왔습니다."

"약속이라뇨?"

"누구든지 제가 지금까지 지켜 온 비밀을 내가 자발적으로 말해 주겠다고 해도 구태여 듣고 싶지 않다고 말하는 사람이 있다면 바로 그 사람에게 이 비밀을 털어놓겠다고 저 혼자서 저 자신에게 약속한 것입니다. 그런데 이제 보니 선생님께 제 비밀을 밝히려 하는데도 굳이 알고 싶지 않다고 말씀하시니 은근히 선생님에게만은 어떻게 하든지 그 비밀을 밝히고 싶습니다."

"꼭 그래야만 할 이유라도 있습니까?"

"그래야 20여 년 묵은 이 체증이 시원하게 뚫려나갈 것 같습니다. 보통 사람들은 남의 비밀을 어떻게 해서든지 알고 싶어 하건만 선생님께서는 제가 말씀드리려 해도 구태여 알고 싶지 않다고 하시는 걸 보니까 더욱 신뢰가 가서 그럽니다."

"그러나 나는 글 쓰는 것이 직업인 사람이라 남의 비밀을 들으면 비록 이해 당사자에게는 비밀로 한다고 해도 가명으로 그 사건의 진실을 활자화할 수도 있습니다."

"선생님의 글 속에 실명이 노출되는 것도 아니고 가명으로 나오는 것은 괜찮습니다."

"그것이 그렇게 소원이라면 말씀하십시오. 죽은 사람의 소원도 들어준다는데 산 사람의 소원을 못 들어줄 수는 없는 일이 아니겠습니까?"

그녀는 모름지기 자신의 20년 비밀을 나에게 털어놓아도 자기에게 어떠한 위해가 가해지는 일은 없을 것이고 오히려 혼자 지고 온 마음의 짐을 벗어 놓은 듯 마음의 평화를 얻을 수 있겠다는 확신이 섰던 모양이었다.

그러나 일단 듣고 보니 미상불 무슨 소설이나 연극 속의 사연처럼 처연한 것이었고 듣는 사람에겐 흥미를 끌 만도 했다. 그러나 그녀의 배우자나 가족에게 알려지면 심한 마음의 상처를 줄 수도 있는 것이었다.

지금으로부터 20년 전 남편이 친구와 동업으로 운영하던 공장과 회사가 갑자기 부도를 맞았다. 동업자인 친구가 경리를 담당하고 있던 것을 기회로 회사 자금 일체를 빼돌리고 가족과 함께 외국으로 도망을 친 것이다.

채권자들이 들이닥쳐 공장과 회사와 집이 차압을 당했다. 부부와 어린 남매 그리고 병든 시어머니 다섯 식구가 엄동설한에 당장 거리로 내몰릴 판이었다. 아무리 둘러보아도 이 난국에서 헤어날 길은 막막했다.

그녀는 당장 길가에 나앉게 된 가족을 위한 전셋집이라도 한 칸 마련할 길을 모색하고 있었다. 친척의 병문안을 갔던 길, 병원 빌딩 화장실에 붙은 광고를 보고 신장을 팔 결심을 하기까지 했다. 바로 이때 남편의 고등학교 동창이고 대기업체의 사장으로 있는 그녀의 옛 애인이 이딱한 사정을 듣고 그녀에게 남몰래 제의를 해 왔다.

만약에 그녀가 자기와 하룻밤을 보낼 수 있다면 부도를 면하는 데 필요한 3억을 대주겠다는 것이었다. 그렇게라도 해야 그는 그녀와 이루지 못한 한을 풀 수 있겠다는 것이었다. 그 대신 비밀은 죽을 때까지 지키겠다고 했다.

그녀는 생각했다. 신장을 떼어 파는 것보다는 확실히 나은 장사였다. 그때 돈 3억이라면 지금 돈 60억이 넘는 거금이었지만 그 옛 애인에게는 부친에게서 물려받은 큰 재산이 있어서 그 정도는 새 발의 피였던 것이다. 드디어 그녀와 옛 애인 사이의 거래는 성립되었고 남편은 파산의 위기를 모면하게 되었다.

그러나 안정을 되찾은 남편은 아무리 친구라고 하지만 그동안 별 거래도 없었는데 갑자기 그런 거액을 조건 없이 희사한 것에 늘 의문을 품어 왔다. 그러던 중 그 친구의 부인으로부터 아무래도 그의 남편과 당신의 아내와의 사이에 무슨 일이 있었던 것 같다는 제보를 받았던 것이다. 그러나 남편은 건강할 때는 우선 가정의 평화를 위해서라도 자신의 의지력으로 그러한 제보를 무시할 수 있었지만 죽음을 앞둔 지금은 사정이 달랐던 것이다.

비록 그런 사정이 있다 해도 그녀로서는 죽음을 앞둔 남편에게는 말할 것도 없고 가족 누구에게도 진실을 발설하지 않기로 작정했다. 그 누구에게도 도움이 되지 않는 비밀이니 거짓말을 하는 일이 있어도 기필코 비밀은 유지되어야 한다고 확신했다. 그러나 그녀의 남편 역시 그녀처럼 이 의혹을 그대로 가슴에 품은 채 이 세상을 떠나기에는 그것이 너무나도 벅찬 부담이 되는 것 같았다. 사생활의 비밀을 나에게 다 털어놓은 그녀의 얼굴은 그야말로 남모르는 마음의 짐을 내려놓은 듯 한결 밝아 보였다.

"선생님께 그 얘기를 다 털어놓으니 이십 년 체증이 뚫린 것 같다는 말로는 미흡하고 그야말로 이제는 정말 하늘을 나를 것 같습니다."

"그렇습니까? 서영화 씨의 그릇이 아직은 그 정도밖에 안 되는 것이 조금 아쉽습니다."

"그럼 선생님께서 원하시는 그릇은 어떤 것입니까?"

"이 세상의 어떠한 비밀을 다 품어 안고도 부담을 느끼기는커녕 얼마든지 더 여유가 있는 그런 큰 그릇입니다."

"제 그릇이 너무 작아 선생님께 실망을 드렸군요. 그렇지만 저는 지금 이 순간이 행복합니다."

"그나마 다행입니다."

"그런데 선생님 이 세상의 비밀을 다 품어 안고도 얼마든지 더 여유가 있으려면 어떻게 해야 될까요?"

"시간과 공간과 물질이 지배하는 현상계에서 벌어지는 일체의 사건들은 모두가 다 꿈, 허깨비, 물거품, 그림자, 이슬, 번갯불(夢幻泡影露電)처럼 무상하다는 것을 깨달아야 합니다. 그런 깨달음이 있으면 진리를 볼 수 있으므로 마음이 한없이 넓어질 수 있습니다. 구도자의 목표는 누구나 이것이어야 합니다."

"어떻게 하면 그렇게 될 수 있을까요?"

"자기 마음속에서 무한과 영원을 보아야 합니다."

"그건 그야말로 초월자가 되라는 말씀이 아닙니까?"

"모든 구도자가 지향하는 것이 바로 그겁니다. 지금은 비록 부족하다고 해도 누구나 그렇게 되도록 끊임없이 노력하고 수련하다가 보면 어느덧 자기도 모르게 그 경지에 도달해 있는 자신을 발견할 때가 반드시 올 것입니다."

"홀로 서서 당당하게 그 어떠한 난관도 헤쳐 나갈 수 있는 초월자가 되라는 말씀으로 알아듣고 크게 한소식할 때까지 열심히 노력하겠습니다."

【이메일 문답】

누워서 축기만 했습니다

삼공 선생님 안녕하세요. 진해에 사는 유인섭이라고 합니다. 더운 여름 어떻게 보내고 계신지 궁금합니다. 수련생들과 이메일 땜에 계곡물에 발도 한 번 못 담그시지는 않는지요? 사실 얼마 전에 처음으로 메일 드리고 답장을 기다렸는데 안 와서 서운했지만 많이 바쁘실 거라는 생각도 들고 너무 제 욕심만 부렸나 싶어 죄송하기도 합니다.

『선도체험기』는 현재 77권째 읽고 있습니다. 이메일 문답을 보면서 선생님께서 인자한 할아버지처럼 느껴지더군요. 예전과는 많이 달랐습니다. 이전엔 좀 딱딱하고 철두철미하게만 보였는데 이젠 여유가 곁들여져 흘러가는 물처럼 보였습니다. 이메일 문답을 통해 선생님의 수련 정도가 적어도 어느 정도는 지났구나 하는 무례한 짐작도 해 보기도 합니다. 건방지다고 답장 안 해 주시지는 않으시겠죠? ^^;;

오래 살으셔서 눈먼 저희들 많이 지도해 주시기를 바랍니다. 그리고 삼공 선생님 어제 저에 대한 새로운 문제점을 알게 되었습니다. 90년도에 선도수련을 할 때 전 주로 누워서 축기만 했습니다. 반가부좌를 틀면 허리와 고관절 등에 고통이 심하게 왔었습니다. 전 누구나 첨에는 다 그렇고 기운을 느끼고 운용하게 되면 자연적으로 가부좌가 편하게 자리잡히는가 싶어했습니다.

선원에서 지감 수련할 때는 가부좌를 했지만 고통을 참으면서 30분을 버티었습니다. 남들도 다 그렇게 하는 줄 알고요. 지금까지도 거기에 별 의심 없었습니다. 그런데 요즘 집사람에게도『선도체험기』를 읽게 하면서 호흡도 해 보라고 권유하자, 집사람은 아무렇지도 않게 가부좌를 튼 채 제법 앉아 있는 겁니다. 자기는 하나도 안 불편하답니다.

머리를 한 대 맞은 느낌이었습니다. 10살 된 딸아이도 잘 앉아 있는 겁니다. 제가 허리가 안 좋다고 생각은 했지만 이렇게 문제가 있는 줄 몰랐습니다. 예전에 병원에서 검사해 보니 '척추분리증'이란 결과가 나왔습니다. 병원에서는 아무런 문제가 되지 않으니 신경쓰지 말라고 했습니다.

위의 결과들로 볼 때 허리에 문제가 있어 가부좌를 못 틀 정도면 수련에 장애가 있는가요? 누워서 축기만 계속해도 되는가요? 쉽게 얻은 것은 쉽게 잃어버린다는 것을 알지만 아무리 해도 기운 한 번 느끼지를 못하면서도 십수 년을 선도에 미련을 못 버리는 것을 보면 제 자신이 많이도 안쓰럽습니다.

원인이라도 알면 속이라도 편할 텐데 안개 속을 걸어가는 게 너무 힘듭니다. 집사람은 독실한 기독교 신자인 장모님의 영향을 받아 결혼하기 전까지 교회를 다녔습니다. 지금은 선생님의 가르침을 수시로 전해 주면서 기독교에서 거의 벗어나 선도에 발을 디디기 일보 직전입니다. 하지만 제가 경험 없이 말만으로 이야기하는 것도 한계에 부딪힙니다.

『선도체험기』도 1권 거의 다 읽어 가다가 손을 놓아 버리더군요. 너무 허무맹랑한 내용들이라면서 거부반응을 보입니다. 소설 형식일 뿐이고 내용은 사실이라고 해도 저보고 기를 느껴봤냐고 하더군요. 말문이 막혔습니다. 삼공 선생님... 원인이라도 알면 좋겠습니다. 읽어 주셔서 감사합니다. 건강하세요.

진해에서 유인섭 드림

추신 : 저의 수련 방법을 안 적었네요. 일에 매여 있는 시간이 많아 밤에 와이프랑 1시간 정도 속보를 합니다. 집에서 수시로 스트레칭도 합니다. 생식은 현재는 안 하지만 음양식을 행하고 있습니다. 마음공부는 거래형 인간, 이타행에 주안점을 두고 남에게 손해 본다는 마음으로 살아갑니다. 기공부는 평상시 의수단전하려고 애쓰고 운전 시와 자기 전에 집중적으로 합니다.

【필자의 회답】

아무래도 허리에 문제가 있는 것 같습니다. 무슨 수를 쓰든지 고쳐 보도록 노력해야 할 것입니다. 허리가 좋아지면 가부좌하는 시간을 조금씩 늘려가 보시기 바랍니다. 한 시간 동안만 가부좌를 할 수 있으면 그다음부터는 비교적 쉽게 적응이 되어 시간을 늘려 갈 수 있을 것입니다.

비록 허리에 문제가 있다고 해도 기문이 열리고 축기가 되고 운기가 되면 자연치유가 될 수 있을 것입니다. 그런데 왜 유인섭 씨는 기운을 느낄 수 없는지는 메일만 가지고는 함부로 단언할 수가 없습니다. 만약에 허리에 문제가 있다면 그것은 의사의 소관 사항이라고 생각합니다.

부인께서 『선도체험기』 1권 내용이 허황되어 믿음이 가지 않는 모양입니다. 나와 인연이 없으면 그럴 수도 있으니 어쩔 수 없는 일입니다. 그리고 유인섭 씨가 나에게 메일을 보냈는데 회답을 못 받았다고 해서 아무리 편지함을 뒤져 보아도 찾아내지 못했습니다. 중간에 혹 날아가 버릴 수도 있으니 원본이 있으면 다시 한 번 보내 주시기 바랍니다.

인연이 없으면 그럴 수도 있으니

삼공 선생님 안녕하세요. 월요일에 이메일을 보내고 답장이 없어 어제 다시 보냈습니다. 조금 전까지 답장을 기다리면서 많은 생각들을 했습니다. 혹시라도 이메일 보낼 때 조건이 있는 것은 아닌지, 무슨 일이 있으신 건 아닌지..

이번에 답장이 오지 않으면 『선도체험기』 82권까지 다 읽고 다시 보내려고 생각을 했습니다. 그런데 메일함에 선생님 함자가 들어 있었습니다. 기 수련에 있어서 주변인인 저에게는 그렇게 기쁠 수가 없었습니다. 다시 한 번 귀한 시간 내주셔서 감사합니다. ^^;;

도착하지 않은 첫 번째 메일은 아래에 붙여 넣기로 첨부하겠습니다. 병원에서는 척추분리증을 병으로 인정을 하지 않으니 가부좌 시간 늘리는 방법과 누워서 축기를 겸하고 77권에 소개된 알즈너 착용을 해 봐야겠습니다.

그리고 집사람 이야긴데요. 삼공 선생님 답장을 같이 나란히 앉아서 읽었습니다. 인연이 없으면 그럴 수도 있으니 어쩔 수 없는 일이라는 구절을 보고는 한마디하더군요. 가짜면 저런 말 못 한다더군요. 진짜만이 할 수 있는 여유로움이 보인다고 합니다.

그러더니 지금 거실에서 몇 장 안 남은 『선도체험기』 1권 마저 읽고 있습니다. 기독교 사상이 몸에 배어 있는 집사람으로서는 유일신을 부정하는 것에 겁을 내고 있습니다. 그래도 선생님한테 배운 이야기를 전해 주다 보니 많이 변한 것은 사실입니다. 저는 게을러 수련에 진척이 없으니 집사람 잘되게 해서 등에 업혀서 함 가 볼랍니다. ^^;;

메일 쓰는 동안 1권 책꽂이에 넣어 두고 2권 뽑아 가네요. 참 신기합니다.

【필자의 회답】

『선도체험기』 속에는 기독교에 대한 많은 이야기가 나옵니다. 톨스토이와 다석 류영모 선생의 기독교관을 부인께서 소화할 수 있으면 무척 다행한 일이 될 것입니다. 나는 기독교를 반대하는 사람이 아니고 어떻게 하든지 기독교가 누구나 기꺼이 믿을 수 있는 보편타당하고 호환성(互換性)이 있는 좋은 종교가 되기를 바라는 사람입니다.

유인섭 씨가 첫 번째 보낸 메일과 내가 보낸 회답을 발견했습니다. 서버에 문제가 있어서 중간에 날아가 버린 것 같습니다.

하근기에도 희망을

삼공 선생님 안녕하세요. 얼마 전에 과거의 수련에 진도가 나가지 않은 것에 대하여 문의를 드렸던 유인섭이라고 합니다. 선생님께서 수영을 배우려면 물에 들어가라고 하신 답변에 대하여 열심히 하겠노라고 말씀드렸는데, 사실 100% 수용해서 드린 답변이 아니고 그렇게 해야겠다는 의무감에서 나온 말입니다.

90년도 부산 ○○○○에서 수련을 1년 좀 넘게 할 때 열심히 했는데도 불구하고 남들 다 느끼는 기운 한 번 느껴 보지 못한 것에 대하여 선생님께서는 뭔가 원인을 알 수도 있을 것이라는 기대감에서 메일을 드리게 된 것이었습니다.

그 당시 여러 지도하시는 분들이 축기는 되고 있다고 하셨는데 저에겐 느낌도 없었으니 그분들이 거짓말을 한 것인지 아님 제가 특이한 기맹자(氣盲者)인지 알 수가 없었습니다. 선생님께서는 전생에 자기가 수련한 정도까지는 진도가 쉽게 나간다고 『선도체험기』에 말씀을 해 놓으셨습니다. 그렇다면 저는 전생에 기 한 번 느껴 본 적이 없었고, 선도수련을 해야겠다는 마음만 가졌고 그래서 현생에도 그 수준에서 진전이 없다는 말이 됩니다.

삼공 선생님께서는 그 부분에 대해서는 언급도 안 하시고, ○○○○에 다니던 그 시간들을 빼고 그 후부터 현재까지 선도수련을 제대로 하지 않은 것에 대하여 질책하셨습니다. 수영을 배우고 싶으면 우선 물속에

23

뛰어드는 것처럼 우선 실천부터 하라고 하셨다. 물론 과거지사보다 현재가 중요하니 지금 열심히 해 보라는 뜻은 이해가 가나 ○○○○ 시절 저 혼자 기운을 못 느끼고 선도수련의 주변인으로 지낸 것에 대하여 지금이라도 원인을 알아보고 싶습니다.

선생님 찾아뵙는 것에도 회의가 듭니다. 수재는 둔재를 가르치기 힘이 듭니다. 천재는 다 아는데 둔재가 모르는 것에 대하여 이해가 잘 안 되지요. 천재는 그냥 알게 되는데, 둔재는 아무리 천재가 자기의 경험대로, 알아온 대로 설명해 주어도 알아듣지를 못하니까요. 저 같은 길을 걸어가서 성공하신 분이라면 모를까 선생님은 선도에 있어서는 저와 견주어 보면 천재입니다.

물론 기에 있어서는 제가 예를 든 것과 일치하지 않을 수도 있습니다. 선생님의 견해도 다를 수도 있고요. 그런데 이런 저의 생각에 선생님께서 나와는 인연이 아니니 맘대로 하라고 하신다면, 저는 위아래를 다 두루 통하시는 분이 아니라고 생각하고 선생님에 대한 마음을 접을 수도 있습니다. 하지만 이런 저의 견해에도 선생님께서 원인을 한 번 알아보자고 하신다면 다시 힘을 내어 선생님을 뵙고 싶습니다.

많은 회의가 듭니다. 나는 구제불능인가 하구요. 진도가 늦는 것이 아니고 진도가 안 나가는 자의 비애는 말로 하기 힘듭니다.『선도체험기』에 나오는 분들은 다들 상근기라서 선생님 가르침 받아서 잘 나가시겠지만 부디 저와 같은 하근기이면서 기맹자들에게도 희망이 되어 주시기를 바랍니다.

두서없이 글 올려서 죄송합니다. 더더욱 건강하시고 오래 사세요.

진해에서 유인섭 올림

【필자의 회답】

삼공재에 찾아오는 수련자들은 모두 다 상근기라고 하셨는데 그렇지 않습니다. 진짜 상근기라면『선도체험기』시리즈를 읽기만 해도 소주천, 대주천이 자동으로 이루어집니다. 그런 사람들이 적지 않다는 것을 나는 각종 정보를 통하여 알고 있습니다.

그럼 나를 찾아와서 나에게 직접 수련을 받는 수련자들은 어떤 사람들인가? 대부분이 중, 하근기라고 보아야 합니다. 나는 비록 하근기라고 해도 열심히 지극정성으로 수련을 하여 끝내 성공하고야 마는 사람을 가장 훌륭한 구도자라고 생각합니다.

유인섭 씨는 90년도에 부산에서 일 년 동안 모 선원에서 기공부한 일이 있지만 기를 느끼지 못했다고 했는데 벌써 16년 전 일입니다. 그 후에는 기공부를 위하여 어떤 노력을 했는지 궁금합니다. 내 경험에 의하면 기를 느끼는 것은 사람마다 다 달라서 그 시기가 일정치 않습니다. 어떤 사람은 금방 느끼는가 하면 어떤 사람은 3년, 5년 후에 기를 느끼는 사람도 있습니다.

그런가 하면 분명히 축기는 되는데 기를 느끼지 못하는 사람도 있습니다. 그런데 유인섭 씨는 겨우 1년 동안 기공부를 해 보고 그 후에는 어떤 노력을 해 보았는지 다시 묻고 싶습니다. 그 경과를 자세히 알려 준다면 꼭 회답해 드리겠습니다.

그리고 유인섭 씨는 16년 전, 부산에서 먼빛으로 나를 한 번 보았다고 하셨지만 나는 이번에 메일을 받기 전에는 전연 모르는 분입니다. 하늘을 보아야 별을 딴다고, 나는 유인섭 씨가 얼굴이 어떻게 생긴 분인지조차 모르고 있습니다.

메일 내용만 가지고 유인섭 씨의 기공부에 대하여 내가 왈가왈부한다면 그야말로 경솔하기 짝이 없는 짓이 될 것입니다. 나는 유인섭 씨가 나와는 인연이 아니니 마음대로 하라고 말한 일도 없는데 유인섭 씨 스스로 북 치고 장구 치고 나서 나에게 대하여 마음을 접겠다고 하시니 나로서는 난감하기 짝이 없습니다.

어떤 사람이 기공부를 1년 동안 모 선원에 열심히 했는데도 별 효과를 내지 못했다면 우선 그가 할 수 있는 일은 선원을 바꾸든가 스승을 바꾸어 볼 수 있습니다. 그랬는데도 여전히 효과를 보지 못했다면 다른 이름난 고수를 찾아가 공부를 해 볼 수도 있습니다.

마치 난치병 환자가 이 병원 저 병원, 이 의사 저 의사를 찾아다니면서 치료에 정성을 쏟듯이 말입니다. 유인섭 씨에게 혹시 그런 경험이 있으면 빠짐없이 나에게 알려 주시기 바랍니다. 그런 여러 가지 자료를 바탕으로 나는 어떤 추측이나 잠정적인 결론은 내릴 수 있을 것입니다. 그러나 내가 직접 유인섭 씨를 일정 기간 가르쳐 보기 전에는 함부로 말할 수 없습니다.

어떤 노력도 하지 않았습니다

삼공 선생님 안녕하세요. 일요일에도 여여하게 계시면서 이렇게 답변 주시니 감사합니다. 너무 명쾌해서 윤기가 없어 보이기도 하지만 하화중생하시는 선생님의 마음을 느낄 수 있습니다. 많은 수련생들을 지도하신 선생님께서 기감에 다양한 차이가 있다 하시니 제가 과거의 고정관념에 너무 얽매여 있었나 봅니다.

그 당시에 저랑 수련 받으시던 분들은 대충하시는 것 같은데도 기운을 3개월 이내에 다 느꼈습니다. 지도하시는 분들도 "요새는 기운을 빨리 느낀다" 하시더군요. 이런 분위기 속에서 전 다른 것을 의심해 보지를 않았습니다.

선생님 말씀처럼 다른 데를 찾아볼 생각을 못했습니다. 대부분 기운을 못 느낀다면 다른 곳에 눈을 돌려볼 수도 있었겠지만 제가 아는 한 저만 기운을 느끼지 못했으므로 죽으라고 하는 수밖에 없다고 생각했습니다.

그곳을 나온 뒤에는 수련에 있어서는 자포자기를 했습니다. 선생님께 말씀드릴 어떠한 노력도 하지를 않았습니다. 단지『선도체험기』만 읽어 왔습니다. 다른 경전류의 책들은 지루하지만 선생님『선도체험기』는 같은 이야기를 해도 지루하지 않고 재미있었거든요.

올 초에 아버님께서 암으로 돌아가시면서 많은 생각들을 했습니다. 더이상 이렇게 나 자신을 방치해서는 안 된다는 자각이 일었습니다. 그동안 안 본『선도체험기』가 20여 권 되더군요. 인터넷으로 주문을 하고 다시 선도수련에 대한 의지를 살리게 되었습니다.

그동안 자신을 방치해 놓은 시간들을 뒤로하고 현재의 저를 보니 참 많이도 바뀌었더군요. 유연하던 몸은 기름칠 안 된 기계처럼 제대로 움직여지지도 않았고 군대에서 고참들에 의해 강제적으로 배운 담배는 어느덧 저의 분신이 되어 있었습니다. 그 와중에도 키 181에 몸무게 76은 그나마 나았습니다.

1달 전부터 화식으로 음양식사법, 밤에 집사람과 속보로 걷기 1시간, 잘 안되지만 염념불망의수단전하며 단전호흡을 하고 있습니다. 몸무게는 73으로 줄었고 담배는 완전히 끊지는 못해도 많이 줄였습니다. 선생님 뵙기 전에 담배도 끊고 몸무게는 70 정도 유지할 생각입니다. 식욕과 성욕은 힘들지 않는데 담배는 저에게는 많이도 힘이 듭니다. 그래도 끊겠습니다.

선생님께 메일을 쓰는 동안 답이 다 나온 것 같습니다. 현재에서 최선은 더 늦기 전에 선생님 지도를 받아야겠다는 생각요. 더더욱 건강하시고 오래 사세요.

진해에서 유인섭 올림

【필자의 회답】

메일 보낼 때마다 "건강하시고 오래 사세요" 하시는데 나는 누가 오래 살라고 했다고 해서 오래 사는 것이 아니고, 살 만큼 살고 갈 때가 되면 누가 바짓가랑이를 잡고 늘어진다고 해도 내 갈 길을 갈 것입니다.

지금까지 나온 『선도체험기』를 다 읽으셨다고 해서 하는 말인데, 요 컨대 오행생식을 할 자신이 서고 그 비용만 준비되면 비록 담배를 완전 히 끊지 못했다고 해도, 한 시간 정도는 마주 앉아 있어도 괜찮으니 찾 아오셔도 좋습니다. 그 준비만 되면 언제든지 메일로 알려 주시면 삼공 재에 찾아올 수 있는 길을 안내할 것입니다. 그러나 십중팔구는 오행생 식 비용 때문에 포기하더군요.

생식 잘하고 있습니다

선생님 안녕하세요. 친필 사인이 된 책과 생식 잘 받았습니다. 바로 답장을 하려다가 생식을 먹고 나서 경과도 말씀드리려고 하다 보니 좀 늦었습니다.

기 수련은 염념불망의수단전 하고 있고, 생식은 애로 사항이 좀 있었 습니다. 제가 쓴맛에 워낙 민감해서 술은 샴페인도 고개를 절레절레 흔 듭니다. 생식 반죽하여 먹으려는데 쓴맛이 너무 강하게 느껴져 겨우 먹 었습니다. 이틀을 그렇게 먹다가 적어도 현재의 나에게는 아니다 싶어 우유를 좀 섞어서 죽처럼 만들어 숟가락으로 떠먹고 있습니다. 그리고 2시간 뒤에 물 종류를 마십니다.

예전에 생식할 때는 아무렇지도 않았는데 지금 명현 현상 땜에 좀 괴 롭습니다. 온몸 곳곳에서 간지러운 증세가 있고, 항문이 붓고 가려우며 4일째 변을 못 보고 있습니다. 목구멍에 무엇인가 나서 침을 삼키면 걸 리적거립니다. 아픈 것은 아니고요. 견딜 만해서 생식하는 데는 문제없을 것 같습니다. 열심히 하겠습니다.

외람된 말이지만『선도체험기』81권 기선태 씨와의 이메일 문답에 대한 저의 느낌은 언제나처럼 선생님의 달변이 돋보였습니다. 그렇지만 읽기 시작하면서 고개를 갸우뚱했었습니다. 감정이 많이 들어간 구절에서 선생님답지 않다는 생각을 했습니다. 그러면서 이것이 습인가 싶었습니다. 단지 저만의 생각이라면 죄송합니다. 안녕히 계세요.

진해에서 유인섭 올림

【필자의 회답】

오행생식에 적응하기까지는 명현반응으로 좀 괴로움을 받게 될 것입니다. 같이 보낸 생식 먹는 요령을 잘 읽어 그대로 따라 하시기 바랍니다. 열흘 내지 보름이 지나고 한 달 정도 지나면 어느 정도 적응이 될 것입니다.

81권의 라즈니쉬 논쟁에 대한 솔직한 의견 고맙습니다. 이 논쟁은 애초부터 서로 감정이 개입된 것입니다. 상대의 트집잡기에 내가 만약 도덕군자처럼 대했더라면 독자들은 읽을 흥미를 잃어버렸을 것입니다. 조금도 숨김없는 감정과 실수가 개입되었기에 열전이 벌어질 수 있었고 이것이 오히려 인간적이었습니다. 시행착오와 적나라하고 생동하는 체험이 있었기에『선도체험기』는 벌써 16년 동안이나 명맥을 유지해 올 수 있었던 것입니다.

기수련의 진행

안녕하세요, 선생님. 현묘지도 수련을 하느라 선생님께 메일 보내는 것도 뜸했는데 드디어 정식으로 메일을 드리네요. 현묘지도가 끝난 바로 뒤에는 홀가분한 느낌이 들어 며칠간은 게으름도 부리고 나태한 마음가짐을 가지고 지냈지만 금방 '게으름도 여기까지다' 싶어서 다시 예전의 생활로 돌아갔습니다. (물론 예전 생활이라고 해서 특별히 성실했던 것은 아니지만요...)

그사이 변화가 있었는데 누워서 호흡을 하다가 중단이 부풀어올라서 터진 것 같기도 하고 중단에 강한 기운이 들어오면서 중단만 있는 듯한 느낌이랄지 설명하기 어려운 현상이 일어났습니다. 그리고 며칠 전에는 단전에 태양 같기도 하고 둥근 모양의 은하계 같은 모양이 보이면서 제 자신의 원자로가 가동되기 시작했구나 하는 생각이 들었습니다. 또한 3일 전에는 백회로 들어온 기운이 중단을 지나 맞바로 단전으로 꽂히는 것을 자각하게 되었습니다.

그 외에도 명상할 때 저 자신이 사라지는 것도 느끼지만 또한 강한 에너지가 느껴지면서 인간은 스스로가 분자, 원자, 소립자 등의 형태로도 자신과 사물을 관찰할 수 있으며 공중부양, 물위로 걷는 것 또한 스스로가 그런 소립자들을 자유자재로 조종할 수 있는 능력을 가지고 있기 때문이라는 느낌이 들었습니다. 이런 것들이 후세에는 의학과 과학의 형태로 변화하여 상식이 될지도 모르겠다는 생각이 들기도 합니다.

어쨌든 저의 수련은 아직 미숙하여 수련 시에만 단전이 발전기처럼 가동되어 온몸에 자력의 형태처럼 기운이 발산되고 있지만 선생님은 언제나 그런 기운의 장을 만들어 내시는 것이구나 하는 생각이 들었습니다. 그런 상태를 항상 유지할 수 있다면 정말 무섭고 두려운 것이 없겠구나 하는 생각이 들어서 부럽기 짝이 없습니다.

물론 부러워하는 것에서 끝나지 않고 열심히 수련에 임해서 부끄럽지 않은 모습을 보여 드리고 싶습니다. 그럼 오늘은 이만 줄이고 내일 다시 메일 드리겠습니다. 안녕히 계세요. 선생님.

신지현 올림

【필자의 회답】

현묘지도 수련 이후 공부가 급격히 진행되고 있습니다. 중단이 부풀어올라 터지는 현상은 중단이 열리려는 징후입니다. 앞으로 수련이 향상되면 이와 비슷한 현상은 되풀이될 것입니다. 그때마다 마음이 한층 더 넓어지고 자비심이 자리잡게 될 것입니다.

원자로가 가동되는 느낌이 든 것은 하단전이 자동으로 축기가 되기 시작한 것입니다. 백회로 들어온 기운이 중단을 지나 하단전에 맞바로 꽂히는 것은 삼합진공 현상입니다. 모두가 축하할 일입니다.

수행자가 공부가 깊어지면 공중부양, 수상보행이 가능할 때가 올 수도 있지만 그러한 초능력에는 관심을 두지 않는 것이 좋습니다. 초능력은 수련을 향상시키는 데 이용하지 않는 한 공부에 방해는 될지언정 보탬은 되지 않기 때문입니다. 초능력은 언제나 말변지사(末邊之事)라고 생각해야 합니다.

백회의 안테나

안녕하세요, 선생님. 내일 메일 다시 드리겠다고 해 놓고 일주일 지나서야 메일 드리네요. 선생님이 보내 주신 답장 잘 보았습니다. 그리고 제가 다른 생각을 할까 염려해 주셔서 감사합니다. 공중부양과 수상보행은 수련 당시 과학과의 연관성을 느껴서 그런 생각이 들었다는 것일 뿐 거기에 대해서 매력을 느끼는 것은 아닙니다.

솔직히 공간이동을 할 줄 안다면 편리하겠구나 하는 생각이 들지만 그것도 그냥 그렇다는 생각일 뿐, 무엇보다도 이부자리에 누워 '오늘은 정말 한 점 후회 없이 충실하게 보냈구나' 하고 달게 잘 수 있다면 그것이 삼공 수련 최상의 결과일 것이며 그렇게 살려고 노력하고 있습니다.

오늘 다른 이야기로 메일을 드리려 하였으나 어제 또 기수련의 진척이 있어서 일단 이것부터 이야기할까 합니다. 어제저녁에는 아들을 재우고 누워서 명상을 하고 있는데 머릿속과 백회 주위로 구슬 같은 것이 빠르게 빙글빙글 돌았습니다. 그 후에 뭐라고 형용할 수 없지만 굳이 설명하자면 기의 형태를 띤 컴퓨터 데이터 같은 것이 백회로 전송되는 것 같았습니다.

나중엔 무슨 영상이 찍힌 기다란 필름 같은 것도 상중하단을 통해 지나가면서 제 것으로 흡수되는 것 같았는데 그것이 끝나자, 제 백회에 첨단기술이 있을 듯한 길쭉하고 기계적인 안테나가 서 있고 관리자가 두 명 있었습니다.

그 후로 단전호흡을 하면 기운이 더 잘 들어오는 것을 느끼고 있으며 SF영화 같은 것이 삼공 수련 중 가장 재미있는 체험이라는 생각이 듭니다. 그러나 그 재미있음에 제가 현혹당하는 것은 아닌지 경계를 하고 있습니다. 그럼 선생님, 오늘은 이만 줄일까 합니다. 안녕히 계세요.

신지현 올림

【필자의 회답】

상단전이 열리면서 선계에서 신명들이 파견되어 백회를 비롯한 상단전 전체에 각종 장치를 하고 있는 중입니다. 그 장치들이 일단 끝나면 수련은 다음 단계로 향상될 것입니다. 계속 관찰하기 바랍니다.

빙의굴의 시작인지

안녕하세요, 선생님.

여기 부산은 추석이 지났는데도 몹시 덥습니다. 서울은 어떤지 모르겠네요. 전 메일에 백회에 안테나가 생겼다고 말씀드렸는데 아마 그때 상단전 전체에 장치가 끝난 것은 아닌지 모르겠습니다. 그 신명들 분위기가 설치 관계자보다는 관리자 분위기라는 생각이 들었습니다.

어쨌든 그 후로는 수련의 향상보다는 계속 빙의령이 들어오고 있는 것 같습니다. 아마 빙의령의 수준도 점점 더 높아지는 것 같기도 합니다. 며칠 전에는 차주영 님을 직접 만나게 되어 제게 붙어 있던 무당 빙의령을 데리고(?) 가셨는데 그 후 백회에 기운도 잘 들어오고 잠시 반짝하고 컨디션이 좋더니 다음날 두 명의 친구에게 전화가 와서 빙의령이 또 옮겨붙었습니다.

첫 번째 친구의 빙의령은 그저 그랬으나 두 번째 친구는 전화 받는 순간 목에 뭐가 찬 듯 답답해지더니 하루 종일 기운이 없어서 좀 쉬고 싶었습니다. 아버지한테서 받은 빙의령 이후 이렇게 심한 경우는 처음이었습니다. 그때부터 빙의굴에 들어갔다는 생각이 들었고 이제부터 빙의령의 수준도 점점 높아질 것 같다는 느낌이 들었습니다.

또 내일은 성당에서 친한 친구의 결혼식이 있는데 마음의 준비를 해야 한다는 생각도 듭니다. 올해 겨울, 모 가수의 콘서트에 우연히 가게 되어 그때도 빙의령이 여럿 붙어 왔었는데 그건 약과일지도 모른다는 생각이 드는 것은 그저 막연한 상상인지 예고인지 모르겠습니다.

어쨌든 그렇게 된다면 힘들겠지만 헤쳐 나갈 수 있을 것 같고, 헤쳐 나갈 수밖에 없겠지요... 아무튼 바른 마음으로 지켜보고 열심히 수련에 임하겠습니다. 그럼 이만 줄이겠습니다. 선생님.

신지현 올림

【필자의 회답】

　구도자가 가는 길은 상구보리(上求菩提) 하화중생(下化衆生)입니다. 이 원칙에서 벗어나는 한 그 사람은 진정한 구도자가 아니라 사이비입니다. 빙의령 천도는 구도자에게는 하화중생의 숙제를 푸는 것입니다. 정면으로 맞서는 수밖에 다른 편법은 없습니다. 이 숙제를 푸는 어려운 과정을 겪는 동안에 능력이 커지고 깨달음도 깊어지고 도력이 향상된다는 것을 늘 명심하고 수련에 일사불란하게 매진하기 바랍니다.

마음을 크게 여는 길

선생님 안녕하십니까? 사모님께서도 안녕하신지요? 그동안 연락도 못 드리고 죄송합니다.

혼자서 현묘지도 화두를 전력투구하여 뚫고 나가려 노력하다 보니 꽤 많은 시간이 지났네요. 지금까지 수련 중에 가끔 있었던 일을 말씀드리면, 여의주를 물고 있는 용이 나타나고 여의주 빛이 제 몸을 환하게 비춰준 적이 한 번 있었고요, 가끔가다 고개운동(도리도리, 앞뒤로 흔들흔들)이 심하게 됩니다.

그러고 나면 목과 어깨 쪽이 시원해지며 운기가 더 잘되고요, 한 번은 하늘에서 둥근 황금색의 커다란 공이 나타나더니 그 속에서 작은 빛의 구슬들이 제 몸 위로 쏟아져 내려오며 상체에 특히 고개에 심한 진동을 일으켰습니다.

그 외 특별한 변화는 없었습니다. 또한 백회로 들어오는 기운은 정좌 후 호흡을 시작하거나 특별히 의식을 집중할 때만이 느껴집니다. 그리고 저와 만나거나 전화 통화만 하더라도 상대의 탁기(빙의)가 몰려와 약한 두통과 함께 가슴이 답답하곤 합니다.

수련이 조금씩 진척됨에 따라 빙의령도 많이 오는 것 같습니다. 빙의령은 오래가진 않습니다. 오후에 수련하고 나면 거의 떠나갑니다. 요사이 2~3일간은 꿀 채취하느라 수련을 제대로 못 했습니다. 오늘부터는 시간을 내어 수련 열심히 하려 합니다.

최근에 머릿속에 자꾸 맴도는 화두가 있습니다. 바로 '마음을 활짝 연다'는 것인데요. 어찌해야 마음을 활짝 열고 모든 것을 받아들일 수 있는지요? 약 10일 이상 지났는데도 확실한 답이 나오질 않습니다.

한 가지 어렴풋이 떠오르는 것은 선생님께서 지으신 '대각경' 중 '나는 하느님의 분신으로서'에 해답이 있는 것 같은데요 마음에 와닿지를 않습니다. 선생님께 다시 한 번 자세한 가르침을 청합니다. 사실은 금년 들어 3가지 정도 제 마음속에 엉키어 있는 문제가 있습니다.

첫째는 지난겨울 폭설에 시골집 창고가 많이 무너졌는데 해당 면사무소 면장이라는 사람이 현장 방문하러 왔다가 한다는 소리가 "부자집이라 잘 무너졌다"는 소리를 하고 갔다기에 위로의 말 한마디는 못할망정 그따위 말을 했다고 해당 군청 홈페이지에 글을 올려 가지고 한바탕 소란을 일으킨 일입니다.

그 면장은 저희 종친 형님뻘 되는 사람으로 일 년에 한 번씩 조상님께 올리는 시제에 한 번도 참석치 않고 있습니다. 나중에는 농담으로 그랬다고 얼버무리더군요. 지금도 그때 일을 생각하면 가슴 저 밑에서부터 울화가 치밀어 오릅니다.

두 번째는 시골에 살고 있는 배다른 형님 내외 때문입니다. 어찌나 욕심을 부리는지 받기만 하며 살려고 합니다. 지금까지 자기네가 농사지은 쌀 한 톨 받아본 적이 없을 정도이니까요. 애들 3형제 중 둘은 대학 졸업까지 했고 막내만 군 제대하고 복학 준비 중입니다.

이 정도면 저희 형제 중에 여유가 다소 있는 편이데도 베풀려고 하지를 않습니다. 그동안 조카들 학원비에다 신형 컴퓨터도 사 주고 용돈도 자주 주고 등록금도 조금씩은 보태 주었건만, 내 딸 대학 갈 때는 땡전한 푼 안 보태 주는 놀부들입니다. 그래서 막내 대학 입학하여 자취방 얻을 때 준 방값은 달라고 하여 돌려받았습니다. 어찌 보면 불쌍한 생각이 들 때도 있습니다만 마주치면 별 이야기도 하지 않습니다. 마음이 좀처럼 풀리지 않네요.

셋째는 조상님 묘소 앞에 커다란 비석을 세우신다는 아버님 때문입니다. 저는 극구 반대했지만, 아버님 생각은 생전에 꼭 세우셔야 한다는 것입니다. 지구 환경보호 차원에서 도대체 이해가 안 갑니다.

돌로 된 비석은 지구가 폭발하지 않는 이상 그대로 서 있을 것 아닙니까? 답답합니다. 선생님께 고견을 청합니다. 이런저런 이유로 '마음을 활짝 열어라'는 화두가 생기고 수련에도 진척이 없는 것 같습니다.

두서없는 글로 선생님 심기만 불편케 해 드린 것 같습니다. 선생님 사모님 안녕히 계십시오.

광주에서 유정수 올림

【필자의 회답】

마음을 여는 지름길은 첫째가 거래형(去來型) 인간이 되는 겁니다. 남에게서 은혜를 입었으면 반드시 갚는 것입니다. 그리고 남에게 무엇을 얻으려고 하면 먼저 주어야 합니다. give and take 하라는 겁니다.

두 번째, 여기서 한걸음 더 나아가면 나와 상대하는 사람의 입장에서 나를 바라보는 겁니다. 역지사지(易地思之)하라는 얘기입니다. 모든 인간관계에서 이기심을 떠나 이타심을 가지라는 겁니다. 우리 사회에서 보통 좋은 사람, 착한 사람으로 통하는 경우입니다.

세 번째, 여기서 한걸음 더 나아간 것이 구도자의 생활 자세입니다. 남을 위해 주는 것이 곧 나를 위해 주는 것이라는 이치를 일상생활에서 실천하는 겁니다. 이것을 여인방편자기방편(與人方便自己方便)이라고 합니다. 남과 거래할 때 항상 내가 좀 손해를 본다는 선에서 끝내야 합니다. 그 당장은 마음이 좀 쓰리겠지만 긴 안목으로 볼 때는 이것이야말로 마음의 평안을 가져오는 지름길입니다.

네 번째, 남과의 사이에 분쟁이 생길 때는 비록 법적으로 따지는 경우가 있을지라도 결과적으로는 모든 것을 내 탓으로 돌리는 것입니다. 이것을 방하착(放下着)이라고 합니다. 그러면 항상 남에게 져 주기만 하는 바보가 되라는 말인가 하고 반문을 할 수도 있을 것입니다.

옳습니다. 바보가 되는 것이 결국은 최후의 승자가 되는 길입니다. 그러나 이것은 수련이 고도로 진전되어 자성과 자타일여(自他一如)를 깨달은 사람만이 할 수 있는 일이기는 합니다. 그러나 결국은 이것이 진리입니다.

지는 것이 이기는 것이고 바보가 결국은 똑똑한 것입니다. 마음을 활짝 연다는 것은 바로 이러한 경지를 말합니다. 대인관계에서의 이러한 자세에 저항감이 생긴다면 아직은 수련이 멀었다고 생각해야 될 것입니다.

그러나 이러한 생활 자세로 임한다면 지금 문제가 되고 있는 숙제를 해결하는 데 도움이 될 것입니다. 면장의 망언과 배다른 형의 놀부 근성은 괘씸하게 생각하면 생각할수록 울화만 치밀어 오를 것입니다. 그러나 바보처럼 허허 웃고 넘겨 버리면 괘씸한 생각 때문에 울화가 치미는 일은 없을 것입니다. 남에게 원한을 품으면 그것이 독이 되어 자기 자신을 상하게 되기 때문입니다.

그러고 아버님께서 비석 세우시는 문제는 평생소원이시라니까 들어주는 것이 좋습니다. 지구 환경 파괴 문제는 다음에 생각해도 될 것입니다. 유정수 씨 세대에 해결이 안 되면 다음 세대에 넘기면 됩니다. 그런 일로 불효를 저지르지 말기 바랍니다. 끝으로 화두수련에 약간의 진전이 있는 것 같아 다행입니다.

답장 보내 주셔서 감사합니다

답장 보내 주셔서 정말 감사합니다. 선생님 말씀대로 수련이 실생활이 되어야 하는데도 머리로만 알고 있었던 것 같습니다. 이제부터라도 거래형, 역지사지, 여인방편자기방편, 방하착을 철저히 실천하도록 노력하겠습니다.

답장을 읽고 나니 마음이 많이 편안해집니다. 감사합니다. 금주 들어 꿀 채취하느라 수련을 약간 등한시하였습니다. 그러나 어제저녁, 오늘 오후 수련부터는 지난주처럼 잘되는 것 같습니다. 좀더 전력투구하여 변화가 일어나면 즉시 전화 연락드리도록 하겠습니다.

선생님, 사모님 안녕히 계십시오.

광주에서 유정수 올림

다섯 가지 질문

삼공 선생님께

안녕하십니까? 안양의 유관호입니다. 오늘로써 세 번 선생님을 뵈었습니다. 좀더 자주 찾아뵙고 수련을 해야 실력이 향상될 텐데 맘대로 행동이 따르지 않습니다. 오늘 『선도체험기』 21권부터 24권까지 사 왔습니다. 앞으로 60권 이상을 더 읽어야 하므로 갈 길이 먼 듯합니다. 하지만, 맛있는 것 한 번에 홀딱 다 먹어 버리면 아쉽지 않습니까? 천천히 음미해야죠. ^^

그나저나 오늘은 수련생이 저 포함해서 다섯 분이나 되던데요, 아무리 하화중생하시는 일이지만 여간 고역이 아닐까 합니다. 어디 급히 볼일이 있어 가시고 싶어도 수련생 때문에 그러시지도 못하실 것 같고요.

수련생들에서 나오는 탁기란 탁기는 다 들여마실 것 아닙니까? 정말 존경스럽습니다. 오늘 제 옆에서 수련하시던 김○○ 씬가요, 그분도 저처럼 빙의령을 선생님께서 천도해 주신 것 같던데요. 근데 빙의령을 또 주렁주렁 달고 옵니까? 저도 달려 있었습니까? 몸뚱아리가 빙의령 놀이터가 되 버렸네요. ^^

선생님께 궁금한 점이 몇 가지 있어 적어 봅니다.

1. 높은 산에 올라가면 귀가 압력 조절이 안 되어 멍한 현상이 있는데요. 제가 2달 전부터 그런 현상이 늘 계속되고 있습니다. 오른쪽 귀 뒤에 멍울이 생겼다가 지금은 조그만해졌습니다. 명현반응입니까?

2. 삼공재를 방문하려하면 꼭 거시기에 끌려가는 기분이라 가기 싫은데 발걸음은 이미 삼공재를 향하고 있습니다. 무슨 조화입니까?

3. 선생님, 삼공재에서 수련을 시작하려면 아니 방에 들어가기만 하면 심장이 심하게 동계를 하는데 그 이유는 어디에 있는지요?

4. 아울러 수련을 마칠 때쯤 되면 몸은 뜨끈뜨끈하고 덥고 기운이 쪽 빠져서 목소리에도 힘이 하나도 실리지 않는데 수련이 잘못되어서 그런 것입니까? 호흡하면 힘이 넘쳐나야 하는 거 아닌가요?

5. 며칠 전 집에서 눈감고 수련 중에 길쭉한 하얀 빛이 갑자기 빠른 속도로 돌진해 들어와 제 이마를 때리는 바람에 화들짝 놀라고, 감전되면서 한참을 졸았습니다. 별일 아니겠지요?

전 요즘 4년 전에 직장에서 했던 일을 다시 해 보려고 여기저기 이력서를 내고 있습니다. 헤헤 그런데 연락 오는 곳이 거의 없네요. 공백이 너무 길고 나이도 많아서 그런 것 같습니다. 목구멍이 포도청이라 명절 지나고 나서도 취직이 안 되면 어떤 일이든 마음 편한 일을 찾아서 해야겠습니다. 그렇게 되면 선생님 찾아뵈기가 지금보다 더 어렵겠지요.

어쨌든 지금까지 서툰 글 읽어 주서서 선생님께 감사드리구요. 다음에 찾아뵐 때까지 강건하십시오.

안양에서 유관호 드림.

【필자의 회답】

질문 1. 고소(高所) 적응이 안 되어서 그렇습니다. 등산을 자주 하다

보면 그런 증상은 사라질 것입니다.

질문 2. 거시기에게 끌려가는 기분이라고 했는데 그 거시기가 바로 지도령(指導靈)입니다. 유관호 씨의 지도령이 수련을 시키기 위해서 삼공재로 끌고 오는 겁니다.

질문 3. 아직 긴장이 풀리지 않아서 그렇습니다. 삼공재에 자주 출입하다가 보면 곧 해소될 것입니다.

질문 4. 삼공재에서 너무 강한 기운을 받아서 일시에 소화를 못 시켜서 그렇습니다. 시간이 흐르면서 수련이 향상되면 자연 해소될 것입니다.

질문 5. 사기(邪氣)가 들어올 때 일어나는 현상입니다. 사기란 빙의령을 말합니다.

삼공재에 출입하는 수련생들 중에 백수는 몇 안 됩니다. 거의 가 다 직장인이거나 사업하는 사람들입니다. 수련은 직업이 없는 사람이 소일삼아 하는 것이 아닙니다. 직업이 있건 없건 평생을 두고 해야 하는 생사대사(生死大事)라는 각오 없이는 함부로 달려들어서는 안 됩니다.

현묘지도(玄妙之道) 수련 체험기 (12번째)

이 규 연

　내가 현묘지도 체험기를 쓰게 될 줄은 생각지도 못했다. 나는 다른 도
우님들과 다른 계기로 현묘지도를 수련하게 되어서, 체험기에 들어가기
전에 그 사연을 먼저 적어 본다. 글을 쓰려고 하니 생각나는 말이 있다.
　"하등의 학문은 눈으로 하고, 중등의 학문은 마음으로 하고, 상등의
학문은 기(氣)로 한다"는 말이 가슴에 와닿는다.
　나는 1970년생으로 광주에서 좀 외곽 지역인 평범한 농촌 가정에서 5
형제의 막내로 태어났다. 아버지는 농사를 짓는 분이셨고, 대쪽같이 강
직한 성품을 지닌 분이셨다. 어려서 성격은 조용한 편이어서 그림을 그
리는 것을 좋아해서 항상 땅에 무엇인가를 그리면서 놀았다. 학교 다니
면서는 그림에 소질을 보여 본격적으로 그림을 그리기 시작했다. 미대를
가고 싶어서 그림을 그렸지만 아버지의 반대로 그림을 그리는 걸 포기
하다시피 했다.
　미대에 결국 떨어지고 나서, 나는 진리파지(眞理把持)에 대한 생각으
로 책에 빠져들기 시작했다. 진리파지란 진리를 손에 쥐고 놓치지 않는
다는 뜻이다. 기독교의 성경, 불교의 『법구경』, 『화엄경』, 『반야심경』,
요가에 관한 서적인『탄트라』,『바가바드기타』등 다양한 종교 서적에
마치 무엇인가에 굶주린 아이처럼 빠져들었다. 그런데 그런 서적들은 내

용은 근본적이고 좋지만, 무엇인가 핵심이 빠져 있어서인지 크게 끌리지 않았다.

그중에서도 내게 가장 관심을 끈 것은 불교의 사성제(고집멸도)와 팔정도(八正道)였다. 부처가 6년 고행 끝에 얻은 올바른 정념과 올바른 사유만이 깨달음에 이른다 하는 것이 가장 가슴 깊이 와닿았다. 그러나 현대는 옛날처럼 유유자적 명상하면서 생활할 수 있는 것도 아니고 무엇인가 현대에 맞는 그 무엇인가 빠진 것 같은 느낌을 떨쳐 버릴 수 없었다.

세속에 살면서 실천하기에는 부족한 점을 많이 느꼈다. 무엇인가 확연히 설명해 줄 무엇인가를 찾기 위해서 다양한 종교 관련 서적을 탐구하다 보니, 자연히 서점에 자주 가게 되었고 『선도체험기』도 접하게 되었다. 『선도체험기』가 5권이 나올 때 처음 읽기 시작했는데, 그 당시에는 선도에 관한 일기 형식의 체험기로 유일한 것이어서 신선한 충격을 주었다.

그렇게 책에 푹 빠져서 지내던 중 내 삶에 변화가 찾아오기 시작한 것은 아버지가 돌아가시고 난 뒤부터였다. 시골에서 어머니 홀로 농사를 짓고 계시는 것을 도와드리게 되었고, 3년 정도 농사를 짓고 서울로 올라와 학교 다닐 때 그림을 그리던 것을 계기로 디자이너로 일하게 되면서 2000년부터 삼공재를 찾아가 본격적인 선도수련을 하게 되었다.

삼공재에서 선생님을 찾아뵙던 첫날 방문을 열고 들어가니 어디선가 "저 아이를 가르치자" 하는 소리가 들렸다. 그런데 나는 그때 내가 잘못 들은 줄 알고 그냥 지나쳤다. 그 후 계속 일요일마다 북한산에 등산을 하고 삼공재를 다니면서 수련을 했었는데, 1년쯤 지나서 삼공재에서 수련 중 갑자기 "공변무상"이라는 소리가 들렸다. 그때도 나는 그게 무슨 소리일까 하는 생각만 했지 선생님에게는 말씀드리지 않았다.

그렇게 2년 동안을 일요일마다 삼공재를 다니면서 수련을 했는데, 그 후로 직장생활의 피로와 몸이 안 좋아져 최악의 상태로 치달았고, 나는 다시 시골집에 내려와서 생활하게 되었다. 그렇게 시골생활을 5년 정도 하면서도 『천부경』, 『삼일신고』, 『참전계경』은 한 번도 놓은 적이 없었다. 『천부경』, 『삼일신고』, 『참전계경』은 줄줄 외울 정도로 매일 암송했다. 나는 아직까지 이렇게 완벽하게 우주의 진리를 표현해 놓은 책을 본 적이 없기에 거기에 빠져들 수밖에 없었다.

특히 『참전계경』 속에 천문학의 이치, 지리학의 이치로 땅을 다스리는 법, 나라를 다스리는 법, 인간의 성품과 인륜에 관한 이치, 우주의 변화의 이치가 절묘하게 표현되어 있는 것이어서 과연 어떤 문명이 이걸 만들었을까? 하는 의문이 많이 들었다. 그리고 이런 이치를 실생활에 적용해 실천할 수 있게 만들어 놓은 것이다.

이런 생활을 계속해 오다가 변화가 찾아오기 시작한 것은 2005년 11월부터였다. 11월 중순쯤에 집에서 『참전계경』을 읽고 있는데 갑자기 하늘, 땅, 우주와 내가 하나의 궤가 되어 돌아가는 모습이 일순간에 심안에 스치면서 변화가 일어나기 시작했다.

그 후로 달라졌다는 느낌은 있었지만 그냥 무심코 지나쳤다. 그러던 중 한동석 선생의 『우주변화의 원리』라는 책을 접하게 되어 주말에 집에서 책을 펴놓고 읽기 시작했다. 책 중간쯤 읽어 가던 중에 옆집에서 닭이 우는 소리가 시끄럽고 막히는 부분이 있어서 산책 겸해서 일어나 걷던 중에 닭장 옆을 지나다 닭을 쳐다보았는데, 순간 방금 전까지만 해도 기운이 펄펄해서 울던 닭이 갑자기 옆으로 힘없이 쓰러지는 것이다.

잠시 후 또 한 마리가 쓰러져서 아무래도 이거 이상한 생각이 들어서 자리를 피했다. 이게 무슨 일인가 곰곰이 생각해 봐도 답을 찾을 수가 없어서 무슨 이상한 병이 왔나 대수롭지 않게 생각하고 방에 들어와서 책을 다시 읽었다.

이 책을 읽은 이유는『황제내경』을 바탕으로 쓰였기 때문에『천부경』에서 풀리지 않던 부분에 대한 해답을 얻을 수 없을까 해서였다. 읽던 중에 결국은 내가 처음에 찾고자 했던 진리파지에 대한 의문의 일부를 찾게 되었다.

내가 항상 의문을 가졌던 부분은 어떻게 이치가 물상으로 변화하며, 물상에서 이치를 파악할 수 있느냐가 주된 내 관심사였다. 결국 이 책에서 미진하나마 해답을 얻을 수 있었다. 이(理), 수(數), 형(形)이라는 결론에 도달했다. 어떠한 이치가 존재한다면 그 이치에 따른 변화가 수반되기 마련이고, 그 변화는 수에 반영되므로 그 수에 따르는 형상이 나타나는 것이라는 결론에 도달하였다.

이치를 파악하는 데 형상에서 그 수를 파악하고, 수를 통해서 그 이치를 파악하려 했던 것이다. 그런데 왜 수를 사용하여 우주의 이치를 표현했을까 하는 의문이 든다. 수(數)로 표현할 수밖에 없는 이유는 어떤 물상이나 형상으로 규정되지 않았기 때문이다.

즉 이치가 물상으로 변화되기 전의 중간 과정에 있기 때문이다. 그래서 순수하게 근본의 이치만을 표현할 수 있기 때문인 것이다. 우리나라 최초의 문자라고 하는 것은 산목(算木)이라는 수(數)에서부터 비롯되어 그 수가 발전되어 형태를 지님으로써 현재의 문자로 발전된 것이다.『천부경』은 인류가 시작된 시기에 쓰여진 경전이라서 문자가 없던 시절 유일한 문자였던 산목의 수(數)에 의해서 표현된 것은 아닐까 생각한다. 수의 변화로 우주의 모든 이치를 표현했다는 자체만으로도 그 역사의 깊이를 짐작할 수 있는 것 같다.

『황제내경』도 인체의 변화 이치를 1부터 9까지의 수로 표현했으니 역시 『천부경』과 일맥상통한다고 할 수밖에 없는 것이다. 수로써 이치를 표현하기에 부족함이 없다는 것은 수(數)가 이치를 표현하기에 적절한 문자임에 틀림이 없다는 것을 『천부경』이 증명하고 있는 것이다. 이렇게 우주의 이치를 수(數)로써 파악하고, 그 이치의 구현 방법으로 수(數)를 사용하여 형상으로 표현한 것이 원(圓), 방(方), 각(角)이다. 우주의 이치를 아주 직관적으로 치우침이 없는 형상으로 표현한 것이 곧 원, 방, 각인 것이다.

이러한 우주의 이치를 원, 방, 각을 통해 기하학, 건축, 천문학 등 다양한 방면에 응용하여 문화를 꽃피워 왔다. 서기 600년경에 살았던 성 이시도루스의 "모든 것에서 수를 없애 보라, 그러면 모든 것이 사라져 버릴 것이다"라는 경구의 의미를 되새겨 보자.

서양 건축가인 가우디 코르네트 안토니오(Gaudi i Cornet, Antonio)는 건축에 원, 방, 각을 이용한 대표적인 건축가이다. 그는 원, 방, 각의 성품을 이용해 건축물의 공간미를 표현해 자신만의 건축 양식을 추구하였다. 아마도 원, 방, 각에 통달한 사람이 아닌가 생각한다. 어디 그뿐인가? 우리나라 상고 시대 유물과 유적에서 그 흔적에서 얼마든지 찾아볼 수 있다.

그리고 우리 선조들이 날수를 중요시했던 점도 그와 같다. 삼칠일이니, 애기를 낳으면 산후조리를 21일 해야 하는 풍습 등 이러한 것들은 우주가 돌아가는 도수를 맞추는 것이다. 거대한 도수와 같이 맞춤으로써 흉한 일이 일어나는 것을 미연에 방지하고자 했던 선조들의 지혜이다.

즉 삼대경전이 어떻게 우주의 이치를 파악하고 그것을 현실에 응용하고 문화를 꽃피우는 데 그 정신적인 바탕이 되었는지 보여 주는 것이다. 이처럼 현실에 일어나는 다양한 문제를 해결하기 위해서 선도를 체계화하여 지혜를 발휘해 그 문제를 해결함으로써 사람들을 이롭게 하는 것이 곧 홍익인간의 정신일 것이다.

이 원방각이 경전에 원방각이라고 정확히 지칭하여 나타난 것은 발귀리 선인이 쓰신 경전에서였다.

大一其極是名良氣(대일기극시명량기)
큰 하나의 끝을 이름하여 양기(良氣)라 한다
無有而混虛粗而妙(무유이혼허조이묘)
없는 듯 있는 듯 헷갈리고 빈 듯 거친 듯 미묘하다
三一其體一三其用(삼일기체일삼기용)
셋 하나는 그 본체요, 하나 셋은 그 쓰임이다
混妙一環體用無岐(혼묘일환체용무기)
헷갈림과 미묘함이 한 고리를 이루니 본체와 쓰임은 갈라질 수 없느니라
大虛有光是神之像(대허유광시신지상)
크게 빈 곳에 빛 있음이여 이것이 하나님의 형상이로다
大氣長在是神之化(대기장재시신지화)
큰 기운이 오래 존재하나니 하나님의 나타남이로다
眞命所源萬法是生(진명소원만법시생)

참생명의 뿌리에서 만물이 생겨난다

日月之子天神之衷(일월지자천시지충)

해와 달의 아들은 하나님의 정기로다

以照以線圓覺而能(이조이선원각이능)

빛과 (기운)줄로 온전히 깨달아 능함에

大降于世有萬其衆(대강우세유만기중)

세상에 내려와 뭇 중생이 있게 하도다

故(고)

그러므로

圓者一也無極(원자일야무극)

원은 하나요 무극이다

方者二也反極(방자이야반극)

방은 둘이요 반극(反極)이고

角者三也太極夫(각자삼야태극부)

각은 셋이요 태극이다

여기서 『천부경』에 대한 내용은 각설하고 본론으로 들어가고자 한다. 그런 일이 있은 후로 2005년이 지나고 2006년 새해가 되었다. 신정 첫날 잠을 자는데 꿈속에서 그리스 아테네 신전 같은 곳을 들어가는 꿈을 꾸게 되었는데, 그곳에는 천사들이 양을 치고 있었고, 나는 거대한 신전으로 들어가서 중앙에 이르러 거대한 제단이 있는 곳을 바라보았는데, 은빛 나는 하얀색의 형상이 다가왔다.

사람 같기도 하고 동물 같기도 하고, 나에게로 걸어오더니 어느 순간 내가 그 형상을 안고 있는 것이었다. 그러던 중 잠이 깨었으나 너무나 생생하여서 믿어지지 않았다. 그 후로 나에게 변화가 일어나기 시작하였다. 기운이 엄청나게 강해져서 온몸으로 물줄기처럼 기운이 뿜어져 나가고, 도저히 기운을 감당하기 버거울 정도였다. 밤에 잠을 자도 기운에 들떠서 잠을 자는지 기운에 싸여서 자는지 모를 정도로 기운이 강해진 것이다.

벌써 세 번이나 기운이 강해진 터라 난 내 기운이 심상치 않아 다음날 나를 관(觀)하기 시작했는데, 관(觀)하니 무엇인가가 감지되었다. 나는 다시 그 대상을 관(觀)하기 시작했다. 조금 있다가 그 영이 모습을 비추었다. 상단전에 밝은 빛 덩어리가 이상한 전자음을 내면서 나타나더니 현란하게 움직이다 사라져 버렸다.

제자리로 돌아간 것일까? 그런데 그런 일이 있은 후에 기운이 강해져서 기운을 주체하기가 어려울 정도였다. 나는 내 기운을 감당하지 못해서 기운이 무한정 뿜어져 나가는 걸 느낄 수 있었다.

그러나 나는 개의치 않고 회사생활을 계속하다가 회사를 그만두고 집에서 쉬고 있는데, 어느 날 오후 온몸이 떨리더니 거의 죽음에 가까울 정도의 통증이 엄습했다. 손발이 마비되고 기혈 순환이 엄청날 정도로 작용했다.

나는 일단 진정을 시키기 위해서 우황청심원을 한 알 먹고 나니 기운이 안정되었지만 증상은 여전하여 원인을 찾기 위해서 다시 관(觀)을 하였다. 관(觀)을 해 보니 빙의는 아니고 맥이 틀어진 것이라는 결론이 나왔다.

빙의가 될 때 기혈이 틀어진 것과 그 후유증 그리고 회사생활의 누적

된 피로와 빙의에 의한 증상들이 겹쳐서 나타나는 증상이라는 결론에 도달하여, 나는 한의학 책을 보며 맥을 짚어 가며 계속 몸을 관찰하고 음식을 조절하며 식사를 하니 어느 정도 안정을 찾을 수 있었다.

그러나 문제는 사람들 많은 곳에 가면 기운의 교류가 너무 심하여 견디기 힘들 정도가 되었다. 예전과는 확실히 몸이 달라진 것이다. 그래서 나는 선생님께 이메일을 띄워 문의를 하였더니 선생님께서 『선도체험기』를 읽으라고 하셔서 다시 『선도체험기』를 구입하여 읽게 되었다.

이때부터 나의 또 다른 변화가 일어나기 시작했다. 『선도체험기』를 읽어 가다가 현묘지도 수련 체험기를 읽고 있는데, 어느 순간부터 현묘지도 수련하는 것과 똑같은 현상이 나타나기 시작한 것이다.

백회로 기운이 폭포수처럼 쏟아지고 잠을 잘 때 단전과 중단전이 타들어 가는 것처럼 뜨거워지고, 이제까지 경험하지 못했던 일들이 연속적으로 일어났다. 그렇게 기운에 들떠서 생활했지만 나는 대수롭지 않게 생각하고 지냈는데, 며칠 후 밤새 기운에 들떠서 잠을 설치고 아침에 일어나 앉아서 단전호흡을 하는데 갑자기 몸에 진동이 오더니 11가지 호흡이 저절로 이루어지면서 어디선가 "대유대광사처무변"이라는 천리전음이 들린 후 조금 있다가 "이것이 부동심이다" 하는 소리가 연이어 들렸다.

나는 너무 이상한 경험이라서 선생님께 메일로 문의를 하였다. 선생님께서 현묘지도를 받으라는 선계의 신호라고 하시면서 삼공재로 방문하라고 하셨다. 난 믿어지지가 않았는데 그날 밤 내가 빛 한가운데 있고 형언할 수 없는 기쁨을 느꼈다.

순간 이것이 견성인가 하는 생각했었고, 다음날 저녁에도 똑같은 현상을 경험하였다. 나는 일순간 나한테 일어나는 현상이 심상치 않다는 느낌이 들고 선생님의 호통에 다음날 삼공재로 찾아뵙고 현묘지도 수련에 들어가게 되었다.

1단계 천지인삼매(天地人三昧)

첫째 날. 오늘 실로 5년 만에 삼공재를 찾아 삼공 선생님을 뵙고 현묘지도 수련에 들어갔다. 화두를 외우자 그동안 혼자서 수련하는 동안 잘못된 것이 바로잡혀졌다.

둘째 날. 아침에는 임맥과 독맥이 강하게 주천(周天)을 하면서 상단전에 통증이 왔다. 붉은색과 파란색이 교차한다. 태극 모양으로 바뀌면서 회전하다가 황금색 불꽃으로 변하여 한없이 퍼져 나가는 현상이 나타났다.

셋째 날. 수련이 진전되면서 기운이 많이 안정되었다. 가슴이 인두로 지지는 것처럼 뜨겁다. 화두에 점점 빠져들고 마음과 화두와 호흡이 일치되어 간다. 의식이 인당에 몰리더니 암흑 공간이 펼쳐지면서 암흑 속으로 빛보다 빠른 속도로 빨려 들어간다.

암흑 공간에서 빛이 길게 늘어지는 현상이 나타나다가 갑자기 멈췄다. 어디선가 여러 개의 별들이 다가와 정원을 그리며 회전한다. 시계방향으로 돌았다가 반대방향으로 회전한다. 별과 내가 하나가 된 것 같다. 바닷가, 백사장, 눈 덮인 산속이 펼쳐지더니, 이번에는 고대 도시의 벽화가 보인다.

이상한 사람 형상을 한 벽화가 보이다가 상형문자가 새겨진 벽화를 따라 위쪽으로 계속 움직이다 화면이 엷어지면서 다른 벽화가 떠올랐다. 동물들과 말을 타고 달리면서 사냥하는 모습이 그려진 벽화다. 고구려 수렵도랑 비슷하지만 더 원시적인 형태인 것 같다.

넷째 날. 집에서 계속 있다가 모처럼 회사에 버스를 타고 가는데 중단 전이 너무 뜨거워진다. 차창 밖으로 눈부신 햇살이 스며들어 눈부셔서 눈을 감고 있으니, 심안에 별자리가 선명히 나타났다. 왠지 세 개의 단전이 단단해진 것 같다.

저녁 수련 시 인당 쪽에 기운이 몰리기 시작하면서 서서히 화면이 전개된다. 전통적인 유럽 양식의 건물들이 강변에 나무들과 어우러져 있다. 꼭 프랑스의 도시 풍경처럼 느껴진다. 화면이 사라지면서 우주의 성운 같은 에너지가 소용돌이치면서 작용한다. 화두를 외우면 별들과 내 몸이 하나로 일치되어서 작용하는 것 같다.

다섯째 날. 어젯밤에 잠을 자는데 강력한 빙의령이 들어왔다. 온몸에 식은땀이 나고 잠을 설쳤다. 아침에 일어나서도 몸이 좋지 않았지만 수련에 들어갔다. 기운이 발끝부터 서서히 머리끝까지 차오른다. 이런 현상은 처음 경험하는 것이다.

2단계 유위삼매(有爲三昧)

첫째 날. 삼공재를 찾았다. 첫 번째 화두수행은 잘 마무리되었는지 모르겠지만, 이번 수련의 실수는 너무 다른 일에 집중을 해서 수행의 리듬을 깨어 버렸다는 거다. 처음에는 아주 잘되었는데, 후반부에 회사일에 집중하다 보니 리듬이 깨어진 것 같다.

화두를 외우기 시작하자 가슴이 쥐어짜듯 통증이 엄습했다. 그러더니 일순간 가슴에 풍선이라도 넣어 놓은 것처럼 벌어진다. 꼭 가슴에 그릇 하나 넣어 둔 것 같다. 그래서 그런지 가슴의 답답함은 사라졌다. 기운의 통로가 만들어진 것인가?

둘째 날. 새벽에 일어나 마음을 다잡고 화두를 외우기 시작했다. 화두 속에 빠져들면서 영문으로 된 서류 뭉치가 나타났다. 한 뭉치의 서류가 바람에 펄럭이는 것처럼 넘겨진다. 굉장히 빠른 속도이다.

서류가 넘어갈 때마다 전면에 검은색으로 마크되어 나타나는데, 무슨 뜻인지 이해하기 힘들다. 어떤 암시인지 의문이다. 다시 형상이 서서히 나타나기 시작한다. 이번에는 나무가 울창한 숲속이 먼저 보이고 시선이 산등성이 위로 향했다.

나무가 드문드문 나 있고 중간에 일본 신사처럼 생긴 건물이 보인다. 느낌이 적막하다. 지구가 아닌 외계의 별처럼 느껴진다. 화면이 엷어지고 붉은색 들판에 공장처럼 생긴 건물이 빽빽하게 들어서 있다. 건물과 건물이 파이프로 얼기설기 연결되어 있고, 연기도 나지 않는다.

화면이 바뀌고 내가 다른 별에 와 있는 느낌이다. 지면이 바위로 되어 있고 나는 그 위를 한참을 유영하다가 깊은 계곡에 도달했다. 눈앞에 휘황찬란한 불빛으로 빛나는 도시가 보인다. 나는 아직까지 이런 도시를 본 적이 없다. 거대한 산이나 절벽처럼 도시 전체가 하나로 연결되어 있다. 도시 외곽에 이상한 모양을 한 철탑처럼 생긴 건물이 빛을 내며 하늘 높이 치솟아 있다.

내가 공상과학영화를 보는 건 아닌지 착각이 들 정도이다. 이곳이 내가 전생에 살았던 곳일까? 아님 내 출처인가? 모든 것이 의문이다. 그러나 섣부른 해석은 금물이다. 화면이 끝나고 마음이 가라앉았다. 백회 쪽에서 이상한 느낌이 들어 백회를 보니 연꽃 모양으로 바뀐 것처럼 보이는데 바뀐 걸까? 확실히 그렇게 감지가 된다. 점심 먹기 전 잠깐 눈을 감고 화두를 외웠다. 어렴풋이 원숭이 모습과 얼룩말 모습이 보였다.

셋째 날. 수련 시 가슴이 뭉클한 느낌이 일면서 눈앞이 밝아졌다. 방파제 아래로 물이 출렁이고 뒤쪽으로 산허리가 나타났다. 그 아래에 옹기종기 집들이 모여 있다. 지붕은 형형색색에 너무 평화로워 보이는 바닷가 마을이다. 내가 전생에 살았던 곳이라는 느낌이 든다.

화면이 엷어지면서 하늘에 구름이 보이기 시작한다. 점점 짙은 코발트색 하늘색이 선명해졌다. 아주 깨끗하고 공기가 청아할 정도로 맑은 느낌이다. 아래로 산등성이에 바위가 하나 보인다. 거기에 누가 가부좌를 틀고 앉아 있다. 화면이 바위로 다가갔다. 나인 것 같다. 내가 산속에 와 있나 순간 착각이 아닌지 방바닥을 만져 봤다. 여전히 나는 방에 앉아 있는데 바위에 앉아 있는 기분이다.

몸이 새털처럼 가벼워져 떠올랐다. 숲속의 전경이 360도로 회전하면서 돌아간다. 가벼워진 건 내 몸이 아니라 내 마음의 무게가 사라져서인 것 같다. 다시 화면이 어두워지면서 어둠 속에서 비행기 프로펠러처럼 빠른 속도로 회전하면서 무엇인가 다가온다. 짙은 회색의 직사각형의 돌문이다. 눈앞을 가득 메웠다. 문 표면에 45도 각도로 사선이 촘촘히 새겨져 있다. 좀 으스스한 느낌이 든다.

문이 사라지고 그 뒤쪽으로 먹구름이 가득한 하늘에 아주 오래되어 보이는 사원이 보인다. 2층으로 되어 있는데, 1층 정문 위에 검은색 창문이 유난히 눈에 들어온다. 느낌이 암울해 보인다. 다시 화면이 뭉그러지고, 흰색 빛 덩어리가 확장되면서 비행기 위에서 지상을 내려다보이는 장면처럼 산과 들, 논밭과 그리고 집들이 보인다. 집들이 성냥개비만하게 보였다.

넷째 날. 정신을 집중하자 눈앞이 어른거리면서 서서히 화면이 나타났다. 갑옷을 입고 투구를 쓴 장군이 제장들과 회의를 하고 있다. 무엇인가를 보며 이야기를 나누는데, 작전회의인 것 같다. 회의가 끝나고 장군은 막사를 나와 말을 타고 어디론가 사라지고 화면이 다시 어두워졌다. 북소리와 함께 병사들이 손에 창과 방패를 들고 행진해 오더니, 어느 순간 그 끝이 보이지 않을 정도로 화면을 가득 메웠다.

얼굴이 굳어지다 못해 아주 비장한 표정이다. 어디로 전쟁을 치르러 가고 있는 것이다. 전에도 이와 같은 장면을 본 적 있다. 새벽 찬 공기를 마시며 선두에서 말을 타고 병사들을 이끌고 산을 넘어오는 장면이 보였다. 그때하고 비슷한 장면이다. 새벽의 찬 공기가 폐 속까지 파고드는 느낌이 너무 생생했었는데, 다시 병사들이 행진하는 장면이 계속된다.

내 전생인 것 같다. 어둠 속에서 사람의 얼굴이 하나 떠올랐다. 얼굴을 보는 순간 프랭클린 루즈벨트라는 감응이 왔다. 콧수염을 기르고 있는 외국인의 모습이다. 어제 본 영문으로 된 서류들이 루즈벨트하고 연관이 있는 듯하다.

다시 어둠 속에서 광대뼈가 드러난 얼굴 윤곽이 떠오른다. 턱수염이 짙게 나 있는 얼굴이다. 얼굴이 선명해지자 링컨이라는 느낌이 든다. 링컨 특유의 얼굴 윤곽이 드러나 보인다. 이게 사실인가? 믿어지지 않는다.

그 뒤로 몇 명의 얼굴이 지나갔는데 누구인지는 모르겠다. 8명 정도 되는 것 같다. 내 전생의 모습들이 압축해서 보여지는 것 같다. 두 번째 화두수련 이후 계속 수련 중에 영상은 아무래도 사람으로서 최초의 전생부터 가장 가까운 현생까지 내 전생들이 압축해서 나타나는 것 같다. 나의 정체가 서서히 드러나는 것 같다. 마음이 훨씬 더 가벼워졌다. 가슴이 뚫려 버린 것같이 후련하다.

3단계 무위삼매(無爲三昧)

첫째 날. 선생님께 찾아뵙고 화두를 받고 수련에 들어갔다. 강한 기운이 작용하고 화두에 점점 빠져들면서 나 자신이 빨려 들어가는 느낌이다. 잡념이 일어났지만 화두에 녹아 버리고 중단전이 아파 왔다.

그 후 중단전이 뻥 뚫려 버려서 중단전이 사라져 버렸다. 어디로 없어진 걸까? 오직 단전만이 느껴지고, 그 중심에는 홀연히 아무것도 없이 밝은 광채만 빛나고 있다. 그러나 아직 시간과 공간은 남아 있는 것 같다.

이 시간과 공간이라는 느낌마저 다 없어져 버려야 된다. 이것이 비무허공(非無虛空)인가? 이번 화두가 뚫어진 것 같고 며칠 안에 이번 화두도 끝날 것 같다. 선생님께서 기운이 다 끊어지고 반응이 없으면 찾아오라고 하셨다.

고속버스를 타고 집에 오는데 옆자리에 대학생쯤 되어 보이는 여학생이 앉았는데, 차가 출발한 후에 조금 있다가 갑자기 영상이 하나 떠올랐다. 한 남자가 누워 있는데 그 옆에서 젊은 서양 여자가 울고 있는 모습이 보였다. 이 아가씨도 전생에 나랑 무슨 인연이 있었던 걸까?

세상에는 우연이란 것이 없는 것 같다. 옷깃만 스쳐도 인연이라는 말이 실감이 나는 것 같다. 새삼 인과응보의 이치가 얼마나 정확한지 가슴 깊이 느껴진다. 모든 것은 한 치의 오차도 없이 작용하는 것 같다.

둘째 날. 인당에 스크린이 뜨는 것처럼 가로로 길쭉한 사각형의 화면이 나타났다. 흰색의 벽면을 한 아파트 같은 건물의 계단이다. 아래로는 밑을 보니 어지럽다. 나는 계단을 걸어서 옥상까지 올라갔다. 꼭 꿈을 꾸는 것 같고 느낌이 몽환적이다.

옥상에서 앞을 보니 숲속 한가운데에 있다. 화면이 회전하면서 좌에서 우로 화면이 돌아간다. 온통 숲으로 둘러싸인 풍경이 한참을 돌아가다 사라져 버렸다. 각 계단은 단계를 나타내는 것 같고, 한 단계씩 올라가 결국은 목표를 이룬다는 것을 암시하는 느낌이다. 정확히 무엇을 의미하는지 모르겠다. 이제는 투시가 정착이 된 것 같다. 보고 싶으면 보이는 것 같다.

셋째 날. 아침 수련을 해서 그런지 아침 수련이 잘된다. 같은 시간에 매일 하니까 저절로 그 시간만 되면 수련 상태로 기운이 발동하는 것 같다. 처음에는 반응이 없다가 한 차례 소주천이 있은 후 이상한 현대식 건물이 보였다. 좀 특이한 형태이다. 무엇을 의미하는지는 모르겠다. 알 수 없는 것이 너무나 많이 떠오른다. 문 앞에 사람의 코가 나타나더니 입술 쪽으로 화면이 이동한다. 화면이 확대되면서 사람의 얼굴이 나타났다. 아주 잘생긴 얼굴이다. 분명 무엇을 암시하는 것일 텐데 하는 의문이 들었다. 화면이 사라지고 백회로부터 두 갈래 기운이 내려와 단전을 중심으로 소용돌이친다.

넷째 날. 밤새 강한 기운 때문에 잠을 설쳤다. 잠을 자면서도 기운이 끊어지지 않는다. 아침에 일어나 화두에 몰두하자 온몸에 기운이 아주 강하게 작용한다. 백회로부터 단전까지 텅 빈 것처럼 아무것도 없다. 몸이 새털처럼 가벼워져 밝은 기운 속에 내가 있을 뿐이다. 기운의 흐름에 장애가 없이 우주와 내가 한 몸이 된 것 같다.

다섯째 날. 새벽에 일어나서 『선도체험기』를 읽고 화두를 잡았다. 1시간 정도 수련 후 잠을 잠깐 잔 것 같은데, 한 여자아이가 다가와 나에게 안기었다. 그런데 그때 깨어 있었고 내가 안았다는 느낌이 실제로 들었다는 것이다. 투명하지만 사람을 안고 있다는 느낌이 사람을 안을 때와 똑같은 촉감으로 느껴진다.

여섯째 날. 어젯밤에 잠자는 동안 내가 거대한 우주처럼 느껴지고 백회와 단전에 하나의 거대한 기운의 기둥이 생겼다. 그 기둥을 타고 단전에서 끊임없이 하늘로 기운이 왕래한다. 낮에 잠깐 앉아 있자 눈앞에 황금색 빛이 반짝거린다.

저녁에 음기가 몹시 강하게 쏟아져 들어와서 몸이 춥고 떨리더니, 중단전이 답답해진 후로 백회로부터 황금색 줄기가 단전으로 내려왔다. 아랫배 여기저기가 아프면서 화끈거린다. 아무래도 단전에 변화가 일어나는 것 같다. 몸도 몹시 피로하고 몸살이 심하다.

4단계 무념처삼매(無念處 三昧)

4단계 화두를 받으러 삼공재에 갔다. 11가지 호흡법이 적힌 종이를 주시면서 해 보라고 하신다. 난 반신반의했다. 과연 될까? 그런데 눈을 감고 호흡에 집중하니 저절로 11가지 호흡이 차례로 정확히 일어났다.

차례로 진동부터 시작해서 국자로 젓는 호흡까지 되었다. 그리고 호흡이 상단전, 중단전, 하단전에 몰리더니 자기 마음대로 이루어진다. 국자로 젓는 호흡과 호흡이 3개의 단전에 몰리는 호흡은 이번에 처음 경험했다.

전에 한 번 과정을 거쳐서 그런지 이번에는 굉장히 짧은 시간에 11가지 호흡이 진행되었다. 사람의 호흡이 이렇게 다양할 수 있다니 신기할 따름이다. 수련을 하지 않는 사람들은 상상도 하지 못할 것이다. 호흡을 마치고 나니 선생님께서 5번째 화두를 주셨다.

5단계 공처(空處)

첫째 날. 아침 수련 시 화두에 몰입하자 임맥독이 강하게 주천이 이루어졌다. 마음과 기운이 하나로 합쳐지면서 "시작도 끝도 없고 선악도 없는 자"라는 감응이 왔다. 온몸에 강한 기운이 휘감고 돈다.

마음의 변화가 기운을 이끄는 듯하다. 기운이 가라앉자 시선이 백회 쪽으로 몰리면서 백회에 꽃봉우리 같은 게 보인다. 그 위로 금가루가 반짝거리며 단전까지 쏟아져 내렸다. 기운이 한 차원 더 높아진 걸까?

갑자기 머릿속이 불을 켜 놓은 것처럼 밝아지면서 몸에 작은 진동이 온 후 호흡이 마음대로 되었다. 호흡과 몸과 기운이 일치하기를 반복하면서 변화를 거듭하는 것 같다. 기운이 단전으로 가라앉으면서 요동치고 힘이 들어갔다.

인당이 밝아지고 사람 형상이 어른거린다. 서양인 교사가 학생들을 가르치고 있다. 얼굴에는 더부룩한 턱수염이 있고, 칠판 같은 곳을 지적하면서 이야기하고 있다. 꼭 외국영화에 나오는 수도원의 수사 같다.

나의 또 다른 모습인가? 느낌에 종교 교리를 설명하고 있는 듯하다. 화면이 사라지더니, 이번에는 아름다운 천상의 세계 같은 곳이 나타났다. 산 정상의 풍경인데 오색구름이 물감을 뿌려놓은 것처럼 깔려 있다. 꼭 신선도의 풍경을 보고 있는 것 같다. 화면이 책장 넘기듯 바뀌지면서 풍경이 변화된다. 정말 아름다운 풍경이다. 지상에 이런 곳이 있을까? 아주 몽환적인 풍경이다.

둘째 날. 아침 수련 시 진동이 상체 위주로 빠르게 진행되었다. 일순간 정지하더니 내부로부터 기운이 내 주위 공간과 일치되면서 잔잔하게 파동 친다. 그 후 "시작도 끝도 없고, 태어남도 죽음도 없으며, 선악도

청탁도 없고, 오고 감도 없는 존재"라는 감응이 왔다.

마음과 기운이 일치되면서 온 방 가득히 나를 중심으로 파도가 퍼지는 듯하다. 마음과 기운이 일치된 것이다. 동시에 세 개의 단전에 힘이 들어가면서 인당에 구름이 조금 낀 하늘에 태양이 빛나더니, 그 빛이 내 인당과 한참 동안 연결되어 작용하다 태양이 점점 멀어지면서 사라졌다.

그 후 "모든 것은 하나다"라는 감응이 오고, 모든 것은 하나이기에 온 우주가 "무량대수 무량무수이다"라는 말이 천리전음으로 들렸다. 그 후로 호흡이 마음대로 되면서 가볍게 진동했다. 자성에서 들려오는 소리는 끊임없이 기운의 변화를 알리고, 마음과 기운을 일치시켜 나간다.

그리고 화면으로 보여 주면서 수련자에게 자신의 위치와 수행의 정도를 가늠할 수 있게 해 준다. 수행이란 중심을 향해 끊임없이 변화를 추구하는 것이다. 아직도 방광경 쪽으로 기운이 호수에 물이 들어가듯 강하게 작용한다.

셋째 날. 화두를 외우면 모든 것은 하나이기에 내 자신이 존재하지 않는 것 같다. 내 자신 속에서 "무형무재 무공무심"이라는 소리가 들린다. 나의 기운과 마음의 상태를 표현하는 자성의 소리이다. 내 마음 그 자체다. 그저 여여할 뿐이다. 그 후 산과 숲속이 보였다.

오후 들어서 봄비가 시작되더니 저녁때가 되어도 계속되었다. 저녁을 먹고 여느 때처럼 우산을 쓰고 화두를 외우며 걸었다. 가슴으로부터 기운이 확장되면서 내가 온 세상이 되어 버렸다. 그 속에서 내 육신만 걷고 있다. 나란 무엇인가? 모든 것이 나인가? 마음속에서 "나는 시작도 끝도 없는 존재다"라는 감응이 오고, 단전 중앙에 도(道), 무(無), 명(明)이라는 말이 떠올랐다.

수련의 단계가 올라갈수록 나의 존재감이 여러 가지 모습으로 다가온다. 집에 와서 다시 정좌하고 앉았다. 기운이 강하게 동하면서 내 마음이 예수, 부처와 같고 모든 성현의 마음처럼 되었다. 가슴이 시원해지며 단전으로 기운이 가라앉았다. 5단계 화두는 정말 마음의 변화가 주가 되면서 나 자신의 아상이 깨어져 나간다.

넷째 날. 새벽에 잠을 설쳐서 깨어났다. 정신을 가다듬고 선생님 말씀처럼 고양이가 쥐를 노리듯 화두에 집중하였다. 마음속 깊은 곳으로부터 "시작도 끝도 없는 존재"라는 소리가 들리면서, 텅 비어 끝도 없는 곳에 그저 존재만 느껴진다.

존재란 무엇인가? 갑자기 기운이 요동치면서 내 몸이 변화하기 시작했다. 내가 누생(累生)을 살아오면서 거친 전생의 몸으로 차례차례로 변화하기 시작했다. 한참을 변화하더니 기운이 가라앉으면서 안정되었다. 마음은 텅 비고 단전에만 온화한 기운이 감돈다. 어차피 몸이란 것은 아상에 의해서 만들어진 것, 시공의 산물일 뿐 변화의 주체는 진아(眞我)라는 것을 여실히 보여 주는 것 같다.

다섯째 날. 아침 수행 시 모든 것은 하나임과 나의 자성에 머무르는 나를 보았다. 거기서 내 주위의 사람들에게 진여자성으로 아상을 깨고 배워야 한다는 공심이 일고, 기운이 그들에게 전달되는 것처럼 세상을 향해 펴져 나갔다. 진여자성에서 무한한 지혜와 무한한 덕과 무한한 힘이 발현되는 것 같다. 내 모습이 하늘의 모습 그 자체인 것 같고, 기운이 스승님과도 연결이 되어 교류하는 것처럼 스승님이 떠올랐다.

저녁 시간에 화두를 잡고 앉았다. 현묘지도 수행에서 스승님께서는 나를 문 앞까지 인도해 주시고, 그 문을 열고 들어가는 사람은 나다.

내 스스로 문을 열고 들어가 진여자성을 증득해야 한다. 진여자성을 둘러싸고 있는 무수한 성현들과 선계의 스승님들이 나를 끊임없이 진여자성으로 인도하는 것이 느껴진다.

6단계 식처(識處)

첫째 날. 5번째 화두를 받으러 갔을 때 빨리 현묘지도 수행을 끝내야한다는 천리전음이 들렸다. 왜 빨리 수행을 끝내야 하는 걸까? 하는 의문이다. 새벽 수련 시 중단전으로 호흡이 되고, 호흡이 강해질수록 드릴로 양쪽 옆머리를 뚫는 것처럼 개혈 작업이 이루어졌다.

점점 강해지면서 상단전에 자기 폭풍 같은 느낌의 바람이 일더니 한아이가 골목을 돌아 달려 나온다. 화면이 엷어지면서 기둥이 여러 개 있는 흰색 건물이 보이고, 흰색 제복을 입은 남자가 그 앞에 서 있다.

화면이 방안으로 이동하면서 책상 옆에 미국의 성조기가 꽂혀 있는 방에 한 남자가 양복을 입고 근엄하게 앉아 있다. 모진 세파를 견디어 온 얼굴이다. 무엇인지 모르지만 얼굴에 수심이 가득하고 아주 강인한 신념이 엿보인다. 2번째 화두에서 본 인물과 동일인이고, 누구인지 알 것 같다. 그 후 내가 몸 밖으로 빠져나가 방안을 날아다니다 다시 내 몸으로 돌아왔다. 2번째 화두에서는 전체적인 전생이 보였고, 화두가 진행되면서부터는 각각 세세하게 보이는 것 같다.

둘째 날. 어제의 수련이 계속 이어지기나 하듯이 화두를 외우자 인당에 전통 한옥이 보이고 한 여인이 방문을 열고 그릇에 무엇인가 담아 내놓는다. 아주 미인이다. 화면이 끝났나 했더니 이번에는 블랙홀의 소용돌이 속으로 계속 빨려 들어간다.

한참을 빨려 들어가다 나무가 무성하게 우거진 숲속이 나타났다. 나무 사이로 거대한 피라미드가 보인다. 이집트 피라미드 크기 규모이다. 피라미드 표면은 검은색 금속으로 되어 있고, 총 3층으로 분리되어 있는데 층 사이 창문에서 불빛이 새어 나온다.

계속 숲속으로 풍경이 지나간다. 이곳이 내 출처인가? 지구가 아닌 외계의 별이 분명하다. 화면이 바뀌고 매화꽃이 그려진 병풍이 쳐진 방에 한 남자가 양반다리로 앉아서 책을 읽고 있다. 그런데 입고 있는 옷이 이상하다. 이번에는 이목구비가 먼저 보이고 확대되면서 인자하게 생긴 남자 모습이 보인다. 얼굴이 큼직하게 화면 가득 메운다. 왕들이 입고 있는 황금색 비단옷을 입고 있다.

순간 만 원권 지폐의 얼굴이 떠올랐다. 이 얼굴도 3번째 화두수련 시 일부 보였는데, 이번에는 그 실체가 드러나는 것 같다. 이제까지 전생을 보면서 하늘의 섭리가 느껴지는 것 같기도 하고, 왠지 무엇인가 모를 느낌이 가슴을 때린다.

셋째 날. 수련할 때마다 의식의 방향이 달라진다. 백회 쪽으로 시선이 집중되었다. 붉은 연꽃이 빛을 내면서 활짝 피어 오므렸다 벌렸다 하는 모습이 인당에 나타났다. 화면이 바뀌고 현대의 도시 모습, 숲속, 이상한 스케치된 그림이 지나갔다.

머릿속이 밝아지더니 머리가 해부된 것처럼 뇌의 모습이 사진처럼 나타났다. 좌뇌, 우뇌와 뇌의 주름이 선명히 보인 아주 깨끗하고 건강한 뇌의 모습이다. 왜 뇌의 모습이 보이는 걸까? 아무래도 머릿속의 기운이 변화가 생긴 것 같다.

의식이 가는 곳에 기운이 가고, 기운이 가는 곳은 변화가 일어나게 마련이다. 저녁 수련 시 기운이 폭포수처럼 쏟아져 들어온다. 화두가 기운을 타고 내 몸 세포 속까지 울린다. 세포들이 화두에 반응하면서 진동을 하다가 점점 분해되고 가벼워지면서 투명해졌다. 그 형상이 단전에 나타났다가 일그러지며 산산이 부서져 버린다.

그리고 한자로 아(我)가 떠올랐다 그 후에 아무것도 없는 무(無)가 느껴졌다. 내 아상이 깨어진 건가? 그 후 마음이 안온하고 온화해졌다. 호흡이 바뀐 것 같다. 피부호흡이 예전보다 훨씬 더 강하게 된다. 수련이 진전될수록 점점 내 존재의 실체가 드러나면서 나의 아상이 깨어져 나간다.

넷째 날. 아침 수련 시 검푸른 해초가 너울거리는 바닷속 풍경이 비친다. 일시에 화면이 뒤틀리더니 순식간에 여러 동물 형상이 뭉뚱그려지면서 변화되었다. 이제까지는 동물이 간간이 보였으나, 이번에는 그것들이 다 뭉쳐서 일시에 변화된 것이다.

다른 분들처럼 내가 동물들로 살았던 생인가? 모든 것이 사라지고 붉은 암벽이 나타났다. 바위벽만 화면을 가득 메웠다. 그리고 하늘에서 지상이 내려다보이는 장면으로 끝이 났다. 내가 사람에서 동물, 동물에서 무생물, 그리고 대기가 변해서 세상을 감싸는 걸 암시하는 것 같다.

근원적인 존재는 왜 생명으로 변화하는가? 부처는 말했다. 세상이 불타고 있다고. 그렇다. 우리 몸도 불타고 있다. 변화하지 않는 존재는 없다. 현상계의 모든 것은 변화한다. 단지 우리의 오감이 그걸 진실로 받아들이느냐가 문제다. 왜냐하면 오감은 현상계의 산물이니까 사실처럼 보일 수밖에 없다.

근원에서 보면 이 세상은 하나의 껍데기에 지나지 않는다. 우리는 모든 것을 볼 때 항상 껍데기를 먼저 보고 그 내면을 인식한다. 근원의 에너지 위에서 떠 있는 입자일 뿐이니까? 생명이란 이처럼 진아가 세상을 향해 비추는 빛의 그림자의 허상일 뿐이다.

7단계 무소유처(無所有處)

첫째 날. 아침 수련 시 피부호흡이 완전히 달라졌는지 전신으로 기운이 들어온다. 마음의 변화가 호흡을 변화시키는 것 같다. 마음이 느긋하다 못해 쳐진다. 화두에 몰입하자 머리 위에서 "툭" 하는 소리와 함께 강한 기운이 온몸으로 쏟아지며, 온몸이 오싹오싹하면서 호흡이 이루어졌다.

눈앞에 산과 호수가 어우러지는 풍경이 드러났다. 산의 전경이 호수 물에 일그러지며 태양 빛이 작열한다. 지금 내 마음을 투영한 영상인가? 바람 한 점 없고 그저 고요하다. 지금 내 모습의 일면을 보는 것 같고, 무엇을 바라지도 않고 어디로 가고자 하는 마음도 없다. 눈앞이 다시 어두워지더니 하늘과 맞닿은 지평선이 나타났다.

아무것도 없다. 그냥 캔버스 위에 선 하나 그어 놓고 이것은 땅, 이것은 하늘이라고 하는 것처럼 텅 비어 있다. 온 우주를 하늘과 땅으로 상징적으로 보여 주는 것 같다. 하늘과 땅이 중심으로 몰린다. 그러더니 황금색 구슬로 변하면서 번쩍 빛을 발한다.

그 후 이상한 사람 형상과 중심은 검고 밖은 흰색 도형이 나타나 형태를 바꾸며 변화한다. 모든 것이 사라지고 하늘에서 내려다보이는 지상의 장면으로 화면이 끝났다. 이제는 수련 시 나타나는 현상이 일정한 패턴이 생긴 것 같다. 저녁 수련 시 청둥오리가 뒤뚱뒤뚱 걸어오다가 사라지고, 숲 풀 사이로 작은 새 한 마리가 보였다.

둘째 날. 아침 수련 시 이제는 화두를 외우면 기다렸다는 듯 기운이 쏟아져 들어온다. 눈앞에 어제 보았던 하늘과 땅의 모습이 펼쳐졌다. "모든 것은 하나다" 하는 감응과 함께 중단전으로부터 마음이 확장되어 우주와 하나가 되어 버렸다.

근데 전과 다른 점은 내 마음속에 선계와 우주가 다 들어 있다는 느낌이 든다. 인당이 밝아지더니 황금빛이 번쩍거리며, 눈앞에 나무숲과 원시 지구의 모습이라고 생각되는 풍경이 나타났다. 내가 둥둥 떠다니면서 풍경을 보고 있는 것처럼 화면이 흔들린다. 확실히 유체이탈을 하여 이 세계로 온 것 같다. 저 멀리 산등성이 바위 위에 야자수가 듬성듬성 서 있고, 열대우림이 우거져 있다.

풍경을 보는 순간 공룡이 살았던 시대라는 직감이 왔다. 다시 지구 생성 초기 모습처럼 오직 바위와 물밖에 없고 생명은 보이지 않는다. 이번 화두는 중단전에 변화가 심하다. 아무래도 마음속에 있는 아상의 찌꺼기를 청소하고 있는 느낌이다. 한 차원 올라갈수록 마음은 더 느긋해져서 아무 일도 하기 싫어진다. 그런데 막상 하고자 하면 또 힘이 생긴다. 신기하다.

셋째 날. 머리 위에 하늘을 얹고 있는 기분이다. 거대한 기운의 줄기가 내 머리를 묵직이 누르며 쏟아져 들어온다. 그 소리가 무섭다. 내가 화두를 외우는 방식은 단전과 백회에 화두를 써 놓고 그걸 관하면서 계속 외우면 화두를 놓치는 일이 없다.

이렇게 화두를 관하면 화두와 호흡이 일치되고, 종국에는 기운과 마음이 하나로 되어 화두는 없어지고 화두의 기운만 느껴진다. 화두에 몰입하자 내 몸이 떠오르더니 일순간 우주에 와 있다. 더 강하게 그 기운에 몰입하자 내 모습이 일순간 현재의 몸에서 태아로, 다시 무수한 전생으로 소급되고 나서 사라지고 텅 비어 버렸다.

그 후 "만물중유 만물만생"이라는 천리전음이 들리면서 내가 우주 그 자체가 되어 버렸다. 내 육신은 사라지고 몸이 투명체가 되었다. 나는 존재하지 않았다. 나와 네가 따로 없고, 온 우주가 나와 같고, 만물은 서로 다르지 않고, 모든 것이 나 자신이다.

내 모습을 보니 투명체로 거대한 기운 그 자체로 불꽃같은 기운이 뿜어져 나온다. 이게 내 실체인가? 육신이 없이 그냥 존재하는 것 같다. 이 기운으로 어디든 갈 수 있고 모든 것으로 변할 수 있다는 생각이 든다.

나무도 되었다 바위도 되었다 별도 되어 보인다. 내가 상상하는 건가? 그런데 그것들이 나와 다르지 않고 나와 완전히 동일체이기 때문에 전혀 이질감이 들지 않는다. 이제는 피부호흡한다는 느낌이 없이 그냥 육신 없이 우주와 합일되어서 호흡하는 것 같다.

사람의 마음이 우주와 같고, 우주는 사람의 마음의 표현체일 뿐이라 느껴진다. 요가에서는 나의 아상을 소 마야라하고 우주 전체도 대 마야이므로 모두 다 허상이라고 했는데, 그 말이 맞는 것 같다. 이제 알겠다. 모든 건 다 마음의 산물이라는 것을. 이것이 실상인가? 수련이 한 단계 오를 때마다 증득되는 것이 다르게 느껴지지만 그 본체는 역시 하나인 것이다.

넷째 날. 저녁 시간에 화두를 잡고 정진하자 8명의 선녀가 내려와 내 주위를 돌며 춤을 춘다. 춤을 출 때 현란한 기운이 내 몸을 스치자 기혈이 시원해졌다. 잠시 후 한 무리의 사람들이 나타나더니 좌우로 나누어 서며 한 명씩 나와 나에게 절을 한다. 그리고 어디론가 사라졌다. 7단계

부터 수련을 하면 선계와 나와 우주가 다 내 속에 있는 것 같다. 예전과
는 확실히 달라진 느낌이다.

8단계 비비상처(非非想處)

첫째 날. 아침 일찍이 버스를 타고 서울로 향했다. 이번에 마지막 화
두를 받으러 가는 길이다. 벌써 마지막인가 하는 생각에 그동안 일들이
눈앞에 스친다. 일찍 도착해서 선릉에 들어가서 의자에 앉아서 『선도체
험기』를 읽다가 시간이 되어서 삼공재를 찾았는데, 많은 도우분들이 와
있었다. 선생님께 화두를 받고 수행에 들어갔으나 집중이 안 되고 왼쪽
발에 강한 통증이 와서 그냥 자리에서 일어났다. 버스를 타고 오는 길에
확실히 전하고 다르게 훨씬 덜 피곤하다.

둘째 날. 이제 마지막 화두다. 어제의 여독이 채 가시지 않았다. 화두
를 외우자 화두가 길어서 외워지지 않는다. 초발심으로 마음을 가다듬고
수련에 들어갔다. 화두에 몰입하자 11가지 호흡 중 일부가 이루어지면
서 진동이 일어났다. 온몸의 기혈이 시원하게 열리면서 어제 누적된 탁
기가 다 나갔다. 인당에 어디선가 조각 하나가 떨어졌다. 뭘까?

그리고 흙으로 만들어진 오래되어 보이는 토기가 모습을 비추었다.
방금 그 조각이 이 토기의 일부인 것 같다. 무엇을 의미하는 걸까? 순간
눈앞이 어두워지면서 위쪽에 밝은 빛이 들어오는 입구가 나타났다.

입구 쪽으로 빨려 들어가면서 중단전에서 "툭" 하는 소리와 함께 상단
전이 밝은 빛으로 휩싸였다. 새로운 세상으로 나온 것 같은 느낌이다.
푸른 바다와 섬이 보인다. 한참을 보고 있으니 가슴이 시원해졌다. 무수
한 나무숲이 눈앞을 지나갔다.

셋째 날. 화두에 집중하였지만 기운이 들어오는 양도 적고, 눈앞에 울창한 나무숲과 큰 강물이 흘러가는 모습만 보였다. 나의 시선 위까지 물살이 출렁거리며 흘러간다. 이 물은 어디로 흘러가는 걸까? 물만 보이고 아무것도 보이지 않는다. 3일째 접어들었는데 우주도 없고 세상도 없는 것 같다.

아무것도 느껴지지 않는다. 자꾸 "모든 것을 놓아라" 하는 소리만 들린다. 내 마음에 아직도 이상의 찌꺼기가 남아 있나? 모든 것을 버려야 한다. 저녁 시간에 운동을 하고 집에 오는 길에 백회 쪽이 감지되어 백회를 보니, 두 명의 선녀가 내려와 무엇인가를 축하하는 듯 춤을 춘다.

집에 들어올 때까지 계속되었다. 집에 들어와 화두에 몰입하자 한 차례 진동 후 호흡이 마음대로 되면서 온몸에 열감과 땀이 나고 호흡이 바뀌었다. 갑자기 눈앞이 밝아지고 무한한 환희심과 함께 무한한 기쁨이 느껴진다.

눈앞은 밝은 빛이 가득하고 형언할 수 없는 상태에 이르렀다. 시공을 넘어선 그 무엇의 상태이다. 눈을 뜨니 앉아 있는 곳이 오히려 생경스럽다. 이것이 견성인가? 현묘지도 수련에 들어가기 전에도 경험한 적 있다. 5단계에 이르면서 나는 이미 알고 싶은 것은 관하면 모두 알 수 있다는 느낌이 들었다.

넷째 날. 새벽에 일어났다. 내가 잠을 잔 것인지 아닌지 모르겠다. 어젯밤 그 상태가 계속된 것 같다. 갑자기 내 자성에서 저절로 말이 나온다. "뜨고 지는 해도 없고, 차고 기우는 달도 없으니 어찌 기쁘지 아니한가?" 내 존재가 거대한 산 같고 우주 같기도 하고, 아무튼 설명하기 힘들 정도의 강한 기운 자체가 되어 버렸다.

인당에 금빛이 번쩍거린다. 이전과 비교가 안 될 정도이다. 예전 것이 은은한 황금색이라면, 이번에는 번쩍이는 황금빛이다. 그리고 부처의 모습이 보였다. 온몸이 황금빛 광채로 번쩍인다. 나의 모습을 보고 있는 것 같다. 내가 부처가 되어 온몸이 황금빛으로 번쩍인다.

그리고 한동안 무수한 성현들의 모습이 계속 지나간다. 현재 나의 수련 단계를 보여 주는 것이다. 하루 종일 내 자신이 부처처럼 느껴졌다. 저녁 수련 시간, 수련에 들어가자 "망아공상"이라는 말이 떠올랐다. 이제 수련이 다 끝났다.

현묘지도 수련을 마치며

삼공 선생님을 알게 된 지도 벌써 15년이라는 세월이 흘렀다. 그동안 오직 한곳만 바라보고 일념으로 달려왔다. 그 정성 때문인지 하늘의 도움으로 우여곡절 끝에 현묘지도를 전수하게 된 것을 스승님과 선계의 스승님들께 진심으로 고개 숙여 감사드린다. 모든 것이 잘 짜여진 프로그램에 의해서 착착 진행되어졌다는 느낌이 든다. 가장 기뻐할 분은 하늘에 계신 아버지일 것이다. 아버지가 돌아가시던 날 천국으로 천화되어 가시는 모습을 보았다. 하늘에서 아버지 웃으시고 계실 것이다.

그동안의 삶을 돌아보면 내 몸에는 역지사지가 몸에 배어 있다. 집안에서든 사회에서든 항상 손해 본 듯하며 살아왔다. 그것이 너무 심해서 가진 거라고는 이 육신 하나밖에 없지만, 마음만은 온 우주를 품은 듯하다.

나에게 있어서 수행이란 마음의 어두운 동굴을 자성의 등불로 밝혀, 밝은 사람이 되는 것이다. 이처럼 수행이라는 것은 나를 먼저 밝히고 상대를 밝히고 그 빛을 모아 세상을 밝히는 것이라고 생각한다.

그래서 그런지 언제나 사람들과 대화를 할 때면 아상에서 나오는 말보다는 내 자성에서 나오는 말이 훨씬 더 많다는 것을 느낀다. 내가 언제 이런 말을 배웠지 하는 생각까지 들 정도이다. 모든 문제에 해답이 바로바로 나올 때가 많은 것을 보면, 아무래도 역지사지가 되어 내 아상이 점점 엷어져 자성으로 내가 이야기하는 것 같다.

앞으로 보림의 과정이 남았지만, 지금처럼 항상 자성의 소리를 낼 수 있다면, 그 또한 무난히 이룰 수 있을 거라고 생각한다. 보림이란 이처럼 아상을 엷게 하고 자성과 온전히 하나가 되어 습업(瘖業)을 제거해 가는 것이 아닐까 생각한다.

인도의 성자 간디의 일화가 생각난다. 어느 날 간디가 집에 혼자 있는데, 영국의 신문기자가 인터뷰를 하려고 집에 왔다. 간디는 차를 대접하며 이야기를 하던 중 신문기자가 간디에게 물었다.

"선생님 소유란 무엇입니까?"

그러자 간디는 옆 창고에 먼지가 쌓이고 거미줄이 쳐진 사용하지 않는 물레를 보며 신문기자에게 물었다.

"신문기자 양반, 저 물레가 누구의 것입니까?"

그러자 신문기자는 대뜸 "저건 선생님 것이 아닙니까?" 하고 대답하였다.

그러자 간디는 "아닙니다. 저건 제 것이 아닙니다."

신문기자 "그럼요?"

그러자 간디가 "물건이든 사람이든 모든 것은 그 자신만의 고유의 가치가 있는 것입니다. 그 가치를 발휘하게 할 때 진정한 소유가 이루어지는 것입니다. 물레를 진정으로 소유하는 사람은 저 물레를 유용하게 사용할 줄 아는 사람일 겁니다" 하고 빙긋이 웃으며 대답했다고 한다.

이처럼 진리는 항상 우리 곁에 있지만 그걸 실천하지 않으면 진정으로 소유할 수 없는 것이다. 실천만이 진정한 소유를 할 수 있다. 그것이 쌓이고 쌓여야 몸에 배어 나올 수 있는 것이다. 즉 과거의 깊이가 미래의 높이를 낳는다.

사람이 물욕이 너무 많으면 거기에 치어서 진리를 볼 수 있는 여유가 사라진다. 최소한 간소한 삶이 진리를 실천하기에 가장 알맞는 삶이다. 많은 성현들이 사치를 경계했던 부분도 이와 같은 이유 때문이 아니었을까?

현묘지도 수련을 통해서 무수한 전생을 봤다. 참으로 인생의 무상함을 느낀다. 인생은 한 편의 연극 같다. 어떤 인생에서는 지도자가 되어 세상을 이끌기도 하고, 어떤 때는 평범한 사람으로 살기도 하고, 결과적으로 사람은 높고 낮음이 없다.

다만 그 역할이 다를 뿐이다. 세상에 삶을 영위할 때 그 역할에 충실하면 자기 소임을 다하는 것이다. 이제 현묘지도 수련을 통해 참자성을 통해 나를 제대로 볼 수 있게 되었으니, 수행에 꾸준히 정진하여 진정한 나를 온전히 소유하는 사람이 되어야겠다. 다른 도우분들 부디 성통공완하시길 기원합니다.

2007년 3월 24일
광주에서 제자 이규연 올림

【필자의 회답】

위 체험기를 쓴 이규연 님은 2000년 6월부터 2002년 8월까지 서울 은평구 녹번동에 살면서 삼공재에서 2년간 수련을 쌓았다. 그 후 그는 일

언반구의 말도 없이 사라졌다가 2006년 말경에 느닷없이 필자에게 이메일을 보내어, 자신의 심신에 갑자기 일어난 기적인 변화에 대한 해답을 구하여 왔다.

솔직히 말해서 지난 5년 동안 단 한 줄의 소식도 없이 지내 오다가 갑자기 문제가 생기니까 필자를 찾는 그의 태도가 마음에 들지 않아 좀 뜨악한 기분이었다. 그러나 이미 독자들도 읽어 온 바와 같이 잇달아 답지한 그의 메일의 내용은 범상한 것이 아니었다.

그의 심신에 일어난 엄청난 변화들을 면밀히 감안하여 볼 때 그는 이미 선계 스승들의 선택을 받은 존재였다. 평소에 그만큼 수련에 정성을 다했기 때문에 가능한 일이다. 삼공재는 그에 대한 위탁 교육을 맡은 한낱 매개체요 위탁기관이었던 것이다. 이리하여 그의 본격적인 현묘지도 화두수련은 2007년 1월 27일부터 시작되어 마지막 화두를 받은 것이 2007년 3월 18일이었다.

그의 수련은 고속으로 진행되었다. 그의 체험기는 그가 수련 중에 겪었던 그대로의 생생한 기록임을 아무도 부인할 수 없을 것이다. 이로써 또 한 사람의 유망한 구도자가 현묘지도 수련을 통하여 열두 번째로 태어나게 되었다.

원래 그림을 좋아했던 그는 지금 광주광역시에서 광고 디자이너로 일하고 있다. 그러나 그의 진짜 관심은 우리나라 상고사 그중에서도 삼대 경전에 있는 것 같다. 부디 이번 현묘지도 수련으로 활짝 트인 새롭고도 참신한 시각으로 어느 분야에서든지 두드러진 성과를 올리기를 희망한다. 그러나 이것은 어디까지나 세속적인 소망일 뿐이다.

그가 정작 평생을 두고 집중해야 할 분야는 이제 겨우 초견성 단계에

든 그의 수련이 끊임없는 보림을 거쳐 누생의 습업을 말끔히 청산하고 부디 구경각(究竟覺)을 성취하여 하화중생(下化衆生)하는 일임을 잊지 말아야 할 것이다. 선호는 상공(相空).

〈87권〉

다음은 단기 4339(2006)년 6월부터 단기 4340(2007)년 6월 30일 사이에 있었던 필자의 수련 과정과, 필자와 수련생들 사이에 오고간 수련과 인생에 대한 대화 그리고 필자와 독자 사이의 이메일 문답을 수록한 것이다.

『선도체험기』를 읽으라는 소리

사십 대 후반의 호리호리하고 깡마른 모습의 고정애라는 여성이 제주에서 오행생식을 하겠다면서 찾아왔다. 그녀는 들어오자마자 나에게 마치 설날에 조부모나 부모에게 하듯 전통적인 예법으로 앉아서 엎드려하는 절을 세 번 했다. 그녀의 절을 받고 난 내가 말했다.

"어떻게 나를 알고 그 먼 곳에서 오셨습니까?"

"얼마 전부터 저도 모르게 깊은 산사(山寺)의 선방에 들어가 참선을 하고 있었습니다. 그리고 스님들로부터 짬짬이 『화엄경』을 비롯한 불경 공부를 하고 있었습니다. 그런데 이상하게도 깊이 몰입이 되지 않았습니다. 그래서 그때마다 참선과 불경 공부를 그만두고 집으로 돌아오곤 했습니다. 그렇게 하기를 열 번쯤 했을 때였습니다. 선방에서 제 깐에는 열심히 참선을 하고 있는데 귓가에서 이상한 소리가 들렸습니다."

"무슨 소리가 들렸습니까?"

"'너는 불문에서 참선을 할 게 아니라 선도(仙道)를 해야 하느니라' 하는 소리였습니다. 저는 그때까지 선도라는 것이 있다는 소리를 누구에게서도 들어 본 일이 없었습니다. 그래서 선도가 무엇일까 하고 의문을 품고 있었습니다. 그리고 며칠이 흘렀습니다. 그러자 이번에는 다른 소리가 들려 왔습니다."

"어떤 소리가요?"

"『환단고기』를 읽으라는 소리였습니다. 저는 그때까지도 『환단고기』가 무슨 책인지조차 도통 모르고 있었습니다. 그런데도 귀에서는 계속해서 똑같은 소리가 연속 들려오는 것이었습니다. 저는 그 소리에 이끌리기라도 하듯이 참선 자세를 풀고 가만히 일어나 밖으로 나왔습니다.

그리곤 그 길로 시내로 달려 나와 제일 큰 서점으로 달려갔습니다. 일단 서점으로 들어서자 저는 마치 누구의 인도라도 받은 듯 책 진열대 위의 한 곳으로 걸어가 걸음을 멈추었고 우연히 제 눈이 한 곳에 꽂혀 있었습니다. 그곳에 바로 『소설 한단고기』 상하권이 있었습니다. 저는 무조건 그 책을 구입하여 읽었습니다. 다 읽고 나자 이번에는 『선도체험기』를 읽으라는 소리가 끈질기게 들려오는 것이었습니다."

"그래서 그 책을 구입했습니까?"

"그런데 그 책이 권수가 85권이나 된다고 서점 주인이 말하는데 그 서점에는 권수가 몇 안 되었습니다. 그래서 특별히 주문을 해서 읽고 있습니다."

"지금 몇 권까지 읽으셨습니까?"

"19권까지 읽었습니다. 19권까지 읽다가 하도 궁금해서 79권에서 83

까지 읽다가 다시 19권으로 되돌아와 읽고 있습니다."

"『선도체험기』는 아무리 조급하더라도 1권서부터 차례대로 읽어야 공부가 순차적으로 되게끔 되어 있습니다. 그래야 선도 공부도 단계적으로 향상되게 되어 있습니다. 그렇다면 계속 『선도체험기』를 읽으실 것이지 무엇 때문에 나를 찾아오셨습니까?"

"저는 10년 전부터 1년에 봄과 가을에 한 번씩 단식을 해 오고 있는데 금년 봄 단식을 끝낸 지 이제 사흘째입니다."

"단식 기간은 얼마나 됩니까?"

"삼칠일 즉 21일입니다. 그런데 이번에는 단식을 끝낼 무렵에 선생님에게 찾아가 생식을 하라는 소리가 또 귓가에서 끊임없이 들려왔습니다. 그래서 만사 제쳐놓고 이렇게 찾아왔습니다."

이때 옆에서 수련을 하고 있던 우창석 씨가 말했다.

"선생님, 어떻게 그런 일이 있을 수 있습니까? 우주 비행사가 아닌 평범한 사람도 우주여행을 하는 시대인 오늘날, 수련을 안 하는 보통 사람들이 들으면 무슨 귀신 씻나락 까먹는 소리냐고 할 거 아닙니까?"

"세상만사를 과학과 합리로만 해석하려고 하는 사람들이 들으면 그렇게 말할 수도 있을 것입니다. 그럴 경우 과학과 합리는 과학주의 또는 합리주의라는 일종의 이데올로기가 됩니다. 그러한 이데올로기의 관점에서 보았을 때 고정애 씨가 겪은 영적(靈的) 현상은 도저히 이해할 수 없는 미신이 되고 말 것입니다.

그러나 우리가 실사구시적(實事求是的) 입장에서 또는 경험을 바탕으로 하는 구도자적인 입장에서는 어떠한 이념이나 관념, 일체의 선입견은 말할 것도 없고 어떠한 이데올로기에서도 벗어나야 합니다. 그리하여 허심탄회하게 객관적으로, 일어난 현상을 가감 없이 바라보려는 태도를 견지할 때는 사정이 다릅니다."

"그러나 선생님, 과학주의 또는 합리주의는 보고 듣고 냄새 맡고 맛보고 만져 보는, 이른바 5감을 동원하면 누구나 객관적으로 인정하고 증명할 수 있는 사항들이 아닙니까?"

"그야 그렇죠."

"그러나 고정애 씨가 겪은 것과 같은 영적 현상은 누구나 경험해 볼 수 있는 현상은 아니지 않습니까?"

"그건 그렇습니다."

"그렇다면 영감(靈感)이란 누구나 보고 듣고 냄새 맡고 맛보고 만져 보는 5감과는 다른 특수한 감각이 아닙니까?"

"그렇습니다. 그러나 영감 역시 시각, 청각, 후각, 미각, 촉각의 5감처럼 일종의 감각인 것만은 틀림이 없습니다. 비록 영감이 누구나 가지고 있는 감각은 아니라고 해도 말입니다."

"그렇다면 영감은 어떠한 사람이 가질 수 있습니까?"

"선천적으로 영감이 발달해 있는 사람도 있지만 수련이 깊어지고 내공(內功)이 쌓이면 자연히 영감이 생겨나기도 합니다."

"육감(六感)이 특별히 발달한 사람도 있는데 영감과는 어떻게 다릅니까?"

"육감은 영감과는 달리 합리적 사고를 초월한 직감(直感)과도 같은 것입니다. 직감 역시 수련이 깊어지고 내공이 쌓이면 생겨나게 되어 있습니다. 영감, 육감, 직감은 과학과 합리를 초월합니다. 그러나 이들 초감각은 오감(五感) 위에 군림해 있는 것만은 틀림없습니다. 그러므로 과학주의와 합리주의 또는 5감으로는 해석이 되지 않는다고 해서 무시하면 안 됩니다. 이러한 초감각은 선견지명과도 같은 것입니다."

"어떻게 하면 그러한 초감각을 가질 수 있을까요?"

"결국은 실력을 쌓고 내공이 깊어져야 합니다."

"빙의(憑依)나 접신(接神)하고는 어떻게 다릅니까?"

"빙의는 기공부의 초기에 수련자들이 흔히 겪는 일종의 장애 현상으로서 극복해야 할 과정입니다. 접신은 수련이 정도(正道)에서 이탈했을 때 일어나는 현상입니다."

"영감이 발달한 사람이 접신이 되는 수도 있습니까?"

"있고말고요."

"어떻게 하면 접신을 면할 수 있습니까?"

"마음이 바르고 내공이 쌓인 수련자는 도둑이 경찰을 피해가듯 사신(邪神)이 피해 가게 되어 있습니다."

"그러나 아무리 그렇다고 해도 세상 사람들은 5감까지는 인정을 해도 6감이나 영감은 쉽게 인정하려고 하지 않지 않습니까?"

"그것은 마치 외눈박이만 사는 나라에 두 눈을 가진 사람이 제대로 대접을 못 받고 이상한 사람 취급을 받는 것과 같습니다. 사실은 외눈박이보다는 두 눈을 가진 사람의 시야가 훨씬 더 넓고 정확한데도 말입니다."

"그건 그렇고요. 방금 고정애 씨가 말한 영적 현상은 어떻게 된 것입니까?"

하고 우창석 씨가 물었다.

"고정애 씨의 지도령이 그렇게 인도한 것입니다. 고정애 씨는 원래 전생에서부터 선도를 공부해 왔으므로 선계에 적(籍)이 올라 있습니다. 그것도 모르고 선방에 가서 참선을 하려고 하니까 지도령이 일깨워 준 것입니다."

"선생님은 영안이 뜨여서 그런 사연을 아실 수 있지만 저 같은 초보자는 어떻게 하면 그걸 알 수 있습니까?"

"공부가 깊어져야 합니다. 내공이 계속 쌓이면 자연히 영안이 뜨이게 되어 있습니다."

"열심히 공부하는 길밖에 없군요."

"그렇습니다. 초등학생이 나는 왜 미적분(微積分)을 못 하나 하고 한탄을 할 것이 아니라 지금 자기에게 맡겨진 숙제를 열심히 풀어 나가다가 보면 어느새 중학교를 거쳐 고등학생이 되어 미적분을 배울 수 있게 될 것입니다."

죽을 때 가져갈 수 있는 것

우창석 씨가 말했다.

"선생님, 요즘 매스컴에는 가끔 70, 80대 할아버지 할머니들이 배우지 못한 한을 풀겠다고 손자뻘밖에 안 되는 어린 학생들과 같이 한 교실에서 공부하는 장면들이 나오곤 합니다. 세상 떠날 날이 얼마 안 남은 그분들이 그렇게 공부해 보았자 죽어 버리면 그만일 텐데 그렇게 애써서 공부할 필요가 있을까요?"

"그건 그렇지 않습니다. 공부해 보았자 죽어 버리면 그만이라고 하지만 결코 그렇지 않습니다. 왜냐하면 죽으면 그만이 아니니까요."

"그럼 죽은 뒤에도 그렇게 배운 것이 쓸모가 있다는 말씀인가요?"

"있고말고요. 사람은 죽을 때 그가 평생 이룩한 재산, 명예, 지위 그리고 사랑하는 아내와 자식들은 어느 것 하나 가져갈 수 없지만 배운 것과 깨달은 것만은 고스란히 가지고 가게 되어 있습니다."

"사람이 숨이 멎으면 그 순간부터 몸은 해체 과정에 들어가는데 어떻게 배운 것과 깨달은 것을 가지고 갈 수 있다는 말씀입니까?"

"숨을 거두면 시체는 썩기 시작하는 것은 사실입니다. 그러나 사람은 몸뿐만 아니라 마음으로 구성되어 있는 존재입니다. 마음이 몸과 함께 있을 때는 숨을 쉬고 의식이 있지만 일단 몸에서 마음이 떠나 버리면 그 순간부터 숨은 멎어 버리고 몸은 싸늘하게 식어 버리게 됩니다.

사람이 살아 있느냐 죽었느냐 하는 것은 숨을 쉬고 의식이 있느냐 없느냐로 구분이 됩니다. 마음이 몸과 함께 있으면 살아 있는 것이고, 마음이 몸을 떠나면 죽은 것입니다. 몸 떠난 마음을 우리는 영혼이라고 합니다. 영혼은 육안으로는 보이지 않지만 살아 있는 생명체인 것만은 틀림이 없습니다. 우리가 평생 살아오면서 배운 것과 깨달은 것은 바로 이 영혼이 간직하게 되어 있습니다."

"그것을 어떻게 입증할 수 있습니까?"

"열 길 물속은 알아도 한 길 사람 속은 알 수 없다고 흔히들 말합니다. 왜냐하면 사람의 마음은 한 길 몸속에 있지만 눈으로 확인할 수는 없기 때문입니다. 그러나 그 사람의 언행을 보고 마음이 어떻다는 것은 대강 알 수 있습니다.

마음이 좋은 사람은 그의 언행이 남에게 좋게 보입니다. 그러나 마음이 좋지 않은 사람은 그의 언행도 좋지 않아서 제 잇속만 차리고 거짓말하고 사기를 치고 도둑질을 하곤 합니다. 이것을 보고 우리는 그 사람의 마음을 알아볼 수 있습니다.

전기(電氣)의 존재를 눈으로 확인할 수는 없지만 전기의 작용으로 전기의 존재를 알 수 있는 것과 같습니다. 바로 이 마음이 배움과 깨달음을 간직하고 있다는 것은 이 세상에 태어난 사람들을 면밀하게 관찰해 보면 금방 알 수 있습니다."

"좀더 알기 쉽게 설명해 주셨으면 합니다."

"천재나 수재로 태어난 사람은 그의 전생에 배움이 많은 사람입니다. 지혜로운 구도자나 성인(聖人)은 그의 전생에 수행을 많이 한 사람입니다. 바로 이 배움과 깨달음의 정도가 사람을 각각 다르게 보이게 합니다.

다 늙어서 죽을 날이 얼마 남지 않았는데 이제 가리늦게 손자뻘밖에 안 되는 아이들과 함께 배워 보았자 무엇에 쓸 것인가 하고 비웃는 사람이 있다면 그 사람이야말로 한 치 앞을 못 내다보는 하루살이처럼 어리석은 사람이라고 할 수 있습니다.

사람의 생명은 지금의 한생으로 끝나는 것이 아닙니다. 육체는 비록 지금의 한생으로 끝나지만 그 육체와 함께했던 보이지 않는 마음의 생명은 결코 한생으로 끝나는 것이 아니고 영원불멸의 존재라는 것을 알아야 합니다.

그래서 금생에 배우고 익힌 것과 깨달은 것은 마음과 함께 다음 생으로 이어지는 겁니다. 무능한 채 죽은 생은 무능한 인간으로 다시 태어날 것이고 유능한 사람으로 죽으면 다음 생에 유능한 인간으로 태어납니다.

유능하고 지혜로운 사람이 이민을 간다고 해서 그의 능력과 지혜가 없어지지 않고 어디서든 유익하게 쓰이는 것과 같은 이치입니다. 따라서 80 노인이 손자뻘 되는 어린이들과 함께 공부하는 것은 지극히 현명한 일이라는 것을 알아야 할 것입니다."

"그렇다면 그러한 노인들을 비웃는 사람들이 도리어 어리석은 인간이 되는 건가요?"

"그렇고말고요."

"사람은 원래 빈손으로 왔다가 빈손으로 간다고 하지 않습니까?"

"그렇습니다."

"그런데 어떻게 배움과 깨달음을 죽은 뒤에도 가지고 간다고 말 할 수 있겠습니까?"

"재산, 권력, 지위, 명예, 처자식 같은 상대적이고 가시적인 것은 시간과 공간을 초월할 수 없어서 이 세상에 있을 때만 효력을 발휘하는 유한한 것입니다. 그러나 배움과 깨달음은 상대를 넘어선 절대의 경지여서 시간과 공간을 초월합니다. 영원하고 무한한 것입니다. 영원하고 무한한 것은 원래가 있으면서도 없는 것입니다. 손에 들고 갈 수 있는 성질의 것이 아닙니다. 배움과 깨달음뿐만이 아니고 능력과 지혜와 사랑 역시 시공을 초월한 것입니다."

"배움은 무엇입니까?"

"배움은 아는 것입니다."

"아는 것은 무엇입니까?"

"아는 것은 힘이요 능력입니다."

"깨달음은 무엇입니까?"

"깨달음은 지혜입니다."

"사랑은 무엇입니까?"

"사랑은 덕성입니다. 『삼일신고』에 보면 신(神)은 대덕(大德) 대혜(大慧) 대력(大力)하다고 했습니다. 무한한 덕성과 무한한 지혜와 무한한 능력이 있다는 말입니다. 다시 말해서 덕성과 지혜와 능력은 상대적인 것이 아니고 절대적이어서 시공을 초월해 있다는 말입니다."

피해망상(被害妄想)과 자폐증(自閉症)

우창석 씨가 말했다.

"선생님, 제가 삼공재에 자주 드나드는 것을 알고 일부 누리꾼들이 선생님에게 물어보아 달라면서 이상한 질문을 해 오는 수가 가끔 있습니다. 그중에는 A4 용지로 10매나 되는 자료를 보내온 일도 있습니다.

그 내용을 읽어 보면 ○○○이라는 사이비 스승과 그의 주요 제자들의 영체(靈體)가 자신의 몸속에 들어와 자기의 영체를 바꿔치어 자신을 허수아비로 만들어 제멋대로 노력을 착취하는가 하면 이루 말할 수 없는 고통을 안겨 주고 있다고 호소하고 있습니다. 자기 자신뿐만 아니라 자기의 가족과 친지들까지도 똑같은 고통을 당하고 있다고 합니다. 도대체 이런 일이 있을 수 있습니까?"

"그런 사람을 보고 정신병리학에서는 정신분열과 피해망상에 의한 자폐증 환자로 분류하고 있습니다."

"선생님께서는 어떻게 생각하십니까?"

"건강관리를 잘못하면 외부에서 병균의 침입을 초래하듯 자신의 마음관리를 소홀히 하면 저급령(低級靈)들의 침입을 받을 수 있습니다. 심할 경우 위에 언급된 경우처럼 심하게 접신(接神)이 되어 현대의학으로서는 치유 불가능 상태에 빠지기도 합니다. 나에게 직접 이메일로 그런 증상을 절절히 호소해 오는 경우도 적지 않습니다."

"그런 경우 무슨 대책이 있습니까?"

"정신병자가 치유되려면 자생력(自生力)이 살아나야 합니다."

"자생력이란 무엇입니까?"

자연치유력(自然治癒力)을 말합니다. 다시 말해서 자기 스스로 자신이 정신병자임을 인정하고 어떻게 해서든 그 수렁에서 벗어나야겠다는 자각을 갖는 것을 말합니다. 작년에도 한 독자가 자기는 우하영이라는 사람의 농간으로 자기 영체가 침해를 당하여 무지무지한 고통을 당하고 있다고 호소해 왔습니다.

여러 번의 이메일 교신을 통해서 그 사람 자신에게 결함이 있는 것이지 상대에게 잘못이 있는 것이 아니라는 것을 설득한 결과 마침내 자기 과오를 깨닫고 그 피해망상의 수렁에서 벗어난 일도 있습니다. 이러한 피해망상에 의한 자폐증이 공격적인 성향으로 발전할 경우 버지니아 공대의 조승희처럼 애꿎은 동료 학생과 교수의 생명을 32명이나 앗아가는 끔찍한 비극을 연출할 가능성도 있습니다."

"결국 해결책은 자생력뿐이군요."

"그렇습니다."

"어떻게 하면 자생력을 회복할 수 있습니까?"

"수련자라면 내공(內功)에 주력해야 합니다. 내공이 일정한 단계에 도달하면 자생력도 자연치유 능력도 살아나고 자기성찰 능력도 생겨나 자기 앞가림을 할 수 있게 될 것입니다."

사기(邪氣)에 휘둘리지 않으려면

제주도에서 비행기로 왔다는 도일재라는 5십 대 초반의 주부 수련자가 말했다.

"선생님, 저는 선생님을 찾아뵈려고 마음만 먹어도 온갖 신령(神靈)들이 달려들어 방해를 놓습니다."

"방해를 놓다니 어떻게 말입니까?"

"멀쩡하던 집안에 갑자기 불상사가 생기기도 하여 선생님을 찾아뵐 엄두도 못 내게 하기도 하고 갑자기 강한 빙의령이나 접신령이 들어와 온갖 방해를 놓아 온통 정신을 못 차리게 합니다. 도대체 그 이유가 무엇인지 모르겠습니다."

"그 이유는 한마디로 말해서 수행의 뿌리가 너무 얕기 때문입니다. 뿌리 깊은 나무는 아무리 비바람과 폭풍이 불어 닥쳐도 크게 흔들리지 않지만 뿌리가 약한 나무는 조금만 비바람이 불어와도 심하게 흔들리는 것과 같습니다."

이렇게 말하면서 나는 그녀의 신상 기록 카드를 훑어보았다.

"도일재 씨가 삼공재에 처음 온 것은 금년 3월 10일인데 그 후 한 달 반 동안 안 나타나다가, 4월 25일에 한 번, 5월 27일에 한 번 나오고 오늘(6월 18일) 네 번째 나왔습니다. 이렇게 들쑥날쑥 나오면 수련이 정상적으로 이루어지지 않습니다."

"그럼 어떻게 하면 됩니까?"

 "도일재 씨가 처음 왔을 때 내가 말한 것처럼 일주일에 한 번씩 정기적으로 나와야 수련이 꾸준히 진척될 수 있습니다. 우리가 하루 세끼 제때에 밥을 찾아 먹어야 건강을 유지할 수 있는 것처럼 수련 역시 일정한 리듬을 타고 간단없이 반복되는 가운데 꾸준히 조금씩 조금씩 진전을 이루게 됩니다."

 "사실은 저도 선생님 말씀처럼 그렇게 하려고 했는데도 신령들의 방해 때문에 그렇게 되지 않았습니다. 그럴 때는 어떻게 해야 됩니까?"

 "사기들의 온갖 방해에 추호도 굴하지 말고 단호하게 대처해야 합니다. 어떤 수련생은 『선도체험기』를 읽으려고 펼쳐 들기만 하면 갑자기 활자가 새빨개지면서 도저히 읽을 수가 없어지는 경우도 있습니다. 물론 사기의 방해 때문입니다.

 이때 그 수련생은 네가 이기나 내가 이기나 해 보자고 굳게 작정하고 조금도 굴하지 않고 계속 책을 응시했습니다. 사기와 수련자와 지구력 싸움이 전개된 것입니다. 며칠을 두고 지구전을 계속하다가 끝내 수련자가 이기고 말았습니다. 사기불범정(邪氣不犯正) 즉 사기는 정기를 범할 수 없다는 원칙에 따라 수련자가 이긴 것입니다.

 알고 보면 이것이 다 수련의 한 과정입니다. 이러한 시련을 하나하나 극복하면서 구도자는 차츰차츰 깊게 수행의 뿌리를 땅속 깊이 내리게 됩니다. 수행자는 이처럼 은인자중하면서 내실을 기해야 합니다. 이것을 선도에서는 내공(內功)을 키운다고 말합니다. 노자는 이것을 일컬어 도광양회(韜光養晦)라고 했습니다. 빛을 감추고 어둠 속에서 실력을 양성한다는 뜻입니다.

 이처럼 뼈를 깎는 각고(刻苦)의 노력 없이 단숨에 사기(邪氣)를 제압

할 수 있다고 생각한다면 큰 잘못입니다. 쉽게 말해서 꾸준히 실력을 키우고 그 실력을 바탕으로 확실하게 중심을 잡아 나가야 합니다. 그렇게 되면 어떠한 사기도 감히 함부로 접근하지 못하게 됩니다."

"그런데 선생님, 제 혼자 힘으로는 그 일을 도저히 성취할 수 없을 것 같습니다."

"바로 그 때문에 도일재 씨는 석 달 전에 삼공재를 찾지 않았습니까? 마치 자동차를 타고 먼 여행길에 오른 사람이 연료가 떨어지면 주유소를 찾는 것과 같습니다. 자동차는 연료가 떨어지면 반드시 주유를 해 주어야만 다시 달릴 수 있지만 사람은 그렇지 않습니다.

사람은 자생력(自生力)이 있어서 처음에는 스승의 도움을 받지만 일정한 수련 단계를 넘어서면 자동차처럼 주유를 받지 않아도 스스로 자가충전(自家充電)할 수 있는 능력을 갖게 됩니다. 거기까지가 스승이 할 일입니다. 그러니까 적어도 자가충전 단계에 도달할 때까지는 스승의 도움을 받는 것이 현명합니다."

화면이 뜨는 이유

박춘배 씨가 물었다.

"선생님, 수련 중에 자주 화면이 뜨는 이유는 무엇입니까?"

"수련 중에 화면이 뜨는 것은 그 수련자에게는 아직 정리해야 할 일과 배워야 할 것이 많다는 증거입니다. 다시 말해서 그는 아직도 배우는 과정에 있다는 증거입니다. 수련 화면은 선계의 스승들이 그에게 화면을 통하여 가르침을 베풀어 주는 것이라고 보면 됩니다."

"그런데 선생님, 화면을 보기는 보았는데 그 화면이 무엇을 뜻하는 것인지 알 수 없을 때는 어떻게 하면 됩니까?"

"실례를 들면 어떤 것입니까?"

"지구상의 온갖 동식물, 공기와 물 그리고 광물들이 제 단전 속으로 한없이 빨려 들어왔습니다. 그런가 했더니 제 몸이 갑자기 안개처럼 공중에 흩어졌습니다. 그다음 순간 아무것도 없는 허공이 되었다가 그것이 다시 아주 미세한 먼지 알갱이로 응집되었습니다. 그 무한히 작은 먼지 알갱이는 어느새 광대무변한 밤하늘의 별무리로 돌변했습니다. 이게 도대체 무엇을 뜻하는 것일까요?"

"그것을 알고 싶으면 그것을 화두로 삼아 참구(參究)하면 조만간에 해답이 떠오를 것입니다. 그렇게 하여 스스로 자기 힘으로 풀어내야 진정한 공부가 됩니다. 남이 가르쳐 주면 무슨 공부가 되겠습니까? 이 경우 화면은 선계 스승들이 내준 숙제라고 보아야 합니다."

"그렇다면 선생님, 수련 중에 아무런 화면도 떠오르지 않으면 '한소식' 했다고 할 수 있을까요?"

"번뇌 망상도 잡념도 떠오르지 않고 마음이 늘 담담하여 평상심(平常心)을 유지할 수 있다면 그렇다고 할 수 있습니다. 그러다가도 무슨 문제가 생겼을 때 인터넷에서 검색을 하듯이 그것에 의식을 집중하면 화면이나 해답이 떠오르게 될 것입니다."

"그렇다면 화면이란 선계 스승들이 베풀어 주시는 교육용 영상 자료라고 보면 되겠군요."

"그렇습니다."

"이 수련 화면과 TV 화면이나 영화 화면이 다른 점은 무엇입니까?"

"TV 화면이나 영화 화면은 단지 지식을 영상으로 전달하는 역할을 할 뿐이지만 수련 때 나타나는 화면은 그것을 보는 수행자의 심신을 실제적으로 변화시킵니다. 다시 말해서 체험을 통한 깨달음을 준다는 것입니다.

그런데 이때 수련자가 조심해야 할 것이 있습니다. 그 화면을 자기에게만 내린 하늘의 계시라고 엉뚱한 망상을 하게 되면 전연 뜻밖의 이상야릇한 사이비 교주로 추락할 수도 있다는 것입니다. 가령 이런 일이 있을 수 있습니다.

어떤 수련자가 수련 중에 화면을 보았습니다. 단군 할아버지, 석가모니, 소크라테스, 예수 그리스도, 공자, 노자, 장자와 같은 성인들의 반열에 자기도 나란히 앉아 있는 장면입니다. 이것은 지극정성을 다하여 열심히 수련을 하다가 보면 그 역시도 성인의 반열에 오를 수도 있음을 암시하는 것입니다. 그런데도 그는 자기도 이들 성인과 동등한 자격을 갖춘 성인이 되었다고 착각을 해 버리면 그 순간부터 그는 마침내 사이비 교주로 타락해 버리고 마는 것입니다."

"마치 선계의 스승이 시험용으로 파 놓은 함정에 빠져 버린 격이군요."

"그렇습니다. 그러니까 수행자는 수련의 단계가 오르면 오를수록 더욱 더 겸손해야 합니다. 무한히 겸손한 사람은 무한히 뻗어 나갈 수 있지만 다만 한순간이라도 자만에 빠지면 그 순간부터 그때까지 쌓아온 수련을 한꺼번에 망치게 된다는 것을 명심해야 할 것입니다."

몸살림 운동 3개월 체험기

나는 『선도체험기』 86권 서문에 김철 지음, 백산서당 간행의 『몸의 혁명』과 『몸살림 이야기』 상하권을 소개했다. 이 글을 쓰기에 앞서, 2007년 3월 16일부터 나는 이들 책에서 저자가 주장한 대로 허리를 세우고 가슴을 펴는 것을 핵심으로 하는 몸살림 운동을 매일 빼놓지 않고 실천하기 시작했다.

이들 세 책이 주장하는 허리 세우기와 가슴 펴기는 선도수련의 필수 과정인 운기조식(運氣調息) 즉 단전호흡 자세에도 꼭 필요한 것이다. 그러나 아직 누구도 이들 책에서처럼 허리 세우기와 가슴 펴기의 실천 방법을 체계적으로 제시한 일이 없었기에 나는 비상한 관심을 가지고 이 책들에 몰입하여 두 번이나 연거푸 읽었다.

이것 외에도 내가 이 책들에 유독 관심을 기울이게 된 이유가 있다. 잘하면 이 책으로 나의 신체적인 약점을 극복할 수 있을지도 모른다는 희망 때문이었다. 1932년생인 나는 철들고 글을 읽을 수 있고 초등학교에 들어가면서부터 주위에서 공부벌레라는 별명을 들을 만큼 독서에 열중했다. 그 뒤 작문 공부가 추가되면서 나는 학생 시절을 거의 다 읽고 쓰는 데 할애하느라고 운동에는 도통 관심이 없었다.

이러한 나의 생활 습관은 그 후 학교를 졸업하고 군대생활을 마치고 취직을 하고 결혼을 하여 일가를 이루고 중년이 된 47세가 되도록 계속되었다. 직장도 읽고 쓰는 것이 주류인 신문사였다. 규칙적인 운동을 하

지 않고 읽고 쓰는 데 거의 모든 시간을 보낸 나의 체격은 척추가 구부
정하게 활처럼 휘고 전체적으로 오른쪽으로 골격이 비틀어져 있었다.

오른손잡이인 나는 글을 쓸 때 오른팔에 힘을 주게 되므로 그렇게 될
수밖에 없었던 것이다. 중년이 되면서부터 각종 신경통과 수면 부족, 신
경성 위장병에 시달리게 된 것은 이러한 신체적 결함에 그 원인이 있었
던 것 같다.

이때부터 점차 무너져 내리는 건강을 회복하기 위해서 시작한 것이
1979년 10월 19일부터 시작한 등산이었다. 일요일마다 하는 규칙적인
등산으로 건강은 많이 회복되었다. 그러나 다발성 신경통은 끝내 낫지
않았다.

그 후 1986년 1월 20일 경부터 시작한 선도수련으로 신경통까지 나을
수 있었다. 등산과 선도수련으로 나의 건강은 거의 정상을 되찾을 수 있
었다. 그러나 척추가 활처럼 휘고 오른쪽으로 비틀어진 체격은 끝내 크
게 개선되지 않았다.

그러다가 2007년 3월 16일부터 몸살림 운동의 허리 세우기와 가슴 펴
기를 책에서 가르친 대로 실천하기 시작한 것이다. 우선 방석 숙제 1, 2
번과 걷기 숙제 1, 2번을 매일 실행하였다. 그리고 한 달 정도 지난 후
팔법체조를 하기 시작했다.

나는 1986년부터 모 수련원에서 도인체조를 배우기 시작한 이래 지금
까지 21년 동안 하루에 20 내지 30분씩 하루도 빼놓지 않고 매일 계속해
왔다. 그러나 도인체조는 몸의 유연성은 확보할 수 있지만 휘거나 비틀
어진 척추나 잘못된 고관절을 바로잡는 데에는 속수무책이었다. 그래서
21년 동안 계속하여 온 도인체조를 팔법체조로 바꾸어 버렸다.

팔법체조 10분 내지 20분, 방석 숙제 1번 10분 도합 2, 30분을 도인체조 대신 하게 되었다. 나머지 방석 숙제 2번은 취침 직전에 하기로 했다. 그리고 걷기 숙제 1, 2번은 새벽 걷기 시간에 했다. 등산 28년, 선도 수련 21년을 간단없이 꾸준히 하여 온 경험이 있어서 나는 몸살림도 일단 시작한 이상 철저히 그리고 꾸준히 실천했다. 몸살림 동작은 인터넷 동영상을 보고 그대로 열심히 따라 했다.

이렇게 규칙적인 몸살림을 시작하면서 나는 전에 경험한 일이 없는 아주 심한 명현 현상을 겪었다. 그동안 등산과 선도수련으로 어지간히 단련된 몸이었지만 굽거나 휘고 비틀어졌던 뼈들이 조금씩 조금씩 원상태로 회복되면서 일어나는 부작용인 몸살이 은근하고 끈질기고 엄청나다는 것을 실감할 수 있었다. 그러나 그동안의 경험으로 명현 현상이 심할수록 수련 효과도 크다는 것을 나는 잘 알고 있었으므로 희망을 가질 수 있었다.

등산과 선도수련으로 오장육부의 근육에서 오는 질병은 거의 다 극복했지만 왜곡되었던 뼈들이 제자리로 돌아오면서 일어나는 통증은 근육의 그것과는 비교가 되지 않을 정도로 끈질기고 엄청났다. 꼽추가 몸살림으로 등과 허리가 펴지면서 일어나는 통증이 이와 같다고 할 수 있을 것이다.

그러나 나는 지난 21년간 선도수련으로 길들여진 특유의 인내력과 지구력으로 견디어 낼 수 있었다. 이렇게 하여 한 달이 지나는 동안 큰 거울을 비추어 보면 굽었던 내 등과 허리는 미미하긴 하지만 약간씩 펴지는 것을 감지할 수 있었다.

이렇게 몸살림을 본격적으로 생활화하면서 나는 한 가지 의문에 싸였다. 방석 숙제와 걷기 숙제와 팔법체조를 책이나 인터넷에서 가르친 대로 아무리 철저히 따라 해도, 모든 질병의 90프로 이상의 원인이라고 하는 고관절의 어긋남과 비틀림을 바로잡을 수는 없다는 것이었다. 결국은 김철 선생이나 그로부터 몸살림 교정법을 전수한 달인이나 고수의 도움 없이는 불가능하다는 생각이 들었다.

몸살림에서는 고관절은 건물의 기초와도 같다고 한다. 그러므로 잘못된 고관절은 만병의 근원이다. 고관절이 잘못되면 골반이 비틀어지거나 주저앉게 된다. 그렇게 되면 허리뼈인 요추가 비틀어지거나 측만이 되고 그것은 등뼈인 흉추를 휘거나 비틀어지게 하고 이것이 원인이 되어 목뼈인 경추에도 이상을 초래한다.

나는 소년 시절부터 남보다 유난히 넓적다리에 살이 쪄 있는 것을 보고 이상하게 생각했었다. 그래서 걷거나 달릴 때는 살이 디룩거려서 속도가 느릴 수밖에 없었다. 달리기에는 늘 꼴찌를 면할 수 없었다. 이것이 바로 고관절이 잘못되어 일어나는 현상이라는 것을 몸살림 책 세 권을 읽고 비로소 확실히 알게 되었다.

더구나 설상가상으로 나는 17년 전에 도봉산에서 암벽을 타다가 추락하여 오른발 발뒤축 뼈가 으스러지는 종골파쇄(踵骨破碎)라는 중상을 입었을 때, 오른쪽 고관절이 그전보다 크게 어긋났지만 그때 담당 정형외과 의사는 종골파쇄만 치료했지 잘못된 고관절에는 손을 대지 않았었다. 그때는 고관절을 교정한다는 개념조차 없었다고 한다.

책과 인터넷에는 잘못된 고관절을 바로잡는 자기 교정법들이 다양하게 소개되어 있었다. 나는 책과 인터넷이 가르친 대로 열심히 따라 해 보았지만 별무효과였다. 물론 미숙해서였겠지만 아무래도 몸살림 교정법을 체계적으로 전수한 달인이나 고수의 도움 없이 나 혼자서는 고관절을 교정하기는 불가능한 일이었다.

아무리 방석 숙제, 걷기 숙제, 팔법체조를 열심히 해 보았자 잘못된 고관절을 고치지 않는 한 나의 몸살림 운동은 사상누각과 같은 것이 아닐 수 없다는 것을 알게 되었다. 병의 뿌리는 그대로 둔 채 가지와 잎사귀만 만지작거리는 격이 아닐 수 없었다.

책과 인터넷의 한계가 바로 이것이었다. 몸살림 책에는 수많은 체험담들이 실려 있다. 그 내용은 체험기를 쓴 사람이 현대의학이 고칠 수 없는 뼈로 인한 각종 질병을 고치려고 온갖 고생을 다하다가 천만다행으로 어떤 연줄과 인연을 통하여 몸살림 운동의 창시자인 김철 선생을 만나 그분의 교정으로 새 삶을 찾았다는 내용 일색이었다. 이렇게 새 삶을 찾은 분들이 전국 몸살림 교실 책임자나 사범으로 일하고 있는 것 같았다.

고령자 거절하는 몸살림 운동

그렇다면 나도 김철 선생으로부터 직접 고관절 교정을 받을 수 없을까 하는 생각이 일었다. 책에 나온 홈페이지 주소로 정보를 알아내어 몸살림 운동 광화문 본부에 전화를 걸었다. 사범이라는 분이 전화를 받았다. 전후 사정을 얘기하고 나서 말했다.

"비용이 얼마가 들어도 좋으니 김철 선생님으로부터 제 잘못된 고관절을 교정 좀 받을 수 없을까요?"

"그건 불가능합니다" 하고 그는 일언지하에 거절했다.

"왜 불가능하다는 겁니까?"

"그분은 너무 바쁘셔서 그럴 시간이 없습니다."

"그럼 그분의 제자들 중에서 도움을 받을 만한 분을 소개받을 수 없을까요?"

"그럴 수도 없습니다."

"왜 그렇죠? 몸살림 책 세 권을 다 읽어 보았는데 거기에 나오는 체험기 쓴 분들은 현대의학이 해결해 주지 못한 질병에 시달리다가 예외 없이 김철 선생님으로부터 교정을 받고 새 삶을 찾은 것으로 되어 있는데 그건 그럼 어떻게 된 것입니까?"

"그건 사실이지만, 지금은 어쨌든 그분은 만날 수 없습니다."

"그럼 어떻게 해야 도움을 받을 수 있습니까?"

"지금으로선 방법이 없습니다. 책에 나온 대로 열심히 몸살림 운동을 하는 수밖에 없습니다."

"그럼 책에 나온 체험기들은 전부 거짓말인가요?"

"그렇지는 않습니다. 좌우간 책과 인터넷이 가르친 대로만 열심히 따라 하면 누구나 다 잘되게 되어 있습니다."

"잘못된 고관절도 고칠 수 있다는 말입니까?"

"물론입니다."

"책대로만 하면 잘못된 고관절도 자연히 교정된다는 말인가요?"

"그렇고말고요."

그러나 실제로는 그렇지 않았다. 내 체험에 의하면 그것은 사실이 아니었다. 더이상 말이 통하지 않으니 전화를 끊을 수밖에 없었다. 이런 일이 있기 전에 나는 몸살림 교실에 등록 신청을 했다.

초급반, 중급반, 고급반이 있는데 각기 교육 기간은 3개월이었다. 일주일에 한번씩 90분간 교육을 받게 되어 있고 수련비용은 각기 35만 원이었다. 인터넷으로 내 집과 가장 가까운 교대 몸살림 교실에 등록 신청을 마치자, 연락이 있을 때까지 기다리라는 응답이 나왔다. 그러나 이 글을 쓰는 지금까지 이미 석 달이 되었는데도 아무 소식이 없다.

그동안에 『선도체험기』 86권이 시판되어 이것을 읽은 『선도체험기』 수련생들 일부가 전국의 몸살림 교실에 등록 신청을 하여 벌써 초급반을 졸업하게 되었는데도 나에게는 아무런 소식이 없었다. 처음에 한 달을 기다리다가 등록 신청을 한 교대 몸살림 교실에 전화를 해 보았다.

전화를 받은 사범이 말했다. 자기네는 신청만 받을 뿐 선발 여부는 광화문 본부에서 총괄하고 있다고 했다. 광화문 본부에 전화를 걸었다. 등록 신청한 지 한 달이 넘었는데 어떻게 되었는지 알고 싶다고 말했다. 전화 받은 여성이 물었다.

"지금 연세가 어떻게 되십니까?"

"75세입니다."

"그럼 안 되겠는데요."

"왜요?"

"저희는 60세 이하만 받습니다."

이 말을 듣고 나는 어안이 벙벙했다. 20년 전에 모 선도 수련원에 다닐 때도 나이 제한은 없었다. 17년 전에 오행생식원 수련원에서 공부할 때 역시 그랬다. 하도 이상해서 전화 받는 사람이 잘못 알고 있는 게 아닌가 하는 의심이 들었다.

"혹시 전화 받으시는 분은 몸살림 본부 직원이십니까?"

"그렇습니다."

"죄송하지만 성함을 좀 알 수 없을까요?"

"이름은 알아서 뭘 하게요?"

"내가 전화 걸 때 먼저 이름을 밝혔으니까 나도 전화 받으시는 분의 성함을 묻는 것은 예의에 어긋나지 않는다고 생각합니다."

"제 이름은 서정희라고 합니다."

"그러시군요. 나는 28년간 규칙적인 운동과 수련을 해 왔기 때문에 지금도 암벽 등반을 합니다. 젊은 사람들과 공부하는 데 지장은 전혀 없을 텐데요."

"어쨌든 60세 이상은 받지 않기로 방침을 정했으니 어쩔 수 없습니다."

이름까지 밝히는 것을 보니 그곳 직원이 틀림없는 것 같았다. 이로써 내 의문은 풀렸다. 나이 제한은 몸살림 운동 본부의 확고한 방침인 것 같았다. 더이상 할 말이 없어서 전화를 끊으려 하자 서정희 씨가 말했다.

"연신내에서 어르신들만을 위한 특별 팀을 운영하는 수가 있으니 그때 신청하시는 것이 어떻겠습니까?"

"알겠습니다" 하고 나는 전화를 끊었다. 내가 만약에 수련을 하지 않는 사람이라면 이런 말을 듣고 약간의 충격을 받고 우울증에 걸렸을지도 모른다. 그러나 나는 그렇지 않았다. 고령자를 받아들이지 않는다면, 그만한 이유가 있겠지 하는 쪽으로 생각했다.

요즘 시내의 일부 음식점이나 다방 같은 접객업소에서는 노인들을 받아들이지 않는다는 것을 나는 알고 있다. 주 고객인 젊은이들이 노인을 싫어하니 어쩔 수 없다고 업자들은 말한다고 한다. 몸살림 교실에서도 그런 이유가 있을지도 모른다.

노인들과 함께 수련을 받으면 자연 노인 냄새가 날 수도 있고 가끔가

다가 노망이나 치매에 걸린 노인들이 이상한 짓을 할 수도 있어서 노인을 받아들이지 않기로 방침을 정했을지도 모른다. 그렇다면 그건 구더기 무서워서 장 못 담그는 격이 아닌가?

남의 공부에 방해가 된다든가 공공의 이익에 반하는 노인이 있으면 그때그때 경우에 따라 처리하면 될 것이 아닌가? 그런데 일률적으로 60세 이상의 고령자를 거절하는 것은 고령화 사회에 어울리지 않는 처사요 시대착오적인 발상이 아닐 수 없었다.

어쨌든 무슨 피치 못할 사유가 있겠지. 이렇게 생각하면 섭섭해할 것도 없었다. 생로병사는 현상계의 이치인데 그런 것을 개의하는 것 자체가 우스운 일이다. 그러나 나는 배움에는 나이 제한을 두어서는 안 된다고 늘 생각한다.

능력이 기준이 되어야지 나이가 기준이 되어서는 안 된다. 왜냐하면 이 세상에서는 애늙은이도 얼마든지 있기 때문이다. 따라서 신체 연령보다는 정신 연령이나 건강 연령이 잣대가 되어야 한다고 본다.

국내외의 어떤 공식 교육 기관에서도 일단 자격만 갖추면 노인이라고 해서 입학을 거절하지는 않는다. 배움에는 나이의 차별을 두지 않는 것이 세계적인 추세이기 때문이다. 실제로 우리나라에서도 초·중·고등, 대학, 대학원에서 머리가 하얀 노인들이 손자나 증손자뻘밖에 안 되는 동기동창들과 나란히 앉아 사이좋게 공부하는 모습들이 가끔 매스컴에 보도되곤 한다.

평생 교육이야말로 온 세계 문명인들의 이상이요 지고한 목표인 것이다. 그런데 유독 몸살림 운동에서만은 배우려는 노인들을 거부하다니 이상한 일이 아닐 수 없었다. 몸살림 운동하는 분들은 생사일여(生死一如)

의 이치도 모른단 말인가.

스피노자는 일찍이 말했다. "내일 지구의 종말이 온다 해도 오늘 나는 사과나무를 심겠다." 선행(善行)은 시공을 초월한다는 것과 삶과 죽음은 둘이 아니고 하나라는 확신 없이는 할 수 없는 명언이다. 이 선행 속에는 진리에 대한 학습과 깨달음도 포함되는 것은 물론이다.

우리가 이 세상을 마감할 때 돈과 지위와 명예와 처자식은 가지고 갈수 없지만 선행과 배움과 깨달음은 주검을 벗어나 영혼과 함께 윤회 전생한다. 그래서 죽음의 순간이 눈앞에 다가오더라도 배움을 멈출 수는 없는 것이다. 여기에서 평생 교육의 이상이 싹튼 것이다.

지구촌은 하나의 거대한 배움터이다. 이런 의미에서도 몸살림 운동 운영자들의 고령자 거부는 아무리 생각해 보아도 시대착오적 발상이라는 생각이 들었다. 그들은 정녕 평생 교육을 지향하는 지구촌 문명인의 추세에 역행하려는 것일까? 어쨌든 간에 고령자인 나는 김철 선생이나 그에게서 몸살림 교정법을 물려받은 제자에게서 도움을 받을 길이 막힌 셈이다.

무슨 수가 없을까? 숙달된 달인(達人)이나 고수(高手)가 발로 걷어차야 제자리로 들어간다는 나의 빗나간 고관절은 아무래도 나 혼자서 내 힘만으로는 교정받을 길은 없는 것일까? 그래도 무슨 방법이 있겠지 하는 막연한 희망까지는 버리지는 않았다.

이향애 정형외과

이 문제를 놓고 이리저리 궁리에 궁리를 하던 나에게 어느 날 나는 희한한 소식을 들었다. 내 얘기에 귀를 기울이던 삼공재 수련생 중 한 사람이 '이향애 정형외과'를 소개해 주었던 것이다. 알고 보니 이향애 정형외과 원장은 『몸살림 이야기』 하권 맨 뒤에 '이 책을 읽고 나서'라는 독후감을 쓴 분이었다. 김철 선생으로부터 2005년에 몸살림 기법을 물려받은 35년 경력의 현역 정형외과 의사였다.

인터넷 NATE에서 검색창에 '이향애 정형외과'를 검색해 보았더니 상세한 정보를 접할 수 있었다. 접수 간호사와의 전화 통화로 4월 5일 오전 10시에 이향애 원장의 진료 일정이 잡혔다. 이향애 정형외과는 서울 서초구 서초동 옛 삼풍백화점 못 미쳐, 서울 행정법원 건너편 5층 건물 2층에 자리잡고 있었다.

공교롭게도 바로 이 무렵, 경북 안동에 사는 성병기라는 86세의 할아버지가 딸을 앞세우고 오행생식을 구입하고 기공부를 하겠다고 삼공재를 찾아왔다. 삼공재를 개설한 이래 17년이 지나는 동안 이곳을 찾아온 사람들 중에는 나보다 5세 손윗사람은 있었어도 10세나 연상인 경우는 처음이었다. 그런데 놀랍게도 그는 기문(氣門)이 열려 있었다. 겉보기에도 보행, 시력, 청력, 말하기에 전연 이상이 없었다.

어떻게 기공부를 하게 되었느냐고 묻자, 1930년대에 안동 지방에 퍼지기 시작한 성덕도(聖德道)라는, 선도와 흡사한 심신 수련법을 공부하면서부터였다고 한다. 그리고 『선도체험기』를 읽으면서 단전호흡에 깊이 들어갔다고 했다. 『선도체험기』는 몇 권까지 읽었느냐고 물었더니 1권부터 85권까지 다 읽었다고 했다.

그런데 자세히 보니 그는 오른손을 심하게 떨고 있었다. 언제부터 수전증(手顫症)이 생겼느냐고 묻자 5년쯤 되었다고 했다. 몸살림에 따르면 경추 7번의 이상이 원인이었다. 이향애 정형외과에 갈 사람은 나보다도 성병기 노인이 먼저라는 생각이 들었다.

기공부를 제대로 하려면 수전증부터 고쳐야 한다고 그를 설득하자 노인도 딸도 적극 동의했다. 그 길로 나는 긴급 환자로 그를 이향애 정형외과에 가도록 주선해 주었다. 바로 그 다음날로 성 노인의 진료 일정이 잡혔다. 이튿날 오후 3시에 서 노인이 찾아왔기에 물어보았다.

"병원에 다녀오셨습니까?"

"네, 딸애하고 오늘 오전 10시에 갔다 왔습니다."

"어떻게 됐습니까?"

"병원에 가니까 우선 엑스레이 사진을 찍고 나서 그걸 보면서 오십 대 중반쯤 된 여의사한테 진료를 받았습니다. 어떻게 손맛이 맵고도 야무진지 온몸의 뼈마디를 두드리고 바로잡는데 정신이 하나도 없었습니다. 마지막에는 저를 앉혀 놓고 머리를 이리저리 살살 돌리다가 확 잡아재치자 목에서 딱 소리가 나더니만 바로 그 순간에 떨리던 손이 갑자기 거짓말처럼 멈추는기라예. 이번에 선생님 덕분에 수전증까지 나았습니더. 정말 큰 은혜를 입었습니더."

"그래요. 그럼 어디 그 손을 한 번 들어 보이세요."

그가 손을 들었다. 그러나 예상외로 그의 손은 전보다는 약하지만 아직도 떨고 있었다. 나중에 담당의사에게 알아보니 완전히 나으려면 2개월 이상 방석 숙제와 걷기 숙제를 하루도 거르지 말고 열심히 해야 된다고 했다. 그리고 재발하지 않으려면 그 두 가지 운동을 평생 해야 한다고 했다. 어긋난 경추 7번은 제자리를 찾았지만 그 주변의 근육과 힘줄과 신경은 지난 5년 동안 형성되었던 손 떨림의 타성에서 갑자기 빠져나올 수 없는 것 같았다.

5년 된 수전증을 단번에 교정할 수 있는 실력이 있는 의사라면 어긋난 내 고관절도 안심하고 맡길 수 있다는 확신이 들었다. 2007년 4월 5일. 드디어 병원 약속 날짜가 다가왔다. 이향애 정형외과에 오전 10시에 도착하자 간호사가 내주는 서류에 필요한 기재를 마치고 곧바로 엑스레이실로 인도되어 촬영에 들어갔다.

잠시 후 필름이 나오자 그 필름과 함께 나는 이향애 원장의 진료실로 안내되었다. 의사의 진료 유니폼을 입은 그녀는 신장 155센티 전후의 자그마하고 단단한 몸매의 다부지고 빈틈없는 여전사(女戰士)와 같은 느낌을 받았다. 그녀는 내 척추와 골격의 상태를 대충 설명해 주고는 나를 진료대에 눕게 했다.

다음 순간 그녀는 내 온몸의 뼈마디란 뼈마디는 발끝에서 손끝까지 하나도 빼놓지 않고 주무르고 두드리고, 휘고 비틀어진 것을 바로잡아 주었다. 특히 고관절에 그녀의 손이 갔을 때는 우두둑 뚝딱 하는 소리와 함께 비틀어졌던 뼈마디가 바로잡히는 것을 실감할 수 있었다.

발로 걷어채일 각오까지 했었는데 다행히도 그녀는 발은 쓰지 않고 순전히 팔 힘으로 틀어진 고관절을 순식간에 바로잡아 주었다. 그녀는 진료대 옆에서 교정 작업을 하다가는 그 위로 기어 올라가 내 몸을 가로타고 앉아서 땀방울 흘리면서 교정 작업을 열심히 계속해 나갔다.

손아귀가 얼마나 맵고도 야무지고 옹골찬지 꼭 쇠몽둥이 같았다. 내 온몸의 뼈라는 뼈는 모조리 떡 주무르듯 했다. 그 동작이 하도 빠르고 신속하여 꼭 번개 같았다. 하긴 의과대학을 졸업하고 정형외과 전문의사로서 35년 동안 뼈만 다루어온 숙련된 솜씨가 어디 가겠는가?

게다가 그녀는 서양의학에 한계를 느끼고 대체의학에 관심을 기울여

오다가, 운 좋게 김철 선생의 몸살림 기법을 물려받았으니 서양의학과 한국 고유의 전래 의술이 절묘한 조화를 이루었을 것이다.

누여 놓고 교정을 한 뒤에는 엎드리게 하고는 다시 고관절, 요추, 흉추, 경추 골반, 어깨뼈, 다리뼈, 발뼈 순으로 교정해 나갔다. 이 모든 것이 번갯불에 콩 구워 먹듯 빠르게 진행되었는데 갑자기 당하는 일이라 어떤 때는 너무도 기절을 할 것처럼 아파서 나도 모르게 비명을 지르곤 했다.

내 척추와 골격이 하도 많이 휘고 비틀어져 있어서 보통 사람은 5분이면 끝나는데 나는 10분 이상이 걸렸단다. 성격이 활달하고 개방적인 그녀는 그렇게 힘든 작업을 하면서도 아무렇지도 않은 듯 간간이 질문을 했다.

"직업이 무엇입니까?"

"소설가입니다."

"평생 소설만 쓰셨나요?"

"인기 작가도 아닌데 소설만 써 가지고 먹고 살 수 있나요."

"그럼 무엇으로 생계를 삼으셨습니까?"

"군대생활 13년에 신문기자 생활을 23년간 했습니다."

"무슨 신문인데요?"

"코리아 헤럴드와 코리아 타임스라는 영자 신문입니다."

"코리아 타임스는 한국일보 자매지가 아닌가요?"

"맞습니다."

"신문기자 하시면서 소설은 언제 썼습니까?"

"남보다 신문사에 두 시간 일찍 출근해서 썼습니다."

"척추가 우측으로 측만(側彎)한 데다가 오른손 쪽으로 비틀어진 것을 보니 책상에 앉아서 글을 너무 많이 쓰신 것을 보지 않아도 알 것 같습니다. 그럼 도대체 지금까지 소설을 몇 권이나 썼습니까?"

"한 백 권쯤 됩니다."

"그렇게 많아요? 라면 박스로 하나 가득 채우고도 남겠는데요."

"아마 두 박스는 넘을 것입니다."

"골격에 비해서는 굉장히 정력적이신 것 같습니다."

"그저 쓰다가 보니 그렇게 됐습니다. 혹시 소설 좋아하십니까?"

"가끔 읽습니다. 선생님께서 쓰신 소설 제목을 좀 말씀해 주시겠습니까?"

"세상에 이름이 난 것으로는 1985년에 발표된 『다물』이라는 미래 소설이 있는데 베스트셀러였던 때도 있었습니다. 그다음에 일부 군부대에서 정훈 교재로 쓰인 일이 있는 『소설 한단고기』 상하권이 있습니다. 순전한 문학 작품은 전부 14권이고 그 나머지는 구도 소설로 『선도체험기』라는 장편 시리즈가 86권까지 나왔습니다. 그래서 모두 합치면 꼭 100권이 됩니다."

"『선도체험기』라고 하셨는데 선도가 무슨 뜻입니까?"

"신선 선(仙) 자, 길 도(道) 자 선도(仙道)입니다."

"선도가 뭐하는 거죠?"

"우리 민족 고유의 심신 수련법으로, 구태여 비유하자면 불교의 참선(參禪)이나 힌두교의 요가와 비슷한 것입니다."

"그럼 몸살림 운동과도 유사점이 있겠군요."

"물론입니다. 몸살림에서 허리 세우고 가슴 펴라는 것은 선도의 운기조식의 기본자세와 같습니다. 선도에는 마음공부, 기공부, 몸공부 세 가지가 있는데 몸살림은 그중에서 몸공부에 해당됩니다."

"그럼 선도는 우리나라 고유의 철학과 생활문화가 배어 있겠군요."

"그렇고말고요."

"그럼 저도 한번 꼭 읽어 보아야겠는데요?"

이렇게 말하면서 그녀는 자기가 지금 읽고 있다는 책을 보여 주었다. 한국 고유의 철학을 논술했는데 저자는 내가 모르는 사람이었다.

이렇게 하여 대망의 내 고관절 교정 작업은 끝나 가고 있었다. 내 몸은 마치 몰매를 맞은 놈처럼 파김치가 되어 있었다. 다음 환자가 기다리고 있어서 더 눌러 있을 수도 없었다. 진료실을 나오자 간호원의 안내로 물리치료실과 전기치료실을 거치는 동안 간호사가 말했다.

"지금부터 곧바로 집에 가시자마자 10분간 전신 냉수 샤워를 하셔야 합니다. 그리고 열흘 동안은 심한 중노동, 등산 같은 운동은 하시지 말아야 합니다. 그렇게 하지 않으면 제자리에 맞추어진 고관절이 다시 빠질 수도 있습니다. 그렇게 되면 다시 맞추기 어려워집니다. 그리고 방석 숙제와 걷기 숙제는 평생 하셔야 합니다. 몸살림의 성패는 바로 거기에 달려 있으니까요."

접수 간호사에게 수가를 냈다. 교정 수가 십만 원에, 전기치료비 천 원이었다. 앞으로 일주일 간격으로 두 번 더 와야 한다고 했다. 다음 일정을 정하고 병원 문을 나섰다. 교정 전보다 걸음이 한결 부드러워졌다. 특히 낙상으로 중상을 입었던 오른 다리의 고관절이 그랬다. 바퀴가 삐꺽대던 자전거의 깨어진 베어링을 갈아끼웠을 때처럼 보행이 원활해진 것이다.

역시 교정받길 잘했다는 생각이 들었다. 집에 도착하자마자 추워서 벌벌 떨면서 10분간 냉수 샤워를 마쳤다. 며칠 지나는 사이에 소년 시절부터 두둑하던 넓적다리의 살이 거짓말처럼 쑥 빠져 버렸다. 이것을 보고 나는 인간의 몸은 노유(老幼)를 막론하고 유효적절한 처치만 해 주면 자연치유력(自然治癒力)이 어김없이 되살아난다는 것을 알았다.

그 후 나는 일주일 간격을 두고 두 번 더 그 병원에 가서 첫 번과 비슷한 교정을 받았다. 그러나 이때는 교정 수가는 따로 받지 않았다. 보통 사람들은 이렇게 세 번이면 끝난다고 한다. 그러나 나는 여느 사람들보다 골격이 휘고 비틀린 것이 심해서 2주 후에 한 번 더 와야 한다고 간호사가 말했다.

네 번째 교정 때는 교정 수가로 5만 원을 받았다. 이 정도의 수가를 받아 가지고는 아무래도 돈 벌기는 어려울 것 같았다. 하루에 평균 10명 이상의 새로운 환자가 꾸준히 와야 겨우 이 동네의 비싼 건물 임대료와 전문의와 간호사 등 10명쯤 되는 직원들의 봉급을 간신히 충당할 수 있을 것 같았다. 그러나 아무리 보아도 10명 이상의 환자가 매일 계속적으로 오는 것 같지는 않았다.

이향애 정형외과에서 진료를 마치는 날 원장이 말했다.

"병원 옆에 있는 교대 몸살림 교실에 등록을 하시고 일주일에 한 번씩 수련을 받도록 하세요."

"그렇지 않아도 인터넷으로 등록 신청을 한 지 두 달이 다 되어 가는데도 연락이 없기에 본부에 알아보았더니 60세 이상은 받아들이지 않는다고 합니다."

"누가 그래요?"

"본부 직원인 서정희라는 분이 그렇게 말하던데요."

"본부 방침이 그렇다 해도 예외도 있게 마련이니까 제가 특별히 부탁해 놓겠습니다. 곧 연락이 갈 겁니다."

"그렇게까지 배려해 주셔서 고맙습니다."

그로부터 두 달쯤 뒤 5월 말경 교대 몸살림 교실에서 한 번 연락이 오긴 했다. 이향애 이사님의 부탁도 있고 해서 반 편성이 되면 다시 연락하겠다고 했다. 그러나 이 글을 쓰는 6월 하순까지 아직 아무런 연락이 없다.

그동안에 『선도체험기』 86권 서문을 읽은 60세 이하의 삼공재 수련자들이 벌써 여럿 전국 각지의 몸살림 교실에 등록하고 수련을 받고 초급반을 졸업하게 되었건만 나에게는 끝내 연락이 오지 않았다.

한글에 버금가는 국보(國寶)

이향애 정형외과에서 마지막 진료를 마치는 날 나는 접수부에서 일하는 간호사에게 물어보았다.

"김철 선생님은 한때 이 병원에서 교정을 하셨다고 하던데 그게 사실입니까?"

"2005년에는 이 병원에서 원장님과 함께 교정을 하셨습니다. 그러나 원장님 혼자서도 능히 감당할 수 있다고 생각되셨는지 이제는 오시지 않습니다."

"그럼 지금은 어디서 무엇을 하십니까?"

"주로 광화문 본부에 계십니다."

"그곳에서 무엇을 하시는데요?"

"요즘은 주로 전국의 정형외과 의사들과 한의사들로 구성된 고급반과 사범 팀을 가르치고 계십니다."

들려오는 소식에 의하면 그는 가끔씩 전국의 몸살림 교실을 순회한다고 한다. 그가 몸살림 교실을 순회할 때는 그에게 교정받기를 희망하는 수련자에게서 5만 원씩의 특별 수련비를 받는다고 한다. 특별 수련비를 낸 사람은 두 사람까지의 동반자를 더 데리고 가서 교정받을 수 있다고 한다.

특별 수련을 한다고 하여 적어도 수십만 원에서 수백만 원 이상씩을 보통 받아낼 뿐만 아니라 모 수련원에서는 그 창시자와 한 시간 독대(獨對)하는 데 1억 2천만 원이나 받아 낸다는 몰지각한 행태에 비하면 대단히 양심적이고 수련자 위주라고 할 수 있겠다.

몸살림 교실에 나가는 삼공재 수련자들 중에도 효과를 본 사람들이 적지 않다. 고개가 항상 삐딱하게 기울어져 있었던 수련자가 사범의 교정을 받고 곧바로 선 경우도 있다. 수련할 때 반가부좌는 고사하고 책상다리도 할 수 없었는데 몸살림 교실에 다니면서 제대로 고쳐진 경우도 있었다.

그러나 젊은 애기 엄마 하나는 어긋난 고관절을 교정받았는데도 아이를 다루느라고 쪼그리고 앉는 등 애쓰다 보면 어느새 다시 어긋나 버리는 일이 반복되어 애를 먹는 경우도 있었다. 그러나 전반적으로 잘못된 뼈가 교정되어 건강도 좋아지고 운기조식에도 확실히 도움을 받고 있다고 한다.

나 역시 3개월 동안 몸살림 운동을 꾸준히 해 오는 동안 전에는 저녁에 텔레비전을 볼 때 벽에 등을 기대곤 했었는데 이제는 허리가 세워져서 일체 벽이나 의자에 등을 기대지 않을 수 있게 되었다. 그리고 굽었

던 등과 허리가 점차 펴지면서 지난 몇십 년 동안 음식을 씹을 수 없었
던 왼쪽 치아도 차츰차츰 회복되어 조금씩 음식을 씹을 수 있게 되었다.

그리고 오장육부의 근육에서가 아니라 106개의 뼈마디와 골수에서 우
러나오는 것 같은 은근하고 강인한 힘이 걸을 때마다 팔다리에 실려 오
는 것 같아 마치 노화(老化)가 일시 역전되는 것 같은 느낌을 받는다.

내가 만약 몸살림 교실에 들어가 수련을 받을 수 있었다면 몸살림에
대한 다양한 체험으로 쓸거리가 더 많았을 터인데 안타까운 일이다. 그
러나 나도 이젠 몸살림 3개월 만에 어느 정도 승기(勝機)를 잡은 것 같
은 느낌이 든다. 이젠 누구의 도움 없이 혼자서도 능히 해 나갈 것 같은
자신감이 생겼다는 뜻이다.

그러나 적절한 교육만 받으면 누구나 할 수 있는, 한글에 버금가는,
우리 민족이 세계에 자랑할 만한 국보라고까지 숭상하는 사람이 있는
몸살림 기법이 아직도 국민들의 극히 일부에만 알려질 정도로 거의 홍
보가 되어 있지 않는 것은 심히 유감스러운 일이 아닐 수 없다.

국가대표 피겨 선수인 김연아가 한때 꼬리뼈 통증으로 몹시 고전한다
는 매스컴 보도가 나온 일이 있었다. 몸살림에서는 꼬리뼈 통증을 교정
하는 것은 식은 죽 먹기다. 그러나 김연아 담당 의료 팀에게는 그렇지
않았다. 온갖 시도를 다해 보았지만 쉽사리 고쳐지지 않았다.

이것을 심히 안타깝게 생각한 모 지방 몸살림 교실 사범 둘이 몸살림
책을 가지고 김연아의 의료 팀을 찾아가 그녀의 꼬리뼈 통증을 고쳐 주
겠다고 자원했다고 한다. 그러나 의료 팀이 물었다.

"당신들이 정형외과 의사요? 아니면 한의사요?"

"정식 의사는 아닙니다만 잘못된 뼈, 특히 꼬리뼈를 교정하는 데는 자

신이 있습니다."

"그럼 무면허 돌팔이 의사요?"

"아니요. 몸살림 교실 사범입니다."

"우린 그런 거 모릅니다. 전문 의사가 아니면 상대할 수 없소" 하고 문전 박대를 당했다고 한다.

"그럼 이 책이라도 읽어 보시고 도움이 필요하면 이곳으로 연락이라도 해 주십시오" 하고 연락처를 적은 책을 기증하자, "저기다 놓고 가시오" 하고 책은 거들떠보려고도 하지 않았다고 한다. 구슬이 서 말이라도 꿰어야 보배다. 몸살림이 제아무리 뼈 교정에 관한 한 세계적인 탁월한 의술을 가지고 있다고 해도 홍보가 되지 않으면 어디 가든 제대로 대접을 받기 어렵다.

홍보가 되려면 지금까지의 폐쇄성에서 과감하게 벗어나야 한다. 이것이 세상에 널리 알려지면 사기꾼이나 돌팔이, 사이비 교주들에 의해 돈벌이용으로 악용될 우려가 있어서 그럴 수밖에 없다는 말이 있다.

그러나 이것은 하나만 알고 둘은 모르는 것이다. 구더기 무서워서 장못 담글 수는 없는 일이다. 똥파리와 모기 들어오는 것이 싫어 문을 닫고만 살 수는 없는 일이다. 오히려 문을 활짝 열어제치고 들어오는 해충들은 제때에 잡고 허점투성이의 현대 의술과 당당하게 겨루어 승리를 쟁취함으로써 대중의 호응을 얻어야 할 것이다.

조선왕조 말엽 우리가 근대화해야 할 절체절명의 막중한 시기에 대원군이 등장하여 10년 동안 쇄국 정책을 강행하는 동안 병인양요(1866년)와 신미양요(1871년)를 겪으면서 스스로 다가온 천재일우의 개국의 호기를 우리 조상들은 놓쳐 버렸다.

그동안 일본은 명치유신을 단행하여 적극적인 개방 개혁 정책을 편 결과 우리는 끝내 일본에 뒤지고 그들에게 국권을 빼앗기는 치욕을 겪었던 것이다. 쇄국 정책의 후유증은 일제 강점기 35년, 남북 분단의 비극, 육이오를 거쳐 오늘에까지 이르는 백 년 이상의 고통을 낳은 것이다.

현 북한 체제는 주민과 해외 정보의 상호 유통을 지난 62년 동안 완전 차단하고 사회주의 제도와 지도자들에 대한 우상화 세뇌 교육만 강요하는 쇄국 정책을 고수한 결과 비록 핵무기는 개발했다고 해도 외국의 식량 원조 없이는 살아 나갈 수 없는 한심한 처지가 되었다. 그리하여 1995년 전후에는 주민 3백만 명이 굶어 죽는 세계에서 가장 가난한 나라가 되고 말았다.

지나간 1백 년 우리나라 역사에서 보는 바와 같이, 국가나 개인이나 단체나 문을 닫아걸고는 살아 나갈 수 없는 것이 세상 살아가는 이치다. 적극적인 개방과 홍보야말로 몸살림이 온 세계로 힘차게 뻗어 나갈 수 있는 지름길이다. 대오각성이 요구되는 시점이다.

부디 몸살림이 국내에서뿐만 아니라 전 세계에 널리 알려져 온 인류를 질병의 고통으로부터 획기적으로 구제하는 전대미문의 새로운 개념의 대중적인 의술로서 훌륭한 성과를 올릴 수 있기 바란다.

기시증(旣視症)과 전생(前生)

우창석 씨가 말했다.

"선생님, 생전 처음 가 보는 곳인데도 언젠가 전에 본 것 같은 느낌을 받는 경우가 있습니다. 이것을 전에는 흔히 전생에 그곳에 살았거나 가 본 일이 있거나 해서 그렇다고 말해 왔습니다. 그러나 학자들의 최근 연구 결과 그것은 시신경을 지배하는 뇌 부위의 조절 능력 상실로 일어나는 착각 현상이라고 매스컴에 보도되고 있습니다. 그렇다면 전생에 그곳에 살았다든가 가 본 일이 있다는 얘기는 모두 거짓이 되고 마는 것인가요? 선생님께서는 이 문제를 어떻게 생각하십니까?"

"시신경을 조절하는 뇌 기능의 상실로 인한 기시증은 내가 보기에는 일종의 안과 질환으로 인한 착각 현상이라고 봅니다. 나는 오른쪽 눈과 왼쪽 눈의 시력이 2도의 차이가 있습니다. 이런 눈을 흔히 짝짝이라고도 하고 난시라고도 합니다.

피곤하지 않은 오전에는 아무 일 없이 잘 보이다가도 눈이 피로해진 오후에는 같은 대상인데도 둘로 보이는 수가 있습니다. 이것 역시 일종의 안과 질환입니다. 기시증은 틀림없이 시신경의 조절 능력 상실로 인한 일종의 안과 질환이라고 봅니다.

나는 강화도에만 가면 눈앞에 전개되는 산과 내와 바다 풍경이 그전에 많이 본 것 같은 느낌을 받곤 합니다. 그런데 다른 곳에 가면 그런 느낌을 전연 받지 않습니다. 내가 만약 기시증에 걸렸다면 어디에 가든지 전에 본 것 같은 느낌을 받았어야 할 것입니다. 그리고 기시증은 난시와도 같은, 어디까지나 일종의 안과 질환일 뿐 전생과는 전연 관계가 없습니다.

보통 사람들은 전생에 살았던 곳에 가면 그의 무의식의 심층에 저장되어 있는 전생의 기억들이 문득 상기되어 전에 본 것 같은 느낌을 받을 수 있습니다. 그러나 수련을 통하여 투시를 할 수 있고 천안통이 열린 사람은 자신의 전생의 장면들을 능히 볼 수 있습니다. 기시증을 연구한 의사들은 수련자가 아니므로 영안이 열린 것은 아니고 순전히 오감에 의한 과학적인 방법으로 연구한 결과일 뿐입니다."

"그런데 어떤 사람은 기시증 연구 결과를 전생을 부인하는 자료로 이용하려고 하는 것 같습니다."

"그것은 구도자의 영적 수행과 과학자의 세속적 연구를 동일선상에 놓고 보는 아주 위험하고 천박한 발상입니다. 하늘은 어디까지 하늘이지 땅이 될 수는 없습니다. 하늘과 땅은 차원이 다르니까요. 기시증을 전생을 부인하는 방법으로 이용하려는 것은 밤을 낮을 부인하는 수단으로 이용하려는 것과 같은 어리석음을 범하게 될 것입니다."

【이메일 문답】

망가진 단전의 회복

삼공 선생님께.

선생님 안녕하십니까? 파란 창공이 멋들어진 활기찬 하루입니다. 가내 두루 평안하신지요. 보내 주신 생식은 잘 받았습니다. 마침 생식이 다 떨어져서 걱정했던 차에 반갑게 받았습니다.

여전히 갈색 포장지에 소포를 보내시더군요. 그 포장지와 적힌 글씨 등을 보며 오래되면서도 정다운 색깔과 모양들이 선생님처럼 느껴져 한동안 미소 지으며 바라보았습니다. 시간에 따라 변하면서 다시 돌아왔다가 떠나는 것은 제자 된 우리 수련생들의 모습이며, 그 와중에 항상 중심에 계시면서 그 움직임을 잡아 주시는 선생님에 대한 고마움을 다시 생각하게 됩니다.

물론 살아가면서 미래에 대한 어떠한 것도 확신할 수 없기 때문에 수련에 대한 우리의 기회가 언제 다시 올지는 모르지만, 적어도 삼공 선생님의 가르침을 이렇게 직간접적으로 받을 수 있다는 것은 저나 다른 수련생들에게는 커다란 행운이 아닐 수 없습니다.

다만 욕심이 있다면 저를 포함한 많은 수련생들이 넘어져도 포기하지 않고 꾸준히 수련에 매진하여 세상에 한층 더 성숙해지는 데 일조할 수 있었으면 하는 바램입니다. 수련 중 궁금한 점이 있어서 질문을 할까 합니다.

첫째로 단전에 관한 사항입니다. 문○○ 님의 저서 중에 단전에 관한 사항 중 수련생들은 수련 초기에 하늘로부터 단전을 받는데 수련을 태만하거나 잘못했을 경우에 단전이 부실해지고 이 단전을 다시 복구하는 것이 거의 불가능하다고 표현한 것으로 기억합니다. 과연 이 내용이 사실인지요?

둘째로 외도(外道)에 관한 것입니다. 견성을 했을 정도의 높은 깨우침이 있는 사람도 접신이 되는 등으로 인해(자기 욕심으로) 사이비 교주와 같은 잘못된 길로 다시 들어설 수 있는지요? 이는 깨달음에 관한 서적을 읽으면서 독자들이 어느 선에서 그 내용을 받아들일 수 있는가 하는 데 필요한 사항 같아서 문의드립니다.

확실히 나이가 들어가면서 불어난 체중이 빠지는 속도가 더뎌지는 것 같습니다. 좀더 분발하여 수련에 매진하여야 할 듯합니다. 언제나 건강하시고 행복하시길 바랍니다. 이만 줄이겠습니다. 안녕히 계십시오.

백석순 배상

【필자의 회답】

첫 번째 질문에 대한 회답 : 단전호흡이 진전되어 기문이 열리고 운기조식이 잘되다가 지나치게 여색을 탐하든가 도박이나 마약에 빠져 버리면 망가진 단전의 원상회복이 어려워질 수도 있습니다. 그러나 단지 수련을 게을리한 정도라면 물론 사람에 따라 정도의 차이는 있겠지만 단전의 원상회복이 영영 불가능하다고만은 말할 수 없습니다.

두 번째 질문에 대한 회답 : 제대로 견성을 한 수행자라면 접신도 되지 않겠지만 비록 한때 접신이 된다고 해도 자기 힘으로 접신에서 벗어날 수 있습니다. 그리고 사이비 교주로 타락할 리도 없습니다.

수련 장애

삼공 선생님께

안녕하십니까? 안양에 사는 유관호입니다. 지난 8월 29일 선생님을 처음 찾아뵙고 오늘이 다섯 번째였습니다. 『선도체험기』28, 29권과 두 번째 생식을 사 왔습니다. 그동안 저는 생식하고 운동하면서 나름대로 단전호흡을 했지만, 호흡문이 아직 열리지 않았다는 선생님의 말씀에 전적으로 동감입니다.

다만, 50일 전과 후 변한 것이 있다면 첫째 몸무게가 6kg 감량되고, 둘째 허리가 2인치 줄었으며, 셋째 정수리 쪽에 뭔가가 누르는 것 같은 느낌이 새로 생겼을 뿐 정작 중요한 하단전이 달아오르지는 않았기 때문입니다.

단전호흡 시 몸 전체에 알싸하니 전기 같은 것이 발생하여 감쌉니다. 그러다가 한순간에 강력하게 위쪽으로 자석에 빨려 나가면서, 숨도 못 쉬고 쫄아 버리는 그러한 수련 장애가 해소되지 않는 한 하단전 축기는 저에게는 요원한 일이 될 것 같습니다.

또한 오자다리로 알즈너를 끼고 걷다 보면 하체가 무척 피곤해지고 양 귀에서 고소 증세가 나타납니다. 단전호흡을 하거나 운동을 하여 몸속의 압력이 증가하면, 그 압력을 약한 제 양쪽 귀가 감당을 못 하는 것 같습니다.

그럴 때면 제 심장 뛰는 소리도 들리고 귓구멍으로 기운이 모두 빠져

나가는 좋지 않은 느낌이 듭니다. 이러한 증상이 해소되지 않는 한 하단 전 축기는 저에게는 그림의 떡이 될 것 같습니다.

다만, 위안을 삼고 싶은 것은 양 콧구멍(특히 오른쪽)으로 뜨거운 바람이 계속 나오는 느낌이 든다는 것이고, 심하게 결리던 오른쪽 어깻죽지가 계속해서 명현반응을 보이고 있다는 것입니다. 그곳으로 개미 군단이 기어가거나 큰 물방울이 서서히 그곳으로부터 떨어져 나오곤 합니다.

결론적으로 지난 50일간 대체적으로 몸의 기운은 몸무게처럼 점점 더 빠진 느낌입니다. 득보다는 실이 많다는 얘기일까요? 수련 장애를 해소시키는 것은 결국 제 혼자의 힘으로 헤쳐 나가야 할 것 같습니다.

자석에 끌려 빨려 나가는 기운과 양 귀의 고소증 이 두 가지를 극복하고 하단전에 불이 확 지펴진 후에 선생님을 찾아뵙도록 하겠습니다. 대학교수님이 강의하는데 코흘리개 초등학생이 가서 앉아 있어 봐야 서로 득 될 것이 하나도 없다고 생각되기 때문입니다.

『선도체험기』나 생식은 그때그때 선생님께 택배 신청을 할까 합니다. 수련 장애를 잘 극복하고 호흡문이 열려 하단전에 축기가 잘될 수 있도록 멀리서나마 꼭 응원해 주시기 바랍니다. 그럼 다음에 찾아뵐 때까지 강건하십시오.

안양 유관호 드림

【필자의 회답】

유관호 씨는 어제 분명히 나와 의논 끝에 일주일에 한 번씩 삼공재에 와서 수련하기로 약속했습니다. 그런데 하룻밤 사이에 왜 마음이 변했는지 모르겠습니다. 내가 보기에는 유관호 씨는 지난 50일 동안 삼공재에 다섯 번 와서 수련하면서 많은 진전이 있었습니다.

그런데도 마음대로 자기 혼자서 수련이 안 된다고 단정을 하고 단독수련을 하겠다니 이해가 가지 않습니다. 정 혼자서 하겠다면 말리지는 않겠습니다만 아무래도 자신의 수련 진행에 대하여 착각을 하고 있는 것 같습니다.

단전호흡 시에 전기 같은 것이 감싸는 느낌이 드는 것은 기를 느끼는 최초의 징후인데도 그것을 수련이 안 된다고 자기 마음대로 해석하는 것은 경솔한 일입니다. 그래도 굳이 혼자서 수련하는 것이 좋겠다고 생각된다면 어쩔 수 없는 일입니다. 평안 감사도 싫으면 그만인데 누가 말릴 수 있겠습니까?

머리통이 없어지는 느낌

삼공 선생님께.

안녕하십니까? 안양의 유관호입니다. 오늘 선생님을 찾아뵙고, 수련받고, 『선도체험기』 42, 43권을 구입했습니다. 오늘은 참 이상했습니다.

삼공재에 들어가서 인사드리고, 호흡에 들어가자마자 제 머리통에서 감각이 없어진 것입니다.

'어라 내 머리가 어디 갔지? 누가 칼로 머리를 베어 간 느낌이네, 어떻게 된 거지?' '처음 삼공재를 방문했을 때, 삼장법사가 손오공에게 벌을 주듯, 빙의령을 천도하신다고 제 머리통을 막 옥조이시어 고통을 주시더니, 이젠 감각도 없어져 버렸네.' '지금 수련이 제대로 되는 건가?' 생각이 갈지자를 그렸습니다.

그러나 기분은 그다지 나쁘지 않았고, 기분이 나쁘지 않다는 것은 이러한 변화가 긍정적이라는 것을 전 직감적으로 깨달았기 때문이었습니다. 삼공 선생님 정말 감사드립니다.

2주 전에 하단전이 미지근하게 달아오른 후, 몸이 변화되는 속도가 엄청 빨라진 느낌이고 지난주와 요번 주는 정말 믿어지지 않을 정도입니다. 눈감고 호흡만 들어가면 심한 명현반응(어깻죽지 통증)과 함께 여기저기 기운들이 제 세상 만난 듯이 발기하고 흩어지고 있습니다.

정신을 똑바로 차리자. 버팅기자. 몽정을 극복하자. 저번 주는 몽정을 2번이나 하는 유례없는 경험을 했습니다. 다행히 원자로에 불씨가 꺼지지는 않은 것 같습니다. 아직은 선생님 말씀처럼 불씨가 약하고 활활 타오르게 더욱더 정성을 쏟아야겠습니다.

'삼공 공부를 열심히 해야 해. KTX 타고 부산에서 올라오시는 선배 도우도 계신데...' 자꾸자꾸 최면을 걸어 봅니다. 아랫배가 볼록합니다. 누가 억만금을 준다고 해도 전 이 아랫배와 바꾸지 않을 것입니다. 저의 소중한 기방(氣房)이기 때문입니다. 삼공 선생님께서 살려 주신 소중한 불씨가 담겨 있는 저의 보석 같은 기방이기 때문입니다.

질문 : "선생님, 머리통이 감각이 없어지는 이유는 무엇입니까?"

"머리통이 감각이 없다는 것은 수련이 잘돼 간다는 거예요" 하시던 선생님 말씀.

'아자 아자 난 인제 정말 진짜배기 검정띠가 된 건가' ^^ 이만 줄이겠습니다.

다음에 찾아뵐 때까지 강건하십시오.

안양 유관호 드림

【필자의 회답】

수련 중에 머리통이 없어지는 느낌이 이는 것은 우리가 지금 살고 있는 현상계의 삼라만상 일체는 원래 무(無)에서 시작되었다는 것을 감각적으로 느끼게 해 주는 섭리의 작용입니다. 여기서 조금 더 발전하면 몸 전체가 안개 입자처럼 흩어져 사라지는 느낌이 일 때가 오게 될 것입니다. 수행자가 자기 존재의 실상을 깨달아 가는 초기 단계의 과정이라고 생각하면 될 것입니다.

유관호 씨는 이번으로 삼공재에 나오기 시작한 지 12번째입니다. 수련이 비교적 빠르게 진행되는 편입니다. 그럴수록 자중하고 물동이를 머리에 이고 가는 아낙처럼 매사에 신중을 기해야 할 것입니다. 특히 주색잡기에 본의 아니게 현혹되는 일이 없도록 해야 할 것입니다. 애써 쌓아 온 공로가 한순간에 물거품이 될 수 있기 때문입니다.

찬바람은 왜 불어옵니까?

삼공 선생님께

정해년 새해 복 많이 받으십시오... 오늘 수련 받고 『선도체험기』 49, 50, 51권을 사 왔습니다. 『장자』 잡편, 『법구경』과 『논어』가 각각 수록된 마음공부를 위한 책이었습니다. 오늘은 삼공재 수련 시 기운이 빨려 나가는 현상이 현저히 줄고 대신 편안하고 찬바람이 솔솔 불었습니다.

무식과 문식을 적절히 섞어서 호흡하면 몸이 달아오르다가 어느 한계를 넘어가면 솔솔 찬바람이 불어와 더워진 몸을 식혀 줬습니다. 마치 자동 온도 조절계 같은 느낌이었습니다. 이 바람의 원인은 무엇일까요? 바람은 압력이 높은 곳에서 낮은 곳으로 부는 것으로 알고 있습니다.

그렇다면 제 몸 주위가 압력이 갑자기 낮아진다는 이야기가 되는데... 아무튼 삼공재 수련 중 저번에 머리통이 무감각했을 때와는 달리 오늘은 편안했던 것 같습니다. 역시 호흡은 선생님께서 책에 쓰신 것처럼 무식이나 문식, 어느 한쪽에 치우치지 말고 두 가지를 적절히 섞어야 좋은 결과를 얻는 것 같습니다.

가끔 집에서 세수하고 호흡을 하면 귓구멍에서 소리가 납니다. 처음에는 이상했지만, 그 소리의 원인을 알아냈습니다. 세수를 하면 귓구멍에 물이 남아 있게 되는데 기운이 귓구멍으로 출입하면서 그 물과 마찰을 일으키고, 그 작은 마찰음을 가까운 고막이 감지를 하는 것으로 결론을 내렸습니다. 물이 마르면 소리가 나지 않습니다.

참 신기하고 신기한 것이 기공부가 아닌가 합니다. 요즘은 문득 눈을 감고 호흡하면 하얀 고리 모양의 반지가 꿈틀꿈틀하고 상하좌우로 이동하며 커지면서 없어집니다. 대개 기운이 머리통으로 빠져나가기 전에 그런 흐물대는 반지들이 생기는 것 같습니다.

수련을 더 해야 그것들의 정체를 밝힐 수 있을 것 같습니다.

질문 1 : 선생님, 찬바람은 왜 불어오는 것입니까?

질문 2 : 오늘 기운이 머리통으로부터 빨려 나가는 현상이 현저히 준 것은 무슨 이유입니까? 제가 의식적으로 무식호흡만 해오다가, 문식과 무식을 섞어 조절해서 그런 것인가요?

올 한 해도 강건하시고, 무탈하시기 빌겠습니다.

안양 유관호 드림

【필자의 회답】

질문 1 : 찬바람은 왜 불어옵니까?

답 : 여기서 찬바람은 음기를 말합니다. 몸에서 양기가 많이 발생하여 음기가 필요하기 때문입니다.

질문 2 : 기운이 머리통으로부터 빨려 나가는 현상이 현저히 줄어든 것은 무슨 이유입니까?

답 : 유관호 씨가 삼공재에 15번째 와서 수련하는 동안 축적되어 있던 빙의령들이 거의 다 천도되어 나갔기 때문입니다. 문식(文息), 무식(武息)과는 전연 관계가 없습니다.

여러 빙의령들

안녕하세요, 선생님.

전에 성당에서 친구 결혼식이 있다고 말씀드렸는데 결혼식에서 큰일은 없었습니다. 하지만 정말 요즘엔 빙의령이 들어오는 빈도가 높아진 것 같습니다. 제 기감이 좋아진 건지 정말로 빙의령이 많이 들어오고 있는 것인지, 아니면 더 강한 빙의령들이 들어오기 때문인지 애매합니다만 빙의령들이 제게 육체적으로 심적으로 영향을 끼친다는 것이 확실히 느껴집니다.

얼마 전에는 자려고 누웠는데 잠이 안 오는 것이었습니다. 처음에는 가끔 이럴 때도 있지 하고 넘겼습니다만 다음날도 피곤해 죽겠는데 두 시간 넘게 잠을 못 잤습니다. 그때서야 빙의령인가 싶어서 관을 했더니 너덜너덜해진 중국풍의 갑옷을 입은 남자가 보였습니다. 그 남자는 다음날까지 있다가 천도되었습니다.

그 일이 있고 며칠 안 되어 갑자기 ㅇㅇㅇ가 정권을 잡게 되면 그를 돕게 될 것이고 그와 함께 뜻을 펴게 될 것이란 생각이 들었습니다. 그때는 그것이 그럴싸하게 여겨졌으나 5분 정도 지나자 그 돕는다는 느낌이 뒤에서 미래를 예견하는 등 무당 같은 느낌이 들면서 구도자다운 행동이 아니다 싶었습니다. 저 자신이 정치에 관심이 없고 능력도 없어서 그럴 일은 없을 거라 생각됩니다만 만약 그를 지지한다 해도 지극히 상식적이고 합법적인 일이 아니면 정치와 얽히지 말아야겠다는 생각이 들었습니다.

그때는 그렇게 넘어갔는데 이틀 뒤의 차주영 님을 만나기로 한 아침에는 과도가 위에서 떨어져서 손목 옆을 지나가는 등 다치지는 않았지만 놀라게 되는 가벼운 사고가 몇 가지 있었습니다. 삼공재에 갈 때도 가는 날 멀쩡하던 아들이 아프고 하는 등의 일이 몇 번 있다 보니 빙의령이 장난치나 보다 생각하고 무심히 나갔는데 도중에 갑자기 서점에 들르고 싶었습니다.

금방 베스트셀러 코너에서 묘○○라는 스님이 쓴 책을 발견하였습니다. 제목은 기억이 안 나고 ○○○가 한국의 새 시대를 이끌어 갈 주역이고 여러 예언서에 그에 대해 언급되어 있다는 등의 내용이었는데 짧은 시간 동안 훑어보았지만 묘○○는 스님이 아니고 순 땡중이구나 싶었습니다.

그 뒤에 차주영 님을 만났는데 저는 몰랐지만 그분에게는 빙의령이 보이고 제게 영향도 끼치고 있는 것 같으니 내내 거슬렸던 것 같습니다. 한참 뒤에야 무당이 빙의되었다고 하셨는데 약간의 오해가 생기기도 하였습니다.

그날 밤, 잠자리에 누워 곰곰 생각해 보니 나랏무당이란 말이 떠오르면서 그간 있었던 일이 빙의령의 영향이었나 하는 생각을 그때서야 하게 되었습니다. 그 다음날에는 전에 말씀드렸듯이 친구들의 빙의령이 붙어서 고생했고 친구 결혼식에도 다녀왔다고 말씀드렸는데, 그 성당 지하에는 제가 보기엔 희한하게도 장례식장이 있어서 상주와 손님들이 들락날락하고 있었습니다.

그것과 꼭 연관이 있었는지는 모르지만 어쨌든 그 후에 인생이 허망

하고 빨리 이 세상을 떠나서 아무것도 되고 싶지 않다는 생각이 들었습니다. 죽었으면 좋겠다 하는 생각보다는 그냥 뭘 해도 의미 없고 무기력하고 멍한 느낌이 문득문득 들었는데 계속 그런 느낌이 드는 건 정상이 아니고 빙의령의 소행일 것이다 싶어 정신 차리기로 하였습니다.

그리고 그날 밤 관을 해 보니 어떤 백발의 인상 좋은 할아버지가 갈대밭이 있는 시골을 배경으로 미소를 띠는 모습이 보이는데, 그분이 말년에 그런 생각들을 가지고 지내셨던 것 같고 금방 천도되었습니다.

이번의 일들로 여러 가지 빙의령들이 어떻게 영향을 끼치나 하는 것에 대해서 잘 알게 되었고, 빙의령 생각을 자기 생각인 양 착각할 수도 있어서 정신 바짝 차리고 바르고 냉정하게 관하지 못하면 휩쓸려 들겠구나 하는 것을 느꼈습니다. 이런 경험들이 기공부에도 마음공부에도 많은 도움이 되겠지요.

하지만 몸 상태가 좋아질 만하면 빙의령이 들어오니 기운이 솔솔 잘 들어오는 그 상쾌함이 아쉽습니다. 어제도 반짝하고 기운도 잘 들어오고 좋았는데 오늘 아들을 어린이집에 데리고 갔더니 그 어린이집에서 금방 빙의령이 붙어서 가슴이 답답해지는 것이었습니다. 그래도 말씀드리기 낯간지럽지만 하화중생하고 있다고 생각하면 기분은 좋습니다.

아무튼 열심히 수련하겠습니다. 안녕히 계세요. 선생님.

신지현 올림

【필자의 회답】

선도수련의 성패는 자기 자신에게 들어오는 빙의령들을 제때에 자기 힘으로 천도할 수 있느냐의 여부에 달려 있습니다. 신지현 씨는 지금 그 단계에 접어들었습니다. 빙의령 천도에 이력이 붙으면 그것이 일상생활화되어 별로 고통이나 부담을 느끼지 않는 때가 반드시 오게 될 것입니다.

열심히 수련을 해 나가다가 보면 반드시 그러한 때가 오게 되어 있습니다. 무엇이 바른 일이고 무엇이 그른 일인지도 자연히 알게 되어 있어서 흔들리지 않게 될 것입니다. 그때가 되면 스승이나 고수의 도움 없이도 능히 자력으로 자신의 앞날을 헤쳐 나갈 수 있게 될 것입니다.

친구의 수련

안녕하세요, 선생님.

오늘은 상태가 안 좋은 채로 메일 드립니다. 아들이 TV를 너무 많이 보고 심심해하는 것 같아서 2주 전부터 어린이집에 보냈습니다. 덜 지루해한다는 장점도 있지만 단점도 꽤 많은 것 같습니다. 어린이집에 갔다 오면 그 즉시 기운이 배수구로 빠져나가듯 아들에게 들어가면서 제가 순식간에 지쳐 버립니다. 그리고 간간이 빙의령도 붙고 오는 듯싶습니다.

저번 주에는 아들이 몸살로 토하고 난리가 났는데 다음날 저도 새벽에 일어나 구토 증세를 일으켰습니다. 어릴 때 입덧 외에는 토해 본 적이 없어서 뭔가 이상하다 싶어서 보니 산달이 가까운데 엄마 배 속에서 죽은 듯한 찌그러진 아기 빙의령이 보였습니다. 어린이집에서 아들을 통해서 빙의령이 건너오는 것은 아닌지 싶어서 아들에게 미안하기도 하지만 또한 아들의 업장이기도 한 것은 아닌가 하는 생각도 듭니다. 어쨌든 돈을 냈기 때문에 한 달은 억지로 보내기로 했지만 그 후에는 그만두고 엄마와 함께 수업받는 어린이 강좌나 다닐까 생각 중입니다.

다른 말씀을 드리자면 그저께는 친구 집에 놀러갔다 왔습니다. 그 친구는(전에 삼공재에 데리고 간 친구는 아닙니다) 대학생 때 제가 가지고 있던 『선도체험기』를 보고는 빌려 읽은 적도 있고, 최근에 힘든 일이 생기면서 『선도체험기』를 빌려 가더니 읽으면 마음이 안정된다며 14권까지 읽었습니다. 읽으면서 백회가 간질거리는 것을 느끼고 있으며 건강을 위해서 샀다가 그만둔 생식을 얼마 전에 다시 먹고 요가도 이번 주에 시작했다고 합니다.

그날 저녁 문득 집에 돌아와 명상을 하는데 그 친구 수련을 도우려고 새로운 신명들이 왔다는 생각이 들었습니다. 최근 그 친구가 힘든 가운데 다행스러운 일도 있었는데 그 신명들이 도와준 것도 같고 또, 그들이 친구가 꾸준히 수련을 할 수 있도록 말 좀 잘해 달라고 부탁하는 것도 같았습니다.

다음 날 친구에게서 전화가 왔는데 요가를 하니 확실히 단전호흡이 잘된다고 하는 것이었습니다. 저는 맞장구쳐 주고 지금이 수련하기에 좋은 기회니까 수련을 열심히 해야 한다고는 하였지만 별 무게가 없는 이야기였다고 생각되었습니다. 하지만 일단 수련에 대해서 제가 어느 정도 조언은 해 주고 있고 또래의 아들이 있어서 일주일에 한 번 만나고 있으니 빙의령은 싫으나 좋으나 떼 주고 있는 실정입니다.

그 정도면 제가 할 바는 다하고 있는 것은 아닌지 싶습니다. 그 친구가 열심히 하는 것도 그 친구 탓이고 게으름 피우는 것도 그 친구 탓이라서 저는 객관적으로 볼 수밖에 없구나 하는 생각이 듭니다. 그리고 친구의 관계로 너무 자연스럽게 수련을 돕게 되니 보통 인연은 아닌가 보다 하는 생각도 듭니다.

하여튼 결과가 어떻게 될지는 끝까지 봐야 알기 때문에 무심히 지켜볼 생각입니다. 또 저 역시 갈 길이 머니 열심히 수련하겠습니다. 그럼 안녕히 계세요. 선생님.

신지현 올림

【필자의 회답】

어린이집에서 아들에게 빙의령이 묻어 들어온다고 하여 어린이집을 그만둔다면 앞으로 다른 곳에 다닐 때 또 빙의령이 묻어온다면 어떻게 하겠습니까? 그때 가서 또 그곳을 그만둘 것입니까?

빙의령이 들어오는 것도 그것을 신지현 씨가 천도시켜 주는 것도 다 인과응보입니다. 빙의령도 엄연히 하나의 중생입니다. 그렇게 하여 하화중생을 하면 그만큼 공덕이 커진다고 생각해야 할 것입니다.

닥쳐오는 시련과 어려움을 피하려고만 생각할 것이 아니라 마땅히 들

어올 만하니까 아들을 통해서나마, 빙의령 천도 능력이 있는 신지현 씨
에게 들어오는 겁니다. 그것도 다 내가 해야 할 일이라고 생각하고 하화
중생하는 심정으로 임해야 합니다.

그래야 수련 수준도 점점 향상되고 공력도 그만큼 커지게 될 것입니
다. 공력(功力)이 커지면 그만큼 도력(道力)도 높아질 것입니다. 그렇게
하는 동안에 수련은 차츰차츰 향상될 것입니다.

친구가 『선도체험기』를 14권까지 읽고 백회가 간질간질할 정도라면
보통 인연이 아닙니다. 적극 도와주는 것이 선배로서 마땅히 해야 할 도
리입니다.

백회에서 기운이 들어옵니다

스승님 평안하신지요? 이렇게 메일로는 처음 인사를 드리는 거라 조금 떨립니다. 저는 지난 토요일 부산에서 친구(신지현)와 함께 방문 드렸던 박순미라고 합니다. 토요일 5살, 2살 난 아들과 딸아이를 맡겨 놓고 기차에 올랐을 때 내심 걱정이 많이 되었습니다.

『선도체험기』가 84권까지 나왔는데 고작 20권 정도 읽고 스승님을 뵈러 가는 것이 조금 건방진 느낌도 들고 책을 좀더 읽고, 적어도 60여 권 정도는 읽고 가야지 삼공 스승님을 찾아뵙는 보람이 있는 것이 아닌가 많이 망설여지기도 했습니다.

처음에 『선도체험기』를 대한 후에 어언 10년이 흘러 버렸네요. 모든 인연은 시기가 있나 봅니다. 10년이라는 길고도 짧은 방황의 시기를 지나 이제야 저는 제가 가야 할 길의 가닥을 잡았습니다. 처음에는 『선도체험기』를 순서대로가 아닌 최근 것과 앞의 것을 섞어 가며 띄엄띄엄 읽었었는데 순서대로 정독하다 보니 안정된 호흡과 마음공부가 되는 것이었습니다.

짧게나마 제 신상에 대해 말씀드리고 싶습니다. 최근에 저는 주위에서 다 말렸으나 제가 원해서 시부모님들과 같이 합쳐서 살게 되었습니다. 그 시점에 즈음하여 형제, 부모님뿐만 아니라 남편과의 불화로 이성을 잃은 채 감정의 노예로 살았습니다. 엎친 데 덮친 격으로 친정 쪽도 편할 날 없이 안 좋은 소식만 전해지자 제 머리는 폭발 그 자체였습니다. 그래도 다행히 심지 굳은 친구의 조언과 『선도체험기』덕분에 많은 마음공부를 하게 되었습니다.

가족들을 바라보는 시선도 180도로 바뀌고 차분히 제 자신을 돌아보게 되었습니다. 제일 시급한 것은 너무나 자신을 돌보지 않는 제 자신이었습니다. 체력은 떨어질 대로 떨어진 데다 아이들 돌볼 여력도 없으면서 시부모님까지 봉양해야 하는 제 위치는 버거움 그 자체였습니다. 거기다 무슨 운명의 장난인지 저는 임신중절 수술을 3번이나 받게 되었습니다.

소위 고등교육을 받은 저 자신이 너무나 혐오스러워하는 똑같은 실수를 3번이나 저지르는 혐오감을 지울 수가 없었습니다. 생식을 사다 놓은지 꽤 시일이 지났었는데, 한 달 전부터는 열심히 생식을 챙겨 먹고 집 앞 요가원에도 등록하여 매일매일 요가도 거르지 않고 규칙적으로 운동을 하였습니다.

부모님을 모시고 아이를 키우는 주부다 보니 하루 24시간이 정말 바빴지만 밤 시간에 짬을 내어 『선도체험기』도 정독하였습니다. 사실 이 모든 변화의 시도부터 지금까지 한 달 남짓이었지만 제 심신에는 정말 많은 변화가 일어났습니다.

우연의 일치인지는 모르지만 시어머니와 언쟁이 있고 난 후 펼친 『선도체험기』의 내용은 시부모 봉양에 대한 자식 된 도리에 관한 글들이었고, 형제와의 금전적 마찰로 인해 원망과 질타로 내 자신을 괴롭히고 있을 때 펼친 『선도체험기』의 내용은 나를 향해 쓰여진 글인 양 저를 타이르고 있었습니다.

이제 한 달간 바짝 책을 정독하기 시작했는데 무슨 큰 변화나 기대를 한 것은 아닙니다. 제가 느끼기에도 단전이 훅하고 달아오르거나 뜨거운 열기는 아직 느껴지지 않았는데, 이상하게도 백회 쪽에서는 자꾸 기운이 들어오는 것을 느꼈습니다.

어떤 날은 정수리를 꼭꼭 바늘로 찌르듯이 하더니 시원한 기운이 단전호흡과 동시에 막 들어왔습니다. 이러한 얘기를 친구에게 했더니 친구는 굉장히 수련이 빠른 거라고 삼공재에 함께 가 보자고 제의를 하였습니다.

정말 친구 말대로 수련이 잘되고 있는 것인지 궁금하기도 하고 마침 먹던 생식도 다 떨어져서 염치 불구하고 스승님을 찾아뵙게 되었습니다. 삼공재를 찾아가는 지하철 안에서도 삼공재가 가까워질수록 백회 쪽에서 시원한 기운이 막 들어왔습니다.

궁금한 것이 있는데, 여쭙겠습니다. 백회 쪽에 의식을 하지 않았는데 계속 기운이 들어올 경우 그냥 무시하고 단전에 의식을 둔 채 호흡을 하면 되는지요? 저는 일부러 백회 쪽을 의식하지도 않았는데, 왜 단전에 축기가 되기도 전에 백회 쪽에서 기운이 들어오는 걸까요? 이런 경우 무당이나 접신될 경우가 높다는데 어떻게 수련을 하면 되는지요?

아, 쓰고 보니 너무 장문이 되어 버렸네요. 죄송합니다. 그리고 생식과 같이 넣어 주신 소금은 생식과 같이 적당량 섞어서 먹고 있습니다. 제가 다른 생식원에서 체질 감별을 받을 당시에 토금수형이라고 하더라구요. 그래서 1단계-표준, 상화, 화, 토 이렇게 먹었거든요. 그 당시는 체력이 너무 바닥인데다 위장이 안 좋았는지 그렇게 처방해 주시더라구요.

삼공 스승님이 처방해 주신 소금은 피임 수술로 인해서 손상된 자궁 쪽을 보하는 방편인지요? 가끔씩 스승님께 메일로 인사 여쭙고 제 자신을 가다듬어도 될런지요?

없는 글솜씨를 장황하게 늘어놓아서 송구합니다. 앞으로 저는 정말 용맹정진할 것입니다. 모성은 정말로 위대한가 봅니다. 내 자식에게 당당한 어미가 될 것이고 더불어 내 자성에 조금 더 가까이 가도록 수련의 고삐를 늦추지 않겠습니다. 긴 글 읽어 주셔서 감사합니다. 늘 평안하십시오.

박순미 올림

【필자의 회답】

백회에서 기운이 들어올수록 단전을 강하게 의식하고 행주좌와어묵동정(行住坐臥語黙動靜) 염념불망의수단전(念念不忘意守丹田)해야 합니다. 그리하여 백회에서 들어온 기운이 단전에 축기되어 단전이 따뜻해지도록 해야 정상적인 수련을 할 수 있게 됩니다. 만약에 백회에서 기운이 계속 강하게 들어오면 삼공재를 꼭 찾아 주기 바랍니다. 『선도체험기』를 열심히 읽는 한 접신이 되는 일은 없을 것입니다.

지난 토요일에 처방한 생식은 일단 꾸준히 들기 바랍니다. 그 결과를 바탕으로 다음 처방을 해야 하니까요. 수련상 문제가 생긴다든가 질문 사항이 있으면 언제든지 메일을 보내도 좋습니다. 아이들 키우면서 시집살이하기가 어렵겠지만 박순미 씨는 보기 드물게 수련이 잘되는 체질이니 가능하면 삼공재를 자주 찾는 것이 좋겠습니다.

현묘지도 수련 체험기 (13번째)

양 정 수

첫 번째 화두

2006년 3월 30일. 삼공재를 방문하여 첫 번째 화두를 받고 약 1시간가량 선생님 앞에 앉아 화두를 암송하며 수련을 하였다. 그러자 엄청난 기운으로 용광로 속에 앉아 있는 것처럼 온몸은 후끈후끈 달아오르고 땀이 흘러내렸다.

나는 그 기운 속에 빠져 있었지만, 그동안 수련을 꾸준히 한 것도 아니고 생식도 거의 하지 않은 상태라 그에 따른 탁기 또한 엄청 쏟아져 나왔다. 선생님께서 불편해하심이 느껴지고 어서 삼공재를 떠나야 한다는 생각이 들었고 눈앞에 생생하게 내가 선생님께 인사 올리고 나가는 모습이 화면으로 보이기까지 했지만 행동은 취하지 못하고 계속 앉아 있었다.

그러자 선생님께서 나를 부르시고는 오늘은 그만 집에 갔다가 수련 중 화면이나 천리전음 같은 변화가 나타나면 전화나 메일로 알리라 하신다. 그제서야 나는 인사를 올리고 집에 가기 위해 터미널을 향했다. 선생님께 너무너무 죄송하였다.

사실 나는 꼭 수련을 위해 선생님을 찾은 것은 아니었다. 내가 생산하

141

고 있는 꿀을 팔기 위해 지인들을 만나러 서울에 갔다가 삼공재에 들러 선생님께 꿀 한 병 드리고 잠시 앉아 있다 내려오려고 생각했었는데, 선생님께서 화두를 주시는 바람에 다시 수련을 시작하게 된 계기가 되었다.

그렇지만 이것이 나의 오늘을 있게 한 커다란 행운이 되었다. 이 자리를 빌려 스승님과 『선도체험기』에 수련 체험을 써 주신 선배 도우님들께 머리 숙여 감사드린다. 첫 번째 화두를 받고서도 벌들의 분봉(새끼를 낳음) 철이라 4월, 5월 말경까지는 비가 오는 날을 빼고는 벌통을 지키느라고 거의 꼼짝을 못 하여 수련은 뒷전이었다.

그렇게 7월이 다 지나갈 무렵인 24일 두 번째로 삼공재를 찾았다. 약 1시간 반가량 앉아서 수련만 하다가 "다음에 삼공재에 올 때는 좋은 소식 갖고 오겠습니다" 말씀드리고는 집에 내려왔다.

다음날부터 매일매일 수련은 꾸준히 하였으나 별다른 변화는 없었고 수련 때마다 몸통과 머리가 앞뒤로, 좌우로 흔들렸다. 8월 중순경 『선도체험기』 83권이 배달되어 읽어 내려가니 차주영 씨의 수련 체험기가 실려 있어 단숨에 읽고는 한동안 멍하니 앉아 생각에 잠겼다.

나는 그동안 무슨 수련을 했는가? 벌써 만 5개월째 첫 번째 화두에 매달려 있지 않은가? 내가 그동안 수련을 잘못한 결과가 나타난 것이다. 그만 수련을 멈추어야 하는가? 하지만 잠시 후 저 깊은 마음속에서부터 수련에 대한 오기와 욕망이 끓어오르기 시작하였다. 나도 해야만 한다, 할 수 있다, 하면 된다고 마음을 다잡았다.

금생 아니 다음 생, 그다음 생에라도 해야 할 수련이 아니던가? 당장 오늘부터 수련 방법을 바꾸었다. 이제라도 늦지 않았다. 처음부터 다시 시작하자 하고는 『선도체험기』 1권부터 다시 읽기, 틈나는 대로 103배절 수련하기,『소설 한단고기』다시 읽기 등 기초부터 다시 시작하였다.

새벽에는 달리기, 등산을 못 하는 대신 산(봉장)에 와서 높은 나무 오르기(암벽 타기 대용), 한낮에는 와공으로 호흡을 가다듬고 오후에는 화두를 붙들고 수련에 임하기 시작하였다. 수련 전에는『천부경』,『삼일신고』, 대각경 암송과 함께 4배를 올리고 호흡을 가다듬은 후 화두를 암송하기 시작하였다.

사실『삼일신고』는 그동안 암기를 제대로 하지 못하였으나 화두수련 후 서너 번 정도 집중하여 암송하자 시작하면 저절로 줄줄 외워졌다. 약 1주일 정도 지나자 효과가 나타나기 시작했다. 치마 두른 여성은 모두가 아름답게 보이고 배가 별로 고프지 않았으며 힘이 넘쳐났다.

그렇지만 화가 자주 났다. 아마도 빙의령 때문인가 보다.『선도체험기』 14, 15, 83권에 실린 수련 체험기를 계속 반복적으로 읽으며 마음을 다잡고 꾸준히 수련에 임하게 되었다.

8월 31일. 드디어 처음으로 화면이 보였다. 하늘에 커다란 구멍이 생기고 그 속에서 황금색의 작은 구슬과 별이 커다란 황금색의 공과 함께 내 머리 위로 쏟아져 내리고 동시에 고개 운동이 시작되었다. 도리도리, 앞뒤로 목이 아플 정도로 한참을 흔들어 대더니 잠시 후 잦아들었다. 짧은 순간에 일어난 일이라 황홀하기도 하고 어리둥절했다. 그리고는 노트에 메모만 하고 일상으로 돌아갔다.

9월 1일. 오전, 오후 약 5시간 정도 예초기를 메고 제초 작업을 하였다. 작업을 마치고 간이 침실에 돌아와 라디오를 켜 놓고 땀을 식히는데 경쾌한 음악이 나왔다. 음악에 따라서 내 몸도 덩실덩실 춤이 추어지고 기분은 하늘을 나는 것처럼 좋아진다.

저녁 화두수련 시 커다란 수레바퀴처럼 둥근 것이 빠르게 회전하는 모습이 보인다. 조금씩 수련이 되고 있는 것인가? 길 가다가 꽃향기를 맡으면 기분이 들뜨고, 온 세상이 기쁨으로 가득한 것 같고, 불쑥불쑥 알 수 없는 환희심이 솟아나곤 한다.

지금 나의 상황이 수련에 최적기이다. 사람들의 왕래도 거의 없는 산에서 벌을 치며 맑은 공기, 맑은 물에 이 얼마나 좋은 환경인가? 화두수련에 진력할 때이다. 날이 갈수록 빙의령이 많이 달려드는 것 같다. 목덜미를 짓누르고 온몸을 옥죄는 것 같다.

생식은 집에서 육기생식으로 만든 것인데 1~2식 정도로 하는데 맛이 없어 먹질 못하겠다. 쓰고 비린내로 먹기가 고역이다. 다 먹으면 선생님께 가서 지어야겠다.

9월 6일. 장인어른 묘지 이장 날이다. 새벽같이 산에 가서 중장비로 묘지를 파헤치고 유골을 수습하여 새 묘지에 안장하였다. 유골을 수습할 때도 가족이어서인지 아니면 전에 한 번 해 봐서인지 아무런 감정도 일지 않는다. 불과 몇 년 전만 하여도 마주앉아 밥 먹고 이야기하고 하였건만 이제는 회색으로 변해 버린 뼈만 남았다. 과연 장인어른께서는 좋은 인연을 만나셨을까?

일이 끝나자 몸은 파김치가 되었다. 피곤하고 머리는 송곳으로 찌르는 것처럼 아파 온다. 집에 와서 와공으로 호흡을 가다듬고 쉬었다. 9월 중순까지는, 하루는 온몸이 후끈후끈 달아오르며 수련이 잘되는가 하면 하루는 방해꾼들로 인해 수련이 안되기를 반복하는 것 같다. 또한 이제는 사람들과 마주치지 않고 전화 통화만으로도 빙의령들이 몰려오는 것 같다.

9월 12일. 아버지가 조상님들 산소에 비석 세우는 일로 마음이 많이 상했다. 굳이 비석이 없더라도 누구의 묘지인지 알 수 있게 되어 있건만 폭이 30센티미터, 높이 2미터 정도 되는 돌판에 커다랗게 이름을 새기고 해야 하는가? 아버지 마음을 이해할 수 없다. 화두를 붙잡고 앉아도 온통 비석 생각으로 수련이 되지 않았다.

9월 14일 아침 일찍 선산 벌초를 하고 나니 몸이 녹초가 된다. 비석 세우는 것을 반대하는 내 마음을 아시고 조상님들께서 화가 나셨나? 낮에 한참을 누웠다 일어나도 힘이 나질 않는다.

저녁 화두수련 시 집중도 안 되고 몸은 붕 떠 있는 것 같았지만 계속 화두를 암송하자 용이 여의주를 물고 나타나 나를 쳐다본다. 또 여의주에서 나온 밝은 빛이 나에게 덮쳐 온다. 잠깐 사이 화면은 사라지고 약 30분 정도 수련하고 휴식을 취하였다. 이번이 세 번째 화면이다.

이때 선생님께 전화나 메일로 알려 드려야 했었는데 『선도체험기』 14, 15권이나 83권에 나온 수련 체험기 내용처럼 더 많은 화면이 구체적으로 나오겠지 하고 10월 16일까지 계속 첫 번째 화두를 붙잡고 있었다.

9월 22일. 그동안 마음고생을 심하게 하고 있는 세 가지 일, 즉 겨울 폭설에 무너진 창고를 보고 잘 무너졌다고 망언을 한 면장에 대한 울화, 한 가족으로서 놀부 심보를 가지고 받기만 하고 베풀 줄을 모르는 인간들, 선산에 커다란 비석을 세우시겠다는 아버지와의 갈등으로 수련에 대한 진척이 더디게 될 수밖에 없어 부끄럽게도 "어떻게 하는 것이 마음을 크게 여는 것인가요?" 하고 선생님께 메일로 문의드렸다. 그동안 『선도체험기』를 통하여 수없이 읽은 내용이지만 아무 생각이 없이 질문을 드린 것이다.

선생님께서 보내 주신 답변은 첫째 거래형 인간이 되는 것이고, 두 번째 역지사지 정신, 세 번째 여인방편자기방편, 네 번째가 방하착 즉 모든 일을 허허 웃어넘길 수 있는 바보가 되는 일이었다. 지는 것이 이기는 것이고, 바보가 결국은 똑똑한 것이며, 마음을 활짝 연다는 것은 이러한 경지를 말하는 것이고, 대인관계에서 이러한 자세에 저항감이 생긴다면 아직은 수련이 멀었다고 생각해야 한다는 말씀이시다.

다 읽고는 망치로 머리를 한 대 맞은 것처럼 충격에 잠시 동안 멍해진다. 그동안은 전부 다 머리로만 알고 있던 내용이다. 이제야 가슴이 트여 가며 숨통이 열리는 것 같다. 앞으로는 방하착 즉 바보가 되도록 최선을 다해야 할 일이다.

두 번째 화두

2006년 10월 17일. 삼공재를 방문하여 약 1시간 정도 수련 후 선생님께 그동안의 화면 내용도 말씀드리지 못하고 일어서려 하는데 선생님께서 "양정수 씨는 나에게 할 말이 없어요?" 하고 먼저 물어보시기에 그동안의 화면 내용을 말씀드렸다. 다 들으시고는 두 번째 화두를 알려 주신다.

드디어 첫 번째 화두를 통과한 것인가? 믿어지지가 않는다. 그동안 본 화면이 수련을 제대로 하고 있었던 것이던가? 그렇다면 이 세상 어느 것도 부럽지가 않았다. 얼마나 행복한가? 같이 갔던 정종기 도우님께는 미안하였지만 속으로 얼마나 기분이 좋았던지 날아갈 것만 같다.

이제 다시 시작이다. 다음 화두를 통과하기 위하여 수련에 박차를 가해야 한다. 10월 18일 두 번째 화두를 암송하자 온몸이 뒤틀리고 흔들리고 머리도 좌우로 심하게 도리질 친다. 첫 번째 화두보다는 기운이 훨씬 부드럽고 열기도 약한 편이지만 몸은 더욱 강하게 흔들린다.

지금까지의 내 몸의 변화를 살펴보았다. 눈에서는 전보다 더욱 빛이 나고 목소리는 맑고 쇳소리가 나는 것 같다. 머리는 맑아지고 몸이 많이 유연해졌다. 9월 말경부터는 방귀가 많이 나오고 수면 시간이 줄어들었다. 얼굴색이 맑아지고 피로가 훨씬 덜하다. 하지만 전화 통화만으로도 빙의령들이 몰려오고 퇴근한 집사람에게서도 많은 탁기가 느껴진다.

10월 24일. 수련 7일째 강하지는 않지만 백회와 온몸이 후끈 달아오른다. 호흡이 길고 깊어진다. 조만간 변화가 일어날 것 같다. 이제는 7일 단위로 수련에 변화가 생기는 것 같다. 호흡이 바뀌는 것 같다.

10월 25일. 조카 병실에 문병 갔다가 손기 증세로 머리가 띵하고 어질어질했다. 집에 와서 과일 좀 먹고 쉬니 회복이 되었다. 타인이 아닌 혈족이라 그런지 마음이 더 쓰이고 기운이 많이 흘러가는 것 같다. 화두수련 시 까만 갈매기 비슷한 새 한 마리가 하늘을 유유히 날고 있다.

10월 29일. 집중도 안 되고 화가 불쑥불쑥 치민다. 잡념 또한 엄청나게 일어난다. 화는 무엇이고 잡념은 무엇인가?

11월 3일. 수련 시 초원에 서 있는 사자가 한 마리 보인다.

세 번째 화두

11월 4일. 오후에 선생님께 전화로 화면 내용을 말씀드리고 세 번째 화두를 받았다.

11월 6일. 수련 중 코끼리 무리가 보인다.

11월 9일. 오전 수련 중 커다란 황금색 태극 문양의 구슬이 내 하단전에서 빙글빙글 빠르게 회전한다. 세 번째 화두 역시 부드러운 기운이다.

백회 근처 머리로 시원한 기운이 들어오고 왼쪽 복숭아뼈 쪽으로는 뜨거운 물줄기가 흘러내리는 것처럼 기운이 흐르고 있다.

11월 17일. 수련 시 약 2분 정도 고개와 상체가 강하게 뒤틀리고 꼬이고, 흔들리고 도리질 친다. 고개가 아플 지경이다.

네 번째 화두

11월 20일. 선생님께 전화로 그동안의 화면 내용을 말씀드리니 네 번째 화두인 11가지 호흡법을 하라 하신다. 11가지 호흡법 중 대부분이 첫 번째 화두부터 했던 것이라 수월하게 진행되었다.

11월 21일. 새벽 달리기 때 하늘을 보니 일곱 개의 별들이 은근하게 내려다보며 기운을 보내 주는 것 같다. 산에 갔다가 벌통을 둘러보고 집에 가는 차안에서 서쪽 하늘에 진한 오렌지색으로 물든 커다란 태양을 보았다. 갑자기 태양이 지고 있는 자연현상에 감동하여 울컥 목이 메이고 눈물이 나온다.

살아서 숨을 쉬고 몸을 움직이고 활동을 한다는 것이 이렇게 감사할 줄이야! 또 수련을 할 수 있고 자연과 내가 하나 됨을 느낀다. 선계 스승님들과 이생의 스승님께 진심으로 감사드린다.

11월 22일. 전에 같이 삼공재 다니며 수련을 하였던 도우 두 사람에게 전화를 하였다. 현묘지도 수련을 권해 보는 전화였다. 한 사람은 오히려 나에게 태극권을 해 보라 하였고, 한 사람은 나에게 삼공선도를 할 수 있게 이끌어준 사형이기에 『선도체험기』 83권 수련 체험 내용과 14, 15권을 읽어 보고 현묘지도 수련을 권하였다. 하지만 수련 체험기를 쓰는 지금까지도 연락이 없다. 더이상은 어떻게 할 수가 없다. 물을 마시는 것은 목마른 자의 몫이기 때문이다.

다섯 번째 화두

11월 28일. 선생님께 전화로 네 번째인 11가지 호흡이 끝났음을 말씀드리고 다섯 번째 화두를 받았다. 기운은 온화하고 포근하다.

11월 29일. 꿈인지 생시인지 비몽사몽간에 흰곰 무리에게 쫓기기도 하고 물리기도 하다가 깨어났다. 수련 중 삼장 법사처럼 모자를 쓴 스님 모습이 보인다. 얼굴을 살펴보니 나와 비슷하다. 예전 삼공 수련 초기에 삼공재에서 수련 중에 보였던 화면이 떠오른다. 빙 둘러앉아 수련하는 스님들 중에 나도 끼어서 참선을 하고 있는 모습이었다.

12월 4일. 수련 중 『반야심경』의 한 구절인 공즉시색 색즉시공(空卽是色 色卽是空)이 마음속에서 떠오른다. 또한 내가 생산 판매하는 꿀은 물질적인 것뿐 아니라 내 이름과 양심을 팔아야 한다는 느낌도 떠오른다.

12월 20일. 약 보름 정도 꿀 채취하느라 수련을 제대로 못 하였다. 오전 수련 중 처음 보는 사람들과 동물, 새들이 스치듯 지나간다. 또한 검은색 바탕에 금색 수를 놓은 옷을 입은 임금(?)이 보인다. 좌우로 시자들이 줄지어 서 있다. 저녁 수련 시에는 호랑이 한 마리가 두 앞발을 치켜들고 입을 크게 벌리며 나에게 달려든다. 요즘은 꿈이 자주 꾸어진다.

12월 22일. 선생님께 전화로 그동안의 화면 내용을 말씀드렸으나 조금 더 해 보라 하신다. 아직 화면이 조금 더 있을 거라 하신다.

12월 26일. 수련 중 하얀 구름인지 안개인지 뭉게뭉게 피어오르다 하얀 백마로 변하고 날아오르는 천사의 모습으로 변한다.

여섯 번째 화두

2006년 12월 28일. 삼공재를 방문하여 여섯 번째 화두를 받고 생식을 처방 받아 내려왔다. 이제부터는 벌통이 있는 산에도 1주일에 한 번만 가면 되니 등산도 자주 가야 하고 생식도 하루 두 끼 정도는 해야 한다. 또 수련에 매진할 때이다.

2007년 1월 11일. 등산을 위해 버스에 탔다. 많은 승객이 있는 것도 아닌데 등산 가려는 나이 드신 분들 몇 분이 큰소리로 떠들고 어수선하게 한다. 또 심한 탁기로 속은 메스껍고 머리까지 어지러워진다. 2시간 정도 천천히 등산을 끝내고 집에 왔다. 드디어 해를 넘겨 수련을 하고 있다. 이제는 1주년이 되는 3월 안에 끝내기로 작정을 하고 전심전력을 다해야겠다고 다짐해 본다.

2월 8일. 수련 중 올챙이와 개구리 알 등이 보이고 낮은 폭포가 있는 계곡 모습이 산수화처럼 펼쳐진다. 시골 마을에서 조카가 잠을 자다가 저세상으로 갔다 한다. 이제 나이가 40세쯤 된 것 같은데 벌써 갔나 생각하니 조금은 안타깝다. 망자를 위해 마음속으로 기도해 본다. 요즘은 밥 먹다 죽고 자다가도 죽었다는 말이 여기저기서 자주 들린다. 스스로의 건강관리에 문제가 있는 것인가?

2월 21일. 수련 중 유유히 창공을 나는 독수리 모습이 보인다.

2월 28일. 삼공재 방문하여 1시간 20분간 수많은 빙의령과 탁기를 쏟아내어 선생님께 정말 죄송하다. 선생님께서 자꾸만 나를 주시하시는 것을 보았다. 그간 지지부진한 수련 때문일 것이라 생각한다. 화면 내용 말씀드리니 일곱 번째 화두를 주신다.

3월 2일. 오후 수련 시 기다란 뿔 두 개가 위로 쭉 뻗은 사슴 모양의 짐승이 보인다.

3월 3일. 오전에 목욕탕에 갔더니 나이 드신 노인 몇 분이 목욕을 하고 계신다. 잠시 후 많은 탁기로 인해 온몸이 나른해지고 속이 메스꺼워 울렁거린다. 몸은 파김치 모양 늘어진다. 수련 중 험상궂은 노인네 모습이 보이고 잠시 후 양복 입은 신사와 하얀 한복을 입은 여인이 손을 잡고 나에게서 떠나가는 모습이 보인다.

3월 5일. 퇴직 전에 같은 직장에서 근무했던 분의 사무실에 첫 출근을 하였다. 수요일은 오후 4시에 퇴근하고 토, 일요일은 내 개인 일 하기로 하였다. 나한테도 규칙적인 생활이 될 것 같아 부담 없이 출근을 하였는데 담배 피우는 남자 직원들의 니코틴 냄새 등으로 가슴이 답답하고 기운도 들어오지 않는다. 퇴근 후 수련하고자 앉았으나 집중도 안 되고 졸음만 쏟아진다.

3월 6일. 오늘은 두통까지 심하게 온다.

3월 8일. 새벽 운동으로 탁기를 배출해 보았다. 훨씬 나아진다. 수련 중에는 작은 호랑이 모습이 보이고 운기도 잘된다. 내 기운으로 사무실의 기운을 정화시켜야 하는데 며칠 더 있어야 하나 보다.

3월 17일. 이제야 정상 궤도에 오른 것 같다. 그동안 전혀 생소한 일 배우기, 탁기와 빙의령 등으로 힘들었다. 이제는 사무실 기운도 많이 정화되었지만 아직도 많은 탁기가 느껴진다. 이번 화두의 숙제인가? 오후 수련하면서 낮에 힘든 일로 피곤함을 떨치려 장심과 용천, 백회로 탁기를 배출해 보았다. 5분 정도 지나자 일하기 직전 상태로 빠르게 회복되었다.

3월 21일. 선생님께 그간의 수련 내용과 토요일에 삼공재 방문 예정을 메일로 보내 드렸다. 오후부터 기운이 바뀐다. 단전이 찌릿찌릿하고 기운이 쏟아져 들어온다.

3월 24일. 삼공재 방문하여 1시간 반 동안 수련하고 생식 처방 받아 집에 내려왔다. 선생님은 이제 수련 막바지이니 전력투구하라 하신다.

3월 27일. 요즘은 새벽에 잠이 깬다. 새벽 3시를 전후해서 잠이 깨어 뒤척이다 4시경 일어나 화장실에 다녀온 후 수련하고 나서 운동장으로 달리기하러 나갔다. 잠은 저녁 10시경에 누가 업어 가도 모를 정도로 곯아떨어졌다. 저녁 수련 중에는 머릿속이 안개 속에 있는 것처럼 맑지 못했다. 수면 부족인가?

3월 28일. 오늘도 새벽 3시에 잠이 깼다. 화장실에 다녀온 후 『선도체험기』 15권을 읽기 시작했다. 유독 마음공부 부분에 많은 집중이 된다. 마음이 많이 느긋해졌지만 운전할 때만은 달라진다. 신호 위반자, 갑자기 끼어드는 차량, 창밖으로 담배꽁초 버리는 운전자, 난폭 운전자 등을 보면 속에서 울화와 함께 욕이 튀어나온다.

왜 그러는 것일까? 조금만 양보해 버리면 그만일 텐데. 몇 년 전부터 계속 그래왔다. 자기만 편하고 빠르게 가겠다는 이기주의자들이라고. 그러나 이제 와서 곰곰이 생각해 보니 나도 편하고 빠르게 목적지에 가겠다는 마음에서 그런 것이었다. 내 이기심의 발동으로 울화와 욕이 나온 것이다. 원인을 찾으니 처방이 내려져 마음이 많이 편해진다. 내일부터는 역지사지의 정신으로 느긋하게 운전해야겠다고 다짐한다.

4월 2일. 수련 중에 백마 한 마리가 스치듯 지나가고 무(無)라는 단어와 함께 '본래 아무것도 없는데 무엇을 그리 찾아 헤매고 있는가?'라는 문구가 마음속에서 떠오른다. 그와 동시에 백회를 돌로 누르듯이 묵직하고 시원한 기운이 잠시 동안 쏟아져 들어왔다.

4월 6일. 그동안의 수련 내용을 선생님께 메일로 알려 드렸다. 계속 응답이 없으면 다음 단계로 넘어가야 한다고 말씀하셨다.

일곱 번째 화두

2007년 4월 14일. 삼공재를 방문하여 일곱 번째 화두를 받았다. 또한 오늘은 의미 있는 날이다. 광주에 살고 화두수련을 1개월 반 만에 끝낸 이규연 씨와의 만남이었다. 삼공재를 오가며 많은 이야기를 주고받았으며, 가까이 살고 있고 수련에 앞서가니 내 수련에 많은 도움이 될 것이다.

4월 15일. 산에 벌통 돌보러 갔다가 벌들에게서 커다란 지혜를 한 가지 얻어 왔다. 바로 잡념과 망상에 대한 대처법이다. 초봄인 요즘은 꿀이 없는 계절이라 벌들이 매우 사납고 민감하여 가까이 가면 몸에 탁탁 부딪히고 또 살갗에 붙어 물어뜯기도 하고 쏘기도 한다. 이때 손으로 털어 내거나 도망을 가면 더 많은 벌들이 날아와 달라붙어 쏘아댄다. 그러나 그 자리에 가만히 잠시 동안만 서 있으면 전부 날아가 버린다. 말벌 종류는 가급적 멀리 피해야 한다.

여기서 가만히 생각해 보니 잡념이나 망상도 마찬가지였다. 떼어 내려 하면 더욱더 기승을 부리는 벌떼와 같은 것이었다. 이제부터는 벌떼를 대하듯 가만히 지켜보며 단전에 집중한다면 잡념, 망상은 멀리멀리 사라지고 내 수련도 일취월장하리라 생각한다.

4월 16일. 새벽 수련 중에 부처님 상이 스쳐지나간다. 영문자 Y자 모양이 보이길래 다시 한 번 살펴보니 십자가에 두 팔이 못 박힌 예수님 모습이다. 그리고는 고개가 잠시 동안 좌우로 착착 왔다갔다하다 멈추었

153

다. 기운은 부드러우면서 백회를 송곳으로 찌르는 것처럼 들어온다. 마음은 덤덤하다. 또다시 방귀가 많이 나온다. 일곱 번째 화두가 끝나고 10여 일째 냄새도 많이 나고 고역이다.

4월 21일. 봉장에 벌들을 돌보러 가면 임시건물로 컨테이너 박스를 갖다 놓고 혼자서 수련도 하고 잠도 잔다. 여기는 예전에 할머니 산소자리로 이장은 했지만, 마을에서도 상당히 떨어져 있어 외진 곳이라 혼자서 잠을 자기에는 으스스한 곳이다.

오늘은 저녁이 되면서 안개까지 끼어 더욱 그랬다. 수련을 막 시작하는데 갑자기 귀신이 눈앞에 있는 것처럼 느껴진다. 그래서 '귀신이 어디에 있는가? 있으면 나와 봐라. 본래 너와 내가 하나인 것을' 하며 마음을 다잡으니 두려움, 무서움 등이 모두 사라지고 담담해지며 '나의 모든 것을 벗어 던져 버린다면 어찌 되는가?'라는 의문이 일었고, 그리고는 '공(空), 무(無), 한, 도(道)의 자리다'라고 마음속에서 즉시 응답이 왔다. 그러나 마음 상태는 무덤덤하다. 이제는 공동묘지에서도 수련을 할 수 있을 것 같고 혼자 텐트 치고 잠도 잘 수 있을 것 같다.

4월 25일. 사무실 업무상 하루 종일 전화통을 붙들고 일 처리를 하였더니 수십 명을 상대로 씨름을 한 것 같다. 화두수련이 막바지인 것 같은데 갈수록 전화도 많이 오고 찾아오는 사람도 많다. 오늘은 특히 더 많은 손님(빙의령)이 온 것 같다. 가슴은 답답하고 백회는 막혀 기운도 들어오지 않고 몸은 축 늘어지고 머리는 어지럽다. 다행히 저녁 수련 시에는 많이 회복이 되었다.

4월 29일. 광주에 사는 이규연 씨가 전화를 주었다. 약 10여 분간 통화를 하며 서로의 수련 상태에 대하여 이야기했다. 그중 한 가지는 가끔씩 화가 나더라도 말로만 표출이 될 뿐 화에 빠져 상기되거나 마음 상하는 일은 없다는 것이다. 또 화나는 일에 대하여도 금방 사태 파악이 되고 해결코자 하는 마음 자세로 변해 왔다.

또 지난 21일 있었던 의문과 답에 대하여 말하자 다음에는 수련의 마지막인 환희지심의 상태가 올 거라고 했다. 듣기에도 기분 좋은 이야기다. 수련에 박차를 가해야겠다. 답답하던 중단도 많이 풀린다.

5월 8일. 어제는 직원 회식이라 식당에서 고기를 들고 못 먹는 술을 마셨더니 어지럽고 속이 메스꺼웠다. 오전까지도 몸 상태가 정상이 아니다. 앞으로는 조금씩 자제해야 할 일이다. 거의 한 달째 방귀가 많이 나오는데 다행히 냄새는 나지 않는다. 수련은 지지부진이다.

5월 10일. 『선도체험기』 86권이 배달되어 왔다. 광주의 이규연 씨 수련 체험기를 먼저 펴놓고 단숨에 읽어 내려갔다. 정말 대단한 상근기이다. 수련 내용 역시 나오는 비교가 되질 않는다. 약간의 자괴감도 느꼈지만 어쩌랴 전생에 게으름 피운 탓인 것을. 아무튼 지금부터라도 최선을 다해야 한다.

5월 13일. 어제 조카 결혼식장에서 축의금 접수를 하다 보니 집단 빙의와 감기 증세까지 겹쳐서 몸이 말이 아니다. 머리는 어지럽고 송곳으로 찌르는 듯한 통증에 마른기침에 몸살증세까지 정신이 없을 지경이고 잠까지 쏟아진다.

백회는 막혀 기운은 들어오지 않고, 특히 얼굴이 험악하다. 절 초입에 있는 사천왕처럼 험악해 보인다. 운전할 때는 거리감마저 없는 듯하다. 이번 화두의 고비인가? 어떻게든 넘겨야 하는데 정말 힘들다. 그동안 수련을 게을리한 대가인가 보다.

5월 16일. 오늘에야 조금씩 몸이 정상으로 돌아온다. 저녁 수련 시에는 기운도 거의 정상으로 들어왔다. 화두수련이 끝날 때까지는 사람이 많이 모이는 곳이나 과음, 과식 등은 조심해야겠다.

5월 19일. 일주일 만에 기운이 정상으로 들어온다. 『선도체험기』 86권을 읽고 있으니 반복되는 말씀이지만 가슴 깊이 파고들며 환희심이 화산이 되어 폭발할 것처럼 목구멍까지 올라오곤 한다. 이제 방귀는 나오지 않고 정상이다.

5월 29일. 아침 달리기 때 갑자기 죽음에 대한 생각이 떠오른다. 죽음이란 무엇인가? 생사일여(生死一如)라 생과 사는 하나인 것이고, 죽음은 그저 못쓰게 된 헌옷 벗어 던지는 것이 아니던가? 이제는 죽음이 눈앞에 있어도 초연할 수 있을 것 같다.

가끔가다 어릴 적에 겪었던 일들이 생생하게 생각난다. 첫 번째는 초등학교 2학년 때 한여름 소나기가 억수로 쏟아지는 날 학교가 끝나고 혼자서 집에 가는데 산모퉁이를 돌아 멀리 마주 보이는 산비탈이 공동묘지이다. 여러 개의 분묘들이 옹기종기 모여 있다. 평소 같으면 괜찮았을 텐데 그날따라 묘지가 자꾸 눈에 들어오며 갑자기 사물놀이 소리가 귀에 쟁쟁하게 울리는 것이었다. 아무것도 보이지 않는데 사물놀이 소리만 요란하게 들린다.

십 리 길의 절반도 넘게 왔는데 다시 학교로 돌아갈 수도 없고 엉엉 울면서 뛰다시피 산길을 올라 집에 가서 신발을 벗고 방문 문고리를 잡고 문을 여는 순간 사물놀이 소리가 뚝 그치며 정상으로 돌아왔다. 온몸에 힘이 빠지고 내일부터 학교에 갔다 올 일이 걱정이다. 혼자 집에 가다가 공동묘지라는 공포에 휩싸여 환청을 들었거나 귀신들에게 잠시 휘둘렸던 것 같다. 그 뒤로는 혼자서 집에 갈 때는 호루라기를 힘차게 불며 빠른 걸음으로 다녔던 기억이 난다.

두 번째는 시골 옆집에 사셨던 고모할머니 기억이다. 중학교 겨울 방학 때 집에 가서 친구들과 놀고 있다가 병마에 시달리며 겨우 마루를 내려오셔서 화장실에 다녀오시는 모습을 보았다. 그때 고모할머니와 잠깐이나마 눈이 마주쳤다.

비쩍 마른 몸에 죽음을 눈앞에 둔 슬픈 표정이 눈에 들어왔다. 그리고 이틀 후 돌아가셨다는 말을 듣고는 어린 마음이었지만 인생의 허무를 마음 깊이 느꼈다. 사람이 살다가 이렇게 허무하게 죽는 것을. 지금도 가끔씩 위의 일들이 생각나며 하루하루를 열심히 살아가야 한다는 다짐을 하곤 한다.

5월 31일. 지난 20일경부터 『선도체험기』나 마음공부 관련 불교 서적들을 읽으면 가슴 깊은 곳에서부터 감동이 화산이 폭발할 것 같은 느낌이 자주 온다. 막상 목구멍까지만 올라오고 밖으로는 나오지 않는다. 한 번쯤 폭발해야 되지 않을까 싶다. 이규연 씨가 전화를 하여 수련을 독려해 주었다. 선생님과 이규연 씨에게 죄송한 마음이다. 기대에 못 미치게 수련에 임하고 있기 때문이다.

6월 2일. 이제는 마지막 화두보다는 '나무아미타불 관세음보살'을 암송할 때가 더 많은 기운이 들어온다.

6월 5일. 갑자기 사무실에서 의정부로 출장 갈 일이 생겼다. 일이 끝나고 나니 오후 3시다. 삼공재에 들러 선생님을 뵙고 가려고 예정에 없이 선생님께 전화로 삼공재 방문을 신청하고 전철을 타고 도착하니 4시 30분이 넘었다. 여성 도우 세 분이 수련 중이었다. 마지막 화두 내용을 말씀드리니 일곱 번째 화두수련이 끝났다고 하신다.

여덟 번째 화두

2007년 4월 14일 마지막 화두를 받고 2일 만에 부처님과 예수님 상을 보고 메일로 알려 드리고 또 그 후로 5일 만에 마지막 화두에 대한 응답을 듣고 메일로 전해 드렸지만 별말씀이 없으셔서 계속 화두를 붙들고 있었다.

5월 달에 삼공재를 방문하여 화두수련을 마무리하였어야 하는데 벌통 관리로 너무너무 바쁘다 보니 오늘에야 겨우 시간 내어서 찾아뵙고 화두수련을 마무리할 수 있었다. 선생님께서도 축하의 말씀을 해 주시고 오셨던 도우 분들도 축하해 주셨다. 지난해 3월 30일부터 무려 14개월이 걸려 8개의 화두수련을 마쳤다. 아마도 화두수련의 최장기간 수련생이 될 것이다. 그러면 어떠랴? 그냥 기분은 최고다.

그동안 수련 시 힘들었던 일들이 안개처럼 사라진다. 선생님께서는 수련 체험기를 써서 보내라 하시는데 걱정이다. 그동안 일기도 쓰지 않은 상태라서 과연 글을 제대로 쓸 수 있을까? 삼공재를 떠나 전철역을 향하는 발걸음이 구름 위를 걷는 것 같다.

화두수련 체험기를 마치며

그동안 수련을 무사히 마칠 수 있도록 도와주신 선계의 스승님들과 삼공 스승님과 먼저 수련을 마치신 선배 도우님들께 진심으로 머리 숙여 감사드린다. 『선도체험기』와 수련 체험기는 제가 화두수련을 마치는

데 커다란 도움과 함께 확실한 길잡이가 되었기 때문이다.

오랜 기간 동안 화두수련을 끝내고 느낀 점은 저 같은 하근기도 해냈다는 점이고 하면 된다는 것이다. 황소걸음으로 느긋하게 누구나 끈기 있게 물고 늘어지면 언젠가는 좋은 결과가 나온다는 것이다.

수련이란 마음을 계속 비워 가는 과정이라 생각한다. 그저 주인공에게 모든 것을 맡겨 놓고 비워 나간다면 그때는 아무것도 없으면서도 또한 꽉 차 있는 공(空)의 상태가 되리라 믿는다. 부디 수련하고 계시는 모든 도우님들의 건투를 빌며 졸필을 끝까지 읽어 준 것을 감사한다.

【필자의 회답】

1990년 봄에 삼공재가 생겨난 이래 2007년 5월 10일까지 이곳에서 대주천 수련을 마친 수련자가 437명이다. 이들 중 419명이 2000년 이전에 백회가 열리는 수련을 마친 것이다. 2005년 11월 5일 현묘지도 전수를 시작하면서 나는 이미 백회가 열린 이들을 주요 목표로 삼았다. 왜냐하면 현묘지도 수련은 대주천 수행이 된 수련자가 아니면 전수가 불가능하기 때문이다.

원래 현묘지도 수련은 12단계이다. 그중에서 대주천까지가 4단계이다. 기문이 열리는 것이 1단계이고, 기방이 형성되어 본격적으로 축기가 시작되는 것이 2단계, 소주천이 3단계, 대주천이 4단계이다. 나머지 8단계 중 8번째의 11가지 호흡 수련을 빼고 나머지 7단계가 화두수련 단계이다.

　그러나 이들 437명의 대주천 수련자들 중 손가락으로 꼽을 정도만 **빼**고는 아직 삼공재를 찾은 사람은 없다. 양정수 씨는 이들 극소수의 기존 대주천 수행자들 중의 한 사람이다. 그는 상업은행에 다니던 1993년 5월부터 97년까지 집중적으로 삼공재 수련을 했다. 그가 대주천 수련을 마친 것은 1993년 6월 12일이었다. 97년 이후 그는 다니던 은행을 그만두고 여러 시행착오를 거친 뒤에 양봉업자로 정착되었다.

　삼공재에서 대주천 수련을 받은 수련자들은 일단 삼공재를 한 번 떠나면 다시는 이곳을 찾는 일이 드물다. 그러나 양정수 씨는 그렇지 않았다. 비록 삼공재를 직접 찾는 일이 없어도 일 년에 몇 번씩이라도 연락은 끊지 않았다.

　양봉을 하면서부터는 꿀을 보내오기도 했다. 그리고 수련에 대해서도 문의해 왔다. 이것은 비록 그가 삼공재를 떠나긴 했지만 수련의 끈을 놓지는 않았다는 증표였다. 지극히 드문 경우이다. 그러나 구도자는 당연히 이래야 한다고 나는 생각한다. 생활환경과 상황이 어떻게 변하든 그저 무소뿔처럼 한 번 정한 구도자의 길을 곁눈질하지 않고 꾸준히 걸어가야 한다. 그는 바로 그 길을 걸어왔다. 그리하여 그를 삼공재로 인도하여 준 선배는 탈락하였어도 그는 구도의 끈을 결코 놓지 않았다.

　비록 여느 현묘지도 수련자들처럼 현란한 기적 변화는 없었다고 해도 그 변함없는 구도자의 자세가 오늘날의 그를 있게 만든 것이다. 속전속결 대신에 그는 대기만성(大器晚成)형이었다. 현묘지도 수련은 반드시 과거 생에 많은 수련을 쌓은 상근기들만의 것이 아니라 금생의 끈질긴 노력형의 것이기도 하다는 모범을 그는 보여 준 것이다.

　어떤 사람은 선도 하면 양신(養神), 출신(出神), 우화등선(羽化登仙)으로 특징되는 화려한 신선(神仙)의 모습을 보여 주어야 한다고 생각한다. 그러나 진정한 신선은 그런 것이 아니다. 양신, 출신, 우화등선은 일종의 초능력 현상일 뿐이다. 그것은 어떠한 경우에도 진정한 구도자인 신선의 목표가 될 수는 없다. 왜냐하면 그것들은 아무리 현란해도 알고 보면 마술과 같은 것이고 한갓 말변지사(末邊之事)에 지나지 않기 때문이다.

그렇다면 진정한 구도자가 지향할 길은 무엇인가? 두말할 것도 없이 오욕칠정(五慾七情)에서 벗어나는 것이다. 그리하여 생로병사의 윤회의 고리를 끊어 버리고 부동심과 평상심을 얻는 것이다. 생사일여(生死一如)의 경지는 이때 달성되는 것이다. 이것이 바로 『삼일신고』가 말한 일의화행(一意化行) 반망즉진(返妄卽眞) 발대신기(發大神機)이다. 양정수 씨는 지금의 작은 성취에 만족하지 말아야 한다. 이제 겨우 선도의 문턱을 넘어선 것임을 잊지 말고 그 특유의 인내력과 지구력으로 계속 정진하여 대각할 수 있도록 노력해야 할 것이다. 선호는 도림(道林).

현묘지도 수련 체험기 (14번째)

김 미 경

내가 현묘지도 수련을 할 수 있으리라는 생각은 꿈에도 해 보지 못했다. 사실 수련과 관련해서는 쓰라린 경험을 갖고 있다. 2년 전 나의 그러한 경험은 수련에 대한 약간의 긴장을 만들어 냈고 그것을 완화하기 위해 붙잡았던 책이 『선도체험기』였다.

그리고 내가 그간 수련에서 무엇이 잘못되었는지 어디부터 잘못되었는지 이번 생에서는 알고 가야겠다는 독한 마음을 품으면서 유림출판사에 전화를 걸어 『선도체험기』 한 질을 구입해서 읽기 시작했다.

유림출판사 사장님은 자세하게 그리고 다른 책들도 함께 보내 주셨다. 나는 그간 명상과 관련한 동서양의 다양한 책들을 미친 듯이 읽어 왔던 전력이 있었고, 그중 『선도체험기』도 몇 년 전에 서점에서 눈에 띄어 사게 되었으나 그때에는 앞의 몇 권과 마지막 몇 권을 구입해 놓고 훑어보며 접어놓았었다.

다양한 모색과 탐험

나의 지나온 이야기는 내가 수련으로 향한 다양한 길의 모색과 탐험이었다. 나는 넉넉하지는 않았지만 동네에서 인심 좋다는 말을 듣는 부모님 밑에서 평범하게 성장하였다. 다만 성장 과정에서 보여 주었던 나는 다른 사람들을 잘 배려해 주었고 한 번 시작한 것은 끝까지 끈기 있게 밀어붙이려 했으며, 매우 활달하여 어린 시절 한때 심부름을 도맡아 하여 동네 어른들이 칭찬을 듣곤 했다.

중고등학교도 이렇다 하게 특징적인 것은 없었으나, 초등학교 졸업 후 "이담에 커서 뭐가 되고 싶냐"고 누가 물어보면 "정의롭게 살아야 한다"는 다소 당돌하면서도 막연한 생각을 하며 성장하였다. 다만 누군가를 가르치는 교사가 되고 싶다는 생각을 해 봤으나, 집안 형편이 넉넉하지 않아 상고에 진학하게 되었으나 다른 삶에 대한 기대와 공부를 하고 싶어서 대학에 진학하게 되었다.

대학 시절은 여러 가지 어수선하던 시기였다. 나라 전체가 몹시 불안하였고 왜 그래야 하는지 의문을 갖게 되었다. 이러한 의문은 점차 나에게 사회에 대한 관심과 활동하는 기회를 넓혀 가게 해 주었다. 나는 어느 선배로부터 노동 현장에 뛰어들라는 권유를 받고 고민하게 되었다. 그리고 두렵기도 했다. 의문도 일었다. 왜 노동자가 아닌 내가 노동자가 되어야 하는가? 머리로는 이해가 되었으나 마음은 그렇지 않았다.

이러한 의문을 품은 채 나는 다른 선택을 하게 되었다. 인천의 대표적인 빈민 지역에서 탁아소와 공부방을 해 보는 것이 어떠냐는 제안을 받아, 그곳에 가 보게 되었다. 내가 일할 곳은 작은 단독주택으로 방 한 칸, 다락 한 칸, 부엌 한 칸, 마당 한 칸인 나무대문 집이었다. 인천의 번화가가 불과 10, 20분인 거리에 이러한 곳이 있다는 것을 처음 알게 되었으므로 충격이기도 했다.

달동네에 정착을 하고, 결혼을 하게 되었으며 아이도 낳게 되었다. 그 전에는 처녀들이 들어와서 활동을 하니 동네 주민 취급도 안 해 주다가 이제 아이 낳고 사니 동네에서 주민으로 조금씩 봐주기 시작했다. 이후 내가 살아왔던 달동네의 십몇 년의 생활은 나에게 새로운 경험이었다.

10여 년 동안 몇몇 연구소를 통한 상담 공부는 내게 많은 것을 주었다. 그러나 결국 내가 한계로 느끼게 된 것은 어떤 하나의 이론으로 인간을 설명할 수 없다는 벽이었다. 그리고 개개의 이론들은 나름으로 여러 논리를 통해 인간을 이해하고자 하였으나 몇 가지 논리로 인간을 설명하기에는 인간 존재가 너무나 복잡했다.

이러한 어려움은 명상과 관련한 접근과 불교철학(상담학)을 접하면서 나는 큰 충격을 받았다. 그것은 처음 상담을 접했을 때, 혹은 매 시기 내가 관심을 가질 때 받는 신선한 충격 그 이상이었다. 강남의 정토회라는 곳에서 불교의 이론과 철학 전반에 관한 1년이 넘는 교육 과정은 상담 공부 10년의 생활을 무색하게 하였다. 인간의 감정을 팔만사천 가지로 구분하는 불교의 세심함은 상담 영역에 대한 새로운 고민을 하게 하였다.

이 시기에 여성에 대한 공부는 내가 갖고 있던 상담, 명상과 아울러 나름으로 내 삶에 균형을 주는 시기였다. 내적인 측면에서는 '마음'이라는 곳에 집중이 되어 있었고 외적인 측면에서는 사람의 마음과 주변을 사회가 어떻게 체계적인 형태로 지원할 수 있는가에 대한 관심으로 대학원에 진학하여 사회사업을 공부하기도 하였다.

비슷한 시기에 빈민 지역에서 일하던 여성 선배가 수련을 하고 있었는데, 같이해 보자는 제안을 받으면서 나는 오랫동안 갈구하던 그 무엇이 해결될 수 있다는 막연한 흥분과 이상한 종교에 빠질 수도 있다는 두려운 감정이 교차되었다. 이미 종교 문제의 심각성은 익히 들어 왔으며 기존 종교뿐만 아니라 현재 대중화가 되고 있는 명상이나 수련에 있어서도 구체적인 것은 몰랐으나 왜곡될 수 있는 소지가 많다는 것을 알고 있었다.

나는 한 후배에게 함께해 볼 것을 권유했다. 그리고 서로 약속을 했다. 언제라도 수련 도중에 이상하다는 생각이 들면 서로가 갖고 있는 선후배의 관계를 떠나서 개인의 판단으로 정리하자는 것이었다. 나름대로 방법을 먼저 내고 시작한다는 마음에서였다.

이 시기에 느꼈던 감정은 너무 외롭다는 것이었다. 인간이라는 것이 외로웠고 살아간다는 삶이 외로웠다. 이성적인 외로움이 아닌 인간 본연의 외로움이었다. 내가 나여야 하는 이러한 외로움은 궁극의 참나를 찾아가는 것이라는 것을 나는 뒤늦게 알게 되었다.

1년 정도의 수련 과정이 이어지며 몇몇 단계를 거치게 되었다. 논문 준비로 6개월 정도 쉬었다. 논문이 통과된 이후 나는 동서양의 명상 관련 서적들을 미친 듯이 읽기 시작했다. 한 번에 여러 책들을 비교해 가면서 혹은 한 가지 책을 밤새워 읽어 내려가며 명상에 대한 막연했던 내용들을 채워 나갔다.

가을부터 다시 시작한 수련은 좀더 구체성을 띠기 시작했고 내게 일어나는 기적인 여러 현상들이 신기하기도 했으며 자랑스럽기까지 했다. 그리고 주변에게 감사한 마음뿐만 아니라 내게 고맙고 감사한 마음이 일어났다.

나는 일정한 단계를 거쳐 '법신 출신'이라는 통과의례를 거치며 몇 가지 신통력을 얻게 되었다. 이러한 과정은 나를 고무시키기도 했으며 내가 세상을 위해 이러한 기제를 긍정적으로 어떻게 쓸 수 있을까 생각하며 개인 사무실을 낼 문제를 고민하고 있었다.

그것은 우선 상담을 통한 심리분석 과정을 통해 자기를 돌아보며 이러한 과정은 자기의 단단한 껍질을 빠르고 구조적으로 무장 해제시킬 수 있으리라고 보았다. 다음으로 좀더 심화된 교육이 필요하거나 원하는 이들은 따로 수련의 과정을 두어 깊이를 더해 가는 방식이었다.

이러한 고민이 이어질 무렵, 수련의 방법이나 내용에 있어서 의문이 일기 시작했다. 아마도 나를 지도했던 선배도 계속해서 수련이 향상되는 듯했다. 무엇보다 천도재를 지내는 것에 대한 것과 기존 제품으로 목걸이를 만드는 것, 부적을 만들어 내는 것, 그리고 내가 배우고 있는 수련의 뿌리가 무엇인가 하는 것이었다. 중국의 몇몇 선가 서적에 뿌리에 두고 있었으나 명확하지가 않았다.

천도재의 양식을 반드시 치러야 한다고(제사 형태) 했으며 일정한 자격을 갖춘 자라야 한다고 했다. 출신의 과정이 천도재를 치를 수 있는 기준이 되었다. 나는 개인적으로 수련 중 조상령들에 대한 천도를 하게 되었으며 선배의 도움 없이 제사 형식을 빌었다.

그러나 이러한 과정들은 또 다른 의문을 갖게 했다. 내가 천도할 수 있는 능력이 없다면 매번 누군가의 도움으로 천도를 해야 한다는 어려움에 봉착했다. 그리고 그러한 어려움은 현실로 나타나 나와 함께 수련하던 다른 도반들 중 몇몇은 매우 심각하게 고민하게 했다.

나는 사무실을 통해 개인 상담과 집단 상담을 하였으며 상담과 관련한 강의 등을 통해 활동을 하였다. 일주일에 한 번은 서울에서 내려오는 선배의 지도로 수련 모임을 이끌어 갔다. 수련을 하며 선배는 출신자의 영적인 눈을 통해 참여자들의 여러 가지 상황을 점검했다.

선배 스스로 영적인 눈이 보이지 않는다고 했으며 이러한 논리는 조금씩 달라지곤 했다. 단지 예민한 몸의 반응과 명쾌한 해석이 듣는 이들의 관심을 불렀다. 사무실 개소 후 이듬해 나는 임신을 하게 되었다.

이미 세 아이가 있었고 나이도 마흔을 넘은 나는 고민하게 되었다. 임신 사실을 확인하면서 나는 태아와 의념으로 이야기를 했다. 갈등이 일었다. 생명의 존귀함을 이야기하며 다른 생각을 할 수가 없었다. 어렵게 결정한 출산의 결심은 하혈과 유산으로 이어졌다.

태아의 영혼을 천도하는 과정에서 천연스럽게 "슬퍼하지 말라"는 말을 하고 떠나는 태아의 상념들은 나를 더욱 슬프게 했다. 이러한 과정에서 남편과는 심하게 논쟁을 하였으며, 남편은 그 나름으로 생각하는 수련의 문제에 대해 지적을 하였으나 나는 동의하고 싶지 않았다. 경험해 보지 않고 섣불리 판단하지 말아야 된다는 나의 주장과 위험 요소가 너무 많다면 포기해야 된다는 남편의 입장이 어려움에 직면하고 있는 내게 너무 아프게 다가왔다.

유산의 과정은 선배와 나 사이에서 수련과 관련된 상황을 다시 보는 계기가 되었다. 그리고 선배는 선배 개인의 어떤 능력에 의존하도록 했다. 물론 그 과정에서 내가 명확하고 분명하게 문제 제기나 의문을 제기하지 못한 부분이 있으나 그럼에도 불구하고 누구도 심판해서는 안 된다고 생각했다.

나는 마지막 선배와의 통화에서 독설에 가까운 "그렇게 하면 하늘의 벌을 받는다, 앞으로 수련이 어려울 수도 있다"라는 그의 말에 "벌을 받아 마땅하다면 나는 당당히 그 벌을 받겠다. 피해가거나 도망가지 않겠다. 그리고 수련은 1, 2년으로 끝내고 말고 할 것이 아니라 평생 죽을 때까지 할 것인데 몇 년 쉰다고 못 하지는 않을 것"이라고 했다.

인과의 법칙을 벗어날 수 있는 인간은 아무도 없기 때문에 합당한 잘 못을 했다면 당연하게 그 보응을 받아야 한다는 것이 평소 내 생각이기도 했다. 이러한 과정은 왜곡된 수련의 상황을 정리해야 한다는 결심을 하게 되어 사무실을 바로 폐쇄하게 되었다.

애정을 가졌던 공간의 폐쇄는 나를 사회적인 죽음으로 내모는 느낌을 갖게 했다. 태아의 유산과 함께 슬프기도 하고 우울했다. 명상할 때 그렇게 쉽게 이야기했던, 죽음을 넘어서는 초연한 그 무엇은 어디에서도 찾아볼 수 없었다.

늘 의욕에 넘치던 나를 어디에서도 찾아볼 수 없었다. 내가 맡고 있었던 기관의 대표 자리도 내놓겠다고 의사 표명을 했으나 여러 상황에 의해 사임할 수 없었다. 2005년 여름은 내게 길었다. 6월 말경의 유산과 이어지는 수련 지도에 대한 선배와의 결별과 수련 모임의 와해는 내게 왜 이런 현상이 일어났는가를 되묻게 했다.

80권이 넘는 이야기

나는 예전에 사 놓았던 『선도체험기』라는 책이 생각났다. 무엇이 80여 권이 넘는 이야기를 만들게 하였을까? 지난번 훑어보듯 선별적으로 내가 보았던 내용을 다시 봐야 한다는 생각이 들었다. 당장 『선도체험기』 뒷장을 뒤져 출판사로 전화를 했다. 『선도체험기』 한 질을 주문해 놓고 예전에 구입해 놓았던 책을 1권부터 읽기 시작했다.

신기하게도 예전에는 읽히지 않았던 책이 잘도 읽혔다. 나는 그때부터 책에 나와 있는 대로 실천을 해 보기도 하고 실험을 해 보기도 했다. 그때마다 기운을 느낌으로 알 수 있었다. 그리고 선도수련에 대한 정확한 뿌리와 맥을 잡을 수 있었다. 상고사에 대한 막연했던 의문도 확실하게 이해되는 시기였다.

단식은 2003년, 2004년 두 번에 걸쳐 일주일씩 해 보았고, 생식도 2003년에 오행생식을 한 달 해 본 적이 있었다. 육식을 안 한 지는 5년쯤 되었던 시기였다. 나는 책을 읽어 나가며 내가 어느 지점에서 오류를 범했는지 알 수 있었다.

『선도체험기』는 내게 길잡이가 되어 나를 인도하였다. 운동을 하며 나는 한임, 한웅, 단군 천제께 늘 감사의 마음을 전하며 나를 이끌어 주실 것을 간절히 기원하였다. 그리고 책 속에 나오는『천부경』,『삼일신고』, 대각경 등 여러 경전들의 의미를 늘 음미하였다. 그리고 수련과 관련한 조직을 만들지 않겠다고 다짐을 했다. 『선도체험기』의 경험도 조직을 만들었을 때의 병폐에 대해 누누이 이야기했다. 참으로 맞는 이야기였다.

책을 읽어 감에 따라 조금씩 회복이 되기 시작하였다. 가을이 되면서 내가 맡고 있는 단체의 대표로서 단체를 이끌어 가야 한다는 책임을 자각하게 되었다. 나는 최선을 다해 단체 활동을 하게 되었다.

이 시기에는 다른 책은 일체 읽지 않으며『선도체험기』와 유림에서 보내 준 나머지 책들을 보며 지냈다. 드디어 2007년 2월 18개월 만에『선도체험기』84권을 모두 읽을 무렵 이제 생식을 해야겠다는 마음이 들었다.

　그리고 내 의지와는 관계없이 지자체로부터 위탁받은 기관을 설립하는 역할을 맡게 된 것이다. 나는 이 과정에서 몸무게가 10kg 정도 빠지게 되었다. 5월 개소식을 앞두고 더이상 미룰 수 없다는 생각으로 4월 28일 토요일 아침 운동이 끝나고 떨리는 마음으로 삼공재에 생식을 하고 싶다는 간단한 메일을 올렸다.

　사모님으로부터 와도 좋다는 연락을 받아 설레는 마음으로 삼공재를 가게 되었다. 생식카드 기재를 마치고 잠시 정좌 수련을 한 뒤 기운을 느끼느냐는 선생님의 말씀에 나는 좌선을 하자마자 하염없이 눈물이 쏟아져 나왔다.

　뭔가 그리움에 사무치고 내가 그리 찾던 것이 이제야 이루어지는구나 하는 느낌이 가슴 밑바닥부터 치밀어 올라왔다. 주체할 수 없는 기쁨과 감사, 이제야 제대로 갈 수 있는 길을 찾았다는 반가움이 밀려왔다. 나는 이렇게 삼공재와 인연을 맺게 되었다.

　생식을 주문하고 잠시 좌선을 하면서 그동안 가슴 깊이 맺혔던 회한과 주체할 수 없는 눈물로 훌쩍거렸다. 다른 수련자들의 수련에 방해가 될까 전전긍긍, 수련이 되는지 안 되는지 시간은 금방 지나가 버렸다.

　선생님께서 어떤 느낌이 있었는지 물으셨다. 그리고 빙의령들이 천도되었는데 알고 있었느냐고 물으신다. 나는 정확하게는 몰랐지만 2년 전에 있었던 이야기를 해 드렸다. 개인적으로 수련과 관련하여 어려움을 겪고 있을 때 『선도체험기』를 열심히 읽고 한임, 한웅, 단군 천제께 나를 인도해 달라고 간구하며 운동을 할 때에 내게 들어오겠다던 한 '영'이 있었다.

　그는 내게 들어와 도움을 주겠다고 했다. 자기가 내게 많은 도움을 줄 수 있으며 정보도 줄 수 있다고 했다. 나는 그에게 당신은 누구인가 하고 물었다. 흘달(屹達)이라고 했다. 나는 신기하게 생각하며 나는 보호령이 필요하긴 하나 내게 들어오는 것(빙의)은 안 된다고 단호하게 말했다. 그러한 도움은 필요치 않다고 했으나 내심 어려운 시기에 나의 보호령이 되기를 바랐던 것은 사실이었다.

며칠이 지난 뒤 우연히 선생님의 『소설 한단고기』를 보다가 13세 단군 흘달(屹達)을 알게 되었으며 신기하게 생각했다. 지난번 운동 중에 대화하던 그 영과 이름이 유사했기 때문이다. 그래서 남편에게 이야기를 했다. 남편은 흥미롭게 듣기는 했으나 시큰둥하게 흘려보냈다. 그리고 흘달에 대한 2년 전 기억이 떠올랐다. 그리고 나는 천도되어 가는 흘달의 영을 보게 되었고 선생님께서는 빙의령에 대해 좀더 자세히 보라 권하신다.

자세히 보자 옷은 저고리가 길게 엉덩이를 덮으며 고구려 벽화 속에 나오는 것과 같은 복장을 하고 있었다. 천천히 나는 흘달과 주파수를 맞추기 시작했다. 내가 마치 전생의 화면으로 빨려 들어가는 것 같았다.

나는 흘달과 대화를 하기 시작했다. 흘달은 나의 남편이었으며 천지화랑을 지도했고 나는 여자 천지화랑을 지도 관리했다. 둘 사이는 자유분방하고 애틋한 관계였으며, 사랑하고 동지적인 관계(천지화랑의 훈련이나 나랏일 등)였던 것으로 보인다.

내가 흘달과 계속 교감을 하는 사이 나는 한없는 연민과 그리움이 치솟으면서 눈물이 계속 흘렀다. 이제야 만나게 되었다는 반가운 느낌도 일었다. 나는 여자 천지화랑을 지도하다가 훈련받던 여자 천지화랑의 잘못 쏜 화살에 왼쪽 어깨를 맞았는데 그것을 빨리 치료하지 못하고 죽게

171

되었다.

죽음으로 둘은 너무 애석하고 상심하면서 헤어졌고 이를 안타까이 여겼던 인연으로 금생에 흘달이 들어왔다는 것을 알게 되었다. 특히 이번 수련과 관련하여 흘달은 내게 이런 말을 남겼다. "그렇게 이야기하려 애썼건만 그동안 못 했었는데 이제 원을 풀었으니 마음이 후련하오" 하면서 홀연 합장과 함께 사라져 버린다.

나는 그때 명상을 하며 어려웠던 관계를 『선도체험기』를 통해 극복하고 있던 상황이었고 매일 매 순간 천지신명과 한임, 한웅, 단군 천제 분들에게 "제가 흔들리지 않고 이 길을 잘 찾아갈 수 있도록 인도해 달라"는 메시지를 매일 보내던 때이기도 했다. 이제 그 화면과 함께 내가 어떻게 2년 동안 흘달의 보살핌을 받았는지 알게 되었다.

주중 평일 아무 때나 하루는 삼공재에서 수련할 수 있는 자격이 있다고 하시는 선생님의 말씀에 나는 감사의 눈물이 샘솟 듯했다. 마음이 홀가분해졌다. 상쾌하기까지 했다. 무겁고 권위적이고 근엄할 것으로 보여졌던 선생님과의 상견례는 예상을 깨고 따뜻하고 자상하며 지극히 평범해 보이면서도 범접하지 못할 그 무엇이 있었다.

그리고 수련하는 과정도 스스로 찾아 나서고 스스로 구하는 것처럼 보였다. 아무도 필요 이상의 말은 하지 않았다. 내게 이런 모습의 수련은 생소하기도 했지만 신선했다. 그리고 수련은 스승도 필요하지만 스스로의 열망에 의해 스스로가 찾아가고자 하는 높은 탐구심의 구현이란 생각이 들었다.

2007년 5월 6일. 제1차 삼공재 방문 수련

지난주 방문 수련을 하여도 좋다는 선생님의 말씀은 사막 가운데서 오아시스를 만난 기쁨이었다. 길을 잃고 헤매다가 어렵게 길을 찾아 목적지를 갈 수 있다는 희망을 갖게 되었다. 수련을 하던 중 선생님께서 『환단고기』 중에서 흘달에 대한 관련 부분을 보여 주셨다. 단군조선 13 대라는 것과 그가 다했던 역할로써 천지화랑을 만들었고 정치제도를 정비했다는 내용이 적힌 것이었다.

흘달에 대한 마음을 갖고 선정에 들어가자 내 몸은 어느새 우주공간으로 나가고 있었으며 마치 항해하듯이 우주공간을 지나고 있었다. 마치 올라가는 것과 같은 (혹은 높은 단계로 향하는 듯) 다양한 선계의 모습들이 들어오면서 어느 커다란 문 앞에 다다랐다.

문 위 현판을 보니 대부전(大府殿)(?)이라고 쓰여 있다. 병사들이 양쪽에서 커다란 창을 들고 가로막고 지키고 있었으며 어떻게 왔냐고 묻는다. 나는 흘달을 만나러 왔다고 했다. 그러자 전각을 지키고 있던 병사들은 창을 치우고 나를 들여보내 준다.

내가 어디론가 계단을 통해 올라가자 계단 위에 있던 흘달이 나를 반갑게 맞아들였다. 그리고 우리는 한동안 말없이 서로를 부둥켜안고서 그냥 그렇게 서 있었다. 이전에 애틋했던 마음들이 얼마나 상대를 그리워하고 사랑하게 했는지, 그리고 얼마나 사이가 좋았던가. 이런 감정들이 북받치며 하염없이 눈물이 흘렀다.

흘달은 내게 나를 지켜 주기 위해 그렇게 할 수밖에 없었다며 이제야 교감을 하게 된 것이 다행이라는 메시지를 주었다. 그때 그렇게 보내게 된 것이 얼마나 가슴 아팠는지 이것이 신선(神仙)으로서 격에 안 맞는 행동이었으며, 이것이 업장이 되어 윤회하는 과정을 밟게 된 것임을 흘달과 나는 교감하게 되었다.

흘달은 매 순간 새로운 생명을 받아 생활하던 내 모습을 지켜보며 선계에서 노심초사했었다고 한다. 흘달 시대 천지화랑을 훈련시키고 세상을 평화롭게 이끌며 많은 이들을 교화하여 새로운 인간을 만들기 위한 일련의 활동들과, 내가 윤회의 과정에서 역사 속의 새로운 세상에 대한 도전과 좌절을 겪으며 수없이 많은 처형으로 갖가지의 방법으로 죽어 갔던 전생의 내 모습을 흘달은 안타까워했고 애처로워했던 것이다.

내내 흘달과의 애틋했던 장면들이 떠올랐으며 눈물이 계속 흘렀다. 나는 흘달에게 그동안 나를 지켜 주어서 감사하다는 말과 함께 작별을 하며 헤어지게 되었다. 이제는 죽음으로 세상과 맞서 싸우는 것이 아니라 죽음을 뛰어넘는 다른 해석이 필요한 것으로 감응되면서 화면은 정리되었다.

흘달과의 감정이 채 가시기 전 선생님께서는 선계에서 나를 지정하여 수련을 하게 하였다고만 말씀하셨다. 아마도 그 이유는 내가 이제 찾아가야 할 길이라고 생각된다. 수련 도중 온몸이 따끔따끔 했으며 열이 올라왔고 계속 감사와 안도의 눈물이 흘러나왔다. 정수리가 따끔따끔하다고 하자 선생님께서는 다음번에 백회를 열자고 하신다.

5월 8일. 일을 하면서 집중을 하면 백회 부근에서 선녀들이 노래를 부르며 작업을 한다. 『선도체험기』를 읽으면서 백회가 열리는 장면을 읽을 때와 같은 현상이 일어났는데, 이렇게 구체적인 노랫말 소리가 들리지는 않았는데 지금은 마치 노동요처럼 집단으로 작업을 하며 노래와 같은 메시지가 들려왔다.

> 본성에 한 발짝 한 발짝 다가서는 기쁨이란
> 한생 한생 새롭게 태어나는 기쁨과 같으리라.
> 에헤라 에헤라 여기까지 온 나를(스스로를) 칭송하라 은혜하라.
> 나를 세우고 세상을 이롭게 하는 것.
> 이제 때가 되었다. 시기가 되었다. 하늘과 소통되었다.
> 감사하는 마음, 감사하는 세상.
> 나를 있게 한 세상과 주변에 감사하라.
> 기뻐하라. 기뻐하라.
> 내 안의 나를 찾는 기쁨.
> 때가 왔도다. 때가 이르렀도다.
> 감사로 맞이하라. 감사로 맞이하라.

5월 9일, 오전 어제부터 백회 부근 선녀들이 노래 부르던 것이 오전 9시경부터 머리에서 가슴으로 내려오더니 뱀, 파충류부터 동물로 이어졌다. 인간의 진화 과정에서 얽혔던 인과의 장면들이 백회로 올라가기 시작했다. 계속 뚫고 올라가다가 단전에 도착했다. 금빛으로 단전이 소용돌이쳤다. 내가 단전 속에 앉는다. 좌선을 하고 있자 곧 이어서 우주가 단전으로 들어오기 시작하였다. 거꾸로 내가 내 단전 속으로 들어오는 장면으로 마무리되었다.

5월 10일. 제3차 삼공재 방문 수련

어제와 그제 있었던 내용을 말씀드렸다. 선생님께서 백회를 열어 주셨다. 백회를 여는 과정 내내 감사함과 감격의 눈물이 흘렀다. 437번째 백회를 열어 주셨다고 하신다. 참으로 많은 인연들이 다녀간 듯하다.

나는 어떤 인연으로 이 자리에 있는 것일까 하는 생각이 잠시 일어났다. 백회를 여는 과정은 마치 우주의 빛줄기가 내게 관통되어 그 빛의 오묘함과 떨림이 내게 임하는 그런 의식이었다. 백회에 우주선이 장착된 느낌과 그 장착된 우주선의 안테나는 일정한 정보와 내용을 수신하며 거르는 역할을 하는 것처럼 보였다.

마치 내가 수신과 송신을 겸비한 작은 우주선이 된 느낌이었다. 그리고 매우 안정된 느낌과 평화로운 느낌이 내 몸 전체를 감싸고 있었다. 백회를 여는 과정을 지나 선생님께서는 현묘지도 수련을 진행해야 한다고 하셨다.

나는 마음이 두근거렸다. 사실 현묘지도 수련기를 읽으면서 나도 이 수련을 받아야 한다는 어렴풋한 상상을 하긴 했었으나 이렇게 빨리 진행될 줄은 몰랐다. 나는 속으로 무척 감격했다.

내가 끊임없이 수련에 대한 끈을 놓치지 않으려고 애썼던 정성이 하늘에 닿았나 하는 느낌이었다. 그리고 『선도체험기』를 읽으면서 책 속에 나오는 '제자가 준비되어 있으면 스승이 나타난다'는 구절을 나는 늘 가슴에 새겼었다. 이러한 의미는 누구에 의해서가 아니라 '스스로 찾고 갈구해야 한다'는 것과 의미와 같다고 생각했었기 때문이다.

첫 번째 화두를 받다

5월 10일. 떨리는 마음에 첫 번째 화두를 받고 집중하는 순간 별들이 우주공간에서 빛을 발산하고 있었으며 그곳은 마치 우주 속의 어떤 성단인 것처럼 보였으며 내가 그곳으로 서서히 들어가니 예전에 수련 중에 여러 차례 만났던 성모 마리아와 같은 분이 나타났다. 그 느낌은 마치 전생에 나의 어머니(영원한 어머니)였던 것 같았다. 반갑게 나를 반겨 주신다.

어머니였던 것 같은 느낌은 나를 따뜻하게 감싸 안아 주신다. 그리고 그간 고생을 많이 했다며 내게 별에 대한 설명을 차근차근 해 주신다. 별들은 각각 다른 에너지를 갖고 있으며 이들의 에너지는 통합되는 과정을 겪어야 하는가 보다.

별들에는 병사들이 분주하게 왔다 갔다 하며 뭔가를 계속 만들어 내고 있다. 병사들의 모습은 마치 우주복을 입은 우주인처럼 생겼다. 각각의 별들의 에너지가 내 몸에 감기듯 들어오며 빛들의 에너지는 내게 전율을 느끼게 하며 내 몸속에서 하나가 된다. 매일 화두에 의식을 집중하면 각각 별들의 에너지가 우주에서 내게 쏟아져 내려 들어온다.

5월 15일. 제4차 삼공재 방문 수련

삼공재에 도착하여 바로 선정에 들어가, 화두를 암송하니 바로 별들의 에너지가 내게 쏟아져 들어왔다. 각각의 에너지가 내 몸속에 들어와 각기 자리를 잡는다. 그리고 내 오장육부에 하나하나 자리를 잡아 안착을 한다.

그리고 내 몸속에서 우주에 떠 있던 별들이 반짝이는 모습이 보인다. 마치 그 별이 내 몸 안으로 들어와 내 몸이 우주인 것 같았다. 그리고 이어서 "나가 진리를 전하라" 하고 끝나게 되었다. 선생님에게 말씀드리니 첫 번 화두는 끝났다고 하시며 두 번째 화두를 주신다.

두 번째 화두

5월 15일. 두 번째 화두를 암송하자 우주의 온갖 형상이 자연의 형상부터 식물, 동물, 인간 그리고 우주의 모습까지 영화 필름처럼 돌아가다 하나로 어우러지며 백회로 들어온다. 동시에 그 기운이 상중하 단전을 통하더니 다시 중단전, 상단전으로 지나 다시 백회로 들어와 소용돌이친다.

5월 16일. 생활하면서 운동하면서 화두를 계속 암송한다. 그러면 이세상, 지금 여기 직면해야 하는 현실 세계가 느껴진다. 수련 도중 남편에게 빙의되어 있던 빙의령들을 천도하게 되었다. 남편에게 있던 빙의령들은 남편의 외삼촌과 함께 지리산 근처에서 싸우다 죽어간 학도병, 군인 등 사단병력급인 것으로 보인다.

어디서 이런 빙의령이 몰려왔나 했더니 결혼 시절 우리가 학교에서 '민중혼례식'을 치르며 '지리산 영령들에게 드리는 글'이라는 것을 낭독한 일이 생각났다. 우리가 지리산에서 만났기 때문에 뭔가를 기념하기 위해서 만든 한 꼭지 글이었는데, 지금 생각해 보니 지리산에 떠도는 영

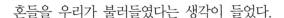

혼들을 우리가 불러들였다는 생각이 들었다.

어쨌든 나는 영령들을 설득했다. 지금은 그 시절 냉혹했던 빨치산이 설치던 시대도 아니고 많이 변했으며 이제 이렇게 계속해서 떠돈다면 더이상 나도 어떻게 해 줄 수 없다고 단호하게 말했다. 남편의 외삼촌인 듯한 영령은 연신 고개를 끄덕이며 이제 알았다고 한다. 다만 아무도 이렇게 소리 없이 죽어간 영령들을 기리거나 아무것도 해 주지 않아서 많이 서운했다고 한다.

이제 알았다며 설득을 하자 연병장 같은 곳에는 사단급의 영령들이 헐벗고 굶주린 모습으로 서 있었다. 새 옷을 갈아입고 천도 준비를 하고 있었다. 사단장인 듯한 남편 외삼촌이 연단에 올라 영령들을 설득하기 시작한다. "이제 나라와 민족을 위하여 싸워야만 한다는 집착에서 벗어나 하늘로 가자. 시대가 많이 변했다"고 영령들을 설득한다.

외삼촌 영령은 "나는 경제 공부를 하고 싶었고 이 민족을 잘살 수 있게 하고 싶었는데 안 되었다. 그러니 나 대신 네가(남편에게) 이루어 달라"는 부탁을 남기고 천도되기 시작한다. 이들이 가졌던 젊음과 젊은 시절 하고자 했던 열망이 역사의 퇴적 속에 묻혀 버리는 것에 대한 한스러움이 풀어지면서 떠나기 시작한다.

구천을 떠도는, 배려받지 못하고 기억되지 못한 영령들이 의외로 많겠다는 생각과 각종 천재지변과 전쟁 등으로 희생된 수많은 이름 없는 영령들에 대한 천도재는 필요하다는 생각을 하게 되었다.

아무래도 현묘지도를 보다 적극적으로 전수하기 위해서는 뭔가 최선을 다해야 한다는 생각이 들었다. 따로 수련을 적극적으로 할 수 있는 상황도 아니었다. 아이들도 돌보아야 하고 일도 해야 하고 또 새로 만든 기관을 추스르기도 해야 했다. 그리고 새로 시작한 공부도 해야 했기에 현묘지도 수련을 위한 시간을 좀더 배정하기로 하고 힘겨운 일상의 생활을 오히려 현묘지도가 끝날 때까지 주 2회로 삼공재 오는 시간을 늘려야겠다는 생각을 하게 되었다.

그리고 일상에서는 걷기 운동과 수련을 겸비한 생활행공의 수련 방식과 삼공재에서의 집중 수련 시간으로 안배를 했다. 그리고 나는 삼공재에 수련을 하러 갈 때는 꼭 목욕재계하고 하늘에 제사를 지내는 마음으로 참석하곤 하였다.

5월 17일. 제5차 삼공재 방문 수련

두 번째 화두를 계속 암송을 해도 계속 캄캄한 화면이 연속되었다. 모든 만들어진 혹은 보여지는 것들이 다 내게 있다는 느낌이 왔다. 현상계에 있는 것들을 받아들이는 어떤 과정이 내게 다가왔다. 내가 세상을 보며 불편해했던 것들, 내가 세상에서 보고 싶은 것만 보아 왔던 것들에 대해 있는 그대로를 보고, 있는 그대로를 받아들여야 한다는 느낌이 왔다. 보고 싶은 것이든 보고 싶지 않은 것이든 모든 것이 내게 있는 것 같다.

어떤 형식과 틀 그리고 만들어짐, 혹은 의식적으로 만들어 내는 것 등등의 생각들이 떠오른다. 수련 중 다리가 몹시 저려서 왜 저린가 하고 보니 전생의 어떤 장면인 듯하다. 내가 임금(수장)인 것 같고 전쟁에서 뭔가 무리하게 진격하다 패해서 도피하고 있는 것 같았다.

다리에 화살을 맞아 말 위에서 간신히 버티고 있었다. 왜 이런 화면이 떴을까? 현재와 어떤 상관이 있을까 하고 보니, 내가 갖고 있는 '유연하지 못함, 규정적인 측면, 당위적인 측면을 강조하는 모습'에 대한 반성의 의미라는 느낌이 들었다. 선생님에게 질문해 보니 전생의 한 장면인 듯한데 현묘지도 수련 시에는 가급적 전생의 모습은 보지 말라 하신다.

5월 20일. 오전에 월미산 운동을 갔다 오고 나서, 산에 가고 싶어서 막내와 마니산에 가기로 했다. 마침 내가 마니산에 간다니 남편도 아이들을 추슬러 같이 갔다. 오랜만에 가족 모두 하는 산행이 되었다. 천지신명께 요사이 내게 이어지고 벌어지는 수련의 과정을 감사한 마음을 내며 갔다. 내게 다시 한 번 기회를 주신 신명들에게 감사를 했다. 마니산의 산신들이 내게 절을 한다.

5월 20일. 함께 일하는 동료들과 정체성에 관한 이야기를 했다. 개인의 정체성과 민족의 정체성 등 개인과 가족과 사회와 민족이라고 하는 큰 틀의 정체성을 하나로 꿸 수 있어야 한다고들 말했다.
그러면서 끊임없는 자기의 고정관념을 깨거나 변화시켜 궁극적으로는 우주와 내가 하나가 되도록 해야 한다는 요지의 이야기가 있었다. 점심을 먹다가 우연히 시작한 말이 깊고 숙연하게 들린다며 감명 깊다고들 말했다.

5월 21일. 새벽 운동을 나가려 하는데 남편이 밤을 새웠다고 하기에 왜 밤을 새웠느냐니까 아무 대답 없이 잠을 잔다. 운동을 다녀와서 아이들 학교 보내고 나니 남편은 『깨달음의 권력』이라는 책을 보았다며 심각하게 내게 이야기를 한다.

수련이 갖는 심각성을 다시 한 번 본 모양이다. 처음 문제는 개인의 결단이라고 생각했으나 책을 보고 난 이후는 개인의 결단 그 이상이라고 생각하는 모양이다. 남편이 불안한가 보다. 나도 남편의 반응으로 지레짐작하여 또 그 지겨운 논쟁의 시작인가 했다.

지난 시절 우리는 수련과 관련하여 밤을 새우며 서로의 이야기를 나누기도 하고 논쟁을 하기도 하며 수련에 대한 논의를 해 왔다. 남편은 수련은 하지 않았지만 암묵적인 인정을 하면서도 수련이 갖는 폐해에 대한 우려를 늘 하고 있었다.

내가 수련의 단계가 향상될 때마다 남편은 자신의 관찰이나 깊은 통찰력으로 비슷한 생각을 하기도 하여 늘 나는 남편이 신기하다고 생각했다. 수련은 내가 하는데 결과의 해석은 남편이 한다고 우스갯소리를 곧잘 하곤 했다. 본인이 걱정되어서 그런 것으로 보인다. 나도 미안하다. 과거 수련을 한다며 보여 주었던 내 모습이 거의 미쳐 보였을 것이다. 그러니 지금 남편의 마음이 이해가 된다.

월미산 새벽 운동을 하면서 화두를 암송했다. 그 화두의 문자가 흩어지면서 허공만(캄캄한) 남는다. 분해된 글자의 잔해들이 단전으로 들어가 아우성치듯 이리저리 부딪히며 용광로에서처럼 녹아내리어 없어져 버린다. 그리고 조용하다.

5월 22일. 제6차 삼공재 방문 수련

두 번째 화두를 계속 암송했다. 수련 중에 세포 하나하나가 화두 문자로 변하면서 백회부터 사라진다. 내 몸이 사라지고 허공만 남아 있다. 허공만 남았다. 스승이 나타나 "나가 진리를 전하라" 하신다. 선생님께

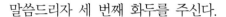

말씀드리자 세 번째 화두를 주신다.

세 번째 화두

화두를 암송하자 첫 화면이 뜬다. 똑같은 장면의 화면이 A/B로 나뉘어 있으며 한쪽은 허우적거리며 세상살이에 힘겨워하는 모습이다. 다른 한쪽은 똑같은 상황인데도 유유자적한 모습이면서도 한결같은 마음과 태도가 느껴진다. 이어서 어느 순간 우주공간에 내가 나가 있다. 많은 선계의 위계에 따라 마치 행성처럼 지구로부터 어떤 끈에 의해 우주공간을 향해 떠서 매달려 있는 내 모습이 보인다.

스승이 나를 인도하신다. 우주공간 너머까지 계속 이어지는 여행을 한다. 마치 우주공간의 끝의 선계의 한 단계에 다다른 느낌이 난다. 스승이 내게 말한다. "이곳에 머무르면 안 된다. 이곳을 넘어야 한다"며 계속 항해하듯이 올라간다. 어느 틈에 내가 물속에서 올라와 있다. 어디인가 보니 선녀인 듯한 분들이 반겨 준다.

5월 23일. 화두를 계속 암송한다. 우주공간, 허공을 항해하는 듯한 장면이 계속 이어진다. 이웃에 사는 분의 시어머니가 돌아가셨는데 영혼이 보여 이야기한다. 영혼이 갈 곳으로 돌아가야 한다고 의념으로 말하자 그 영혼은 알았으니 삼일 장례식만 보고 싶다고 한다.

그리고 가겠다며 내게 두 손을 모았다. 알았다고 했다. 누가 왔는지, 음식은 무엇을 했는지 궁금하단다. 그리고 방문한 조문객들을 보고, 넉넉하고 푸짐하게 차려진 음식을 보며 흡족해한다. 생전에 먹는 것에 미련이 많았던 모습을 영가가 되어서도 그대로 보여 준다.

5월 24일. 백회 쪽으로 빛이 들어오고 있다.

5월 25일. 모 재단과 단체를 방문했는데 눈 쪽과 머리 위로 압력이 느껴진다. 계속 화두를 암송하자 일곱 무지개가 백회로 들어와 춤을 추듯 내 몸 전체를 원통으로 통과하듯이 지나간다.

5월 26일. 아침 운동을 하면서 화두를 암송하자 백회에서 흰색의 연꽃이 피어나기 시작하고 단전에는 빨간 연꽃이, 중단전에는 노란색 연꽃이, 상단전에는 파란색 연꽃이 피어난다. 우주인 몸속에 연꽃이 싱싱하게 활짝 핀 것은 에너지 상태가 좋을 때라고 한다.

사람들에 의해 꽃잎이 하나씩 뜯겨져 나갈 수도 있으며 이것은 수련을 통해 회복되어야 한다. 그러면 다시 끊임없이 연꽃이 내부로부터 새로이 돋아난다. 연꽃이 활짝 피어나자 마치 우주 끝까지 꽃잎이 이어진 듯 보이자 몸 전체가 갑자기 없어진다. 우주공간에 사람의 형체가 일곱 가지 오라 빛을 내며 서 있다. 이 빛이 마치 우주 끝까지 가는 듯하다. 이내 몸마저 없어져 버린다.

몸이 없어지자 내가 어느 우주공간의 별에 와 있는 듯했다. 나는 팔을 벌리고 있고 우주인인 듯한 이들이 내 몸 구석구석을 만지는 것 같다. 왜 이렇게 하냐고 물으니 몸을 바꾸는 거란다. 마치 우주복을 입으면 내 몸이 무거우니 가볍게 변환하는 방법을 내게 알려 주는 것이라고 한다.

왜 우주복을 입었느냐고 묻자 자기는 지구별에 대한 저항력이 없기 때문이라고 한다. 유일하게 지구인만이 지구와 우주를 넘나들 수 있는 능력이 부여되어 있다고 한다. 그들이 어떤 빛과 같은 것으로 내 몸 구석구석을 스캔하듯이 하고 나자 이제 내게 빛으로 된 옷을 입힌다. 이게 뭐냐고 묻자 이제 "나가 빛을 전하라" 한다. "내 말은 빛이요 진리요"라는 문구가 떠오르며 장면이 바뀌어 허공이 나타난다.

2007년 5월 26일. 제7차 삼공재 방문 수련

오후에 삼공재에서 화두에 들자 수련이 이어지면서 어느 행성인 듯 높은 산이 나타난다. 산 밑에서부터 위까지 계단으로 정리되어 있으며 양옆으로 선녀들이 층계마다 서 있다. 계단을 한참 올라가자 맨 위에 백발을 한 분이 "어서 오라, 고생하셨다"고 하며 이곳을 통과해야 한다면서 이 문으로 나가라고 알려 준다.

나는 그 문을 통과하기 위해 옷을 갈아입었는데 흰색의 긴 도포 차림이다. 앞이마 부분에는 기다란 모양으로 된, 장원급제 때 쓰는 것처럼 두 개의 깃털을 달고 있었다. 그 공간으로 나가기 전 서로 맞절을 한다.

선생님께 말씀드리니 다시 보라 하신다. 집중해서 다시 보고 문밖으로 나왔다. 다시 우주의 허공인데 계속 주시하자 궁궐 같은 한옥이 나타나고 하단부에는 많은 사람들이 다닌다. 이곳이 어디일까, 무엇 하는 곳이지 하는 생각을 할 때였다. 내가 누군가에 의해 상단부 쪽으로 인도가 되었다.

어디인가 둘러보자 '대웅전'이란 느낌이 들며 그곳에서 백발이 성성한 분이 나를 맞아 준다. 잘 왔다고 내게 말씀을 해 주신다. "진리파지(眞理把持)하라. 네가 갖고 있는 모든 것을 내려놓고 다시 시작하라"는 말씀이 들렸다. 이로써 세 번째 화두를 끝냈다.

네 번째 화두는 11가지 호흡이었다

11가지 호흡법을 받아 호흡을 시작했다. 처음에는 어떻게 해야 할지 잠깐 망설여지기도 했다. 그냥 시키는 대로 했다. 첫 번째 호흡을 하자 온몸에 전율이 일며 우주의 큰 에너지가 온몸으로 전달되며 눈물이 올라온다.

이제 때가 되었구나 하는 느낌과 함께 마음이 열리며 내면의 소리가 들려온다. 감사한 마음이 계속 들며 맑은 기운이 들어온다. 호흡을 달리할수록 더욱 침착하고 차분해져 오는 것을 느낄 수 있었다.

5번째 호흡에서는 '고향으로 돌아간다'는 깊은 편안함을 느꼈다. 계속 흐르는 눈물. 마치 고향의 부모와 형제들을 만날 수 있다는 것과 이번 11가지의 호흡이 마치 어딘가를 통과할 때 반드시 필요한 절차인 것 같았다. 11번째 호흡에 들어서는 "오고감과 걸림이 없겠구나" 하는 자성의 소리가 들린다. 선생님께서 끝났는가를 물어 오신다. 끝났다고 하자 다시 화두를 주신다.

다섯 번째 화두

화두를 받고 참선을 시작하자 많은 우주의 기운이 온몸으로 들어온다. 화두를 되뇌자 내가 지나온 생의 장면들이 일정한 패턴에 따라 이어진다. 시대를 달리하며 어떻게 변화되고 굴곡되어 왔는지가 보인다.

가깝게는 근대사에서 민족주의자이며 사회주의자인 박헌영부터 조선시대 요절한 김시습 등 사회 변화를 꿈꾸고 열망하던 세력이었던 것 같다. 묘청 대사 등이 보인다. 계속 관을 하자 단군조선 시대 흘달 때 나라를 변화시키려고 훈련하는 모습이 보인다.

그리고 더 과거로 이어진다. 지구가 한 번 뒤집힌 아틀란티스 대륙의 마지막 순간, 하늘로 가는 이들과 남는 이들 사이에서 남는 쪽을 선택한다. 이러한 장면들이 여러 번 지구가 천지개벽하는 모습들 속에서 이어진다.

우주의 다른 행성에서도 유사한 일들이 벌어졌던 느낌이 든다. 이러한 패턴들이 전생의 장면을 통해 나에게 현재 벌어지고 있는 것을 알 것 같았다. 부여된 사명이 이행되는 상황이 직감으로 파악된다.

이러한 장면들이 너무 관념으로 흐르면서 개개의 상황들을 파악하지 못하고 왜곡된 형태로 받아들여지는 오류들을 범하게 되었다. 내가 민족, 나라, 사회 개혁 운동을 하다가 제거되는 과정을 겪었다.

첫 화면에서는 수도 없이 많은 전생이 이어진다. 교수형 당하는 모습이 보인다. 목이 잘려나가는 모습들이 선명하다. 그래서 나는 목 폴라와 머플러를 좋아했다는 느낌이 들었다. 은연중에 목을 보호해야 한다는 무의식의 작용이었나 보다. 오늘도 목 폴라를 입고 왔다. 참선 내내 양쪽

187

눈꼬리 부분에 압박을 느낀다.

5월 27일. 아침 일찍 깨었다. 4시쯤. 평상시에는 상상도 할 수 없는 일이 일어났다. 워낙 늦게 자기도 하지만 피곤해서 못 일어나곤 했었다. 그런데 요사이 아침 기상 시간이 조금씩 빨라지다가 오늘은 이상하게 누가 일으켜 세우는 것처럼 그냥 잠이 깼다.

수련하라는 신호로 받아들이고 좌선을 하고 있자니 심하게 기침과 구역질이 났다. 이상하다 생각되어 관을 하니 둘째에게 있던 빙의령이 나가는가 보다. 왜 둘째가 굳이 엄마 옆에서 자려고 했는지 이해가 되었다.

열심히 관을 하자 빙의령은 양복을 갈아입고 고맙다고 하며 나간다. 언제부터 있었냐고 물었더니 3년 정도 되었다고 했다. 어떻게 떠나게 되었는가 물어보자 엄마가 수련을 하는 것을 보고 이제 그만 가고 싶었는데 그럼 이제 때가 되었다고 한다.

천도하는 시간을 보니 4시 50분이 되었다. 잠시 쉬다가 월미산으로 향했다. 월미산을 걸으며 화두를 암송하자 어제와 비슷한 전생 장면들이 떠오르며 지나간다. 전생들을 보면서 드는 느낌은 속상함, 안타까움, 절박함 등이었다. 이러한 단어들의 분위기 속에 나를 가두어 놓은 채 불운한 일생들을 마친 것을 알 수 있었다.

전생이 현생에도 비슷하게도 이어서 이번에도 과거와 같은 느낌을 갖는다면 또 다른 실패를 하게 된다. 이를 되풀이하지 않게 하기 위해서 선계의 여러 스승들이 방향을 잡아 준 것이라는 느낌이 들었다.

오늘 마니산을 두 번째로 올랐다. 아이들 없이 남편과 단둘이서 가게 되었다. 기분 좋게 출발을 하였으나 남편은 명상에 대한 여러 가지에 대해 염려의 말과 함께 내게 어떤 결단을 요구하는 말을 했다.

남편의 요지는 명상을 빨리 실현해야 한다는 욕심을 버리라는 주문이었고 나는 그것은 욕심이 아니라 이러한 기회는 정말 흔치 않기 때문에 이때 고삐를 늦추지 말고 최선을 다해야 한다는 것이었다.

남편은 이전의 내 모습이 몹시 힘들게 여겨졌나 보다. 대단히 강경한 자세로 내게 어필한다. 나는 남편의 모습을 보며 눈물이 하염없이 나왔다. 이러한 남편의 모습도 내 모습이란 느낌이 들었다. 처음에는 내 마음 몰라주는 남편이 서운했지만 이내 미안한 마음이 계속 들었다. 마니산을 등반하고 내려오는데 산신이 또 절을 한다.

5월 28일. 월미산에서 운동했다. 전생의 장면들이 지나가고 우주공간으로 항해하듯 여러 행성들을 지나가게 된다. 행성에서는 여러 사람들이 내게 손을 흔들어 준다. 오랜만이란 사람도 있고 지구별 근황을 재미있게 잘 보고 있다 한다.

계속 지나자 빛의 근본 자리에 내가 들어와 있다. 한참을 빛의 자리에 있으니 온몸이 따뜻함과 사랑, 감사, 기쁨이 사무쳐 온다. 내 모습도 황금빛 속에 녹아 형체가 없다. 그저 빛만 존재할 뿐 어느 순간 그 빛은 덩어리가 되어 내 단전에 왔다가 없어진다.

그저 우주 허공만이 남는다. 캄캄하다. 필름이 끊어진다. 내 단전엔 태양이 들어앉은 느낌이다. 화로가 생긴 듯한 느낌이다. 전에 보았던 전생의 장면, 박헌영, 김시습, 묘청, 단군 시대 모습 그리고 지구의 몇 번의 개벽 과정에서 지구를 구해 보려 애쓰는 모습이 보인다. 지구 외의 또 다른 행성들의 멸망을 안타깝게 지켜본다.

여섯 번째 화두

5월 29일. 제8차 삼공재 방문 수련

그동안 있었던 내용을 말씀드리자 여섯 번째 화두를 주신다. 화두를 암송하자 갑자기 동물들이 나타난다. 파충류에서 마지막으로는 용이 나타나 나를 먹어 버린다. 계속 화면을 보니 내가 머리부터 사라지기 시작했다. 사실 머리 위에서 액체가 흘러내리는 느낌이다. 액체가 흐르는 정도에 따라 내 모습이 없어진다. 없어지면서 연기가 모락모락 피어오른다.

내 몸 전체가 없어지자 어떤 빛에 의해 마치 내 몸 전체가 감싸여진 듯했다. 한동안 빛 속에서 존재한다. 계속 화두를 암송하자 "근원 자리에서 왔다"는 소리가 들린다. 계속 관을 하자 빛 속에서 어렴풋이 사람들의 모습이 보인다.

이곳은 현묘지도 수련을 하는 특수한 임무 등을 수행하는 별인 듯했다. 임무 수행을 위해 점검이 필요할 것 같다. 건강 검진 시 엑스레이를 찍는 것처럼 나의 몸을 찍어 통과할 수 있도록 했다. 어떤 임무를 수행하기 위한 점검인 듯했다. 그리고 근본 빛의 자리에 내가 있다. 눈물이 흐른다. 이런 우주적인 임무가 있었다는 것을 자각하게 된다.

그 임무는 점검이 필요하며 근본 자리에서 출발해야 한다는 것을 누군가가 강조한다. 예전에 명상을 했을 때처럼 '트리멜라우스'라는 말이 떠오른다. 이 행성 이름인 듯했다. 이 행성이 갖고 있는 사명은 우주를 균형 있게 유지하기 위한 어떤 작용, 특히 교육에 관한 의미를 부여하는 것으로 보인다. 지구별에서 교육을 잘 시키어 우주시민, 우주 일원으로

서의 역할을 인지하게 하는 것이라는 느낌이 든다. 나는 왜 무엇 때문에
우주시민이 되어야 하는가?

5월 30일. 오전 집에서 수련. 6~7시. 요사이 아침 일찍 어떤 기운에
이끌리듯 일찍 일어난다. 어제 2시에 잤는데도 기운이 바뀔 때마다 남편
과 의견 차이가 생긴다. 이것을 보며 한 차례씩 현실적인 어려움에 직면
하게 된다.

그렇게 잠이 들고 아침에 운동 대신 좌선을 했다. 어제 삼공재에 이어
화두를 외우자 계속해서 큰 기운이 온몸으로 들어온다. 화두를 외우자
한 전각이 나타나며 마치 내가 하얀색 도포의 신선 차림을 하고, 입구에
서 양쪽에 어떤 안내자의 인도로 들어서며 계단을 올라가는데 양쪽에
늘어섰던 사람들이 내 뒤를 따른다.

계속 올라가니 맨 위에 의자가 나오고 나는 그 의자에 앉았다. 사람들
은 계단 양쪽으로 늘어서 있다. 나는 그들에게 뭐라 말한다. 머리에는
흰색 띠가 길게 매어져 있으며 인당 근처에 빨간색의 보석 장식이 있다.

이곳은 현묘지도 수련원 같다. 내가 수련을 지도하는 것 같다. 수련자
중에서 때가 된 사람이 통과해야 하는 단계처럼 느껴진다. 맨 윗자리 뒷
문을 나가야 한다고 한다. 한참 그들에게 뭔가를 이야기하다 드디어 뒤
돌아 문밖으로 나간다.

문밖은 밖이 아니라 대기실 같다. 왜 방일까? 화두를 계속 암송하자
방이 없어지며 내가 황금빛의 근원 자리라고 하는 곳에 있다. 내 모습은
없고 오직 온전한 편안함이 이어지고 순간 내가 모르는 곳에 있는 듯하
다. 계속 주시하자 현실의 내가 움직이는 모습이 보이더니 점점 작아졌

다. 동그랗게 내가 구겨지고 이내 점으로 축소되고 아주 없어진다. 그리고 '무일(無一)'이라는 단어가 떠오른다.

5월 30일. 저녁 운동 시 계속 암송하자 내가 우주공간에 계속 유영하는 것이 보이며 우주 끝까지 나간다. 그리고 내가 황금빛 속에 있다. 이내 내가 사라진다.

5월 31일. 5시 30분이면 자동으로 눈이 떠진다. 누군가 훈련시키듯이. 계속 화두를 암송하면서 운동을 하자 행성들이 나타난다. 현묘지도 수련하는 행성이며 특별한 임무가 부여된 듯한. 백회 부근에서 하얀 연기 막이나 비닐 같은 것이 계속해서 올라온다. 그것이 눈, 귀, 코, 입, 항문 등 모든 열려 있는 기관들 속으로 다시 들어간다.

겉과 안이 모두 막으로 싸여 있는 것 같다. 이것을 자세히 보니 분자 같기도 하고 막은 아니었다. 다 싸여지고 나니 홀연 내 몸이 머리부터 없어지기 시작했다. 아주 가볍게 몸의 분자들이 변환한 것 같았다. 내 몸이 금빛이 나며 내가 부처처럼 보인다. 온 우주가 내게 들어온다.

그러고 나면 내가 없어지고 또 내게서 선계와 성현들의 모습이 나타난다. 내 모습과 같다. 성현들이, 예수, 부처 등이 내게 들어오고 우주, 행성, 성현, 사람 그리고 모든 것이 내게로 들어온다. 그리고 마지막으로 삼공 선생님이 들어오면서 모두 단전으로 내려가 융해되며 황금빛의 근원인 곳에 내가 머무르고 있으나 나는 없다.

온갖 곳에 내가 있는 듯하더니 순간 그 화면이 점점 축소되어 점으로 변한다. 그리고 없어진다. 삼공 선생님이 내게 들어오자 나는 내가 왜 이런 훈련을 받는 것일까? 나는 어떤 사명이 있길래?라는 의문이 일어났다.

5월 31일. 제9차 삼공재 방문 수련

수련 내용을 말씀드리자 선생님께서 왜 그런지 질문을 해 보라고 하신다. 질문해 보니 나는 만들어 내는 것, 지키는 것, 우주적 관점을 제공하는데 기존 체계와 다른 새로운 체계로 접근하는 것이라고 한다. 이어서 일곱 번째 화두를 주신다.

일곱 번째 화두

세상에 나가 세상의 눈으로가 아니라 우주의 눈으로 세상을 본다. 근본은 어디에서 왔는가? 빛이다. 내 본 모습은 빛이다. 빛을 보니 빛 속에 내가 있는데 그냥 공 그리고 계속 '공(空)'이라는 말이 쓰여 있다.

처음 동물, 식물, 광물의 모습들이 보인다. 계속 주시하자 가슴에서 커다란 우주를 휘어 감는 용이 그리고 뒤이어 독수리, 호랑이, 공작, 거북이, 코끼리 같은 커다란 동물들이 내 가슴에서 튀어나온다.

가슴이 시원해지며 이들이 내 몸을 휘감고 지켜 준다. 이들이 갖고 있는 특성들이 나를 지켜 주는데 이미 내가 갖고 있는 것을 발현시켜 주는 것이라는 메시지가 들려온다. 이 과정을 지켜보던 주변의 선계 스승들이 박수를 친다.

계속 지켜보자 내가 동물들과 하나가 되며 빛의 줄기를 따라 어디론가 들어간다. 한참을 빛줄기로 들어가니 내가 어떤 구멍에서 튀어나온다. 양 눈에서 튀어나온 듯하다. 이게 뭘까 계속 살펴보자 '우주의 눈'이라는 생각이 떠오른다. 마치 우주 내에서 일어나는 모든 것을 보는 곳이라는 느낌이 든다.

한참을 주시하자 하얀 계단이 나타난다. 양쪽에 계단을 올라가자 내어머니 같은 분이 이 별의 대표인 것처럼 보인다. 나는 자식인 듯하며 내가 시험용으로 지구로 보내진 것 같다. 그래서 내 과제를 수행할 수 있는 일종의 점검 과정에서 통과해야 했다. 인가를 받자 내 몸에 뭔가를 장착하는 듯 침대에 뉘어져서 엑스레이 찍듯 한다. 이내 몸에 짐승들과 암호들이 새겨지고 두 손과 두 발과 백회에 집게 같은 것이 꽂히고 우주의 여러 정보가 내게 입력이 되는 듯하였다.

이러한 과정은 필요할 때 정보가 통합되어야 하며 우주의 도수를 맞추는 것이라 한다. 세상의 눈이 아니라 우주적인 눈으로 사람들의 분쟁이나 어려움을 통합시켜 우주와 일치하는 도수를 만들어 주는 것이다. 이는 개인과 분리되는 의식이 아니라 통합된 우주의식을 말하며 '우주적 눈'이 늘 전제가 되어야 함을 말하는 것이라고 한다.

내 몸에 우주의 정보들이 입력되면서 갑자기 빛으로 내가 변해 있었으며 빛 속에 서 있다. 순간 빛이 없어지면서 '공(空)' 자만 보인다. 선생님께 말씀을 드리고 나니 선생님께서 다시 화두를 주신다. 이것이 여덟 번째 화두였다.

여덟 번째 화두

6월 1일. 7시 5분~20분 잠깐 일어나 좌선을 하자 내면의 소리가 들린다. 무슨 일이든지 3가지를 생각해 보라. 이것이 우주와 도수를 맞추는 일이다. 예를 들자면 체계론에 대해서는 개인체계, 가족체계, 사회체계 등을 생각해 볼 수 있다. 갈등이라는 개념은 개인갈등, 가족갈등, 사회갈등 등으로 생각해 볼 수 있으며 여러 개념이나 생각들을 3가지로 생각해 보니 재미있고 구체적이며 과제 도출이 쉬워 보인다.

저녁 9~10시 월미산에서 운동을 하는데 내가 없어지는 모습이 보이며 내가 앞으로 해야 할 일들이 펼쳐진다. 마치 평화사절처럼 사람들에게 인사도 하고 사람들 앞에서 설득도 하며 강연도 한다.

6월 2일. 아침 운동 8:20~10:20. 내 모습이 양파껍질처럼 벗겨지면서 없어지는 모습이다. 내 몸에 투명한 액체가 온몸을 골고루 돌더니 어느 순간 내 몸이 갑자기 산산이 부서지며 분자처럼 쪼개져서 연기처럼 되더니 온 우주에 퍼져나간다. 내가 곧 우주인인 것처럼 보인다. 이내 사라져 버린다.

아침 운동 시 월미산 산신령이 선계로 가고 싶다며 내게 보내 달라고 한다. 전에도 한 번 보내 준 적이 있었는데, 이번엔 다른 산신령이 가고 싶다고 한다. 지금 한창 공사가 진행 중인 월미산이 너무 힘이 든다고 했다.

가고 싶어서 가는 것이 아니고 본인의 역할이나 사명을 다해야 하며 그렇지 않을 경우 간다는 것은 의미가 없으니 자신의 사명을 살펴보라고 했다. 이후 보니 월미산 산신령은 가지 않고 한참을 내게 머물러 있었다. 결국 설득이 되었는지 남기로 했다고 한다.

오전 운동 끝나고 잠깐 누워 있는데 비몽사몽간에 내가 갑자기 유리 깨지듯이 깨지며 "아무것도 없구나" 하면서 깨어났다. 지난번 마지막 행성이 다시 보인다. 모든 것이 내 속으로 들어가 없어진다. 허공, 창공이 떠오르고 그냥 내가 거기 있다. 한참을 주시하자 수많은 행성과 내가 둘러보았던 우주가 거꾸로, 운동하고 있는 현재의 나에게로 들어온다.

마치 필름 영상이 되돌려지듯이 꿈에서 깨어나듯이 현실로 되돌아온다. 그리고 '지금 여기 있다'라는 것이 느껴지며 감사한 마음과 환희심 속에서 선계의 여러분들이 축하해 준다. 그리고 홍익인간, 재세이화, 인내천(人乃天) 등이 되뇌어진다. 이것은 민족의 근본이념을 사회 교육에 녹여내라는 주문으로 들린다. 그리고 선도 악도 모두 내게 교사라는 생각이 든다.

나의 여덟 번째 화두수련을 점검하신 스승님께서는 이제 현묘지도 수련은 끝났다고 하셨다.

현묘지도 수련을 마치며

나는 가슴 저 밑바닥으로부터 솟아오르는 감사함과 이제 흔들리지 않는 마음을 느낄 수 있었다. 이제 더이상 전생에서 범했던 여러 오류를 범하지 말아야 한다는 생각과 이번 생에서 어떻게 균형 있는 '우주적 눈'이라고 하는 관점과 시각으로 어떻게 사람들을 이롭게 할 것인가가 또 다른 '화두'로 다가온다. 내가 이 길을 헤쳐 갈 때 온 우주에 있는 천지신명은 나와 함께한다는 것을 굳게 믿으며 나는 두려움 없이 나아갈 것이다.

나는 두려움 없이 간다. 땅에 두 발 굳건하게 딛고서
하늘에 두 귀를 쫑긋 세우며 나는 두려움 없이 간다.
세상의 맑은 눈 만드는 렌즈처럼
세상의 맑은 향기 위해 불사르는 향처럼
나는 두려움 없이 간다.
내가 나이고 내가 하늘이듯이
나와 남이 없는 그곳, 그곳으로
나는 두려움을 간직하며 다시 시작한다.
알에서 막 깨어난 병아리처럼 두려운 마음으로 조심조심
한 발 한 발 내디뎌 본다.

선계에 계신 스승님과 이 땅에서 저를 지도해 주신 스승님들에게 감사드립니다. 이제까지 스승님들이 베풀어 주신 것을 가슴속 깊이 간직하고 매일매일 새롭게 나를 만들어 가며 세상을 위해 쓰임이 될 수 있도록 하겠습니다. 합장. 감사합니다.

【필자의 논평】

모름지기 이상의 김미경 씨의 체험기를 읽은 독자들은 느끼는 점이 많을 것이다. 우선 『환단고기』와 『단기고사』에 등장하는 단군조선 제13대 임금인 흘달(屹達) 천제가 구체적인 모습을 띄고 등장한 것이다.

지금도 모화 사대주의(慕華事大主義) 사학자들과 식민사학자(植民史學者)들은 화랑(花郞)의 기원을 겨우 신라 24대 진흥왕 때라고 한다. 『삼국사기』와 『삼국유사』만을 고집한 결과다. 그러나 『환단고기』와 『단기고사』는 분명 그보다 2322년 전인 단군조선 제13대 단군 흘달(재위 BC1782~1722) 천제 때의 천지화랑(天指花郞)에서 시작된 것으로 되어 있다. 이 체험기를 읽은 독자들은 어느 쪽 말이 옳은지 많은 생각을 하지 않을 수 없었을 것이다.

두 번째로 주목을 끄는 것은 13번째로 현묘지도 수련 체험기를 쓴 양정수 씨와는 여러모로 대조적이라는 것을 알았을 것이다. 양정수 씨가 대기만성형이라면 김미경 씨는 그야말로 전광석화(電光石火)처럼 겨우 20여 일 만에 현묘지도 수련을 마쳤다. 그러나 그 내용은 전자에 비해서 현란하고 다양했다. 삼공재에 오기 전에 많은 수련을 쌓은 사람은 수련 기간이 속전속결(速戰速決)식으로 단축될 수도 있음을 잘 보여 주고 있다.

그러나 내가 보기에는 결과적으로는 수련자 각자가 자기 존재의 실상을 밝히는 것에 지나지 않는다. 그리고 수련 내용에서 근본적인 차이는 없다는 것이다. 그 존재의 실상이 무엇이라는 것을 구태여 밝히지 않아도 독자 여러분은 잘 알고 있을 것이다. 다만 현묘지도 화두 수련자와 그렇지 않은 수련자 사이에 차이가 있다면 선계 스승님들의 도움으로 수련자는 그 존재의 실상을 몸으로 체득할 수 있었다는 점이다.

　김미경 씨는 부디 지금의 감격과 환희지심(歡喜之心)을 잊지 말고 구경각 때까지 수련의 고삐를 늦추는 일이 있어서는 안 될 것이다. 선호는 벽공(碧空).

〈88권〉

다음은 단기 4340(2007)년 1월부터 단기 4340(2007)년 9월 30일 사이에 있었던 필자의 수련 과정과, 필자와 수련생들 사이에 오고간 수련과 인생에 대한 대화 그리고 필자와 독자 사이의 이메일 문답을 수록한 것이다.

태아에게도 영혼이 있습니까?

유관호라는 수련자가 말했다.

"선생님, 태아에게도 영혼이 있습니까?"

"있고말고요."

"난자와 정자가 수정되어 자궁에 착상된 지 10주가 되어야 태아의 심장이 뛰기 시작한다고 합니다. 그러면 영혼은 언제 태아에게 들어옵니까?"

"난자와 정자가 만나서 수정되는 바로 그 순간에 영혼도 들어온다고 보는 것이 가장 정확합니다."

"저는 적어도 심장이 뛰기 시작할 때까지는 영혼이 깃들지 않을 것이라고 생각해 왔었는데 그렇지 않군요."

"무슨 근거로 그렇게 생각했습니까?"

"그저 그럴 것 같은 생각이 들었습니다. 적어도 심장은 뛰어야 생명체라고 할 수 있을 것 같기도 하고요."

"그건 아무런 근거도 없는 막연한 추측일 뿐입니다. 모든 생명체는 생명 활동을 시작하는 바로 그 순간부터 영혼이 들어와 있다고 보아야 합니다."

"꼭 그렇게 단정하실 근거라도 있습니까?"

"있습니다."

"그게 뭡니까?"

"운전자 없이 자동차가 움직일 수 있습니까?"

"그야 없죠."

"그와 마찬가지로 모든 생명체는 영혼이라는 운전자가 없이는 한 발짝도 움직일 수 없다는 것을 알아야 합니다. 사람의 생명 활동은 정확히 말해서 난자와 정자가 수정되는 그 순간에 혼이 들어가는 것과 동시에 세포 분열이라는 생명 활동이 시작되어 숨이 끊어지면서 혼이 떠나는 순간까지 지속됩니다."

"그럼 사람 이외의 동물이나 미생물은 어떻게 됩니까?"

"모든 생물은 파리 한 마리, 개미 한 마리, 세균, 바이러스 하나라도 예외 없이 똑같습니다. 그들 역시 그들을 움직이고 조종하는 영적인 주체가 들어옴과 동시에 생명 활동을 시작하고 그 영적 존재의 떠남과 함께 생명 활동은 끝나는 겁니다. 그래서 석가모니는 파리나 개미 한 마리라도 함부로 죽이는 것을 살생이라고 하여 못 하게 했습니다.

그러니까 사람의 생명 활동은 엄격히 말해서 수정과 동시에 영혼이 들어오자마자 시작되어 심장이 멎고 숨이 끊어지는 것과 함께 영혼이 떠나면서 끝나게 되어 있습니다. 영혼이 들어오면서 생명 활동은 시작되고 영혼이 떠나면서 생명 활동도 중단되는 것입니다. 영혼이 떠나 버린 주검은 싸느랗게 식어 버리고 부패가 시작되는 것이 그것을 증명합니다."

"영혼이라는 것이 도대체 무엇입니까?"

"눈에 보이지도 않고 귀에 들리지도 않고 코로 냄새 맡을 수도 없으며, 혀로 맛볼 수도 없고 손으로 만져 볼 수도 없습니다. 그러나 그것 없이는 생명 활동은 있을 수 없는 그러한 미묘하기 짝이 없는 존재입니다."

"인간의 오감(五感)으로 인지될 수 없는 것이 도대체 무엇입니까?"

"열 길 물속은 알아도 한 길 사람 속은 누구도 모른다고 했습니다."

"한 길 사람 속은 마음을 말하는 것 아닌가요?"

"바로 맞혔습니다. 그 마음이 바로 영혼입니다. 어떠한 생명체도 마음 즉 영혼 없이는 한 발짝도 움직일 수 없습니다."

"영혼은 의식과는 어떠한 관계에 있습니까? 우리는 태아였을 때를 기억하지 못합니다. 영혼은 있으면서도 기억은 못할 수도 있을까요?"

"그럴 수 있습니다. 그러나 기억을 못 한다고 하여 의식이 없는 것은 아닙니다. 태아였을 때도 그렇지만 일시 까무러쳤을 때도 깊은 숙면을 취할 때도 마취 상태일 때도 우리는 기억을 못 합니다.

그렇다고 해서 혼이 나가 버린 것은 결코 아닙니다. 혼이 완전히 나가 버리면 그 생명체는 죽어 버리니까요. 무의식 상태에 있을 때는 항공기에 자동 항법 장치가 되어 있는 것과 같다고 보면 됩니다. 의식이 없는 동안 생명체는 우주의식 즉 자연의 섭리에 의해 자동적으로 조정되고 있는 것입니다."

"그럼 인공 유산은 어떻게 됩니까?"

"인공 유산이야말로 그 이유가 어찌 되었든지 간에 살인 행위 그 자체입니다. 부모나 조부모를 살해하는 것을 법률 용어로 존속(尊屬) 살해라 하고, 부모가 딸 아들을 죽이는 것을 비속(卑屬) 살해라 합니다."

"그럼, 태아 살해는 틀림없는 비속 살해 행위가 되는군요."

"물론입니다."

"그럼, 인공 유산을 식은 죽 먹기로 하는 세태는 그럼 어떻게 되는 겁니까?"

"모르고 한 행위였다면 어쩔 수 없는 일이지만 그것이 비속 살해라는 것을 알았다면 당장 중지해야 합니다. 모르고 저지른 과실이라도 잘못임을 알고 나서 그 즉시 고치기만 하면 그보다 더 좋은 일은 없습니다.

『좌전(左傳)』이라는 역사책에도 "과이개지(過而改之) 선막대언(善莫大焉)"이라는 말이 나옵니다. 잘못을 알고 고치면 그보다 더 훌륭한 일은 있을 수 없다는 뜻입니다.

일전에 여자 수련생 한 분이 왔는데 머리가 깨어질 것처럼 아프다는 겁니다. 앞에 앉혀 놓고 눈을 감고 집중을 하자 자궁 내의 태아가 감자(柑子)를 요리조리 피해 다니다가 결국은 머리를 찍혀 무참하게 살해당하는 장면이 재연되고 있었습니다. 혹시 중절 수술한 일이 있느냐고 물어보니까 있다는 겁니다. 몇 번 그랬냐고 묻자 세 번이라고 했습니다."

"그러니까 세 태아의 원혼(冤魂)이 빙의되어 있었다는 얘기이군요."

"그렇습니다. 우리나라는 현재의 인구 수준을 유지하려면 출산율이 2.1프로는 되어야 합니다. 그런데 그것이 1983년 이후 깨어지기 시작하여 지금은 가임 여성(15세에서 49세) 한 사람 당 출산율이 1.19로 떨어졌습니다. 홍콩, 우크라이나, 슬로바키아에 이어 세계 4위의 저출산국이 되었습니다.

이대로 나가면 2020년에는 경제 성장률이 지금의 4.2프로에서 2프로로 떨어진다고 합니다. 무분별한 인공 중절이 가져온 결과입니다. 국가 사회적인 문제는 그렇다 치고 구도자의 입장에서 중절 수술은 엄연한 살인 행위라는 점입니다.

살인은 오계(五戒)의 첫째 항목으로써 수행자에게는 최대의 업장이 됩니다. 무슨 일이 있어도 피해야 할 죄업인데도 아무렇지도 않게 자행되고 있다는 것입니다. 흔히들 우리는 무조건적 사랑을 모성애에 비유합니다.

산길을 가던 사람에게는 포수에게 쫓기는 노루를 숨겨 주는 것은 인지상정입니다. 그런데 자기 몸 안에 들어온 자식을 보호해 주지는 못할망정 자기 편의를 위하여 살해하는 것은 모성은 말할 것도 없고 인간으로서의 최소한의 덕목까지도 저버리는 끔찍한 비속 살인 행위에 지나지 않는다는 것을 알아야 할 것입니다."

"그렇다면 그런 잘못을 저지른 구도자는 어떻게 하면 구제받을 수 있을까요?"

"잘못을 뼈저리게 뉘우치고 다시는 그런 일을 저지르지 않으면 됩니다."

"그렇게만 하면 될까요?"

"진인사대천명(盡人事待天命)입니다. 사람으로서 할 수 있는 일을 다 하고 나서 하늘의 명을 기다려야 할 것입니다."

"하늘의 명이란 무엇입니까?"

"인과응보입니다."

"어떻게 하면 그 인과응보를 뛰어넘을 수 있겠습니까?"

"바르고 착하고 지혜롭게 살면 누구나 인과를 뛰어넘을 수 있습니다.

인과를 극복하는 사람은 시공(時空)에서도 벗어날 수 있습니다. 피안의
세계, 니르바나의 세계란 인과와 시공을 초월한 생사일여(生死一如)의
세계입니다."

범골(凡骨)과 선골(仙骨)

우창석 씨가 말했다.

"선생님 저는 요즘 『선도체험기』를 1권서부터 세 번째 다시 읽고 있습니다."

"같은 책을 그렇게 자꾸만 읽어도 지루하지 않습니까?"

"전연 그렇지 않습니다. 지루한 것과는 정반대입니다. 다시 읽으면 읽을수록 새록새록 전에 보지 못했던 면을 자꾸만 발견하게 됩니다. 제 경험에 의하면 구도에 대해서 쓴 다른 어떠한 새 책을 읽는 것보다도『선도체험기』를 다시 읽는 것이 공부에 훨씬 더 보탬이 된다는 것을 알 수 있습니다."

"혹시 그 말속에는 저자에게 아첨을 좀 해 보려는 의도가 조금이라도 섞여 있는 것은 아닙니까?"

"전연 그렇지 않습니다. 제가 선생님에게 아첨을 할 이유가 있겠습니까? 제가 이 이야기를 꺼낸 것은 실은 다른 의도가 있기 때문입니다."

"그게 뭔데요?"

"지금 14권 '진허 도인' 부분을 읽고 있는데요. 거기 보면 천지인삼매와 유위삼매를 뚫으면 범골(凡骨)이 선골(仙骨)로 변하여 그때의 정력과 젊음이 언제까지나 그대로 유지된다는 대목이 나옵니다.

그게 그러니까 1992년 말경이므로 지금으로부터 꼭 15년 전 얘긴데요. 그때 진허 도인은 61세의 자기 아버지가 대주천도 안 된 상태에서 현묘지도 천지인삼매 화두를 엿듣고 그것을 염송하다가 전신 경직 현상을 일으킨 일이 있었지만 그래도 천지인삼매 수련만은 통과했으므로 80 고령인데도 아직 정정하다고 말했습니다. 그는 자기 자신도 천지인삼매 수련을 할 때의 20대의 정력이 그때의 40대까지 전연 변함이 없다고 말했습니다.

선생님께서는 그때 천지인삼매로부터 현묘지도 8단계 수련을 마치셨습니다. 지금 돌아보시면 그때의 진허 도인이 한 말의 진위를 평가해 보실 수 있을 것 같은데 어떻습니까?"

"우창석 씨가 삼공재에 나오기 시작한 지 몇 년이나 되었습니까?"

"벌써 10년째입니다."

"그럼 10년 전하고 지금의 나를 비교해 보면 어떻습니까?"

"제가 보기에는 그때나 지금이나 별로 변한 게 없는 것 같습니다."

"적어도 일주일에 한 번씩은 늘 보니까 그렇게 보일 수도 있을 것입니다. 그러나 10년 만에 나를 보는 사람은 그렇지 않을 것입니다. 진허 도인이 변하지 않는다고 한 말은 수련을 하지 않는 사람과 비교해서 서서히 변한다는 것이지 전연 변하지 않는다는 말은 아닙니다. 도대체 이 세상에 그리고 현상계의 이 우주 안에서 변하지 않는 것이 어디에 있겠습니까?

진허 도인의 변하지 않는다는 말을 그대로 믿는다면 단군조선 말엽부터 신라 말과 고려 초까지 1천 5백 년간 30대에 걸쳐 계속되어 온 현묘지도 스승들은 지금까지도 정정하게 이 세상에 생존해 있어야 한다는 말이 됩니다.

그러나 그분들은 이미 육체를 벗어버린 지 오래되었고 더이상 이 세상 사람들이 아니지 않습니까? 진허 도인의 말대로라면 그분들뿐만 아니라 삼황천제나 석가, 공자, 노자, 장자, 소크라테스, 예수 같은 세계적인 성자들도 당연히 지금까지 육체를 쓰고 생존해 있어야 합니다. 그러나 그렇지 않지 않습니까?"

"선생님 말씀을 듣고 보니 제가 너무 순진하게 진허 도인의 말을 곧이곧대로 받아들였던 것 같습니다. 그리고 보니 그분은 『선도체험기』 14권과 15권에서 선생님과의 대화에서 담배를 끊고 오행생식을 하겠다고 여러 번 약속을 하고도 끝내 실천에 옮기지 못하여 선생님과 갈등을 빚은 일이 생각납니다."

"아무리 도인이라고 해도 인간인 이상 누구나 어떠한 약점을 갖고 있게 마련입니다. 이 세상에 완전무결한 사람이 어디 있겠습니까? 요컨대 현상계의 삼라만상은 변하지 않는 것이 없다는 것 그리고 그중에서도 사람은 그 누구를 막론하고 늙으면 노쇠하여 때가 되면 늙어 죽게 된다는 것입니다. 이 우주 내의 일체의 것은 실상이 없는 허상에 지나지 않는 것입니다. 이 이치를 받아들이지 않는 한 그 너머에 있는 진리를 깨달을 수 없습니다."

"그런 관점에서 본다면 범골(凡骨)이니 선골(仙骨)이니 하는 것은 결국은 도토리 키 재기에 지나지 않는 것 같은 느낌이 듭니다."

"그렇고말고요."

"그렇다면 선생님이 보시기에 현묘지도 8단계 수련을 마친 사람과 보통 사람 사이에는 실제로 수명에 어느 정도의 차이가 난다고 보십니까?"

"그건 아직 직접 겪어 보지 않아서 알 수 없습니다. 그러나 『단(丹)』이라는 소설에 나오는 우학 도인을 참고로 한다면 단학 수련을 한 사람과 그렇지 않은 일반 사람과의 수명의 차이는 최고로 30년 정도가 아닌가 생각됩니다.”

“혹시 무슨 기준 같은 것이라도 있습니까?”

“우학 도인의 사주팔자상의 수명은 63세였는데 그분은 실제로 95세에 세상을 뜨셨습니다. 그것을 기준으로 한 것입니다. 이것은 우학 도인이 적어도 대주천 수련은 했을 것이라는 것을 전제로 한 추측입니다. 일단 수명 차이의 상한선은 30년으로 잡았지만 하한선이 얼마가 될지는 아무도 모릅니다.”

“그리고 선생님, 진허 도인이 말한 우화등선(羽化登仙) 말입니다. 그는 성명쌍수(性命雙修)를 마음으로 한 번 닦고, 신(神)으로 한 번 닦고, 우화(羽化)로 한 번 닦아서 세 번을 닦아야 생로병사를 온전히 초월해서 육체를 가지고 그대로 승천할 수 있다고 말했습니다.

죽은 지 사흘 만에 부활한 예수 그리스도가 바로 그러한 실례에 속하고 우리나라에서도 원효 대사, 고운 최치원, 서화담 선생이 그랬고, 중국에서는 달마 대사, 여동빈, 이팔백, 인도에서도 바바지가 그랬다고 말했습니다.

어쨌든 삼라만상은 허상이고 변하게 마련입니다. 제행무상(諸行無常)이라는 견지에서 볼 때는 좌탈입망이나 시해나 우화등선 역시 수련의 한 과정일 뿐 모두가 다 도토리 키 재기에 지나지 않는 것이 아닌가 하는 생각이 듭니다.”

“그렇습니다. 요컨대 구도자는 생사일여(生死一如)의 진리를 깨닫고 그것을 일상생활에서 실천해 나가는 것이 중요한 것이지 좌탈입망, 시해, 우화등선 따위가 중요한 것이 아니라는 것을 알아야 합니다. 그런 것에 흥미를 느끼는 것은 어디까지나 호기심과 초능력 차원의 저질 속물근성에서 나온 것에 지나지 않는다고 보면 됩니다."

"그래서 석가모니는 보통 사람들처럼 식중독에 걸려 평범하고 자연스런 죽음을 택한 것일까요?"

"그렇게 볼 수 있습니다. 구도자에게 있어서 중요한 것은 그가 얼마나 진리를 깨달았으며 또 그가 깨달은 진리를 얼마나 많은 중생들에게 전파하여 그들로 하여금 그 자신과 같은 수준에 도달하게 하였는가 하는 것입니다.

그리하여 그들로 하여금 비록 아침에 도를 깨달았으면 저녁에 죽어도 여한이 없다는 환희지심(歡喜之心)을 일으키게 할 수 있어야 할 것입니다. 그것에 대면 좌탈입망, 시해, 우화등선 같은 것은 호기심 많은 군중들에게 마술 시범을 보여주어 감탄사를 연발케 하는 것 이상도 이하도 아니라는 것을 알아야 할 것입니다. 왜냐하면 그러한 마술 같은 것은 진리를 깨닫는 것과는 하등 관련이 없는 것이기 때문입니다."

"선생님, 그렇다면 과연 진리를 깨닫기만 하면 정말 그 사람은 생로병사의 윤회에서 벗어날 수 있을까요?"

"그렇지는 않습니다. 단지 깨닫기만 하는 것으로는 윤회에서 벗어날 수 없습니다."

"그럼 어떻게 해야 진짜 이 지루한 생로병사의 윤회의 고리에서 벗어날 수 있을까요?"

"탐진치(貪瞋痴)와 오욕칠정(五慾七情)에서 온전히 벗어나야 합니다. 왜냐하면 바로 이 때문에 우리가 생로병사의 윤회의 굴레를 뒤집어쓰고 이 세상에 태어날 수밖에 없었기 때문입니다."

"어떻게 하면 탐진치와 오욕칠정에서 벗어날 수 있을까요?"

"지감, 조식, 금촉 수련을 하여야 합니다. 쉽게 말해서 마음공부, 기공부, 몸공부를 말합니다."

"그 세 가지 공부를 하려면 어떤 마음 자세를 가져야 합니까?"

"모든 일에서 나 자신보다는 남을 먼저 생각하는 태도를 가져야 합니다."

"왜 그래야만 합니까?"

"그것이 도문(道門)을 여는 첫걸음이기 때문입니다. 남을 나 자신처럼 생각하는 마음이야말로 구도자의 첫걸음입니다. 이 마음이 그의 앞길을 좋은 방향으로 그의 생명력이 향상 발전하는 방향으로 끝까지 밀어줄 것이기 때문입니다. 이처럼 남을 생각하는 마음만이 그의 생명력을 대우주 생명과 점점 더 가까이 다가서게 할 것이기 때문입니다."

"그렇다면 시해(尸解)와 우화등선(羽化登仙)은 무엇입니까?"

"그것은 발광체에서 자연스럽게 발하는 빛과 같다고 보면 됩니다. 수련이 깊어지고 완숙하면 할수록 내부의 광도(光度)는 더 강해질 것이고 그에 따라 그 발광체의 빛도 멀리 비치게 될 것입니다. 우리가 관심을 가져야 할 것은 수련이 깊어지고 완성에 가까워지는 것입니다. 발광체로 말하면 내부의 광도가 강해지는 것입니다.

그런데 수련자가 시해와 우화등선에 관심을 가지는 것은 발광체의 광도보다는 겉으로 발하는 빛에 더 많은 관심을 기울이는 것과 같습니다. 내용보다는 겉치레에 더 많은 관심을 기울이는 것과 같습니다. 내공으로 닦은 성품보다는 겉옷에만 더 관심을 갖는 것과 같습니다.

그러나 사실은 그럴 필요가 없습니다. 속이 꽉 찬 과일은 자연히 겉모양도 보기 좋기 때문입니다. 생사일여의 이치를 깨달은 도인은 원래 겉옷 따위에는 관심도 없습니다. 태양이 자기가 발하는 빛에 대하여 관심이 없듯이 말입니다.

　속이 빈 사람만이 자신의 약점을 감추려고 외모에 더 많은 관심을 기울입니다. 그러나 자고로 속이 꽉 찬 사람은 겉차림 따위에는 애당초 관심을 기울이는 법이 없습니다. 그래도 알아줄 만한 사람은 다 알아주기 때문입니다. 설사 알아주지 않아도 개의치 않습니다."

틈입자(闖入者)

2007년 8월 14일, 화요일 말복 24~29도 흐리고 비

오후 2시 45분, 3시에 수련자들이 오기 직전이었다. 나이가 40여 세 된 개량 한복을 입은 중키의 고교 교사와 같은 인상의 중년 사내가 말복 날이라 하도 더워서 열어 놓은 5층 현관문으로 불쑥 들어왔다. 마침 현관에 있던 아내가 약속도 없이 그렇게 함부로 들어오면 어떻게 하느냐고 하면서 옥신각신하고 있었다.

서재에서 이것을 지켜보던 내가 물었다.

"무슨 일로 그래요?"

"이분이 글쎄 무조건 당신을 만나겠다고 하네요" 하고 아내가 말했다.

"이왕에 여기까지 오셨으니 어디 들어오시게 하세요."

내 말이 떨어지기가 무섭게 그 사내가 냉큼 들어와 내 책상 앞에 마주 앉았다. 면도를 하지 않아 노숙자가 아닌가 생각되었지만 노숙자 특유의 악취는 풍겨 오지 않았다.

"무슨 일로 나를 만나려고 하십니까?"

"저는 선생님의 애독자로서 『선도체험기』를 읽는 동안에 엄청난 의식의 확장을 경험한 사람입니다. 그와 함께 시국 문제에 대한 선생님의 견해에 대해서는 점차 의문을 느끼게 되었습니다. 그 문제에 대하여 솔직하게 말하려고 합니다."

"아무래도 얘기가 길어질 것 같은데 이메일로 정리해서 보내 주시면

성실하게 회답 드리겠습니다. 이제 곧 수련생들이 오게 되어 있으니 그런 대화를 하기에는 적합지 않습니다."

"저는 이메일을 이용하지 않습니다."

"요즘 이메일을 이용하지 않는 사람이 어디 있습니까? 지금 나는 당신과 길게 얘기할 시간이 없으니 그냥 돌아가시는 것이 좋겠습니다."

"그래도 온 김에 이 말은 꼭 해야겠습니다. 그리고 저는 글을 쓰지 않습니다."

"현대인으로서 이메일을 이용하지 않는 것과 글을 쓰지 않는다는 것이 결코 자랑거리는 아닙니다."

이렇게 설왕설래하는 사이에 어느덧 세 명의 여자 수련생들이 들어와 앉았다.

"도대체 나에게 하겠다는 말이 무엇인데 그렇게 고집을 피우십니까?"

"이것은 내 의견이라기보다 존재의 엄숙한 명령입니다."

"존재? 도대체 존재가 뭔데요?"

"아니 존재도 모르십니까?"

"모르겠는데요. 왜 갑자기 존재가 이런 자리에서 튀어나오는지 모르겠소. 당신 혹시 오사모 아닙니까?"

"아닙니다. 절대로 그런 사람 아닙니다. 이것은 존재의 엄숙한 경고입니다."

"또 그 존재요? 그게 도대체 무엇이요?"

"저의 참나입니다."

"그렇다면 당신의 자성(自性)이란 말입니까?"

"맞습니다."

"그럼 당신의 자성의 명령이라면 하늘의 소명을 받았단 말입니까?"

"그렇습니다. 저는 선생님뿐만 아니라 이 나라의 중요한 인사들을 전부 다 일일이 찾아다니면서 이 말을 전하고 있습니다."

"당신이 정녕 하늘의 소명을 받았다면 이메일을 이용할 줄도 모르고 글도 쓸 줄 모른다니 이해를 할 수 없습니다. 하늘이 그렇게 허술할 리가 없습니다. 하늘이 누구에게 소명을 맡길 때는 반드시 그 소명을 완수할 수 있는 능력을 주게 되어 있습니다.

그런데 당신은 글도 쓸 줄 모르고 이메일을 이용할 줄도 모른다니 말이 되지 않습니다. 어쨌든 나는 지금 당신하고 한가하게 대담할 시간이 없으니 될수록 짧게 요약해서 말해 주시요."

"『선도체험기』에 시국에 대한 발언은 하지 말라는 것입니다."

"내가 『선도체험기』에 수련 문제 외에 시사 문제를 다룬 것은 국민이면 누구나 할 수 있는 언론 자유의 권리를 행사한 것뿐입니다. 있는 사람 것을 세금으로 왕창 빼앗아 가난한 사람에게 나누어 주는 분배와 평등주의의 잘못을 지적하려는 것입니다. 이미 남들이 쓰다 버린 용도 폐기된 낡은 이데올로기의 폐해를 지적한 것입니다.

노무현 정권 5년간 이 부(富)의 평등주의를 실시한 결과 빈곤층은 줄어들기는커녕 오히려 두 배로 늘었고, 돈 있는 사람들은 기업하기 어려워 돈 싸들고 보다 기업하기 좋은 외국으로 빠져나가는 바람에 일자리는 계속 줄어들고, 경제는 침체되어 왕년에 아시아의 선두 주자였던 우리나라가 지금은 아시아의 꼴찌가 되었습니다. 이러한 나의 지적이 잘못이라는 말입니까?"

"그렇습니다. 정치는 다 섭리대로 움직이는 것이어서 누구도 왈가왈부해서는 안 되는 분야입니다."

"그렇다면 과거 35년 동안 우리가 일본의 불법 강점하에 신음한 암울한 시기에 활약했던 독립운동가들도 잘못이라는 얘기입니까? 침략의 원흉 이등박문을 저격한 안중근, 일제에 대항한 온 민족의 3·1 운동, 상해임시정부, 윤봉길 의사, 김좌진, 홍범도, 유관순, 독립군, 광복군의 활약도 역시 잘못이라는 말입니까? 만약 그들이 없었더라면 오늘날의 대한민국은 없었을 것입니다. 그리고 해방 후의 4·19, 5·18, 6·29 같은 민주화 운동도 잘못이라는 말인가요?"

"물론입니다. 섭리대로 내버려두어야 합니다."

"그럼 무조건 집권자가 하는 대로 내버려두라는 말이요?"

"그렇습니다."

"그렇다면 당신의 그 존재가 생각을 크게 잘못하고 있습니다. 집권자에게 잘못이 있으면 당연히 그것을 고치려는 대항 세력이 대두되어야 사회는 갈등하고 발전하게 되어 있습니다. 그렇지 못하면 그건 죽은 사회죠. 그리고 섭리는 언제나 공평무사하고 전체를 대상으로 하지 일부분만을 옹호하지는 않습니다. 부분만 옹호하면 전체를 못 보는 실수를 범하게 됩니다.

나는 해방 후 5년간 이북에서 공산주의 폐해를 뼈저리게 체험한 사람이라 부(富)의 평등주의는 자연의 이치에도 진리에도 그리고 시장경제에도 자유민주주의에도 어긋난다는 것을 잘 알고 있습니다."

"아니 그럼 선생님은 5년 동안 이북에서 사셨습니까?"

"그런 말 하는 걸 보니 당신은 『선도체험기』 독자가 아니군. 왜 『선도체험기』를 읽지도 않고 읽었다고 거짓말을 했소?"

"저는 분명히 『선도체험기』를 읽었습니다. 그런 거야 지엽적인 문제가 아닙니까?"

"기껏해야 수박 겉핥기식으로 몇 권 읽었겠지. 나에게는, 내가 현 정부의 잘못을 지적하는 데 있어서 북한에서의 내 체험은 가장 중요한 요소 중의 하나입니다. 『선도체험기』를 제대로 읽었다면 그런 말을 할 수 없었을 것입니다. 그리고 집권자가 무슨 과오를 저질러도 내버려두어야 한다는 것은 이치에도 사리에도 경우에도 맞지 않는 소리요. 이 사실을 인정하지 않는다면 당신은 지성인도 아니고 구도자는 더욱 아니오. 당신과 더이상 상대하고 싶지 않으니 그냥 나가 주시오."

"저는 선생님뿐만 아니라 국내의 유명 인사는 말할 것도 없고 전 세계 어느 나라든지 심지어 아프리카 오지에도 가서 할 말은 반드시 합니다. 저는 영어는 물론이고 세계의 어느 나라 언어도 능란하게 구사할 수 있습니다."

그는 나가달라는 내 요구는 못들은 체하고 엉뚱한 소리를 했다.

이어지는 거짓말

"그래요? 정말 그렇게 각국 언어에 능통하다면 이제 방금 한 말을 일본말로 말해 보시오."

그러나 호언장담과는 달리 그는 단 한 마디의 일본말도 못했다.

"금방 들통날 거짓말을 그렇게 능청스럽게 하는 것을 보니 당신은 접신된 것이 틀림 없구만. 도대체 누가 그렇게 하라고 시킵디까?"

"내 속에 있는 존재입니다."

"또 그 존재 타령이군. 어디 그 말을 영어로 말해 보시오."

역시 그는 아무 말도 못했다.

"당신이 말하는 존재는 있다는 뜻의 존재(存在)를 말하는 겁니까?"

"그렇습니다."

"그럼 각 나라말에 능통하다면서 존재라는 말을 영어로도 못 한단 말요?"

이번에도 그는 묵묵부답이었다.

"도대체 그렇게 외국어에 능통하다는 사람이 존재를 말하는 영어의 existence도 모른단 말요?"

그는 이러한 내 질문에도 꿀 먹은 벙어리였다.

"번번이 거짓말을 하고도 잘못을 시인할 줄 모르다니, 제정신이 아니군. 당신은 틀림없이 접신이 되었소. 접신이 안 되고는 그렇게 금방 들통이 날 새빨간 거짓말은 못하는 법이요."

"아니, 내가 접신이 되었다니, 말도 안 되는 소리 하지도 마세요" 하고 그는 발끈했다.

"정신 똑바로 차리란 말이오. 당신 눈을 보니 접신된 것이 틀림없어요. 접신된 사람만이 당장 들통날 거짓말을 하고도 당신처럼 뻔뻔할 수 있고 사과 한마디할 줄 모르는 거요. 접신된 사람을 보고 접신되었다고 말도 못해요? 정신 똑바로 차려. 이 친구야! 알겠어요?"

나도 모르게 괘씸한 생각이 들어 의도적으로 정신 차리라고 호통을 쳤다. 그는 잠시 아무 말도 않고 있다가 입을 열었다.

"선생님, 제자들 앞에서 화를 내고 고함을 치시다니 부끄럽지도 않으십니까?"

"내가 비록 이 자리에서 화를 내어 제자들에게 비웃음을 사는 한이 있다고 해도 당신이 지금 형편없는 망령(妄靈)에게 자기 인생의 칼자루를 내어 주고 있다는 사실을 깨닫기만 했으면 더 바랄 것이 없겠소.

당신은 지금 그 존재라는 귀신을 당신의 자성이라고 착각을 하고 있어요. 그것을 깨닫지 못하는 한 당신은 자기 인생을 사는 것이 아니고 그 존재라는 귀신의 노예의 인생을 사는 겁니다. 멍청하게 정신을 빼앗긴 당신이 정신 차리라고 호통친 겁니다."

"존재는 내 자성입니다. 그 사실은 누구도 왈가왈부할 수 없는 엄연한 진실입니다."

"당신의 자성이 당신에게 진정 사명을 맡겼다면 방금 나와의 대화에서 밝혀진 것과 같은 엉터리 논리와 거짓말을 하도록 내버려두지 않았을 것입니다. 그리고 이메일도 이용하지 못하고 존재라는 말을 영어로 말하지 못할 정도로 무식하고 무능한 인간으로 방치하지도 않았을 것입니다. 지금 당상 당신이 해야 할 가장 긴급한 일이 무엇인지 아시오?"

"그런 거 없습니다."

"역시 절벽이군. 그럼 내가 말해 주지. 당신이 지금 접신되었다는 것을 솔직히 인정하는 것이요."

"분명히 말하건대 나는 접신되지 않았습니다."

"당신하고는 더이상 대화가 안 되니 나가 주시오."

"구도자는 무슨 일이 있어도 화를 먼저 내지 않는 법인데 선생님께서는 이만 일에 손가락질을 하고 화를 내시다니 뜻밖입니다."

"이만 일이라니 당신은 멍청하게도 형편없는 망령에게 안방을 빼앗기고 몸주의 머슴 노릇을 하면서도 그걸 모르고 있다니 이게 어디 보통 일이오? 정신 차리라고 호통친 인생의 선배에게 고마워하지는 못할망정 되지도 않는 변명을 늘어놓는 거요? 지금이라도 늦지 않았으니 제발 정신 좀 차리시오."

"진리는 나이를 초월합니다. 세 살 손자도 할아버지의 손가락질과 고함 소리를 들으면 반발을 하게 되어 있습니다."

"도대체 뭐가 진리요? 오죽 칠칠치 못했으면 귀신의 머슴 노릇을 할까? 접신당하는 것이 진리요? 접신된 주제에 도리어 엉뚱한 변명을 늘어놓는 것은 진리를 거부하는 오만과 무지일 뿐이요. 정신병자를 문전축객을 하지 않고 받아들인 것이 내 실책이었소. 엉뚱한 꼬투리 잡고 늘어지는 것도 구역질나니 이제 그만 나가 보시오."

"그렇게 하겠습니다. 허지만 저는 접신은 되지 않았습니다."

"한심한 인생이군. 하긴 미친놈이 미친 것을 인정하면 그건 이미 미친 것이 아니지. 어서 가 보시오."

"그럼 가겠습니다."

이렇게 말하고 일어선 그는 "그럼 또 찾아뵙겠습니다" 하고 말했다.

"나는 당신이 제정신을 차리기 전에 또 다시 찾아오는 것은 전연 원치 않소. 제정신을 차린 후에라도 정 날 만나고 싶으면 컴퓨터를 배워서라도 이메일을 이용하시오. 아 참 당신 성함은 어떻게 되오?"

"우영이라고 합니다."

"외자 이름이요?"

"그렇습니다."

"가족과 함께 살고 있소?"

"아닙니다. 아내와 세 아이들이 있었는데 지금은 다 뿔뿔이 헤어졌습니다."

"왜요?"

"존재가 그렇게 하라고 해서."

"그래 놓고도 당신은 그 존재라는 망령(妄靈)에게 접신이 안 되었다고 우기는 거요?"

나는 또 호통을 쳤다.

"저는 접신되지 않았습니다."

임제할(臨濟喝)의 효과를 노렸건만 전연 먹혀들지 않았다. 구제불능의 정신병자일 뿐이었다.

"어서 나가 보시오."

이 말은 못 들은 척하고 그는 "서로 원망만은 갖지 말았으면 좋겠습니다" 하면서 손을 내밀었다. 나는 그를 빨리 내보기 위해서라도 악수를 하지 않을 수 없었다. 삼공재를 나가면서 수련생들이 나에게 절하는 것을 본 그는 "제자가 스승에게 절하는 것은 불법인데" 하고 혼잣소리처럼 뇌까렸다고 아내가 뒤에 알려 주었다. 시계는 3시 20분을 가리키고 있었다. 엉뚱한 틈입자와의 승강이로 35분간을 소비한 것이다.

그가 현관문을 나서는 것을 지켜본 한 수련자가 말했다.

접신령 천도는 가능할까?

"선생님께서는 빙의령을 천도하시듯이 그 사람의 접신령도 천도할 수는 없었습니까?"

"접신당한 사람이 접신 사실을 알고 그 접신령에게서 벗어나려고 끈질기게 노력하다가 안 되어 나에게 도움을 청한다면 모를까 그렇지 않는 한 어떠한 접신자도 도와줄 수 없습니다. 그래서 행여나 하고 정신차리라고 호통을 쳐 본 것입니다.

마약 중독자가 마약의 해독을 깨닫고 마약에서 벗어나려고 애쓰지 않는 한 마약에서 해방될 수는 없는 것과 같습니다. 또 아무리 화타, 편작, 기바와 같은 명의라고 해도 투병(鬪病)을 포기한 중환자를 고칠 수는 없습니다.

간혹 과거에 출입하던 수련자들 중에 가벼운 정신병자를 이곳에 데려오는 경우가 있습니다. 혹시 이곳에 오면 빙의령 천도되듯이 접신령도 천도될지도 모른다는 요행수를 안고 그러는 것 같습니다. 그러나 본인이 접신되었다고 시인하는 경우는 거의 없으므로 접신령이 천도되는 일은 있을 수 없습니다."

"정신병자는 전부가 다 접신된 사람입니까?"

"그렇고말고요."

"무당은 몸주가 남편과 아이들을 버리라면 어쩔 수 없이 버린다고 합니다. 그 사람도 몸주인 존재의 명령에 따라 아내와 세 아이를 버려 가족이 풍비박산된 것 같습니다. 그런데도 무당이 안 된 것이 이상하지 않습니까?"

"남자니까 무당이 아니고 박수겠죠."

"그렇군요. 그리고 그 존재라는 망령은 몸주 쳐놓고는 너무 빈약하고 엉성하지 않습니까?"

"그래요. 너무 빈틈이 많습니다. 그런 영에게 제압을 당하다니 한심한 일입니다."

"선생님께서 그런 정신병자를 다 상대하시다니 뜻밖입니다."

"오랫동안 인이 박인 직업근성 때문입니다."

"그런 사람이 자주 옵니까?"

"최근 몇 년 동안엔 통 없었는데 오늘은 갑자기 준비 없이 기습을 당한 꼴입니다. 그래도 노상 소득이 없었던 것은 아닙니다. 어떤 경우에도 소리 지르지 말고 침착하게 대응했어야 하는 건데 내가 그에게 호통을 친 것은 아무래도 실수였습니다."

"그거야 상대가 정신 차리라고 우정 그러신 것이 아니었습니까?"

"문제는 그렇게 해서 아무 효과도 거두지 못했다는 겁니다. 처음부터 상대를 너무 얕잡아 본 것이 잘못이었습니다. 그렇게 호통을 쳐서 해결될 일이 아니었는데. 결과적으로 그의 기만 살려 주는 꼴이 되었어요. 그건 확실히 내 불찰이었습니다."

"그렇지만 그는 선생님 앞에서 얼토당토않은 실언과 금방 들통날 거짓말을 하고 그것을 선생님으로부터 예리하게 지적받고도 침묵으로 일관했을 뿐 단 한 번도 잘못을 시인하거나 반성하는 빛도 보이지 않는 실책을 저질렀습니다."

"그거야 접신자니까 그렇죠."

"그렇긴 하지만 선생님은 우리가 보기에는 지극히 사소한 일에도 아주 철저하게 자책하십니다. 저희들에게는 선생님의 그러한 자세가 도리어 돋보입니다."

"면찬(面讚) 같긴 하지만, 듣기 싫지는 않군. 그러고 보니 난 별수없는 속물인 것 같아."

"저의 생각은 다릅니다. 선생님께서 『선도체험기』를 87권까지 꾸준히 쓰실 수 있는 비결이 무엇인지 이제야 알 것 같습니다."

"그래요? 그것이 무엇입니까?"

"손해 볼 것을 뻔히 잘 아시면서도 어떠한 약점이나 하자도 숨기지 않으시는 그 정직성과 솔직성입니다."

"약점과 하자는 감추면 숨겨지긴 하겠지만 고쳐지지는 않습니다. 그러나 정직하고 솔직하게 드러내는 한 언젠가는 관을 통하여 고쳐지게 되어 있습니다. 어떻게 하든지 드러난 내 결점을 고쳐 보려고 노력하게 되어 있으니까요. 수련이란 각자의 결점을 고쳐 나가는 과정입니다. 나는 그 원칙을 따랐을 뿐입니다."

"각별히 명심하겠습니다. 그런데, 참 선생님, 정신병자가 호통 소리를 듣고 제정신을 차리는 수도 있습니까?"

"있고말고요. 16년 전 수련 초기에 내가 아직 방황기일 때 모 도장의 강신제(降神祭)에 멋도 모르고 참석했다가 운사합법신(運思合法神)에게 접신당한 일이 있었습니다. 수련이 좀 된다 싶은 사람만 보면 무조건 백회를 열어 주고 싶은 강한 충동에 사로잡혀 한때 그 도장에서 추천되어 온 수많은 사범과 법사들의 백회를 열어 준 일이 있습니다.

　바로 이때 내 도우 중 한 사람이 내가 운사합법신에게 접신되었으니 정신 차리라고 충고했습니다. 기왕에 수련을 하려면 큰 깨달음을 얻어 성인(聖人)이 되어야지 겨우 영능력자(靈能力者)로 만족할 것이냐고 했습니다. 이 말을 듣는 순간 나는 정신이 번쩍 들었습니다.

　다행히도 그 도우의 도움을 받아 나는 일주일 동안의 끈질긴 사투 끝에 접신되었던 운사합법신을 내보내는 데 성공했습니다. 이런 경험이 있었기 때문에 내가 갑자기 호통을 치면 그 사람도 정신을 차릴지도 모른다는 기대가 있었는데 결국은 실패로 끝났습니다."

　"그 이유가 무엇이라고 생각되십니까?"

　"나는 접신 초기에 내 도우가 그 사실을 재빨리 알려 주었고 나 자신도 접신령을 내보낼 결심을 굳혔었는 데 반해 방금 전에 나간 우영이라는 사람은 접신된 지 하도 오래되어 이미 그때를 놓친 것 같습니다. 그래서 그는 접신령을 자신의 자성이라고 엉뚱한 착각을 하고 있습니다. 이제 알고 보니 그 정도면 거의 치유불능 상태가 아닌가 생각됩니다."

　"그럼 그 사람은 어떻게 되죠?"

　"업연(業緣)이 다할 때까지 지금의 상태가 유지되다가 이번 한생을 마감할지도 모릅니다."

　"그럼 그다음엔 어떻게 될까요?"

　"다음 생에라도 업연이 다하면 제정신 차릴 때가 오겠죠."

　"만약에 다음 생에도 그 업연이 다하지 않으면 어떻게 됩니까?"

　"그 다음 생으로 또 이어지게 될 것입니다."

　"접신은 왜 됩니까?"

　"아상(我相)이 강하고 멍청하기 때문입니다."

"아상이 뭡니까?"

"이기심과 사욕입니다."

"그럼 항상 마음을 비우고 정신만 똑바로 차리고 있으면 그런 일은 없다는 말씀인가요?"

"그렇고말고요. 어떠한 신중(神衆)에게도 비집고 들어올 빈틈을 주지 말아야 합니다."

구도자가 된 이유

우창석 씨가 말했다.

"선생님은 왜 구도자가 되었습니까?"

"두 가지 이유가 있습니다."

"그게 무엇입니까?"

"첫째는 건강해지기 위해서이고, 두 번째는 마음이 편안해지기 위해서입니다."

"아니, 그렇다면 삼황천제나 붓다나 예수나 그 밖의 수많은 성인들처럼 성통공완(性通功完)하고 견성해탈(見性解脫)하기 위해서가 아니란 말씀입니까?"

"성통공완하고 견성해탈하는 것도 궁극적인 목적은 몸 건강하고 마음 편해지기 위한 방편들에 지나지 않습니다."

"그럼 상구보리하고 하화중생하자는 것은 어떻게 됩니까? 이것은 구도자의 존재 이유가 아닙니까?"

"옳은 말씀입니다. 그러나 그것 역시 몸 건강하고 마음 편해지는 과정에 지나지 않습니다."

"사람은 건강하든지 병이 들든지 어차피 때가 되면 누구나 예외 없이 이 세상을 뜨게 되어 있지 않습니까?"

"그거야 누구도 거역할 수 없는 자연의 섭리입니다. 이 세상에 거기에 토를 달 사람은 아무도 없을 것입니다. 생자필멸(生者必滅)이니까요."

"어차피 때가 되면 누구나 죽을 건데, 건강하게 살다 죽으면 어떻고 앓다가 죽으면 어떻습니까?"

"아무렇게나 되는 대로 살다가 죽어 버릴 작정이면 구태여 구도자가 될 필요가 어디에 있겠습니까? 사람의 힘이 미치지 못하는 천재지변으로 죽는 것은 어쩔 수 없다 해도 이왕이면 다홍치마라고 앓다가 죽는 것보다는 건강하게 살다가 죽는 것이 좋지 않겠습니까?

건강 역시 마음이 편해지기 위한 하나의 방편입니다. 건강한 몸에 건강한 마음도 깃들게 되어 있으니까요. 사람은 재산과 명예를 잃고도 살 수 있지만 건강을 잃으면 모든 것을 다 잃게 되어 생존 자체가 불가능합니다.

사람의 힘으로 건강해질 수만 있다면, 건강을 잃음으로써 받는 고통 없이 건강하게 살다가 한세상을 마칠 수 있다면 그것이 좋지 않겠습니까? 몸은 하늘과 자연이 인간에게 이 세상을 사는 데 편리하게 쓰라고 빌려준 자동차와 같습니다.

이왕이면 쓰다가 고장이 나더라도 그때그때 망가져서 못 쓰게 되지 않게, 미리미리 깨끗이 정비해서 잘 쓰다가 온전한 채로 이 세상 떠날 때 자연에 반납하는 것이 좋지 않겠습니까? 몸은 자연이 인간에게 대여해 준 자동차와도 같습니다.

항차 그것이 인간의 노력으로 할 수 있는 일이라면 그렇게 하는 것이 주변 사람들에게 폐를 끼치면서 구차하게 앓다가 고통스럽게 눈을 감는 것보다는 어느 모로나 좋지 않겠습니까?"

"그 말씀엔 저도 찬성입니다. 그런데 몸은 눈에 보이는 실체니까 그렇다 치더라도 마음은 눈에 보이는 것도 아닌데 죽을 때에 꼭 편안해질 필요가 있겠습니까? 마음이 좀 불안하고 괴롭더라도 죽음의 순간만 이럭 저럭 넘겨 버리면 그만이 아닐까요?"

"그건 그렇지 않습니다. 임종 때의 마음의 상태는 그가 한세상을 살아 온 성적표와도 같은 것입니다. 그 마음 상태에 따라 다음 생이 결정되기 때문입니다. 고3 때의 수능시험 성적이 어느 대학에 들어갈 수 있느냐의 지표가 될 수 있는 것과 같습니다."

"평온한 마음의 상태라는 것은 어떤 것을 말합니까?"

"쉽게 말해서 남들이 걱정 근심을 할 일이 생겨 전전긍긍할 때도 마음 이 흔들리지 않는 것을 말합니다. 보통 사람들이 충격을 받거나 심한 스 트레스로 어쩔 줄 몰라 할 때도 무사태평할 수 있는 부동심과 평상심을 늘 유지할 수 있는 것을 말합니다."

"평생을 불안하고 괴롭게 살아온 사람이 임종 때에 갑자기 마음을 평 온한 상태로 바꿀 수 있겠습니까?"

"전연 불가능한 일은 아니지만, 절도범이 갑자기 자선가가 되기가 어 려운 것처럼 결코 쉬운 일이 아닙니다. 죽기 전에 마음이 평온한 상태를 유지할 수 있으려면 적어도 상당한 준비 기간이 필요합니다. 다시 말해 서 사람의 얼굴은 하루아침에 만들어지지 않는 것과 같이 마음의 상태 역시 갑자기 하루아침에 얼렁뚱땅 이루어지는 것은 아닙니다. 적어도 생 애를 건 오랫동안의 수련과 마음공부의 결과입니다."

"구도자는 꼭 평안한 마음을 가져야 하는 이유가 무엇입니까?"

"그것이 바로 우주의식(宇宙意識)이기 때문입니다."

"우주의식이 무엇인데요?"

"우주의식이 바로 하느님 마음이고, 하늘나라이고 니르바나입니다. 우

주의식이야말로 구도자가 도달해야 할 생사와 시종이 없는 마지막 도착
지입니다."

진정한 승자가 되는 길

약간 근육질의 50대 초반의 박영자라는 여자 수련자가 물었다.

"선생님, 참을 수 없을 만큼 화가 치밀 때는 어떻게 하면 됩니까?"

"왜 그렇게 화가 치밀었습니까?"

"남편이 자기도 뚱뚱한 주제에 저를 보고 왜 그렇게 뚱뚱하냐고 비아냥거리는 겁니다. 그 말을 듣는 순간 저도 모르게 머리가 헤까닥하면서 속에서 불덩이가 확 치밀어 올라 막 폭발 직전에 용케도 참아 내어 그 현장에서의 충돌만은 간신히 면했습니다. 그러나 생각하면 생각할수록 괘씸한 생각이 들어 밤잠을 이룰 수 없었습니다."

"바깥양반의 그 말에 그렇게도 화가 났습니까?"

"똥 묻은 쥐가 겨 묻은 쥐를 흉본다고 자기가 몸이 날씬하기라도 하면 말발이 서겠지만 자기도 똑같이 뚱보인 주제에 마누라보고 그렇게 말할 수 있습니까?"

"그렇게 말할 수 있습니다."

"네에? 어떻게 그렇게 말할 수 있습니까? 자기도 뚱보인 주제에."

"그것이 보통 사람이고 또한 보통 남자니까 그렇습니다."

"그런 때는 어떻게 처신해야 합니까?"

"남편 되시는 분도 수련을 하십니까?"

"아뇨. 수련이 뭔지도 모르는 무명중생입니다."

"그럴 때는 수련을 하시는 박영자 씨가 수련 안 하는 남편보다는 한 수 위라는 것을 보여 주어야 합니다."

"바로 그런 이유로 저 역시도 남편의 그 소리에 불덩이가 목구멍까지 치밀어 올라와 막 입에서 터져 나오려는 것을 가까스로 참아 넘길 수 있었습니다."

"그것 가지고는 거의 피장파장보다 약간 나을 뿐이지 한 수 위라고는 말할 수 없습니다."

"그럼 제가 남편보다 한 수 위가 되려면 어떻게 해야 합니까?"

"남편이 어떠한 듣기 싫은 소리를 해도 아무렇지도 않아야 합니다. 마음이 전연 흔들리지 말아야 한다는 말입니다."

"사람은 감정의 동물이라고 하는데 어떻게 그럴 수 있습니까?"

"보통 사람들이야 응당 그렇겠죠. 그러나 수련을 한다는 사람이 보통 사람과 똑같이 화내고 욕하고 저주하고 원망한다면 그걸 보고 어떻게 수련하는 사람이라고 말할 수 있겠습니까?"

"어떻게 하면 남이 나에게 억울한 소리를 해도 화를 내지 않을 수 있을까요?"

"평소 마음을 바다처럼, 아니 우주공간처럼 무한히 넓혀 놓으면 누구나 비상시에도 그렇게 될 수 있습니다. 만약에 박영자 씨가 마음이 바다처럼 넓은 사람이었다면 남편이 박영자 씨를 보고 뚱뚱하다고 말을 하든 천하제일의 추녀라고 말하든 픽 웃어 버리고 말았을 것입니다. 그만큼 마음속에 여유가 있었기 때문입니다.

픽 웃어 버릴 때는 남편이 하는 말이 이치에 닿지 않아서였을 수도 있습니다. 그러나 생각이 있는 수련자라면 다음 순간 남편이 그렇게 말을 할 때는 나에게도 그런 말을 들을 만한 무슨 꼬투리가 있을 것이라는 느낌이 들었을 것입니다.

내 입장에서 남편을 바라볼 것이 아니라 남편의 입장에서 나를 바라보면 어떠할까 하고 생각해 보았어야 합니다. 남편 자신이 제아무리 뚱뚱하다고 해도 그의 눈으로 아내인 박영자 씨를 바라보는 눈만은 속일 수 없었을 것입니다. 보통 사람은 자기 눈의 대들보는 보이지 않고 상대의 눈 속의 티끌만은 크게 보일 테니까요.

틀림없이 다른 날씬한 여자들보다 박영자 씨가 뚱뚱하게 보였을 것입니다. 그렇다면 체중 관리를 잘못한 것을 당연히 반성했어야 합니다. 박영자 씨가 진정으로 자기반성을 했다면 그 순간부터 달라져야 합니다."

"어떻게 말입니까?"

"자기 능력이 미치는 한 자기 몸을 철저히 관리하여 체중을 줄이는 데 총력을 기울였어야 합니다. 비만의 원인은 거의가 다 많이 먹고 운동을 하지 않아서 일어난 영양과다 현상입니다. 적게 먹고 운동 많이 하면 얼마든지 고칠 수 있습니다.

이것이 마땅히 수련자가 해야 할 일입니다. 이렇게 겸손하게 반성하고 자기 향상을 위해 용맹정진한다면 박영자 씨는 멀지 않은 장래에 자신의 몸 관리에 성공하여 처녀 때와 같은 탄력 있는 몸매를 회복할 수 있을 것입니다.

남편보다 한 수 위가 되는 것은 바로 이런 것을 두고 말한 것입니다. 정말 그렇게 될 수 있다면 박영자 씨는 미구에 남편의 진정한 존경을 받는 존재로 부상하게 될 것입니다. 이때 비로소 박영자 씨는 남편의 모범이 되어 남편을 리드하고 남편 자신을 개조할 수 있게 될 것입니다. 이것이 바로 진정한 승자가 되는 길입니다."

【이메일 문답】

심한 스트레스로 인한 요통

스승님, 안녕하셨습니까? 이제 겨울의 한가운데에 있는지 추위가 맹위를 떨치고 있습니다.

하지만, 예전의 겨울보다는 전반적으로 푸근해지지 않았나 생각됩니다. 이렇게 허락도 받지 않고 '스승님'이라고 말씀드리고 제자 될 자격이 있는지 모르겠습니다.

지난 11월 말에 찾아뵈옵고 그 후로 지금까지 뵈러 가지 못하고 있습니다. 말씀 여쭌 대로 28년간 다니던 회사를 그만두고 새로운 길을 찾고 있습니다만, 여의치 않습니다. 대학생 둘을 두고 있는 가장으로서 일단 기본적인 책무인 '가계수입'을 얻지 못하고 있으니 마음의 여유를 찾지 못하고 있습니다.

처음에는 몇 개월을 차분하고 신중하게 찾아보자고 스스로 다짐했습니다만 2, 3달이 지나며 있는 것을 까먹는 입장이 되니 초조해지고 있습니다. 수련을 하는 사람으로서 의연해지고 이 시기를 수련의 적기로 삼아야 하겠다는 생각을 하면서도 실제로는 그러하지 못하고 있습니다.

가정의 일로 스트레스를 심하게 받아서인지 허리에 상당한 통증이 도지어 계속하던 운동도 못 하고 있습니다. 이 모두 제가 아직 부족한 면이 많아서라고 생각이 됩니다.

우선 저의 새로운 일을 찾아 정상적인 가장으로서의 역할을 회복하는 것이 급선무라고 생각합니다. 곧 생활의 안정을 찾고 수련을 다시 시작하며 스승님을 찾아뵈올 수 있도록 노력하겠습니다.

지금 수련의 궤도에서 벗어나 있습니다만, 항상 수련 생활과 성통공완은 나의 궁극의 길이라는 것을 새기고 있습니다. 스승님께 늘 지도하시고 기대하신 이상으로 자랑스럽게 말씀드릴 수 있는 위치에 있지 못해 송구스럽습니다. 안녕히 계십시오.

우성섭 배상

【필자의 회답】

우성섭 씨가 나와 인연을 맺은 때가 1993년 8월 13일이니까 어느덧 14년이란 세월이 흘렀습니다. 비록 그동안 지방 근무하느라고 자주 찾아오지는 못했지만 처음에 오행생식을 하고 한 달 만에 체중이 80킬로(키 175)에서 68킬로로 떨어져서 어린애처럼 흥분했을 때의 모습을 나는 지금도 생생하게 기억하고 있습니다. 그 후 지금까지 『선도체험기』를 읽고 오행생식을 한 것만으로도 내 제자 될 자격은 충분합니다.

28년 동안이나 다니던 직장을 떠나 새 일자리를 찾는 중이니 두 대학생을 둔 가장으로서 받는 스트레스는 가히 짐작이 갑니다. 그러나 우성섭 씨는 구도자라는 사실을 잠시도 잊어서는 안 될 것입니다. 스트레스는 근심 걱정에서 오는 심신의 중압을 말합니다. 구도자가 보통 사람과 똑같은 스트레스를 받는다면 지난 14년 동안 수련해 온 시간이 아깝지 않습니까?

어려움에 처할 때 구도자와 보통 사람이 다른 점이 무엇입니까? 보통 사람은 근심 걱정으로 심신을 상하지만 구도자는 근심 걱정을 하지 않는다는 것입니다. 왜냐하면 근심 걱정을 함으로써 변하는 것은 아무것도 없다는 것을 너무나도 잘 알기 때문입니다. 그래서 구도자는 어떠한 난관에 처하더라도 스트레스를 받지 않습니다. 그 대신 침착하게 난국을 타개할 궁리와 연구를 합니다.

흐르는 물은 중간에 바위를 만나면 바위와 부딪쳐 깨어지는 어리석음을 저지르지 않습니다. 부딪쳐 깨어진다는 것은 스트레스를 받고 몸과 마음에 병이 드는 것을 말합니다. 그 대신에 그 바위를 유연하게 에돌아 흐릅니다. 난관에 처했을 때 스트레스를 받는 것은 무명중생(無明衆生)이고 그것을 슬기롭고 여유 있게 피해 가는 것은 구도자라는 사실을 잠시도 잊어서는 아니 될 것입니다.

그리고 수련자는 우리가 하루 세끼 밥을 먹듯이 수행을 일상생활화해야 합니다. 스트레스를 받는다고 해서 밥까지 안 먹는 일은 없는 것처럼 수련을 중단하는 일은 없어야 할 것입니다. 지금 우성섭 씨가 스트레스를 받아 허리가 아프다고 했는데 내가 보기에는 빙의 현상입니다. 혼자서 해결이 안 되면 언제든지 삼공재로 찾아와 도움을 받기 바랍니다.

아랫배에 탄력이

삼공 선생님께.

안녕하십니까? 안양의 유관호입니다. 선생님의 도움으로 빙의령들이 거의 다 천도가 되었습니다. 정말 감사드립니다. 오른쪽 어깻죽지의 탁기만이 간간이 머리통으로 빠져나갈 뿐입니다.

어깻죽지의 명현반응은 언제쯤 끝날까요? 정수리를 관통한 기운이 정확히 앞니를 강타하고 어깻죽지를 때립니다. 삼두박근, 팔꿈치, 새끼손가락이 뜨겁습니다. 발쪽으로도 뜨거운 물이 간혹 흘러갑니다. 문득문득 거미줄이 얼굴과 머리에 엉킨 느낌이 듭니다.

아랫배가 2주 전에 비해서 더 탄력 있고 더 부풀어졌습니다. 그동안 몸의 변화가 있었던 것 같습니다. 응아를 눌 때가 되어 배를 부풀려 보면 정말 임신 3개월은 족히 돼 보입니다. ^^ 하단에 의식만 집중해도 따뜻한 물이 흐릅니다. 기분이 나쁘지 않습니다.

2004년 늦여름 고혈압과 우울증, 소화불량을 다스리기 위해 혼자서 단전호흡을 시작했습니다. 그해 가을 무렵 인당과 엉덩이 부근에서 강력한 기감을 느꼈습니다만, 하단전 축기가 안 되어 약 2년 동안 흐지부지 허송세월을 했습니다.

다행히 2006년 여름에 삼공 선생님과 인연이 되어 수련을 본격적으로 할 수 있었습니다. 건강 차원의 기공부가 이제는 생사대사의 삼공 공부가 돼 버렸습니다. 선생님처럼 말입니다. 지난 20년 동안 제 소원은 '실컷 밥 먹고 남들처럼 졸음이 와서 코 골며 자는 것'이었습니다.

전 그것이 안 됐습니다. 먹고 바로 자면 명치끝이 아파 잠을 잘 못 잤기 때문입니다. 지금의 명현반응이 그것과 연관이 있는 것 같습니다. 정말 신기할 따름입니다. 삼공재에서 수련할 때에는 등판, 엉덩이, 다리 등이 후끈후끈합니다. 선생님의 강력한 기운을 실감하고 있습니다.

질문 1. 선생님은 왜 방문 횟수를 꼼꼼히 체크하시는지요?

질문 2. 저는 이제 소위 말하는 빙의굴을 통과한 것인지요?

【필자의 회답】

수련은 전반적으로 잘 진행되고 있습니다.

질문 1에 대한 회답 : 교실에서 담임 선생님이나 교수님이 학생들의 출석부 부르는 것과 같다고 보면 됩니다.

질문 2에 대한 회답 : 아직 멀었습니다. 자기 자신에게 들어온 빙의령은 말할 것도 없고 남의 빙의령까지 힘 안 들이고 천도할 수 있어야 빙의굴을 통과했다고 말할 수 있습니다.

도반 알아보기

삼공 선생님께

설날입니다. 새해에도 하시는 모든 일 순조롭길 빌겠습니다. 아울러 평안하시고 강건하시길 기원합니다. 저도 올 한 해 꾀부리지 않고 수련에 임하겠습니다. 요즘 들어 인연과 운명에 대해 곰곰이 생각해 볼 일이 생겼습니다.

첫 결혼 후 아이가 생기질 않아 이혼한 후 약 4년의 시간이 흘렀습니다. 작년부터 선도(仙道)를 만나 삶의 방향타를 바꿨고 재혼은 될 수 있으면 하지 않기로 마음먹고 있었습니다. 그러나 인연은 어쩔 수 없나 봅니다. 이유인 즉, 저희 시골 떡방앗간에 단골로 찾아오시는 할머님이 계신데 9남매 중 37살 먹은 막내딸이 시집을 안 가고 속을 썩였나 봅니다. 제 어머님이 그 소리를 듣고 그 할머님께 서로 선을 보게 하자고 몇 번 운을 띄우셨나 봅니다. 그러나 반응이 시큰둥했답니다.

제가 첫 결혼에 실패한 후 비실비실한다는 것을 다 알고 있었기 때문이었던 것 같습니다. 그런데 약 한 달 전에 갑자기 그 할머님이 방앗간에 찾아오셔서 집안에서 선을 봐도 좋다는 허락이 떨어졌다는 말씀을 하셨답니다.

저희 부모님이 이 사실을 저에게 전화로 알렸습니다. 그러나 저는 수련과 경제적인 이유로 반대를 했습니다. 사실 제가 시설관리 일 교대 근무를 한 달 해 봐야 백만 원 조금 넘는 급여를 받으니까요. 허나, 아버님은 전화 통화 도중 흥분을 하시고... 제가 결국 지고 말았습니다. 죽은 이 소원도 들어준다는데, 왠지 만나면 엮일 것 같은 느낌이 들었습니다...

선을 봤습니다. 깜짝 놀랐습니다. 그녀는 구도자였습니다. 2001년부터 2004년까지 약 3년여 동안 모 수련 단체에서 명상 수련을 했고 사범 노릇도 했었답니다. 그곳 법사와 악수를 두 번 한 것을 대단한 영광으로 알고 있었습니다. 1:1로 만난 적도 있었냐는 물음에는 없었다고 합니다.

어쨌든 자기 딴에는 그 3년 동안 성격도 적극적으로 바뀌었고 예지력도 생기고 몸도 많이 건강해졌다고 하니 저로선 다행이 아닐 수 없지만, 저는 좀 찜찜했습니다. 그 단체의 비리를 얘기했더니 믿지 않았습니다. 자기 눈으로 직접 보지를 않아서 결정을 내릴 수 없다는 것이었습니다. 그리고 현재는 거기에서 발을 뺀 상태이니 더이상 얘기를 해 봐야 별 의미가 없을 것 같았습니다.

틱낫한 스님 얘기도 하고 명상 얘기도 하는 걸 봐서는 저와 구도의 방편이 다른 것은 확실한 것 같습니다. 하지만, 통하는 데가 정말 많다는 것을 알았습니다. 자꾸만 운명의 수레바퀴로 빠져드는 것 같습니다.

배우자의 인연은 날 때부터 정해진다고 『선도체험기』에서 읽었습니다. 도대체 그녀와 저와의 인연은 어디까지 거슬러 올라갈까요? 딱 두 번 연이를 만나는 날 팔짱을 끼는 그녀를 전 거부할 수 없었습니다.

그녀가 이 세상에 태어난 목적은 무엇일까요? 자기는 지금 당장 죽어도 아무 여한이 없다는 말을 하는 거 보면 마음공부는 상당히 된 것 같은데 말이죠? 아무튼 묘한 인연입니다. 다 때가 돼서 그렇게 된 것일까요?

그녀는 결혼을 서두르지만, 전 고민입니다. 혼자서 한갓지게 수련을 하느냐 아니면 같이 하느냐... 요즘 수련은 빙의령과의 싸움입니다. 가슴이 답답하고 미식거리거나 막 할퀴기도 하고, 그러다가 머리통이 터지려고 하면서 나갑니다.

요즘 들어 횟수가 부쩍 늘은 것 같지만, 예전처럼 오랫동안 눈이 뻑뻑하고 충혈되거나 하지는 않습니다. 하나의 빙의령이 나갈 때 머리통이 터질려고 하는 현상이 시간 간격을 두고 여러 번 반복될 수도 있는 것입니까? 아니면 오직 한 번만 일어나는 것입니까? 궁금합니다. 끝으로 설 명절 잘 보내시고 다음에 찾아뵐 때까지 강건하십시오.

안양 유관호 드림

【필자의 회답】

지금 사귀고 있는 여성이 유관호 씨에게 좋은 도반(道伴)이 될 수 있을지 알아볼 수 있는 방법이 있습니다. 『선도체험기』1권을 읽도록 권해 보고 그 반응을 보는 겁니다. 만약에 『선도체험기』1, 2, 3권은 이미 읽었다고 한다면 4권 이후를 읽어 보도록 권하는 겁니다. 만약에 유관호 씨처럼 이 책에 몰입할 수 있다면 좋은 도반이 될 수 있을 것입니다.

빙의되었던 영가가 천도될 때의 반응은 각 경우에 따라 얼마든지 다를 수 있습니다.

빙의령을 묻혀 오는 문제

삼공 선생님께

안녕하십니까? 안양의 유관호입니다. 어제 생식 타 오고 『선도체험기』 61, 62권을 사 왔습니다. 제 빙의령도 모자라 이제는 선본 아가씨의 돌아가신 작은아버지의 영까지 삼공재로 모시고 갔으니 정말 면목없고 죄송스럽습니다.

『선도체험기』를 그녀는 잘 읽고 있습니다. 그런데 그녀가 다니던 수련 단체에서 문자 메시지가 왔답니다. 와서 교육받으라구요. 답을 하지 말라고 했습니다. 답을 하더라도 최소한 『선도체험기』 20권까지는 읽고 나서 하라고 타일렀습니다. 돈 십만 원 받고 명예 사범 수련을 몇 년 받았나 봅니다. 면접 보고 달리기 시험, 단학에 대한 필기시험 등등 해서 명예 사범이 되는 데도 엄청 까다로운가 봅니다.

저와 결혼하면 제가 하는 수련을 한다고 말은 하지만, 그걸 어찌 믿겠습니까? 최악의 경우 그쪽 단체의 빙의령을 제가 삼공재로 묻혀 갈지도 모르는 일이 아닙니까? 아 제가 왜 그녀를 만났을까요? 벌써 문자 메시지로 여보라고 합니다. 회사에서도 마음공부를 하느라고 정신 못 차리고 있습니다.

바로 위 전기과장이 계신데 정신 병력이 있었나 봅니다. 업무적으로 좀 짜증나거나 자기 기준에 안 맞으면 쉴 새 없이 고함지르고 떠들고 중얼거리고 훈계를 합니다. 요즘은 여자를 사귀었는데 그분은 또 알코올

242

중독자랍니다. 처음에는 좀 당황스러웠지만, 약 4개월이 지난 지금은 이제 만성이 되어서 그러려니 하지만, 요즘은 더 심해진 것 같습니다. 『선도체험기』도 권해 보았지만 책상 서랍에서 잠자고 있습니다.

마음공부하기에는 아주 좋은 곳이지만, 제가 제일 선생님께 죄송스러운 것은 저 이외의 다른 분의 빙의령까지 삼공재로 묻혀 갈 확률이 크다는 것입니다. 꾀부리지 말고 열심히 수련하여 선생님 말씀처럼 도력을 키워야겠습니다. 바쁘신데 읽어 주셔서 감사합니다. 다음에 찾아뵐 때까지 강건하십시오.

안양 유관호 드림

【필자의 회답】

빙의령을 삼공재로 묻혀 오는 문제는 수련이 향상되면 자연히 해결될 것이므로 신경쓰지 않아도 됩니다. 그리고 남에게 『선도체험기』를 권할 때는 반드시 1권을 권해야 합니다. 책을 주었는데도 읽지 않으면 그 책을 회수하고 깨끗이 단념하는 것이 좋습니다. 인연이 없는 사람에게 미련을 가질 필요는 조금도 없으니까요. 인연 없는 중생은 부처님도 어쩔 수 없다고 했습니다.

뜨거운 물을 끼얹는 느낌

삼공 선생님께. 안녕하십니까? 안양의 유관호입니다. 선생님의 걱정을 뒤로한 채 혼인 신고 하고 동거에 들어갔습니다. 이것저것 살 것도 많고 몸이 열 개라도 모자랄 지경이었지만, 이제야 숨을 돌립니다.

선생님 말씀처럼 호적이 한 번 더 지저분해지면 안 되는 줄 알고 있었지만, 구청에 가서 혼인 신고를 하지 않을 수 없었습니다. 만일 그런 일이 또 벌어진다면, 담담하게 받아들일 작정입니다. 회사 바로 윗 과장님이 정신병원에 입원하고 새로 과장님이 왔습니다.

수마 칭하이는 아니고 그의 스승이 하는 무슨 명상 조직에 몸담고 있다고 합니다. 인도 계통 같은데, 젓갈 들어간 김치도 안 먹고 완전히 채식만 하십니다. 여러 수련 단체를 섭렵하며 경험해서인지 가짜와 진짜를 구별할 수 있는 능력은 충분히 가지고 계신 것 같습니다.

며칠 전부터는 ○○○ 예수교라는 조직에 딸이 가출해서 푹 빠져 있는지, 그녀의 부모가 현수막을 들고 ○○○ 본부 앞에서 딸 돌려 달라고 데모를 하고 있습니다. ○○○ 본부가 제가 근무하는 건물 뒤편 건물 5층에 있다고 합니다. 접신된 교주가 또 한 명 탄생했나 봅니다.

요즘도 빙의령과 계속해서 씨름하고 있습니다. 글을 쓰는 지금도 배가 끊어질 듯 아팠다가 안 아팠다를 반복하고 있습니다. 며칠 전에는 토사곽란이 일어나 하루 동안 금식을 했습니다.

선생님께서는 빙의굴이라는 표현을 쓰셨지만, 제 집사람이 당돌하게 시리 빙의고개로 바꿔버렸습니다. 처녀 시절에 족보 출판사에 다녀서 그런지 문자 메시지를 하나 보내도 받침 하나 안 빠트립니다.

제 국어 실력을 그녀가 요즘 다듬어 주고 있습니다. "아리랑 아리랑 아라리요 빙의령 고개를 넘어간다. 나에게 들어온 빙의령이여, 십 분만 계시다 나가 주오..." ㅎㅎㅎ

한 4주 전부터 걸어갈 때나 단전에 의식을 두고 호흡을 할 때나 운동을 하고 난 후에, 뜨거운 물을 배에 확확 끼얹는 느낌이 일어납니다. 기분이 그지없이 좋은데 저는 지금 기공부의 단계가 어느 정도 와 있는지 궁금합니다.

그리고 한 번 몸이 아프면 머리통이 깨질 듯하고 완전 초죽음이 되는데 운기가 잘되던 경락이 막혀서 그런 건가요? 고통이 상상을 초월합니다. 그래서 요즘은 항상 먹는 것을 조심하고 몸 컨디션을 잘 유지하려고 노력하고 있습니다. 기공부가 상당히 위험하기도 하다는 것을 요즘 뼈저리게 느끼고 있습니다.

바쁘신데 제 글 읽어 주셔서 감사합니다. 조만간 찾아뵙겠습니다. 그때까지 강건하십시오.

안양 유관호 드림

【필자의 회답】

두 분의 결혼을 축하합니다. 아무래도 이생에서 해결해야 할 숙명인 것 같습니다. 이왕에 백년해로를 하기로 했으니 반드시 구도자의 부부로서 유종의 미를 거두시기 바랍니다.

　배에 뜨거운 물을 끼얹는 느낌만 가지고는 안 됩니다. 반드시 하단전에 축기가 되어야 합니다. 그래야 소주천, 대주천으로 수련이 단계적으로 향상될 수 있습니다. 그러자면 하단전에 기(氣)의 방(房)이 형성되어야 합니다. 기의 방이 형성되어야 비로소 축기(築氣)가 시작되는 것입니다.

　신부(新婦)도 기공부를 하신 분이라니 기공부에 잦은 합방이 얼마나 장애가 된다는 것을 잘 알 것입니다. 기의 방의 형성되는 중요한 시기니 두 분이 부디 합심하여 이 중요한 고비를 잘 넘기시기 바랍니다.

정체된 시간

그동안 안녕히 계셨는지요? 마지막으로 메일을 올린 지 어느덧 반년이 지나가 버렸습니다. 침묵한 시간을 한마디로 말씀을 드리자면, 무소식이 희소식이 아니라 정체의 시간이었습니다.

물론 제 자신에 대한 게으름과 현실과의 괴리감으로 인한 존재의 실감을 상실한 시간들이었습니다. 물론 현묘지도를 마치고 난 뒤의 보림의 한 과정임에는 틀림이 없으니 회피할 필요도 없고 또한 서둘러 빠져나올 필요도 없으니 그냥 흘려버리다 보니 짧지 않은 시간이 흐른 것 같습니다.

지금은 세속적인 일에 왜 전념해야 하나? 이 일이 과연 나에게 주어진 일일까? 하는 생각인데, 이 일을 당장 원만히 행하지 않으면 수련에 임할 수 있는 마음의 평정을 찾을 수 없으니 결국 지금의 생업을 행함은 수련을 위한 수단임에는 틀림이 없는 데까지는 와 있습니다.

그러나 결국에는 수단과 목적이 서로 떨어져 있는 것이 아니라 지금처럼 의식적으로 구분이 되지 않고, 그냥 그때 그 일들이 수련이고 생업이니 구별할 것도 말 것도 없이 늘 행함 자체에서 행복감을 느끼고 어느 것에도 얽매이지 않는 자유인이 되어야 할 텐데.

아무튼 다시 메일을 올리고 있으니 전진 모드에 들려는 것이 아닌지요? 다시 심기일전하여 초심을 찾아야 할 것 같습니다. 그리고 작년 11월 1일부로 삿포로에서 자동차로 서너 시간의 거리에 있는 자그마한 중소 도시에 위치한 곳으로 전근을 왔습니다. 이곳은 전 근무지보다는 몹시 춥고 눈도 많은 지역이나 연구실이 조용하니 별 불편 없이 지낼 만한 곳입니다.

앞으로도 끊임없는 가르침을 주실 것을 부탁드리며 우선 간단히 안부 인사만 드리겠습니다. 그럼 선생님과 사모님 두 분 모두 안녕히 계십시오.

나요로에서 제자 도육 올림

【필자의 회답】

부디 새로 자리잡은 곳을 발판으로 라라미에서처럼 새로운 도약이 있기 바랍니다. 우리에게는 항상 "지금, 여기"가 있을 뿐입니다. 사회가 맡겨 준 일을 충실히 실행하는 것 자체가 수련이고 그 속에서 늘 행복과 만족과 창조를 찾을 수 있어야 할 것입니다.

그러자면 생활의 축이 늘 이타심에서 벗어나지 말아야 합니다. 한순간이라도 이기심에 사로잡히면 누구를 막론하고 우울증과 자살 충동에 빠지는 것이 나약한 인간임을 늘 염두에 둔다면 하루하루가 늘 좋은 날이 될 수 있을 것입니다.

우선 앞가림

삼공 선생님 전 상서

보내 주신 메일은 잘 받아 보았습니다. 늘 변함없으시고 따뜻하게 맞이하여 주심에 깊은 감사를 드립니다. 우선 선생님께서 지적하여 주시듯 주어진 일에 최선을 다하고 또한 주어진 하루를 성실히 살았다고 느껴질 때는 나날이 즐겁고 또한 행동에서도 자신감이 묻어나지만 그렇지 못하면 자꾸 밖으로 향하고 주변만을 보니 소외감이 이는 것은 당연지사이지요.

지금의 저의 모습은 후자인 상태이니 우선 앞가림을 하는 것이 급선무인 것이지요. 그래야 이타행이 무엇인지인 화두로 넘어갈 것 같습니다. 아무튼 며칠 전부터 그동안 놓았던 펜을 들었다고나 할까, 서재에 잠자고 있는 데이터들을 정리하여 탈고하는 일을 시작하였습니다.

감히 외람되게 나이 탓을 하는 것은 아닙니다만, 직장을 잡고 10여 년에 가까이 오면 일에 대한 긴장감도 해이해지고 또한 중년의 고비에 들기 시작함에 따라 마음을 놓고 있노라면 결국 매너리즘에 빠져 버리게 되는 것 같습니다.

저의 경우를 보면 미국에서 보낸 2년으로 인한 공백에서 오는 후유증이라 할까, 그 후 2년이 지난 지금에서야 그동안 슬어온 녹 벗기기가 시작된 것 같습니다. 아무튼 수련과는 달리 주어진 현실에는 무방비 상태로 허송세월하느라 많은 마음의 갈등을 느낀 점도 사실입니다. 그간 생업이야 어떻든 수련에 대한 일정한 성과를 만들었으니, 이제는 이를 토대로 한 삶을 완성하는 과정으로 가야 할 것 같습니다. 모든 것에는 순서가 있듯이 말입니다.

오늘은 실험을 하기 위하여 삿포로에 나와 있습니다. 새 근무지에는 실험실 등을 비롯한 시설이 없으니 불편하기는 하나 주어진 일에 우선 순응하는 것이 먼저라고 생각하고 있습니다. 또한 걷는 스키로 운동을 하고 자기 전에 108배도 하니 수승화강이 자리를 잡는 등 비교적 안정이 되어 가는 것 같습니다.

아마도 지금이 제 삶에 있어 중요한 전환점이 될 것 같습니다. 또한, 앞으로도 자주 메일을 올리겠습니다. 그럼 선생님과 사모님 두 분 모두 안녕히 계십시오.

늘 변함없는 가르침에 깊은 감사를 드립니다. 생식이 오늘 도착하였습니다. 두 봉만 남아서 내일부터는 밥을 지어야 할까 했는데 깊이 감사드립니다.

수련에서나 일상생활에 대하여 지난 주말부터 서서히 제자리를 찾는 듯합니다. 운동은 밖이 찬 관계로 아침저녁으로 30분 정도씩 나누어 크로스컨트리 스키로 조깅을 대신하고 있습니다. 금년은 이곳도 예년보다는 따뜻하지만, 새벽에는 영하 10도씩 수은주가 내려가니 이불을 걷어차고 일어나기에 시간이 걸리곤 합니다. 그러나 아침 운동을 생략한 날은 하루 종일 찌뿌둥하니 분발하고 있는 중입니다.

말로는 지금 주어진 일에 최선을 다한다고 또한 다하려고 발버둥을 치고 있지만 경계선을 사이에 두고 하루에도 몇 번씩 왔다갔다하는 처지입니다. 외람된 말씀이오나 이타행의 필요성이라 할까? 왜 해야 하나?

등이 피부로 느껴지지 않고 있으니 한마디로 좌표 잃은 조각배라 함이 지금의 모습으로 대변할 수 있을 것 같습니다.

물론 이타행을 하려고 하면 할수록 오리무중이 되고 정도에서 점점 더 멀어지는 것이니, 방법은 지금 하고 있는 일에서 욕심을 하나하나 버리고 순수함만이 남는 그냥 행하는 그것이라는 것을 알기에 아주 깜깜한 밤은 아닙니다만, 마치 선정을 하고 삼매경에 들 듯이 지금 주어진 일에 푹 빠져 보고 싶은 심정입니다. 아무튼 무언가가 꿈틀거리는 것만은 느껴지고 있습니다.

그리고 다음 주 수요일부터 열흘간 모국에 조사차 출장을 갈 예정입니다. 지금의 일정대로는 일을 마치고 돌아오는 길에 삼공재에 들르려고 마음먹고 있습니다. 그럼 선생님과 사모님 두 분 모두 안녕히 계십시오.

나요로에서 제자 도욱 올림

【필자의 회답】

이타행(利他行)이란 나 이외의 가까운 주변의 남을 배려하는 행위입니다. 이웃을 배려함으로써 이웃과의 돈독한 관계를 유지해 나가는 것을 말합니다. 이것이 궁극적으로는 우주와 내가 무한한 에너지의 교류를 이루는 첫걸음입니다.

그러나 매사에 자기 자신만을 생각하는 이기적인 사람은 이웃과의 교류가 끊어져 심하면 결국 폐쇄증(閉鎖症)이나 자폐증(自閉症)에 걸릴 우려가 있습니다. 특히 독신생활자는 그렇습니다. 따라서 이타행은 사회생활을 하는 모든 사람이 해야 할 일종의 자구수단이기도 합니다.

특히 구도자는 삼라만상은 하나라는 것을 깨달은 사람입니다. 궁극적으로는 나와 너는 둘이 아니라 하나라는 것이 전제가 되어야 우주와 내가 하나가 될 수 있고 그런 의식을 토대로 수련이 향상될 수 있습니다. 너는 너고 나는 나일 뿐, 너와 나는 아무런 관계도 성립되지 않는다고 생각하는 그 순간부터 수련자는 외부와의 교류는 끊어지고 암흑의 고독 속에 갇혀 버리고 말 것입니다.

따라서 이타행이야말로 나도 살고 남도 사는 상생의 길이 아닐 수 없습니다. 우리 인간은 태어남 자체가 혼자서는 이루어질 수 없는 나약한 존재입니다. 부모라는 양성의 결합 없이는 내가 어찌 이 세상에 태어날 수 있었겠습니까?

선방의 스님들 중에 20년 30년을 좌선을 하면서도 깨달음을 얻지 못하는 경우가 있는 것은 예외 없이 이 상생의 이치를 터득하지 못하여 이타행을 소홀히 한 결과입니다. 이타행이야말로 나라고 하는 나약한 존재가 우주와 하나가 되어 막강한 우주의 지배자로 탈바꿈할 수 있는 첫걸음입니다.

이타행은 자선사업과는 다릅니다. 단지 늘 만나는 이웃 사람들에게 관심을 기울임으로써 그들과 마음을 주고받는 관계를 유지하는 것을 말합니다. 이웃이 혼자서 해결하기 어려운 일을 당했을 때 손쉽게 마음을 터놓고 상담할 수 있는 지혜로운 사람이 되는 것을 말합니다. 그런 사람은 이 세상 어디에 가서 살더라도 이웃의 존경을 한 몸에 받을 수 있을 것입니다.

삶이란 갚는 것

삼공 선생님 전 상서

늘 인도하여 주심에 깊은 감사를 드립니다. 그동안 안녕히 계셨는지요? 요즘은 그 전처럼 잦은 이벤트도 일지 않으니 자주 연락을 드리지 못하니 송구스런 마음이 앞섭니다. 지난달 선생님을 뵈고 돌아오는 도중 삿포로에서 회의 등의 관계로 3~4일 머문 후 현재의 근무지인 나요로로 돌아오려고 차를 몰고 학교 정문 가까이쯤 지나는데 무심코 한 구절이 스치는 것이었습니다.

일본말로 떠오른 것을 번역하면 "삶이란 갚는 것"이었습니다. 집에 도착하려면 4시간이 소요되니 운전을 하면서 이것의 의미에 대하여 정리하여 보았습니다. 즉 이타행, 역지사지, 방하착, 여인방편자기방편 등등... 이 모두가 이 한마디에 귀결이 되는 것이었습니다.

그러니 갚는 것이 목적이 되고 수단이 되니 왜 혹은 어떻게라는 의문사마저 필요 없게 되어 버렸습니다. 결국 묵묵히 지금 주어진 일을 하나하나 행하는 것이 제가 할 수 있는 것이요 또한 최선의 방책이라는 깨달음이 왔습니다. 그러나 아직 이것을 소화할 수 있는 단계에 못 미치니 요즘은 자신과의 진지한 사투를 벌이고 있는 중입니다.

그리고 오늘 새벽에는 이상한 체험을 하나 하였습니다. 아직 젊은 탓인지 늘 새벽녘이면 양기가 불끈 치솟는 통에 잠에서 깨어납니다. 그러니 오늘도 잠시 숨 고르기를 하여 잠을 청하는데 양기가 임맥을 통해 단전으로 흡입이 되며 시원하고 상쾌함이 동반되었습니다.

그리고는 양쪽 고환 내에는 신명(神明)이 한 분씩 들어 있고 이분들이 마치 정액을 기로 바꾸는 등 마치 청소를 하는 듯이 감지되었습니다. 그러면서 이것이 연기화신으로 가기 위한 준비인가 하는 생각이 들고 메일을 쓰고 있는 지금도 양 고환을 의식을 하면 아직도 두 분들이 느껴집니다.

아무튼 좀 쑥스럽기는 하지만 체험한 일이니 우선 적었습니다. 하여튼 당분간은 제 자신에 좀 저돌적으로 맞서 여기저기 산재해 있는 오염원들을 가라앉히고 있습니다. 아마도 지금의 고비를 넘기면 좀 평화로움이 함께할 것 같은 감도 없지 않습니다.

그럼 오늘은 이만 줄이겠습니다. 선생님과 사모님 두 분 모두 안녕히 계십시오.

나요로에서 제자 도욱 올림

【필자의 회답】

지난 몇 년간 미국 라라미에서부터 소주천, 대주천, 현묘지도 수련을 열심히 하여 온 결과가 뿌리를 내리고 줄기가 되어 지금 서서히 꽃을 피우고 열매를 맺어 가는 듯하여 수련을 도와준 사람으로서 보람을 느낍니다. 그동안 한눈팔지 않고 지극정성으로 수련에 일로매진하여 온 성과라고 생각합니다.

"삶이란 갚는 것"이란 문구가 문득 떠오른 것은 수련의 경지가 어느덧 성숙하여 이제부터는 서서히 이웃에도 관심을 기울여야 할 때가 다가왔음을 말해 주는 섭리의 계시입니다. 지금까지는 남에게서 배우기만 하여 왔지만 앞으로는 지금까지 스승이니 선배들에게서 배워 오기만 한 것을 남에게 베풀어야 할 것입니다. 남에게 베풀면서 더욱더 큰 진리를 터득할 수 있게 될 것입니다. 가르치는 것이 배우는 것이란 이치를 깨달을 때가 된 것입니다.

새벽에 양기가 치솟을 때 보통 사람이라면 이성(異性)을 찾을 것입니다. 그럴 형편이 못 되는 사람이라면 자위로 해결하려 할 것입니다. 만약에 수음(手淫)의 해로움을 알고 있는 사람이나 초기 수련자라면 벌떡 일어나 달리기를 할 것입니다.

그러나 수련이 현묘지도의 경지를 제대로 통과한 사람이라면 도육의 경우처럼 신명의 도움을 받아 정액을 수련 에너지로 바꾸는 연정화기(煉精化氣)가 스스로 이루어지게 되어 있습니다. 수련에서 가장 어려운 과정 하나를 통과한 것을 축하합니다. 앞으로 계속 분발하여 연기화신(煉氣化神), 연신환허(煉神還虛)의 경지를 통과하여야 할 것입니다.

도란 무엇인가?

삼공 선생님 전 상서

늘 변함없는 가르치심에 깊은 감사를 드립니다. 보내 주신 답신은 고맙게 받아 보았습니다. 우선 긍정적인 방향으로 조금이라도 진척이 있는 것 같으니 다행입니다. 그리고 어제의 메일에 이어서 잠시 느꼈던 점에 대하여 말씀을 드리겠습니다.

"삶이란 갚는 것"과 연관시켜 보면 주위의 생물이건 무생물이건 간에 각각 개개의 존재의 의미가 부여되고 또한 개개가 지니고 있는 가치의 모든 것은 100씩이라는 것. 그러기에 우리가 일상적인 가치의 척도 기준으로 점수를 매길 수는 있어도 궁극적인 의미에서는 모두 100점이니 무의미해진다는 점을 느꼈습니다.

또한 도란 무엇인가? 이는 존재한다는 것 자체이니, 소도 말도 돼지도 나무도 돌도 모래 등등... 도가 아닌 것이 없으며, 결국 우리들이 편하게 붙여 준 각각의 이름들 그리고 모양 또한 가지각색으로 모양새와 쓰임은 다르지만 도라고 하는 한곳으로 귀결이 된다는 점입니다.

그러니 흔히들 모든 것이 평등하고 귀천이 없으며 또한 베풀어야 한다는 의미가 어렴풋이 다가오는 듯합니다. 그러나 이를 이행하기 위해서는 좀더 확실하고 명확한 깨달음이 필요한 것이 현실입니다.

그리고 연정화기에 대하여는 고환에까지도 신명들이 보이니 깜짝 놀라기도 하였으나 선정을 하여 의식하면 단전에서 직통으로 고환으로 기가 통하느라 가벼운 통증이 수반되며 양 고환 내에서는 신명 두 분이 여전히 작업을 하고 있습니다.

아무튼 선생님께서 말씀하신 대로 수련이 업그레이드되었는지는 좀더 지켜봐야 할 것 같습니다. 또한 금년 들어 벌써 석 달이 지나가고 있습니다만, 그간 밀린 자료들을 정리하여 잡지에 투고하는 일에 초점을 맞추고 있습니다. 우선 남을 가르치기 위해서는 우선 철저한 자기 고찰이 이루어져야하고 이에 동반되는 능력 또한 갖추어야 하니까요.

아마도 미국 유학으로 생겨 버린 공백을 메우기 위해 올해엔 자기정리를 대략이라도 끝내야 내년부터 적극적으로 학생들 지도도 하고 삼대경전 등도 공부할 수 있는 현 직업의 본연의 틀을 마련할 수 있을 것 같습니다.

그럼 앞으로도 끊임없는 가르침을 부탁드리면서 이만 줄이겠습니다. 안녕히 계십시오.

나요로에서 제자 도욱 올림

【필자의 회답】

모든 존재의 개개의 가치를 꼭 100으로만 한정할 필요는 없습니다. 그 가치는 무한해야 할 것입니다. 그래야 먼지 알갱이 하나에도 무한한 우주가 실릴 수 있습니다. 도란 모든 존재는 유한하면서도 무한한 하나의 전체임을 터득해 나가는 과정입니다. 베푼다는 것은 이러한 진리를 머리가 아니라 몸으로 깨닫게 해 주는 것입니다. 연정화기의 성공 여부는 성욕에 더이상 시달리지 않을 수 있는가에 달려 있습니다.

가슴으로 알았습니다

　삼공 선생님, 그간 평안하셨는지요? 2월 23일 금요일에 부산에서 친구 신지현과 함께 찾아뵈었던 박순미입니다. 일전에 제가 "삼공재에서 찾아 뵙고 싶은 마음이 굴뚝같다"는 메일을 보낸 적이 있었는데 선생님께서는 "마음이 있으면 천리도 지척"이라는 답 메일을 보내 주셨습니다.

　선생님 메일을 읽고 또 읽자니, 시댁에 들어와서 아이들에게 매여 있는 몸이라고 스스로 족쇄를 채우고 있는 것은 바로 나 자신임을 알았습니다. 궁리 끝에 시부모님과 남편에게는 미안하지만, 국비교육 자격증 취득을 위해 한 달에 한 번은 늦게까지 교육을 받아야 한다고 하니 아무도 이의를 제기하지 않더군요. 이럴 때 아이를 봐주시는 시부모님이 무척 고마웠습니다. 그래서 앞으로는 한 달에 한 번은 삼공재에 찾아갈 수 있게 되었습니다.

　2월 23일 두 번째 방문을 드리면서 저는 소중한 경험을 하게 되었습니다. 『선도체험기』를 읽기 시작한 두 달 전부터 백회 쪽에 기감이 느껴지며 기운이 들어오는 것 같아서 백회가 열리려나 하고 조심스러운 기대를 품고 삼공재를 찾았습니다.

　삼공재에 들어가기 전에, 저는 제가 중단이 막혀 있는지조차 몰랐습니다. 정좌하고 앉아서 호흡을 하는 순간 가슴에 꽉 막힌 응어리가 감지되었습니다. 선생님께서 그곳에 의식을 집중하라고 하셔서 그렇게 했더니 10여 분이 지나자 왜 중단이 막혔는지 본능적으로 알게 되었습니다.

제가 본능이라는 단어를 썼지만 본성, 섭리, 진아라는 표현이 더 옳겠습니다. 솔직히 시부모님과 함께 살고 있지만 "딸은 딸이고 며느리는 며느리"이듯 시어머니는 시어머니일 뿐이라고 생각하고 살았습니다.

시댁에 들어와 1년 남짓 겪었던 여러 가지 일들을 통해 저는 시부모님이 참으로 어리석다고 생각하고 있었습니다. 사람이 나이가 들수록 더 지혜로워지지는 못할망정, 당신들의 무지와 어리석음으로 인해 자식들에게 혼란과 피해를 준다고 생각했습니다.

그러나 정작 어리석은 것은 저였습니다. 아, 가슴으로 깨닫는다는 것이 이런 거구나. 시어머니께 당돌하게 따져 묻고, 힘들게 장사하고 들어오신 어머니를 외면하는 나 자신의 모습이 겹쳐지면서, 나도 모르게 뜨거운 눈물이 하염없이 솟구쳐 올랐습니다.

눈물이 나를 정화시키듯이 시어머니가 마치 친정엄마를 대하듯 애틋한 감정으로 휩싸였습니다. 그리고 선도라는 것이, 백 마디 말이나 몇 천 권의 책의 격언보다도 기운으로 사람의 마음을 이렇듯 크게 움직일 수 있음에 놀랐습니다.

선생님께서는 백회로 기운이 느껴지냐고 물으셨지만 지하철 타고 선릉역까지 올 때만 해도 들어오던 기운이 느껴지지 않았습니다. 선생님께서는 중단이 많이 막혀서 그렇다고 아직 때가 아닌 듯싶다고 말씀해 주셨습니다.

마치 꽉 막힌 코르크 마개를 찍찍 돌려 따는 듯한 느낌이 들었습니다. 언제까지나 삼공재에 늘어붙고 싶은 심정이었지만 시간이 되어 선생님께 인사를 고하고 아쉬운 발걸음을 돌렸습니다. 돌아오는 기차 안에서 내내 생각하였습니다. 시댁에 들어온 것도 형님에게 돈 문제로 시달림을 받는 것도 전부 나를 공부시키기 위한 섭리의 작용이라는 생각이 들었습니다.

삼공재에 다녀온 후 2주가량이 지났는데 저 스스로도 놀라울 정도로 마음이 평안해져 있음을 느낍니다. 시부모님을 대하는 태도나 주위사람을 대하는 태도에서도 사뭇 달라졌음을 느낍니다. 삼공재에 한 번 다녀올 때마다 놀랍도록 정화되고 있는 제 자신을 발견하고 있습니다.

날씨가 많이 차졌습니다. 다음 뵐 때까지 부디 평안하세요...

【필자의 회답】

모든 마음의 갈등을 자기 탓으로 돌리고 매사를 긍정적으로 볼 수 있게 하는 것은 수련자의 기본자세입니다. 이러한 자세를 스스로 터득한 점을 평가합니다. 수련은 이 토대 위에서 발전하게 되어 있으니까요.

그러나 한 달에 한 번씩 삼공재에 오는 것을 '국비교육 자격증 취득'을 위해서라고 시댁에 둘러대도 괜찮은지 모르겠습니다.

머리에 오는 강한 기감

삼공 스승님 안녕하신지요. 저번 주 금요일 부산에서 찾아뵈었던 박순미입니다. 이번에 찾아뵈면서 달갑지 않은 손님(한 떼의 빙의령 무리)

까지 많이 달고 가서 선생님께 송구스러웠습니다. 그런데 삼공재에 앉아 있을 때 풀어졌던 가슴의 응어리들이 삼공재를 나오자마자 득달같이 달려드는 무언가로 다시 가슴이 답답하기 시작했습니다.

일전에 만났던 윤○○ 님은 낯선 남자와 눈만 마주쳐도 머리가 깨질 듯이 아프고 구토 증세가 심해서 괴롭기 그지없다고 말씀하시는 걸 들었었는데, 저는 아직 빙의령 때문에 육체가 심하게 괴롭거나 힘들지는 않습니다.

다만 이번에 다녀오면서 선생님께 기운을 많이 받아서 그런지 몰라도 기감이 더 예민해진 것은 사실입니다. 낮 동안에는 멀쩡하다가 식구들이 하나둘씩 들어오면 불안하고 초조해지면서 신경이 극도로 날카로워지는 등 처음에는 적응이 잘 안되었는데, 그러한 감정조차 실제의 내 것이 아니라는 생각을 하니 점차 적응이 되었습니다.

뿐만 아니라 자주 가는 마트나 사람들이 붐비는 쇼핑몰은 힘들어서 자연히 발걸음을 끊게 되었습니다. 오늘은 결혼을 앞둔 친구와 전화 통화를 하는데 멀쩡하던 가슴이 서서히 막히는 느낌이 들어 간략하게 통화하고 전화를 끊었습니다.

일반인과 구도자는 확실히 생활에서 자연 많은 차이가 있음을 절감했습니다. 친구들과 장시간 전화로 수다 떨고 세일하는 상품을 찾아 할인점을 헤매던 모습은 이제 옛일이 되어 버렸습니다. 삼공재에 다녀온 후 정좌 수련을 하자 양 귀 쪽에서 밖으로 밀어내려는 압력이 느껴지면서 두개골 뒤쪽(정확히 어느 지점인지는 잘 모르겠네요)과 인당이 차례로 기감이 강하게 느껴지며 백회 쪽에도 기감이 강하게 느껴졌습니다.

저는 호흡을 하면 주로 머리 쪽으로 기감이 강하게 느껴지는데 하단전에 제대로 축기가 되고 있는 것인지 잘 모르겠습니다. 늘 이끌어 주시고 제 삶의 중심축을 알게 해 주신 선생님께 머리 숙여 감사합니다.

【필자의 회답】

단전에 축기가 되지 않은 상태에서 머리에 기감이 느껴지면 수련이 잘못되고 있는 겁니다. 그런 때는 하단전에 강한 의식을 두고 머리의 기운을 끌어내려야 합니다. 기공부에서 무엇보다도 중요한 것은 하단전에 축기를 완성하여 기의 방을 만드는 것입니다. 그리고 소주천 대주천... 순서를 밟아 올라가는 것입니다.

행주좌와어묵동정(行住坐臥語默動靜) 염념불망의수단전(念念不忘意守丹田)하라고 선배 도인들이 귀에 못이 박히도록 강조하는 이유가 여기에 있습니다. 하단전에 축기도 되지 않은 채 상단전에 기운을 느끼는 것은 기초 공사도 하지 않은 채 2층 건물부터 올리는 것처럼 위험천만한 일입니다.

『선도체험기』를 읽어 보면 이렇게 잘못된 수련으로 인하여 빗나간 수련자들의 비참한 말로를 수도 없이 열거해 놓았습니다. 수련이 진행되면서 운기가 강해질수록 빙의가 잘되는 것은 무엇 때문일까요? 기라는 것은 약한 쪽에서 강한 쪽으로 흐르는 성질이 있기 때문입니다. 그래서 기운이 약한 사람의 빙의령이 기운이 강한 사람 쪽으로 기와 함께 흘러 들어가게 되어 있습니다.

몸살림과 자아(自我)

김태영 스승님께

일전에 스승님이 적극 추천한 김철의 『몸살림 이야기』는 그날부로 읽어 내렸습니다. 상권 전반에 걸친 무애 스님의 따스한 인품과 가르침에 저도 저자 김철 선생님만큼이나 감탄했습니다. 허리를 세우고, 가슴을 펴라. 모든 병의 90%는 허리가 굽으며 생긴다!

아버지의 안면 근육 경련에 대한 해결책을 알고자 펼쳐 든 책은 저에게도 몸에 대한 뿌리 깊은 철학을 심어 주었습니다. 요 몇 주 이상하게 가슴이 쑤신다 싶었는데, 그 연유가 침대에서 엎드려 책 읽고 팔굽혀펴기, 물구나무서기 같은 운동을 게을리했기 때문이었으니 항시 허리 세우고 앉고, 허리 세우고 뛰고 가슴 펴는 데 집중해야겠습니다.

또한 중고교 시절 허구한 날 책상 위에 엎드려 자고, 고개 숙여 책 읽은 까닭에 척추측만증으로 고생했던 기억도 납니다. (지금도 완전히 멀쩡하진 않은 듯싶습니다) 허리를 세우지 않는 그릇된 자세 때문에 병이 생긴 것인데, 척추 전문병원이란 곳에서는 그런 이야기를 그다지 강조하지 않았으니... 국부적인 것에만 파고드는 현대의학이 참 실망스럽습니다.

글쟁이로서 보는 『몸살림 이야기』는 책 자체도 잘 만들었습니다. 오타가 없고 문맥의 흐름도 유연하고 이치가 맞습니다. 체험을 중심으로 이야기를 풀어 나가니 『선도체험기』마냥 가슴에 와닿습니다. 인터넷으로 저자의 이름을 검색해 보니 다른 책도 몇 권 있더군요. 마음 닿는 대로 읽어 봐야겠습니다.

여담이지만 아버지의 아산병원 검사비는(CT 촬영 등) 70만 원이 넘게 나왔습니다. 어머니의 신장암 수술은 수백만 원을 내고도, 항시 손발이 차고 방광이 좋지 않아 고생하십니다. (3년 전 신장 하나를 떼 내셨습니다) 몸은 스스로 낫고 자기의 병은 자기가 고치는 것이 원칙인데 세상은 전혀 딴판입니다. 저부터 현대의학에 기대려는 마음을 대체의학에 대한 공부로 돌려야지, 마음 다짐합니다.

사실 선생님께 드릴 질문은 따로 있었는데, 묘하게 몸살림 독후감을 써 버렸네요. 요전에 애니멀 커뮤니케이터(동물과 대화하는 사람들)에 대해 어떻게 생각하시느냐고 질문을 드린 적이 있었는데요.

지금 읽는 책도 애니멀 커뮤니즘에 대한 것입니다. (케이트 솔리스타-메틀론 지음, 정경호 옮김, 도서출판 해바라기)『내 친구 몰리』의 -너는 죽으면 어디로 가니- 를 옮겨 봅니다.

"우리에게도 영혼이 있습니다. 당신들처럼 우리의 영혼도 자유의지를 갖고 있습니다. 스스로의 선택에 따라 우리는 또 한 차례 새로운 삶을 살 수도 있고, 아니면 영혼의 세계에 머무를 수도 있습니다. 모든 영혼은 윤회를 거듭합니다. 그러나 인간과 개의 윤회 여정에는 한 가지 엄청난 차이가 있습니다.

우리 개들은 거듭 살아온 과거의 모든 삶을 낱낱이 기억하지만, 대부분의 사람들은 그렇지 못하다는 겁니다. 왜 그런 차이가 생기는지 우리도 그 까닭을 정확히 모릅니다."

선생님! 정말 거의 모든 개들은 자기의 전생을 기억하나요? 그리고 정말 그렇다면, 왜 대부분의 사람들은 개만도 못하게(^^) 자기의 전생을 몰라보고 아예 전생을 부정하기까지 하는 걸까요?

또『내 친구 몰리』는 동물에게 자아가 없다고 말하는데, 저는 이해하기 어렵습니다. "사실 무조건적인 사랑과 관용을 베푸는 일은 우리에게는 거의 불가능해. 그에 비해 너희는 너무도 쉽게 그 일을 해내는 것 같아 신기해."

"그건 말야... 너희에게는 자아가 있고 우리에게는 자아가 없기 때문이야."

- 사람의 자아는 여러 측면이 있어 때론 우월 의식으로 표현되기도 하고 때론 희생이나 순교의 형태로 드러납니다. 그런가 하면 피해 의식으로 나타날 때도 있더군요. 그러한 자아의 다면성은 자신조차 속아 넘어가고 마는 이중성으로 직접 연결됩니다. 즉 자신이 다른 어느 누구와도 공통된 유대를 갖고 있지 않다는 착각에 빠지게 되는 거죠. -

제가 생각하기에 자아란 '나 있음'이라고 생각합니다. 선과 악을 떠나 개체 의식이 자아라고 생각합니다. 나가 있으니까 희구애노탐염도 있고, 그에 따른 고통도 따릅니다. 그런데 우리 인간처럼 기뻐하고 두려워하고 슬퍼하고 노여워하고 탐욕하고 혐오하는 감정을 일으키는 평범한 개(혹은 기타 동물)가 정말 자아가 없을까요?

제가 알래스카 맬러뮤트 형제견 아리별, 나라범을 4년 동안 키우며 느낀 바에 따르면 녀석들도 분명히 감성과 지성이 있습니다. 감성과 지성이 있다는 것은 '나'가 있어야 가능한 것 아닙니까? 만약 자아가 없다면 '나'를 이루고 있는 요소들이 육체라는 일정한 틀에 묶일 수도 없을 것 같은데요. (자아란 영혼과 같은 것일까요?) 그런데 왜 저자는 동물들은 자아가 없다고 하는 걸까요? 그리고 선생님께서는 동물에게 자아가 있다고 생각하시나요? 없다고 생각하신다면 왜 없는 것인지. 그리고 자아란 어떤 것인지 알고 싶습니다.

2007년 5월 돌꽃펜션에서

유주홍 올림

【필자의 회답】

개에게 자아가 있는가? 나는 있다고 봅니다. 개뿐만 아니라 모든 동물에게는 자아가 있습니다. 동물뿐만 아니라 식물에도 자아는 분명 있습니다. 자아가 없으면 자기 종족 본능 같은 것이 있을 수 없기 때문입니다. 동식물에는 분명 생식 능력이 있습니다.

또 개는 자기 전생을 기억하고 있다고 했는데 사실입니다. 영안이 열리지 않은 대부분의 사람들은 자신의 전생을 볼 수 없습니다. 그러나 개는 전생을 기억하고 있지만 사람처럼 말을 하지 못합니다.

그래서 개는 말없이 자연에 순응할 줄 압니다. 어디 개뿐이겠습니까? 모든 동물이 다 그렇습니다. 이런 면에서 개는 사람보다 훨씬 현명합니다. 자기 이익밖에 모르는 사람을 보고 우리는 흔히 개보다 못한 놈이라고 욕하는데 사실이 그렇습니다.

사람은 직립하면서부터 도구를 만들고 지능은 많이 발달하여 자연을 정복하여 문명을 발전시킨 면에서 개보다 낫다고 할 수 있을지 모릅니다. 그러나 그 결과 오늘날처럼 지구 환경이 오염되고 파괴되어 동식물이 살 수 없도록 사막화된다면 결과적으로 사람보다 개가 현명하지 못하다고 말할 수 없을 것입니다. 개는 최소한 지구 환경을 생물이 살 수 없게 만드는 어리석은 짓은 하지 않았기 때문입니다.

동물은 왜 전생을 기억할까요?

"눈앞에 닥쳐오는 모든 사태에 만족할 줄을 알면 선경(仙境)이요, 만족할 줄을 모르면 범경(凡境)이로다. 세상에 일어나는 모든 사건의 실마리를 잘 활용하면 만물을 살리는 기틀이 되지만, 잘 활용하지 못하면 만물을 죽이는 계기가 될 것이니라."

(『선도체험기』 43권 중 『채근담』 후집 246-21조)

선경과 범경이 따로 있는 것이 아니니 내 마음에 달려 있다.

돌꽃펜션과 맬러뮤트 아리별, 나라범 등의 사진을 찍으며 위 문장에 깊이 동감합니다. 사진을 찍는다는 건 내 마음이 동하는 것, 내 마음이 아름답다고 생각하는 것을 찍는다는 의미인데, 제 마음이 선경일 때는 하찮은 빛과 평범한 표정도 매우 아름답고 제 마음이 범경일 때는 기막

흰 셔터 찬스가 있어도 무심히 지나쳐 버립니다.

일체유심소조(一切唯心所造) 삼계유심소현(三界唯心所現)이 책 속에만 있는 게 아니라 제 마음에도 분명히 새겨집니다.

"모든 동물과 식물은 자아가 있고, 전생을 기억한다"는 선생님의 말씀 잘 읽었습니다. 그 생각을 곰곰이 해 보니 본래 저자는 "개는 자아가 없다"라고 말하기보다는 "개의 자아는 사람의 자아보다 이기심이 보다 약하다"고 말하려 했을 것 같습니다.

번역자가 잘못 번역한 건 아닐까 싶습니다. 책의 형식 자체가 몰리와 나의 대화인데, 몰리에게 자아가 없다면 아예 그런 식으로 제목을 짓지도 않았을 것 같습니다. 사람의 자아는 다면성을 지니는데, 동물의 자아는 보다 단순하다는 이야기였을 것 같습니다.

선생님! 그런데 왜 영안이 열린 사람은 매우 드문데, 모든 동물은 어찌하여 자기의 전생을 기억하는 걸까요? (심지어 함께했던 주인의 생활도 기억한다고 하는데) 그리고 선도 수행자의 경우에는 대주천 이상은 되어야 자기의 전생을 볼 수 있다고 하는데, 다른 종교나 수련체계에 속한 사람들 - 기 수련을 하지 않는 사람들 - 이 전생을 보는 경우는 어떻게 가능한 걸까요?

P.S. 오행생식은 이제 3박스를 다 먹고 1박스가 남았습니다. 부모님과 식사를 함께 하며 생식과 밥을 같이 먹거나 생식과 자장면을 섞어 먹기도 합니다만, 이렇게 하면 생식을 하는 의미가 없을까요?

음양감식조절법이 제법 체질에 맞아서인지 우리 펜션 개들마냥 단번에 많이 먹기가 가능합니다. 또 이렇게 많이 먹으면 종일 굶어도 거의 배고픔을 느끼지 않습니다. 5. 13(일) 오후 3시에 찾아뵙겠습니다.

유주홍 올림

【필자의 회답】

동물은 왜 전생을 기억하는가 하고 묻는 것은, 사람은 두 발로 걷는데 개는 왜 네발로 걷느냐고 질문하는 것과 같습니다. 사람의 눈은 왜 앞에만 있고 뒤에는 없는가 하고 묻는다면 어떻게 대답할 것입니까?

사람처럼 말 못하는 동물이 전생을 기억하는 것은 다 그만한 이유가 있어서 자연의 섭리가 그렇게 만든 것입니다. 현상계의 일체의 존재의 목적은 궁극적으로 자기 존재의 실상에 도달하는 것입니다. 이 과정이 바로 수련입니다. 아마 수련 때문일 것입니다.

전생을 보려면 영안(靈眼)이 열려야 합니다. 영안은 반드시 선도수련을 하여 대주천이 되어야만 열리는 것은 아닙니다. 선도 이외의 다른 구도 방편을 좇는 사람이나 종교인들도 얼마든지 있을 수 있는 일입니다.

왜냐고 묻는다면 왜 달걀은 타원형이냐고 묻는 것과 같습니다. 그런 식의 뜬구름 같은 질문보다는 수련 중에 실제로 일어나는 현실적이고 절실한 질문을 해야 할 것입니다. 그래야 향상과 발전이 있고 수련도 업그레이드하게 됩니다.

오행생식을 할 때 밥, 자장면 따위와 섞어 먹는 것은 밥이나 자장면만을 먹는 것보다는 낫겠지만 일단 생식을 하기로 작정을 했으면 이왕이

269

면 다홍치마라고 본격적으로 해야 합니다. 이것도 저것도 아닌 잡탕을
가지고 생식을 한다고 말할 수는 없습니다.

수영과 수련의 관계

안녕하십니까? 저는 울산에 살고 있는 황영숙입니다. 『선도체험기』를 85권까지 읽고, 단전호흡을 시작한 지가 2년이 다 되어 가네요. 삼공재 출입은 1년이 되었습니다. 단전은 따뜻할 때도 있고 미지근할 때도 있습니다.

며칠 전에는 머리에서 얼음 같은 시원한 기가 들어오고 단전은 따끔따끔하면서 몸 상태가 아주 좋았습니다. 그런데 요즘에는 머리가 자주 아프고 어지럽고 잠도 많이 옵니다. 빙의 현상인지 호전반응인지 잘 모르겠습니다.

『선도체험기』에 나오는 몸공부도 열심히 하고, 생식도 하루 2번 이상은 꼭 하고 단전호흡도 열심히 하고 있습니다. 『선도체험기』를 읽고 저의 건강이 정말 좋아졌습니다. 책 읽기 전에는 약, 건강식품, 빈혈약 등을 계속 먹었고, 항상 몸이 좋은 날이 없어서 살고 싶은 생각도 없었습니다.

저번 일요일 삼공재 방문하여 부끄러운 마음이 먼저 들었습니다. 선생님께서 최소한 한 달에 한 번씩은 와야 수련의 리듬이 이어진다고 하시는데, 저는 생식 지을 때만 2~3개월 만에 갔으니까요. 선도를 하려고 마음먹은 이상 용맹정진하겠습니다.

선생님, 궁금한 점이 있어서 문의드립니다.

1. 수영을 10년째 하고 있는데, 수련(단전호흡)에 아무 관련이 없습니

까? 몸에 끼치는 냉기는 영향이 없을까요?

2. 수련 도중에 단전은 따끔따끔한데, 오싹오싹한 기가 들어오는데 그런 기도 있습니까?

답변을 기다리겠습니다. 항상 몸 건강하세요. 감사합니다.

황영숙 올림

【필자의 회답】

1. 선도수련에 용맹정진하려면 수영보다는 당연히 등산이 훨씬 더 좋습니다. 등산은 다리를 많이 사용하므로 다리와 가장 가까운 위치에 있는 단전을 강화하기 때문입니다. 사람의 몸의 구조는 원래 산과 들을 걷거나 달리기 좋게 되어 있지 수영을 하기 좋게 되어 있지는 않습니다. 수영하기 좋게 구조가 되어 있는 동물은 물고기가 있을 뿐입니다. 물의 냉기가 몸에 좋을 리가 없습니다.

2. 수련 중에 오싹한 냉기가 들어오는 수도 있습니다. 사기(邪氣)가 들어올 때입니다. 그럴 때는 그 사기를 관해야 합니다. 단전이 따끔따끔한 것은 축기가 될 때입니다. 잘 들어오던 기운이 막히고 머리가 아프고 어지러울 때는 빙의가 되었을 때입니다. 그때는 그 빙의령을 관해야 합니다.

등허리에 불꽃같은 열기가

안녕하세요? 울산에 살고 있는 황영숙입니다. 수련에 관한 궁금한 점과 수련 상황을 알려 드리고 싶어서 메일을 보냅니다. 얼마 동안 수련 도중에 등허리가 따뜻함을 느꼈습니다. 이번 주말 등산 도중에 단전에서 뜨거운 열기가 단전 둘레를 돌면서 단전 뒤의 허리에서 불꽃같은 열기를 느꼈습니다.

너무나 신기해서 만져 보니 뜨거운 불덩어리 같았습니다. 높은 산을 그 기운으로 올라갈 수 있었던 것 같습니다. 나에게도 이런 일이 있을 수 있나 해서 말할 수 없이 기분이 좋았습니다. 『선도체험기』를 읽을 때마다 수련하시는 분의 체험을 읽으면서 너무나 부러웠는데, 선생님 덕분입니다. 감사하고, 열심히 하겠습니다. 건강하세요.

황영숙 올림

【필자의 회답】

드디어 기문(氣門)이 열렸군요. 축하합니다. 앞으로 심신에 많은 변화가 일어날 것입니다. 그러나 호사다마(好事多魔)라고 했습니다. 좋은 일이 있으면 마(魔)가 낀다는 말입니다. 어떤 일이 있어도 당황하거나 좌절하지 말고 매사에 조심해야 합니다. 그리고 행주좌와어묵동정(行住坐臥語默動靜) 염념불망의수단전(念念不忘意守丹田)하시기 바랍니다.

견성 체험

선생님 건강하신지요. 광주에 사는 제자 상공입니다. 스승님을 찾아뵈어야 하는데, 하면서도 찾아뵙지 못해 죄송스럽습니다. 수련이 잘되면 주위에 사람들이 늘어나고 좀 부진하면 조용해집니다.

그동안 많은 견성을 체험하였습니다. 성경을 읽고 있으면 어머니가 날개 달린 천사 3명이 보인다고 하십니다. 지금도 계속 전생의 장면들이 보입니다. 특이한 것은 산에 가서 수련하면 동물들이 무서워하지도 않고 옆에 와서 놀다 갑니다.

그러면 동물들에게서 탁기도 들어오고 빙의령도 들어오고 합니다. 요즘은 영이 육안으로도 보일 때가 있습니다. 얼마 전에 유관순 열사의 영이 들어와서 힘들었지만 견성 후부터는 한결 편해지고 천도되는 시간도 아주 빨라졌습니다.

아주 많은 수의 빙의만 아니면 바로바로 천도됩니다. 그리고 이제는 영안으로 참자성이 여실히 보입니다. 스스로 온전히 자등명 법등명 할 수 있을 때까지 박차를 가해야겠습니다. 내 자신의 등불을 온전히 밝힐 수만 있다면 그것이 곧 참나와 온전해지고 내 자신의 무명을 벗는 길이라는 걸 알겠습니다.

지금은 온전히 제 자성을 볼 수 있게 해 주신 스승님께 무어라 감사의 말씀을 드려야 할지 모르겠습니다. 스승님이 그토록 강조하셨던 역지사지, 방하착 그리고 지감, 조식, 금촉의 참뜻을 온전히 알겠습니다.

이제 앞으로 제 참자성을 가리는 누생의 습업을 자성의 빛으로 걷어내는 일만 남은 것 같습니다. 항상 내 중심에서 소소영영하게 찬연히 자성이 빛나고 있습니다. 몸도 점점 더 편안해지고 수련도 급진전되어 가고 있습니다. 스승님 언제나 평안하시고 건강하십시오.

광주에서 제자 상공 올림

【필자의 회답】

메일을 읽어 보니 지금의 수련 성과에 대하여 약간 자만심에 젖어 있는 것 같은 인상을 받았습니다. 구도자가 자기 입으로 견성을 했다느니 깨달았다느니 하고 말하는 것은 삼가야 합니다. 견성이나 깨달음은 남이 인정해 주어야지 자기 자신이 발설하는 것은 남이 보기에는 자화자찬(自畫自讚)으로밖에는 보이지 않기 때문입니다.

산에 가면 동물들이 놀러온다든가 하는 것도 혼자서만 알고 있을 일이지 함부로 남에게 말하면 자기선전이나 자만으로밖에는 보이지 않습니다. 일단 자만에 빠지면 그 순간부터 수련은 정체와 후퇴를 면할 수 없게 될 것입니다.

그러나 겸손하면 사정이 달라집니다. 무한히 겸손한 사람은 무한히 뻗어 나갈 수 있습니다. 초능력이나 신통력은 끝까지 하찮은 말변지사(末邊之事)로 여겨야 할 것입니다. 그리고 지금의 성과를 항상 출발점으로 삼아야 합니다. 그래야 앞에 가로놓인 수없이 많은 단계와 장애들을 하나하나 극복해 나갈 수 있을 것입니다.

현상계는 고통의 집합체인가?

선생님 안녕하십니까?

『선도체험기』86권까지 읽은 창원의 황인식(남. 46세)입니다. 이전에 의문 사항을 몇 번 메일로 문의드렸었고 그에 대한 선생님의 답장을 감사히 받은 적이 있습니다. 여러 사람을 대해야 하는 선생님의 어려움을 알기에 사소한 질문들은 자제해 왔습니다만, 이제 다시 여쭙고 싶은 질문들이 있어 아래와 같이 문의드리니 올바른 가르침 주시기 바랍니다.

1. 우주라는 현상계는 '하나(무, 허공)에서 미망이 발생하여 형성된 것'으로서, 즐거움보다는 '고통의 집합체에 가까운 것'인지?

2. 구도자는 단지 고통의 집합체에 가까운 현상계를 벗어나기 위해서 겪지 않아도 될 또 다른 수많은 고통을 거쳐서 무(즐거움만의 위치가 아닌 고통과 즐거움의 중간 위치)라는 위치에 도달하는 것인지?

건강한 나날 되시길 바라며

황인식 올림

【필자의 회답】

1. 우리가 사는 현상계는 그것을 대하는 사람의 마음의 상태에 따라 각각 다르게 인식되고 있습니다. 진리를 깨달은 사람에게는 극락이 될 수도 있지만 무명중생에게는 지옥이 될 수도 있습니다.

2. 구도자는 현상계를 벗어나기 위해서 겪지 않아도 될 고통 따위를 감수하는 것이 결코 아닙니다. 억겁의 생을 살아오면서 자기 스스로 지은 업장에서 수행을 통하여 벗어날 뿐입니다. 업장이란 창문에 앉은 때와도 같아서 시야를 가려 창밖의 진실을 못 보게 합니다. 구도자는 진실을 보기 위해서 이 때를 닦아내는 것입니다. 『선도체험기』를 과연 1권서부터 86권까지 순차적으로 읽으셨는지 의문입니다.

가상(假想)의 질문

현상계의 사람들 중 진리를 깨달은 사람과 무명중생의 비율을 1 대 1천만 정도쯤 된다고 본다면 현상계란 일반인에겐 너무 가혹하며, 일반인에게 진리를 깨달으라고 요구함은 너무나 희박한 확률을 제시하는 것이 아닌지요? 그리고 진리를 깨달은 사람이란 결국 쾌락과 고통에 담담한 사람인데 그런 사람에게 극락이란 의미가 없지 않을까요?

일반인이 억겁의 기간 동안 현상계를 살아오면서, 약육강식과 생존경쟁의 틈바구니 속에서 진리를 깨달은 사람으로서의 삶이 어떻게 계속될 수 있을까요? 생존을 위해서 끊임없이 나보다 약한 존재를 잡아먹어야 하는 생명체의 입장에서 볼 때요. 『선도체험기』는 1권부터 86권까지 순차적으로 읽고, 의문가는 부분은 2번씩 읽고 있습니다.

【필자의 회답】

『선도체험기』의 수련 부분은 실제로 수련 중에 일어난 일을 실사구시 (實事求是) 정신으로 추구한 것입니다. 그러므로 가상의 질문은 일체 다루지 않습니다. 달걀이 먼저냐 닭이 먼저냐와 같은 공리공론은 결국은 백해무익하다는 것이 『선도체험기』 정신입니다. 그러므로 실제로 수련을 하다가 현실적인 난관에 부닥쳤는데 혼자서는 도저히 해결이 안 될 때 질문하시기 바랍니다.

답장에 대한 저의 소견

실사구시를 추구하는 선생님의 마음에는 저도 100% 동감입니다. 그러나 삼공선도는 마음, 기운, 몸의 3가지를 공부하는 것이며, 제가 의문 사항을 가지고 질문드리는 것은 마음공부나 올바른 관(觀)과 관련이 있다고 생각했기 때문입니다.

모든 사람들이 선생님의 가르침대로 세 가지 공부가 잘되어 나가면 좋겠지만 그렇게 되지 못하는 사람도 있기 마련이며, 그런 사람들은 세 가지 공부 모두는 다 못 하더라도 그중 한두 가지라도 선생님의 가르침대로 살려고 노력하며 살 수도 있으리라 보여집니다.

수련에는 기 수련만 있는 것이 아니고 마음 수련과 몸 수련도 있는데 이에 대한 의문은 제쳐두고 기 수련으로 인해 발생되는 난관만 질문하라는 것은 좀 무리가 있지 않나 하는 소견입니다.

세 가지 공부 다 잘하면 좋겠지만 자기의 능력으로 되는 부분만이라도 우선 노력하고 추후 부족한 부분을 향상하고자 하는 마음이 나쁜 것은 아니라고 생각되는데 이에 대한 선생님의 말씀을 청하고자 합니다.

창원에서 황인식 올림

【필자의 회답】

지난번 질문은 여러 번 거듭 읽어 보았지만 아무래도 현실과 동떨어진 탁상공론밖에는 보이지 않습니다. 다시 한 번 곰곰이 읽어 보시기 바랍니다.

"(1) 현상계의 사람들 중 진리를 깨달은 사람과 무명중생의 비율을 1대 1천만 정도쯤 된다고 본다면 현상계란 일반인에겐 너무 가혹하며, 일반인에게 진리를 깨달으라고 요구함은 너무나 희박한 확률을 제시하는 것이 아닌지요?

(2) 그리고 진리를 깨달은 사람이란 결국 쾌락과 고통에 담담한 사람인데 그런 사람에게 극락이란 의미가 없지 않을까요?

(3) 일반인이 억겁의 기간 동안 현상계를 살아오면서, 약육강식과 생존경쟁의 틈바구니 속에서 진리를 깨달은 사람으로서의 삶이 어떻게 계속될 수 있을까요? 생존을 위해서 끊임없이 나보다 약한 존재를 잡아먹어야 하는 생명체의 입장에서 볼 때요."

구태여 해답을 바란다면 다음과 같습니다.

(1) 섭리의 요구가 지나치게 가혹하다 해도 그것을 수용할 수밖에 없는 것이 구도자의 자세입니다.

(2) 쾌락과 고통에 담담한 사람에겐 물론 극락은 의미가 없습니다. 지옥도 역시 의미가 없습니다.

(3) 구도자는 어떠한 가혹한 생존경쟁의 조건 속에서도 마음의 평화를 누릴 수 있는 사람입니다. 여기서 어떻게란 질문은 의미가 없습니다. 그것이 주어진 조건인 이상 어쩔 수 없는 일이니까요.

모두가 가상(假想)을 토대로 한 뜬구름 잡기식 질문이요 해답입니다. 마치 '달은 왜 지구의 주위를 도는가?' 또는 '우주는 왜 유한하지 않고 광대무변(廣大無邊)한가?' 혹은 '사람의 눈은 왜 앞에만 달려 있고 옆이나 뒤에는 달려 있지 않은가?', '생존경쟁은 너무 가혹하지 않은가?' 하고 질문하는 것과 무엇이 다릅니까?

그래서 현실과 동떨어진 공리공론으로밖에는 보이지 않는 겁니다. 차라리 마음공부나 몸공부를 하다가 가상이 아닌 구체적이고 생생한 인간관계나 사물에 관한 의문에 부딪쳤다면 그것을 있는 그대로 질문하시기 바랍니다. 그럼 내가 할 수 있는 최선을 다하여 해답을 써 보낼 것입니다.

착하게 사는 것은 우주 질서의 위반 아닌가?

답장 감사히 받았습니다. 선생님께서 현실과 동떨어진 공리공론으로 보인다고 말씀하신 부분에 제가 왜 큰 의미를 부여하느냐 하면은 역대 성인들과 스승들이 공통적으로 말씀하시는 것은 착하고 바르고 지혜롭게 살라는 것이기 때문입니다.

그러나 우리가 몸담고 있는 우주의 논리나 질서라는 게 약육강식, 생존경쟁, 적자생존, 악한 자가 선한 자를 괴롭히고, 공격자가 수비자에게 상처를 주고, 소수의 김정일 집단이 다수의 북한 주민을 고통 속으로 몰아넣을 수 있는 그런 것이라면 우리가 착하고 바르고 지혜롭게 산다는 것이 우주의 질서에 맞지 않지 않느냐 하는 것입니다. 이에 대한 선생님의 견해를 알고 싶습니다.

황인식 올림

【필자의 회답】

이 세상에는 약육강식도 있고 북한의 김정일 수령 독재 같은 것도 있어서 주민에게 지옥의 고통을 안겨 주는 것은 사실입니다. 그러나 잘 살펴보면 그렇지만도 않습니다. 약육강식 대신에 상부상조, 독재 대신에

민주 정치로 평화롭게 잘사는 나라들이 더 많습니다.

깨달은 사람은 지옥 속에서도 능히 천당을 볼 수 있습니다. 그리하여 지옥을 천당으로 바꿀 수도 있습니다. 그러기 위해서 우리는 수련을 합니다. 똑같은 대상을 놓고는 깨달은 사람은 극락을 보고 무명중생은 지옥을 봅니다. 우리는 무명중생에서 벗어나기 위해서 수행을 합니다. 착하고 바르고 지혜롭게 사는 것은 깨달은 사람이 되기 위한 기초 작업입니다.

세상을 너무 부정적으로만 보는 것 같습니다. 『선도체험기』를 1권서 86권까지 다 읽고도 세상을 그렇게 부정적으로만 본다면 『선도체험기』가 의도하는 핵심을 놓친 것이 아닌가 생각됩니다.

근원적인 무에 대한 문의

선생님 안녕하십니까? 창원의 황인식입니다. 보내 주신 답장 감사히 받았습니다. 『선도체험기』나 『천부경』에 의하면 우리들은 근원적인 무(근원적인 하나), 즉 완전한 무(완전한 하나)에서 미망이 싹터 생로병사에 시달리는 현재의 우리가 되었으며, 수련을 통하여 근원적인 무로 돌아가는 것이 성통공완이라고 합니다.

이에 대해 아래와 같이 문의드리며 가르침 바랍니다.

1. 존재조차 없는 완전한 무에서 어떻게 미망이나 무슨 존재가 싹틀 수 있으며, 완전한 무에 어떻게 미망이 붙을 수 있는지?

2. 근원적인 하나(완전한 무)라는 게 어떻게 존재할 수 있는지? (허공이나 마음조차도 완전한 무라고는 하기 어렵지 않나요?) 존재한다면 그것이 허무의 우주를 주장한 일본의 "무묘앙에오"가 말한 완전한 어둠과 같은 것인지? (무묘앙에오는 선생님이 아는 분이 아닐 수도 있음을 참고하겠습니다.)

건강한 나날 되시길 바라며

황인식 올림

【필자의 회답】

진리는 근원적인 하나, 무(無)라고 합니다. 이것을 공(空)이라고도 합니다. 그러나 이 한, 무, 공은 수련의 초보자로서는 감이 잡히지 않을 것입니다. 유년(幼年)인 초등학교 초년생이 아이 낳고 사는 결혼한 부부들이나 알 수 있는 성감에 대하여 왈가왈부하는 것과 같습니다. 유년은 성감에 대하여 호기심은 가질 수 있지만 그것을 느껴 보기는 사실상 불가능합니다.

하나, 무, 공에 대하여 자신 있게 말할 수 있는 사람은 적어도 초견성(初見性)은 한 수행자가 아니고는 불가능한 일입니다. 이때쯤 되면 진공묘유(眞空妙有)가 무엇인지도 알게 될 것입니다. 하나, 무, 공은 아무것도 아닌 허무도 암흑도 아니고 그 속에 우주의 삼라만상이 다 들어 있는 것입니다.

하나는 고정된 하나가 아니고 그 하나 속에 전체가 들어 있는 하나입니다. 무는 단지 아무것도 없는 무가 아니라 그 무 속에는 만물만생이 다 들어 있는 무입니다. 공 역시 텅 비어 있는 공이 아니고 그 속에 삼라만상이 다 들어 있는 공입니다.

내가 보기에 황인식 씨는 지금은 그런데 신경을 쓸 것이 아니라 수련에 용맹정진(勇猛精進)하여 선정(禪定)을 거쳐 지혜(智慧)를 얻는 것이 먼저 할 일입니다. 이것이 이른바 견성(見性)입니다. 그다음에는 근원적인 하나, 무, 공에 대하여 누구에게 묻지 않고도 자연히 알게 될 것입니다.

선생님의 답신에 대한 저의 생각

답신 감사히 받았습니다. 그리고 선생님이 말씀하시는 의도도 잘 알겠습니다. 제가 『선도체험기』를 다른 종교나 구도 서적과 달리 평가하는 점이 하나 있습니다. 그건 선생님께서 저처럼 애초부터 구도에 뜻을 두고 수련을 시작했다기보다는 선생님의 건강을 위하고(신경통 치료) 세속사의 허전함을 채워 줄 어떤 방편으로 시작된 수련이 과거 생에 축적된 선생님의 수련 경험으로 인해 일반인에 비해 큰 진전을 이루어 감에 따라 구도자로서의 한 위치를 차지하게 되었다는 것입니다.

즉, 수련 초보자의 심정이나 수련 동기를 너무나 잘 아신다는 것입니다. 다른 종교나 구도 서적에서는 도, 진리, 무를 언어도단, 불립문자 등으로 표현하며 그 수준이 되고 나서 느껴 보라고 하고 있습니다.

그러나 상식적인 인격과 판단력을 가진 일반인에게 논리적으로 설명이 불가능한 진리가 기존의 것이라면 수련 초보자의 입장이나 심정을 똑같이 겪으신 선생님께서는 수련 초보자이지만 평균적인 지식과 상식을 가진 일반인들이 알아들을 수 있는 근원적인 무의 개념과 삼라만상을 포함하는 완전한 무에서 어떻게 미망(迷妄)만이 독립적으로 빠져나와 미생물, 식물, 동물, 인간 등의 단계를 거치며 윤회를 거듭하는지에 대한 대답 등을 주실 수 있지 않을까 생각했습니다.

마음이 논리적으로 정립되지 않은 상태에서 초견성을 위해 무조건 달려간다는 것은 사이비 종교의 무조건 믿으라는 것처럼 들릴 수도 있으니까요.

선생님의 고견을 바라며

황인식 올림

【필자의 회답】

어떤 과정을 거쳤든 간에 구도자가 된다는 것은 각자가 자기 존재의 실상을 밝혀내기 위해서입니다. 여기에 어떤 전제 조건 같은 것을 달면 문제가 아주 복잡해집니다. 수련을 해 본 사람은 이 우주 안에는 완전무결한 진리라는 절대계(絕對界)가 있고 이것과 대치되는 불완전한 현상계(現象界)라는 것이 존재한다는 것을 알게 됩니다.

절대계는 모든 존재가 지향하는 무한하고 영원한 최종 목표 지점이고 현상계는 유한하고 시간의 제한을 받는, 다시 말해서 시간과 공간의 제한을 받는 불완전한 세계입니다. 황인식 씨는 어떻게 절대계에서 미망이 발생하여 현상계에 생물의 형태로 존재하게 되었는가의 과정을 필자에게 묻는 것입니다.

절대계와 상대계 또는 현상계는 그냥 섭리의 필요에 따라 존재할 뿐 어떠한 과정을 거쳐서 존재하게 되었는가를 규명하는 것은 우리가 밤하늘에서 볼 수 있는 이 방대한 우주의 발생 과정을 규명하는 것처럼 거창하고도 어려운 일이 될 것입니다.

최근 일부 천문학자들에 의해 빅뱅설이 나왔지만 어디까지나 하나의 가설에 지나지 않습니다. 과학자를 위시한 관심 있는 사람들이 직접 연구하고 규명해 나가야 할 일이라고 생각합니다.

구도자는 오직 수행을 통하여 자기 자신의 존재의 실상을 규명해 들어갈 뿐입니다. 구도자가 지향하는 목표는 절대계이고 세속인이 지향하는 목표는 상대계입니다. 황인식 씨가 지향하는 것은 어느 쪽인지 분명히 하시기 바랍니다. 절대계라면 구도자의 길이고 상대계라면 세속인의 길입니다.

⟨89권⟩

다음은 단기 4340(2007)년 4월부터 단기 4340(2007)년 12월 31일 사이에 있었던 필자의 수련 과정과, 필자와 수련생들 사이에 오고간 수련과 인생에 대한 대화 그리고 필자와 독자 사이의 이메일 문답을 수록한 것이다.

억울한 누명을 썼을 때

2007년 가을 어느 날 오후 3시경. 40대 중반쯤 되는 이름을 반영옥이라고 밝힌 여성이 찾아와서 말했다.

"선생님, 저는 제 남편 친구의 부인으로부터 심히 억울한 일을 당했습니다. 하도 울화가 터지는 일이라서 생각다 못해 변호사한테 상의했더니 그 여자를 명예 훼손으로 고소를 하는 수밖에 없다고 했습니다. 그래서 남편하고 상의를 했더니 고소하기 전에 반드시 삼공 선생님한테 상의하고 나서 결정을 해도 하라고 해서 이렇게 찾아왔습니다. 제 남편은 5년 전부터 오행생식을 하면서 일주일에 한 번씩 선생님한테 찾아와서 수련을 하고 있는 유학인이라고 합니다."

"그러시군요. 잘 알겠습니다. 도대체 어떻게 그렇게 억울한 일을 당하시게 됐습니까?"

"아까도 말씀드린 제 남편의 친구는 우리집에도 가끔씩 왕래가 있어서 길가에서 혹 마주쳐도 서로 인사를 하고 안부를 묻는 사이입니다. 언젠가 그날도 길을 지나다가 우연히 그분을 만나 언제나 그랬던 것처럼 서로 인사를 나누고 안부 인사를 했을 뿐인데, 그분의 부인이 그 광경을 지켜본 것 같습니다.

그 후로는 그 여자가 제가 자기 남편과 불륜의 관계를 맺고 있는 것처럼 저를 의심하고 저에게 노골적으로 항의를 하는가 하면 수시로 전화를 걸어 터무니없는 욕설을 퍼붓곤 했습니다. 저 역시 한두 번도 아니고 수없이 시달리던 끝에 그냥 내버려두면 제가 영영 그 억울한 혐의를 뒤집어쓰지 않을 수 없고 그렇게 되지 않으려면 법에 고소하는 길밖에 없다고 생각했습니다."

"혹시 그 여자가 심한 의부증(疑夫症)에 걸린 건 아닐까요?"

"그렇다고 동네 사람들도 말하곤 합니다."

"그렇다면 환자를 상대로 법에 호소하는 것은 의부증 환자와 맞상대를 하는 것이어서 반영옥 씨도 그 여자와 같은 사람이 될 수 있습니다. 신중히 생각해 보실 일입니다."

"그럼 어떻게 하는 것이 좋겠습니까?"

"지금부터 내가 시키는 대로 하시겠다고 약속하신다면 말씀드리겠습니다. 그렇게 하지 않으시겠다면 괜히 입만 아프게 떠드는 것이 되어 나도 더이상 쑥스러워서 말하지 않겠습니다."

반영옥 씨는 잠시 망설이던 눈치더니 결심한 듯 말했다.

"선생님 말씀을 따르겠습니다."

"그럼 말씀드리겠습니다. 이제부터는 그 여자의 남편하고는 길을 가다가 마주치든가 어느 장소에서 만나더라도 일체 모른 체하십시오. 그렇게 할 수 있겠습니까?"

"그렇게 하겠습니다."

"그리고 이제부터는 그 여자가 전화를 하든지 집에 찾아와서 무슨 말을 하든지 심지어 악담을 퍼부어도 일체 대꾸를 하지 마십시오. 마치 갑자기 돌부처라도 된 듯 아무 말대꾸도 안 하는 겁니다."

"그럼 그 여자가 저에게 무슨 누명을 씌워도 못 들은 척하고 대꾸도 하지 말라는 말씀입니까?"

"네."

"제가 돌부처도 아닌 감정이 있는 인간인데 어떻게 그렇게 할 수 있겠습니까?"

"반영옥 씨는 방금 전에 나하고 뭐라고 약속했습니까? 그 약속을 지키시지 않겠다면 지금껏 내가 한 말은 모두가 안 들으신 걸로 하고 그냥 돌아가시면 됩니다."

그녀는 잠시 고개를 외로 꼬고 생각에 잠겨 있다가 입을 열었다.

"아, 아니 그냥 계속 말씀하십시오. 제가 선생님과 약속을 하고도 엉뚱한 소리를 했습니다. 미안합니다."

"그렇다면 아까 하던 말을 계속하겠습니다. 그렇게 그 여자가 전화를 하든가 직접 찾아와서 무슨 소리를 해도 일절 못 들은 체하면 그 여자는 끝내 지쳐 버리고 말 것입니다. 손바닥도 마주쳐야 소리가 납니다. 언쟁은 탁구를 치는 것처럼 서로 거친 말을 주고받아야 싸움이 됩니다.

한쪽만 떠들게 내버려두고 일절 대꾸를 하지 않으면 상대는 메아리 없는 외침처럼 말할 흥미를 잃어버리게 됩니다. 물론 그렇게 하자면 보통 사람이 감당할 수 없는 인내심이 있어야만 합니다. 그 인내심만 발휘할 자신이 있으면 한번 도전해 볼 가치가 있습니다. 어떻습니까? 한번 해 보시겠습니까?"

"한번 해 보겠습니다."

"잘 생각하셨습니다. 그렇게만 할 수 있다면 반영옥 씨는 틀림없이 이기게 될 것입니다. 그렇게 하는 것이 오백만 원을 들여 변호사를 사는 것보다는 훨씬 더 경제적이고 지혜로운 방법이 될 것입니다."

그로부터 두 달쯤 뒤에 반영옥, 유학인 부부는 선물을 들고 찾아왔다. 그 의부증에 걸린 여자의 도전에 끝까지 침묵으로 일관한 결과 끝내 지쳐 버렸는지 더이상 전화도 없고 찾아오지도 않게 되었다면서 좋아했다.

현묘지도 수련 뒤에 오는 것

현묘지도 수련을 마친 50대 중반의 우종환 씨가 물었다.

"선생님, 현묘지도 수련을 하기 전에는 『천부경』, 『삼일신고』, 대각경 같은 것을 늘 입에 달고 살았습니다. 현묘지도 수련을 마친 뒤는 무엇을 외워야 합니까?"

"현묘지도 수련을 마쳤다고 해도 아직 홀로서기를 할 자신이 없으면 그전에 외우던 경전을 외워도 좋습니다. 그 경전들은 구도자에게는 지팡이와 같습니다. 현묘지도 수련으로 자성이 무엇이라는 것을 알았는데도 아직도 지팡이 없이 혼자 걷는 데 자신이 서지 않는다면 계속 지팡이를 짚을 수밖에 없을 것입니다.

그러나 자성이 무엇이라는 것을 알았고 진리가 바로 자성 그 자체라는 것을 알고 나서도 지팡이 없이는 혼자서 걸을 수 없다면 그것은 지팡이에 중독이 된 것이 아닌가 의심해 보아야 할 것입니다.

북극성의 위치를 모르는 사람이 스승이 가르치는 손가락을 따라 그 위치를 일단 알았으면 그다음부터는 선배의 손가락 가리킴이 없어도 혼자서도 하늘만 쳐다보면 능히 그 위치를 찾아내야 합니다. 그런데도 불구하고 그때마다 스승의 손가락의 가리킴이 필요하다면 손가락 의존증에 걸린 것이라고 하지 않을 수 없을 것입니다.

배를 타고 강을 건넜으면 배는 다른 사람들이 이용하도록 강가에 놓아두고 목적지를 향해서 나아가야지, 강을 건네준 배가 고맙다고 하여 언제까지나 그 무거운 배를 둘러메고 다닐 수는 없는 일입니다."

"무슨 말씀인지 이해는 충분히 할 수 있겠는데 막상 실천을 하려고 하니까 허전하기 짝이 없습니다."

"수련 시작하신 지 얼마나 되었습니까?"

"한 15년쯤 되었습니다."

"15년 된 습관을 하루아침에 버리자니 생활리듬이 깨어져 일시적 혼란이 일어날 수도 있습니다. 그러나 필요도 없는 지팡이를 언제까지나 짚고 다닐 수는 없는 일입니다. 견성으로 이제 생활의 목표는 자동적으로 정해졌습니다. 지팡이 대신에 자성과 진리를 등불 삼아 자등명(自燈明) 법등명(法燈明)의 일상생활을 해 나가야 합니다."

"가령 양자택일(兩者擇一)을 하여야만 할 경우가 생기면 어떻게 해야 할까요?"

"그럴 때는 선정에 들어 자성에게 물어보아야 합니다. 갈 것인가 말 것인가? 진격할 것인가 후퇴할 것인가? 오른쪽 길을 갈 것인가 왼쪽 길을 갈 것인가를 물어보면 조만간에 하늘의 기운이 갈 길을 가르쳐 줄 것입니다."

"시일을 택해야 할 경우가 생겼을 때는 어떻게 합니까?"

"그때도 역시 자성에게 물어보면 적절한 시일을 가르쳐 줄 것입니다. 운기조식이 늘 활발한 사람은 기운의 흐름의 강약이 올바른 선택을 유도해 줄 것입니다. 중대한 결심을 해야 할 경우에 봉착했을 때 뚫고 나가야 하는 쪽에 강한 기운이 실린다면 그 길을 흔들림 없이 과감하게 밀고 나아가야 합니다.

또 뜻하지 않은 난관에 봉착했을 때 큰 기운이 강하게 밀고 들어오면 조금도 위축되지 말고 과감하게 그 일을 밀어붙이라는 하늘의 신호입니다. 힘차게 밀고 나가면 반드시 하늘의 도움이 있을 것입니다. 단 조심해야 할 것이 하나 있습니다. 어떤 일이 있어도 사욕 대신에 공익이 전제되어야 한다는 겁니다. 만약에 이제 말한 방법을 자기 자신이나 가족의 행복이나 영리 목적이나 주식 투자 같은 데 이용한다면 하늘의 축복 대신에 재앙을 당하게 될 것입니다."

"그 이유가 무엇입니까?"

"사욕이 안개처럼 앞을 가리면 진상이 보이지 않을 것이기 때문입니다."

"사욕이 언제나 문제네요. 사욕에서 벗어나는 방법은 무엇일까요?"

"늘 바르고 착하고 슬기롭게 사는 겁니다. 그리고 나 자신보다는 남을 먼저 생각해 주는 생활이 습관화되어야 합니다. 그렇게 하지 않으면 내 자성이 우주의식과 하나로 관통이 되지 않습니다. 나의 자성이 우주의식과 하나로 통하는 것이 바로 성통공완이고 견성해탈입니다."

진인사대천명(盡人事待天命)

후배 신문 기자인 배현식 씨가 찾아왔다. 수련자가 아닌 직업상의 후배가 찾아오기는 드문 일이었다. 그가 말했다.

"선배님, 제가 여러 가지로 난관에 봉착해 있는데 자꾸만 마음이 흔들려서 효과적인 대처를 할 수 없습니다. 선배님께 좋은 충고라도 받을 수 없을까 하고 찾아왔습니다."

"무슨 일인데요?"

"종교 문제 전담 기자로서 일하다 보니 자연 사이비 종교에 관심을 갖지 않을 수 없었습니다. 사이비 종교 문제를 다루니까 자연히 작고한 사이비 종교 문제 전문가였던 탁명환 교수의 저서를 탐독하지 않을 수 없었습니다.

탁명환 교수가 신학교를 졸업하고 목사로 안수 받으면 비교적 평탄한 목사생활이 평생 보장되는데도 굳이 사이비 종교 문제를 파헤치는 고되고 위험하고 생명까지 걸어야 하는 어려운 일을 택하여 〈월간종교〉 잡지를 발행하면서 사이비 종교의 불의를 규탄하는 험난한 일에 헌신하여 오다가 끝내 순직한 이유를 알 것 같습니다.

사이비 종교는 일반 범죄와는 달라서 교주가 사람의 정신을 최면(催眠)하거나 마비시켜 맹종자로 만들어 종처럼 거느리고 그의 재산을 모조리 교주에게 바치게 하므로 결과적으로 가정을 풍비박산(風飛雹散)하게 하여 유리걸식(流離乞食)하게 만듭니다.

교주는 재산을 모으고 맹종하는 반반한 처녀들을 성적으로 유린하고, 자기 자신을 우상화하고 반대파에게 테러를 서슴지 않고, 사건이 벌어지면 자기네 비리는 간교하게 숨겨 버리고 법조계와 사법부와 언론계에 엄청난 자금을 동원하여 집요하게 로비 활동을 벌입니다.

저는 우리나라에 압도적으로 많은 기독교 계통의 사이비 종교 단체들 중의 하나를 표본 삼아 취재를 시작했습니다. 제 깐에는 피땀 흘려 가며 전력투구하여 심사숙고 끝에 기사를 작성하여 데스크에 넘겼건만 번번이 퇴짜를 맞았습니다. 알고 보니 문제된 사이비 종교 단체의 교주의 손이 이미 저의 신문사 간부에게까지 뻗쳐 있었던 것입니다.

저는 그때마다 부장과 국장에게 항의를 했지만 묵살당했습니다. 그렇다고 해서 사이비 종교로 인해 수많은 사람들이 고통받고 신음하는 것을 모른 체할 수는 없었습니다. 글쟁이로서 눈앞에서 벌어지는 불의를 보고도 일신의 안위를 위해 못 본 척한다면 그건 이미 무관(無冠)의 제왕(帝王)인 기자로서의 자격이 없다고 생각합니다.

생각 끝에 저는 이것을 픽션화하기로 작정하고 한 편의 소설을 써서 출판했습니다. 그러나 교주는 어떻게 알았는지 책이 시중에 나가자마자 판매 중지 가처분 판결이 나오도록 손을 써서 책은 거의 전량 반품이 되었습니다. 그리고 저는 출판물에 의한 명예 훼손 혐의로 고소되어 민사 법정에서 2년의 유죄 판결을 받고 2년 6개월의 집행유예를 받았습니다."

"유죄 판결을 받은 이유가 무엇입니까?"

"예술적 표현의 자유보다는 모델의 인격권 보호가 우선이라는 것이 담당 판사의 판결 이유였습니다."

"문명사회에선 도저히 있을 수 없는 어처구니없는 일이군요. 문학이 무엇인지도 모르는 판사의 터무니없는 오판입니다. 그 판사의 판단이 옳다면 빅토르 위고의 『레미제라블』, 고골의 『검찰관』, 톨스토이의 『전쟁과 평화』와 『안나 카레니나』, 셰익스피어의 『베니스의 상인』, 조나단 스위프트의 『걸리버 여행기』, 김만중의 『사씨남정기(謝氏南征記)』, 연암 박지원의 『호질(虎叱)』, 김지하의 『오적(五賊)』, 백시종의 『돈황제』를 비롯한 수많은 풍자 소설과 이 세상의 불의와 부조리를 고발한 문학 작품들은 도저히 햇볕을 볼 수 없었을 것입니다. 그래 그 후 어떻게 됐습니까?"

"불복하고 항소 중입니다."

"그럼 지금 무엇이 문제입니까?"

"교주는 일차 재판에서 승소하자 저에게 1억 원의 손해배상 소송을 했습니다. 소장을 받은 저는 출판된 책은 판매 금지 조치로 팔리지도 않고 거의 전량 반품되었는데 무슨 배상금을 1억씩이나 청구하느냐고 항의 서면을 보내긴 했습니다만, 교주는 워낙 엄청난 로비 자금을 푸는 통에 난관이 예상됩니다. 그러나 그런 건 문제가 아닙니다."

"그럼 무엇이 문제입니까?"

"난관 같은 것은 이미 예상하고 달려들었지만, 현실과 직접 부닥치고 보니 유전무죄(有錢無罪) 무전유죄(無錢有罪)라고, 요즘은 자꾸만 의기가 소침해지고 그전과 같은 투지가 일지 않습니다. 이런 때는 제 마음을 어떻게 다스려야 할지 몰라서 생각 끝에 선배님을 찾아뵙게 됐습니다."

"나라고 해서 무슨 뾰족한 해결책이 있겠습니까? 그러나 불의를 저지른 상대가 비록 지금은 우세하다 해도 끝까지 기죽지 말고 침착하고 의연하게 하나하나 대처해 나가야 합니다. 아무리 지금은 눈앞이 혼탁하여

한 치 앞이 내다보이지 않는다고 해도 사필귀정(事必歸正)의 이치는 시드는 법이 없습니다.

우선은 배현식 씨가 할 수 있는 최선을 다해 지혜롭게 대처해 나가야 합니다. 조만간 하늘은 의로운 투사의 손을 들어 줄 것입니다. 진인사대천명(盡人事待天命)의 자세로 임한다면 호연지기(浩然之氣)를 잃는 일은 결코 없을 것입니다."

"호연지기가 무엇인데요?"

"하늘을 치어다보고 땅을 굽어보아도 한 점 부끄러움이 없는 의연하고 떳떳한 마음에 깃드는 기운입니다. 지상에서 자신의 소명을 위해 최선을 다했으면 그다음엔 하늘의 명을 기다리기만 하면 됩니다. 비록 법관이 편파적으로 오판을 내렸다면 그 죄는 그 법관에게 돌아가는 것이지 배현식 씨에게 돌아가는 것은 아닙니다.

인과응보의 법칙에는 단 한 치의 오차도 있을 수 없습니다. 그러니 조금도 기죽지 말고 씩씩하고 차분하고 침착하게 계속 밀고 나가세요. 멸사봉공(滅私奉公)하는 사람에게 하늘과 사람은 어떠한 형태로든 반드시 도움을 보낼 것입니다. 그리고 선배로서 꼭 말하고 싶은 것이 있는데 말해도 되는지 모르겠습니다."

"무슨 말씀이시든지 서슴지 말고 말씀해 주시기 바랍니다."

"이참에 배현식 씨도 구도자가 되어 외공(外功)보다는 내공(內功)에 더 치중했으면 합니다."

"내공은 뭐고 또 외공은 무엇입니까?"

"말과 글로 상대와 싸우는 것을 외공이라고 한다면 자신의 내부의 수양 즉 마음공부에 중점을 두는 것을 내공이라고 합니다. 이 내공 수행으로 상대의 기를 제압하고 압도해야 한다는 것입니다."

"내공으로 쌓은 기 싸움에서 상대를 눌러야 된다는 말씀입니까?"

"그렇습니다. 격투기 선수들이 링 위에 올라 먼저 순전히 눈만으로 기 싸움을 하는 것은 바로 이 때문입니다. 기 싸움에 진 선수는 본 싸움에서도 백발백중 지게 되어 있습니다. 우리가 이 세상을 떠날 때 외공으로 쌓은 명예와 재산 같은 것은 고스란히 놓아두고 가지만 내공으로 터득한 지혜는 그대로 가지고 간다는 것을 알아야 합니다. 그렇게만 된다면 이번 사건이 배현식 씨의 인생에 도리어 전화위복(轉禍爲福)의 계기가 될 것입니다."

"무슨 말씀인지 대충 알아들을 것 같습니다. 진정한 구도자가 되라는 말씀이시군요."

"그렇습니다."

"그 말씀을 듣고 나니 어쩐지 새로운 희망과 힘이 솟는 것 같습니다. 고맙습니다."

좌선 때 생각하는 것

박희선이라는 주부 수련생이 말했다.

"선생님, 어떤 사람은 수련할 때 잡념이 일어나면 그것을 끝까지 추적하여 끝장을 보라고 하는데 그것이 맞는 말인지 의심이 납니다. 선생님께서는 어떻게 생각하십니까?"

"어떤 수련법이든지 나한테 맞는 것이 있는가 하면 맞지 않는 것이 있습니다. 박희선 씨는 잡념이 일어날 때 그렇게 해 보니 잘되었습니까?"

"저는 그렇게 해 보았더니 다른 잡념까지 가세해서 더욱더 혼란스러웠습니다."

"여러 번 그렇게 해 보았는데도 그랬습니까?"

"네."

"박희선 씨에게는 그 수련법이 맞지 않으니까 버리는 것이 좋습니다."

"그럼 잡념이 일 때 어떻게 하는 것이 좋습니까?"

"좌선 때 잡념이 일어나는 것은 마땅히 정리해야 할 일이 정리가 되지 않았을 때 일어나는 현상입니다. 가령 내가 몇 년 전에 누구한테서 돈을 백만 원을 꾸어 쓰고 갚는 것을 잊어버리고 있었는데 수련이 진행되면서 심신이 맑아지면서 양심의 가책이 되고 바로 돈 꾼 사람의 얼굴이 수련 때마다 뜨게 될 것입니다. 그럼 당장 그에게 꾼 돈을 갚아 주어야 합니다.

돈 문제뿐만 아니라 내가 누구를 공개석상에서 비난을 하거나 모욕을 했을 때도 마찬가지입니다. 이런 때 당장 그에게 찾아가서 진정으로 사과를 해야 합니다. 이렇게 하나하나 해결해 나가면 잡념도 점차 줄어들게 될 것입니다."

"만약에 제가 돈 꾼 사람이 죽어 버렸다면 어떻게 하죠?"

"그의 상속자에게 갚아 주면 됩니다. 만약에 일가가 어디로 갔는지 찾을 수 없다면 마음으로 잘못을 회개하고 다시는 그런 짓을 하지 않으면 그것으로 일단 마음의 정리는 끝납니다."

"그리고 수련 중에 아무 이유도 없이 어떤 사람의 영상이 떠오르면서 그의 탁기나 사기가 들어오는데 그럴 때는 어떻게 하면 됩니까?"

"박희선 씨는 지금 운기조식이 잘되고 있으니까 수련 중에 어떤 사람을 떠올리면 그에게 빙의된 영가가 들어올 수도 있습니다. 그 사람의 수련 정도가 박희선 씨보다 낮을 때 일어나는 현상입니다. 그러나 반대로 박희선 씨보다 수련 정도가 높은 수련자의 모습을 떠올리면 좋은 기운을 받아들일 수 있습니다.

그러니까 구도자는 수련 때 자기보다 수준이 낮은 사람은 일절 떠올리지 말아야 합니다. 그 대신 자기보다 수련 정도가 높은 사람을 떠올려 보면 청신하고 안정된 기운이 들어오는 것을 느낄 수 있을 것입니다. 지금이라도 당장 단군 할아버지, 석가모니, 공자, 노자, 장자, 예수, 원효 대사 같은 성인들의 모습을 차례로 떠올려 보면 잘 알 수 있을 것입니다. 지금 당장 실천해 보세요."

"그렇게 해 보겠습니다."

이렇게 말한 박희선 씨는 한참 동안 집중을 하고 나서 말했다.

"과연 선생님 말씀대로 해 보니까 각기 다른 성인들의 독특한 기운이

들어옵니다. 그럼 수련자는 좌선 시에 누구를 떠올리는 것이 가장 효과
적입니까?"

"가장 효과적인 방법은 아무것도 떠올리지 않는 것이 가장 좋습니다.
가령 자기가 좋아하는 성인을 떠올려 그의 기운을 받으면 그것이 습관
화되어 의존성이 생길 우려가 있습니다. 그걸 방지하려면 차라리 아무것
도 떠올리지 않은 것이 좋습니다."

"아무것도 떠올리지 않는다는 것은 무슨 뜻입니까?"

"티끌만한 이기심도 없이 마음을 철저히 비운다는 뜻입니다. 마음을
완전히 비운 상태야말로 우주심(宇宙心)과 하나가 되는 순간입니다."

"우주심이 무엇인데요?"

"하나님의 마음 즉 천심(天心)을 말합니다. 마음을 비운다는 것은 천
심과 하나가 되는 것을 말합니다. 이때 비로소 그 수련자는 하나님의 가
장 큰 기운을 받아들여 생사와 시공을 초월하는 지혜가 싹트게 될 것입
니다. 진정한 내공(內功)이 시작되는 것은 바로 이때부터입니다."

몸살림 운동 7개월

우창석 씨가 말했다.

"선생님은 요즘도 몸살림 운동을 하고 계십니까?"

"그렇고말고요."

"몸살림 운동 시작하신 지는 얼마나 되었습니까?"

"금년 3월부터 시작했으니까 지금이 10월이므로 7개월이 되었습니다."

"하루에 몇 번 하십니까?"

"세 번씩 합니다. 첫 번째는 새벽 걷기 40분 중 양반걸음을 20분씩 합니다. 두 번째는 오후 5시에 팔법체조(八法體操) 5분과 함께 방석 숙제 1번을 10분 도합 15분을 합니다. 세 번째는 저녁 9시에 방석 숙제 2번을 10분 동안 합니다. 하루에 총 45분입니다."

"그동안 눈에 띄는 효과가 있었습니까?"

"있었습니다. 위에 말한 대로 하루에 세 번씩 꾸준히 쉬지 않고 몸살림 운동을 지속한 결과 지난 20년 이상 실시하여 온 도인체조에서도 별 효과를 거두지 못했던 굽었던 척추가 이제는 거의 다 펴졌습니다.

하루 세 번의 규칙적인 운동과 함께 허리 세우고 가슴 펴기를 생활화하여 온 결과 지금은 허리와 가슴이 거의 1자로 세워졌습니다. 굽은 요추(腰椎)와 흉추(胸椎)를 곧추세우는 데는 몸살림 운동 7개월이 도인체조 20년보다 나았다는 것을 절실히 깨닫게 되었습니다. 이제는 아무리 가부좌를 하고 앉아 있어도 벽에 허리를 기대는 일이 일체 없어졌습니다.

내 나이 금년에 76세인데 보통 사람 같으면 허리가 자연히 굽을 나이 인데도 의식적인 몸살림 운동으로 요추와 흉추와 경추를 곧게 세울 수 있게 된 것은 순전히 몸살림 운동으로 얻은 결과입니다.

나뿐만 아니라 내 뒤를 따라 몸살림에 관한 책을 읽거나 몸살림 교실 에 나가 수련을 받거나 이향애 정형외과에 찾아가 직접 시술을 받은 내 독자들도 나 못지않은 좋은 효과를 보았다고 합니다. 고관절이 고쳐지고 척추가 세워졌을 뿐만 아니라 운기조식(運氣調息)에도 큰 도움을 받고 있다고 합니다."

"몸살림 운동이 운기조식에 유익한 이유는 무엇일까요?"

"그동안 굽었던 척추로 인하여 눌렸거나 막혔던 경혈들이 열리면서 기혈의 유통이 활발해졌기 때문입니다."

"선생님께서는 지난 7개월 동안 몸살림 운동을 진행시켜 오시면서 어 려웠던 점은 없었습니까?"

"몸살림 운동 시작한 지 6개월이 되기 전까지는 내내 명현 현상에 시 달림을 당했습니다. 수십 년 동안 굽었던 척추가 몸살림 운동으로 서서 히 펴지면서 오는 통증 때문이었습니다. 바로 이 때문에 몸살림 운동 시 작한 지 6개월이 되기 전까지는 내내 으실으실 심한 몸살에 시달려 왔습 니다. 그러던 것이 6개월을 넘기면서부터 그 심한 몸살에서 서서히 벗어 나기 시작했습니다."

"선생님께서는 양반걸음, 방석 숙제, 팔법체조를 동시에 꾸준히 해 오 신 걸로 알고 있는데 이 세 가지 운동 중에서 굽은 척추를 펴는 데 어떤 운동이 가장 효과적이라고 생각하십니까?"

"내 개인적인 의견입니다만 방석 숙제 1, 2 번이 가장 효과적이 아닌가 생각됩니다. 굽은 요추, 흉추, 경추를 바로 세우는 데 방석 숙제가 가장 효과적이고 또 실행하기도 제일 힘이 든다고 생각합니다. 팔법체조와 양반걸음은 어디까지나 방석 숙제의 보조 수단인 것 같은 느낌이 듭니다."

"몸살림 운동을 하는 후배들에게 하고 싶은 말씀이라도 있으면 한말씀해 주시기 바랍니다."

"일단 시작을 했으면 하루도 빼놓지 말고 위 세 가지 운동을 꾸준히 실천하는 겁니다. 적어도 6개월 이상만 실천하다가 보면 누구나 자기 나름의 체험과 요령을 터득하게 될 것입니다. 이것이야말로 수련자에게는 누구에게도 양도할 수 없는 가장 소중한 자기 재산이 될 수 있을 것입니다."

"이것은 순전히 제 가정(假定)인데요, 만약에 어떤 사람이 몸살림 운동을 1년 동안 열심히 하여 굽었던 척추가 곧바로 세워졌다면 이제 그만해도 되겠지 하고 몸살림 운동을 중단했다면 어떻게 될까요?"

"아마 얼마 안 가서 그의 척추는 몸살림 운동 이전 상태로 서서히 되돌아갈 것입니다."

"그렇다면 일단 시작한 이상 목숨이 다하는 순간까지 계속해야 소정의 성과를 올릴 수 있다는 말씀인가요?"

"그렇고말고요. 일단 한번 굽었던 척추는 지속적인 반작용을 가하지 않는 한 반드시 그전 상태로 복귀하려는 역작용이 있는 것이 자연의 원리이기 때문입니다."

"그러니까 지속적인 노력 없이 이루어지는 것은 이 세상에 아무것도 있을 수 없겠군요."

"그렇고말고요. 그 지속적인 노력이야말로 수련의 기나긴 과정임을 알아야 합니다."

【이메일 문답】

현상계의 부조리

선생님의 친절한 답장 잘 받았습니다. 엉킨 실타래가 조금은 풀린 느낌입니다. 선생님의 답장에 대한 저의 의문점을 아래와 같이 문의드리며 고견을 기다립니다.

1. 절대계에 위치한 분들은 현상계에 불과한 우주의 생성 원리나 발생 과정을 잘 알 수 있으리라 생각했는데, 관(觀)을 통하거나 또는 불출호지천하(不出戶知天下)의 경지를 통해서 말입니다. 그런데 그건 아니라고 말씀하시는 것 같아 조금 아쉬운 마음인데 제가 잘못 이해한 것인지요?

2. 불완전한 현상계에 사는 사람들이 구도나 종교를 찾는 이유는 이를 통해 현상계의 불합리와 부조리를 벗어나 절대계를 지향하고자 하는 마음도 있겠지만, 현상계의 불합리와 부조리를 바로잡고, 혼란을 유발하는 존재들에게 경종을 울리고자 하는 마음도 있을 것입니다.

절대계와 현상계를 분리된 세계로 두기보다는 절대계의 진리를 통해 현상계의 부조리와 불합리를 바로잡고, 고통을 유발하는 인간들에게 경종을 울릴 수 있는 좋은 연결고리나 방법에는 어떤 것이 있을런지요?

황인식 올림

【필자의 회답】

구도자는 오직 자기 자신의 존재의 실상을 밝혀내는 데 우선적인 관심이 있습니다. 나는 누구이고 어디서 왔고 그 본질은 무엇이냐를 끝까지 캐 들어가 그 실체를 알아내자는 것입니다. 이런 일은 보통 사람들의 지식만으로는 불가능한 일입니다. 진리에 대한 지혜가 싹이 터야만 가능한 일입니다. 이 지혜를 터득하는 것을 상구보리(上求菩提)라 합니다.

일단 지혜를 얻었으면 그것을 혼자서만 알고 있을 것이 아니라 중생들에게 보급할 의무가 있습니다. 이것을 하화중생(下化衆生)이라고 합니다. 현상계의 부조리는 구도자가 자신이 깨달은 진리를 무명중생들에게 가르치는 과정에서 자연히 해소되게 되어 있습니다. 미흡한 구석이 있어도 어쩔 수 없는 일입니다. 구도자는 사회개혁자는 아니기 때문입니다.

그러나 이러한 구도자의 깨달음의 과정을 거치지 않고 설익거나 용도 폐기된 이념을 가지고 사회의 부조리를 척결하겠다고 나서는 사람들도 있습니다. 공산주의, 사회주의 계통의 정치인이나 학자들이 그런 사람들입니다.

이러한 사람들 중에는 정치 조직을 만들어 한 나라의 정권을 잡고 나라를 잘되게 하기보다 망치는 경우가 더 많습니다. 한반도에서도 남쪽과 북쪽에서 다 같이 그런 일이 벌어지고 있습니다. 어느 쪽을 택할 것인지는 각자의 선택에 달려 있습니다.

현상계의 부조리를 바로잡는 방법은 세속이 진리를 따르는 길밖에는 없습니다. 쉽게 말해서 거짓말하지 않고 바르고 슬기롭게 사는 길뿐입니다.

진리가 세속을 이기지 못할 때

친절한 답변 감사드립니다. 위의 선생님이 보내 주신 말씀은 제가 어릴 때부터 옳다고 배워왔고, 학창 시절 나름대로 성실하게 공부해 사기업을 거쳐 공기업에 취직하게 된 바탕이었습니다. 그런데 사회생활은 거짓말하지 않고 바르고 슬기롭게 사는 것이 잘 통하지 않았습니다.

관련 업체로부터 10만 원을 받아 본인이 5만 원 가지고 상사에게 5만 원 상납하는 사람이 1원도 받지 않고 1원도 상납하지 않는 사람보다 더 유능하고 대접받는 분위기였습니다. 뿐만이 아니고 선생님께서도 많이 겪어 보셨듯이 수많은 사이비 종교 단체들이 순진한 사람들을 농락하여 자신들의 잇속을 채우고 있으며, 동일한 능력을 가진 선한 사람과 악한 사람 사이에 의견 대립이 생겼을 때 선한 사람은 상대방의 뒤통수를 치지 않지만 악한 사람은 상대방의 뒤통수를 침으로써 현상계에서 더 강한 위치와 생존력을 차지한다는 것입니다.

수많은 예를 일일이 다 들 수 없지만 일제치하, 6·25사변, 신문사 퇴출, 사이비 단체와의 싸움 등을 겪어 오신 선생님께서도 현상계에서 거짓말하지 않고 바르고 슬기롭게 사는 사람이 거짓말하고 악하고 권모술수로 사는 사람에게 이기지 못하고 고통을 받는 것을 너무나 많이 보셨을 것입니다.

이러한 현상계에서 선복악화(善福惡禍)라는 가르침이 얼마나 통용되며, 절대계의 어떤 진리가 현상계의 사람들이 받는 고통에 위안과 기댈 수 있는 언덕이 될 수 있으며, 사회의 부조리를 체험한 사람들이 얼마나 진실되게 살려고 할런지요?

위의 선생님의 말씀처럼 세속이 진리를 따라 현상계의 부조리가 바로 잡혔으면 좋겠는데 거의 대부분의 사람들에게 세속은 실감으로 처절하게 느껴지는 반면 진리는 너무나 관념적으로 한 발 떨어져 실생활과 유리되어 느껴지니 어느 누가 세속을 따르지, 진리를 따르나 하는 생각이 듭니다.

저의 생각을 넘어서는 현실적인 고견을 청하며

황인식 올림

【필자의 회답】

요컨대 이 세상에서는 거짓말 잘하고 공금을 횡령 착복하고 남의 신의를 배반하고 뒤통수치는 사람이 잘살고 유능하다는 대접을 받는 것이 현실인데, 바르게 살라는 말이 현실적으로 무슨 소용이 있느냐는 것이군요.

과연 그렇게 생각한다면 그렇게 악랄하게 한번 세상을 살아 보시기 바랍니다. 상사에게 거짓말하고 회삿돈을 가로채고 고객과의 약속을 헌신짝마냥 위반해 가면서 호의호식하고 살아 보시기 바랍니다. 과연 그렇게 사는 것이 기분이 좋고 마음이 편하고 그러면서도 상사나 이웃으로부터 존경을 받으면서 언제까지 살 수 있는지 한번 실행해 보시기 바랍니다.

이런 사람은 부정하고 악한 사람이라고는 말할 수 있어도 결코 슬기로운 사람이라고 말할 수 없습니다. 슬기로운 사람이란 지혜롭게 사는 사람이기 때문입니다. 부정한 사람은 지혜로운 사람이 될 수 없습니다. 바르게 사는 사람만이 슬기로운 사람이기 때문입니다.

회삿돈 가로채는 사람, 부정한 방법으로 돈 버는 사람 쳐놓고 오래가는 사람 없습니다. 사필귀정(事必歸正)입니다. 조만간에 법망에 걸려 쇠고랑을 차거나 회사에서 불성실한 사원으로 낙인찍혀 쫓겨나게 되어 있습니다. 만약에 이 세상에 선복악화(善福惡禍)가 통하지 않는다면 그 순간부터 약육강식만이 판치는 아비규환의 생지옥의 무법천지가 되고 말 것입니다.

원래 이 세상에는 선과 악이 공존하게 되어 있습니다. 사람도 역시 누구나 마음속에 선과 악의 양면을 다 갖고 있습니다. 우리가 수련을 하는 이유는 선한 마음이 악한 마음을 제압하고 통제하기 위해서입니다. 악의 일시적인 창궐 앞에서 절망한다면 그것은 약자의 비명밖에 되지 않습니다.

그러므로 우리는 악이 눈앞에서 춤을 추더라도 실망치 말고 이를 이길 수 있는 지혜를 터득해야 할 것입니다. 『선도체험기』가 존재하는 이유입니다. 황인식 씨는 『선도체험기』를 1권서부터 86권까지 다 읽었다고 말하지만 내가 보기에는 이 책이 의도하는 핵심은 다 놓쳐 버리고 껍데기만 읽은 것 같습니다. 그렇지 않다면 그처럼 초보적이고 진부한 질문을 계속할 리가 없습니다.

마음의 시야를 넓히려고

제가 『선도체험기』를 통해 알고 있는, 악을 이길 수 있는 궁극적 지혜란 아상(我相)과 중생상(衆生相)을 버리라는 것으로 알고 있습니다. 거래형 인간, 역지사지방하착(易地思之放下着), 애인여기(愛人如己), 여인방편자기방편(與人方便自己方便), 이타형(利他型) 인간 등을 다 포함하는 것으로, 결국은 무로 돌아가라는 말이라고도 볼 수 있을 것입니다.

제가 옳게 보았는지요? 옳게 보았다면 우주심이란 삼라만상을 포함한 무이든 아니면 단순한 존재 없음의 무이든, 사랑이나 자비라기보다는 담담하고 여여함을 나타낸 노자의 천지불인(天地不仁)이 더 맞다고 보여집니다.

이런 우주에서 제가 말씀드리고 싶은 것은 악하게 살자는 게 아니고 서로 상부상조할 수 있는 윈-윈의 삶을 추구함인데 이런 마음을 가진 사람과, 자신의 풍요를 위해서는 악의 방법을 사용해 타인의 것을 빼앗는 사람과 일대일로 부딪혔을 경우, 양자가 동일한 능력일 때 악질적이고 공격적이고 권모술수에 능하고 뒤통수 잘 치는 사람이 이길 확률이 훨씬 높은 게 현실의 모습이더라는 이야기입니다.

이 현실에 선생님은 동의하지 않으시나요? 즉, 사랑, 자비라는 아름다움이 전쟁, 파괴라는 추악함과 맞닥뜨렸을 때 너무 무력하다는 게 우주의 법칙처럼 보이는 것이 저만의 착각일까요? 저는 『선도체험기』의 껍데기를 얘기하고 싶은 게 아니라, 그 핵심대로 살고 싶은데 그 핵심이

311

현실적으로 수용하기에 미흡하다고 느껴지는 부분을 질문드리고 배워서 제 마음과 시야를 더 넓히고 싶은 것입니다.

제가 잘못 알고 있는 부분에 대한 가르침을 기다리며

황인식 올림

【필자의 회답】

결론적으로 말해서 진리의 핵심대로 살고는 싶은데 그것을 현실적으로 수용하기에는 미흡하다는 것이군요. 진리를 지식과 머릿속으로는 알고 있지만 온몸으로 그리고 느낌으로 확 다가오지 않는다는 얘기입니다.

왜 그런지 진지하게 관하고 성찰하여 보았습니까? 진리를 온몸을 통하여 직접 체험해 보지 못했기 때문입니다. 견성(見性)은 지식만으로는 접근이 불가능한 세계입니다. 불교의 선(禪)이나 힌두교나 회교적 구도자들은 마음공부만으로 견성을 하려고 합니다. 그러나 선도(仙道)는 기공부와 함께 몸공부와 마음공부를 통하여 이 목표에 도달하고자 합니다.

운기조식을 하여 기문(氣門)이 열리고 단전에 기의 방이 형성된 후 축기를 통하여 소주천, 대주천, 현묘지도 등 단계적 접근으로 구도자는 각기 자기 존재의 실상에 도달하고자 하는 것입니다.

그런데 황인식 씨는 처음부터 기공부에 대해서는 별 관심을 보이지 않고 있습니다. 다시 말해서 지식만으로 그리고 마음공부만으로 진리에 도달할 것이라고 확신하고 있는 것 같습니다. 그러니까 처음부터 나와는 의견일치를 이루지 못하고 있습니다.

선도가 불교, 힌두교, 이슬람교, 기독교적 구도자와 다른 점이 바로 기공부입니다. 『선도체험기』가 다른 구도서와 다른 점은 바로 기공부와 몸공부입니다. 둘 중에서도 기공부가 핵심입니다. 마음공부는 선도 이외의 구도자들도 다 같이 하는 것이기 때문에 논외로 합니다.

『선도체험기』 81권에는 라즈니쉬 제자라는 사람과 나와의 논쟁이 나오는데 그 사람 역시 기공부를 기피하려 했습니다. 그런데 황인식 씨 역시 기공부를 도외시하려고 합니다. 이래가지고는 선도 수련자가 될 수는 없고 내가 도와줄 방법도 없습니다. 기공부를 무시하는 한 나에게 더이상 접근하려 해 보았자 무익한 일이 될 것입니다. 기공부를 안 하는 사람은 별 재주를 다 부려 보아도 『선도체험기』의 핵심에 도달하기는 불가능하기 때문입니다.

기공부에 대한 견해

기공부는 "하다가 안 되면 그만두면 되지" 하는 마음으로 시작할 공부는 아니라고 봅니다. 많은 어려움과 부작용을 각오하고 이를 감수할 마음의 준비가 있고 나서야 시작해야 할 공부라고 봅니다.

이전 『선도체험기』에 등장했던 아주 수련이 잘되었던 수많은 제자 분들 중에 잘못된 길로 빠지거나, 접신 등의 부작용에 시달리거나 병원에 가서 목숨을 잃은 등의 경우가 발생하여 이제는 『선도체험기』에 등장조차 못하는 분들이 많지 않았습니까? 그리고 그런 경우가 되풀이되는 것은 피해야 하지 않겠습니까?

제가 질문을 드리는 것은 기공부를 도외시하려고 하는 것은 아닙니다. 오히려 먼저 깨달으신 분들의 지혜를 배워 마음을 강화함으로써 기공부로 인한 부작용과 시행착오를 줄여 보고자 함입니다.(선생님께서는 수영을 배우기 위해 무조건 물에 뛰어들라고 말씀하실지도 모르겠지만요.)

그리고 제가 드린 질문이 라즈니쉬를 추종하자는 것처럼 현실을 도외시한 허무맹랑한 질문이 아닌 바에야 먼저 아시고 느끼신 분의 가르침은 어두운 밤길을 비추는 등불이 될 수도 있지 않을까 생각하는데 이런 제 마음이 잘못된 것인지요?

선생님의 가르침을 청하며

황인식 올림

【필자의 회답】

황인식 씨는 지난번 메일에서 분명히 말했습니다. "이전『선도체험기』에 등장했던 아주 수련이 잘되었던 수많은 제자 분들 중에 잘못된 길로 빠지거나, 접신 등의 부작용에 시달리거나, 병원에 가서 목숨을 잃는 등의 경우가 발생하여 이제는『선도체험기』에 등장조차 못하는 분들이 많지 않았습니까?"

이렇게 막말로 나온다면 이성적인 논의도 토론도 불가능한 일입니다. 선도에 입문하여 운기조식이 되고 수승화강이 정착되면 그 사람의 몸은 보통 사람과는 다른 생리 체계로 변합니다. 따라서 교통사고나 재난 사고 외의 성인병에 수술은 금물입니다.

그런데도 오장육부에 칼을 대어 생명을 잃은 여교사 수련생의 경우가 있었지만 이것은 순전히 그녀 자신의 우유부단과 의사인 그녀의 아버지의 선도수련에 대한 무지와 수술 강요 때문이었습니다.

황인식 씨가 나를 수련의 선배로 대우한다면 부디 다음 말을 명심하시기 바랍니다. 기공부는 바른 마음을 가지고 지혜롭게 대처한다면 결코 위험천만한 수련 체계가 아니라는 것입니다. 하긴 사욕에 사로잡혀 마음이 삐뚤어진 사람은 어떠한 종교나 수련 단체에 들어가도 수련 중에 위험에 빠지게 될 확률이 높습니다. 악한 사람은 어느 곳에 있든지 악령을 부르고 악령은 또한 불치의 병을 부르기 때문입니다.

선도에 관심이 있다면 우선 단전호흡부터 해 볼 일입니다. 『선도체험기』는 1권 초장부터 운기조식으로 시작되었습니다. 우선 시작해 보고 나서 그 체험을 바탕으로 다음 목표를 정해 나가야 합니다.

마음공부는 어떠한 수련체계나 종교 단체도 다 같이 하는 것이니 구태여 논할 필요가 없습니다. 마음공부에 대해서는 불교의 스님들이 더 잘 알고 있습니다. 그리고 몸공부는 체육과 스포츠 분야의 전문가가 담당하고 있지 않습니까?

우선 시작부터 해 보고 그 반응을 잘 살펴야 합니다. 선도와 인연이 있는 사람은 금방 반응이 옵니다. 그러나 몇 달 몇 해를 해 보아도 아무런 반응이 없는 사람이 천 명에 한 사람 정도 있을까 말까입니다. 이런 사람은 선도와는 인연이 없다고 보아도 될 것입니다.

이렇게까지 말했는데도 끝까지 위험해서 기공부는 해 보기조차 싫다면 선도와는 인연이 없다고 보고 미련 두지 말고 일찍이 접어 버리는 것이 좋습니다. 내가 이처럼 기공부를 이야기하는 데는 이유가 있습니다. 지식과 논리를 통해서는 진리의 핵심은 막연한 개념이나 관념 정도로 밖에는 인식이 되지 않습니다만 기공부를 해 보면 진리의 핵심이 확실한 실체로 파악되기 때문입니다.

젖먹이는 어미를 지식이나 논리를 통해 막연하게 인식하는 것이 아니라 단지 직감만으로 즉각 알아차립니다. 그래서 흔히 피는 물보다 진하다고 말합니다. 기공부를 통하여 우리는 진리를 인식의 대상이 아니라 자기 자신의 몸 그 자체로 실감하게 됩니다.

자상한 권유 감사드리며

수련과 삶의 선배님으로서의 선생님의 자상한 권유 감사드립니다. 그리고 막말로 선생님을 불쾌하게 하고자 하는 의도는 전혀 없습니다. 인생의 후배에게 좋은 가르침을 주시는 분을 왜 괴롭히려 하겠습니까?

기 수련은 염념불망의수단전(잠자리에서 조차)을 한 달 가까이 해 봤는데 진도가 빠른 분들처럼 진동이 오거나 그렇지 않고, 잠을 자도 숙면을 취한 것 같지 않아 몸이 찌뿌둥하고 해서 지금은 마음공부와 몸공부에 더 비중을 두고 있습니다.

그리고 예전에 말씀드린 바 있지만 오행생식을 해 보니 175cm / 58kg 정도의 평소 몸이 살이 너무 빠지고 힘이 너무 없는 것 같았습니다. 그래도 열심히 노력하겠다는 각오로 1일 1식을 1년 정도 한 결과가 폐결핵이라는 영양 결핍과 면역력 결핍의 증상으로 나타나니, 현상계의 순리나 상식을 소홀히 여기고 뛰어넘어야 한다는 무리한 생각을 조심하게 되었습니다.

그래서 무조건 기공부에 매달리기보다는 지금은 마음공부와 몸공부에 더 비중을 두고 있는 형편이고요. 『선도체험기』에 따르면 기는 진리에 이르기 위한 방편의 하나이지 목적은 아니라고 되어 있습니다. (물론 마음/기/몸의 삼위일체를 통한 구해탈을 주장하신 선생님의 뜻은 잘 알고 있습니다.)

그리고 시사 문제에 등장하는 미국, 일본, 중국 등의 국가들과 현실적인 문제를 논할 때 그들이 기를 모른다고 하여 기를 배우고 나서 대화를 하자고 할 수는 없는 게 또 하나의 현실 아니겠습니까?

기공부를 권하시는 선생님의 의도는 충분히 이해하며 그것은 대전제로 놓아두고 말씀드리는 저의 한 단계 아래의 소전제는 이렇습니다. 마음/기/몸의 삼위일체를 통하여 진리를 깨달은 분이 그 진리를 삼위일체가 되는 소수의 사람에게만 완전한 방식으로 전달하는 것도 의미가 있겠지만, 삼위일체에서 한두 부분이 부족한 다수의 사람에게 완전하지는 않지만 이해 가능한 부분까지라도 전달하여 그 사람이 이를 논리적으로나마 이해함으로써 올바르게 살고 그 전달받은 지혜를 또 다른 사람에게 전달하여 그 사람도 올바른 삶을 살게 되고 이것이 여러 사람에게 널리 퍼져 조화로운 삶이 늘어날 수 있다면 이것도 상구보리 하화중생이라고 할 수 있지 않을까 여겨지는데 선생님은 어떻게 생각하시는지요?

가르침을 기다리며

황인식 올림

【필자의 회답】

아무래도 황인식 씨는 선도수련을 할 체질이 아닌 것 같습니다. 이 세상에서 선도와 가장 유사한 수행 기관이 있는데 그것이 바로 불교의 선방(禪房)입니다. 선종(禪宗)은 수련 방법은 선도와 흡사한데 오직 기 수련만 빠져 있습니다. 선방을 찾는 것이 어떨까 합니다. 직지인심(直指人

318

心) 견성성불(見性成佛) 즉 마음공부만으로 해탈을 목표로 하고 있으니 한번 해 볼 만하지 않을까요? 그쪽에서 좋은 스승을 구하시기 바랍니다. 아무래도 나와는 인연이 아닌 것 같습니다.

좋은 말씀 감사드리며

당분간 선생님께 메일 드리지 않고 제 나름의 폭을 넓히는 쪽으로 지내 보겠습니다. 다시 뵐 때까지 건강하시고 좋은 나날 되시기 바랍니다.

황인식 올림

【필자의 회답】

마지막 메일을 받고 지금까지 나에게 도달한 12회에 걸친 메일 문답을 되돌아보고 느낀 점을 말해 볼까 합니다. 황인식 씨는 한 달 동안 기공부를 혼자서 해 보다가 잘 안되니까 그만두었다고 말했습니다. 또 생식을 해 보았지만 힘이 빠져서 중단하고 일일일식을 1년 동안 해 보니 결핵에 걸려서 그만두었다고 했습니다.

책을 보고 혼자서 해 보고 안 되니까 그만둔 것 같습니다. 선배나 스승이나 그 방면의 고수에게 문의를 해 보거나 도움을 받은 일은 한 번도 없었는지요? 만약에 그랬다면 수련을 너무나 안이하게 생각한 것이 아닌가 생각됩니다.

다시 말해서 수련에 지극정성을 다하지도 않았고 전력투구하지도 않았다는 얘기가 됩니다. 스승 한 사람은 만 권의 책을 능가한다고 했습니다. 혼자서 해 보다가 안 되니까 스승 없이도 할 수 있는 마음공부와 몸공부만 해 온 것입니다. 그리고 나에게 메일 교환을 12회쯤 해 보고 이 또한 별 진전이 없으니까 접어 버리고 만 것으로밖에는 보이지 않습니다.

이렇게 매사에 우유부단하고 뜨뜻미지근해 가지고는 무슨 일에도 성공하기 어려울 것입니다. 연구에 몰두하느라고 자기 이름까지 잊어버린 에디슨처럼 집중을 할 수만 있다면 무슨 일을 하든 실패할 리가 없다고 봅니다.

어떤 일을 한번 하기로 작심을 했으면 그 일에 미쳐 버려야 합니다. 미치지 않으면 성공할 수 없습니다. 불광불성(不狂不成)입니다. 지성(至誠)이면 감천(感天)이라고 했습니다. 이러한 자세로 바른 일을 하려고 하는 사람에게는 반드시 사람과 신의 도움이 있게 되어 있습니다. 그래서 훌륭한 제자가 나타나면 반드시 영험한 스승이 있게 마련입니다. 매사에 진인사대천명(盡人事待天命)의 자세로 임하면 성공하지 못할 일이 없다는 것을 명심하시기 바랍니다.

혼자서 수련을 해 보니까 잘 안되는데 어떻게 하면 좋겠느냐고 필자에게 메일로 질문을 해 오는 사람이 부지기수입니다. 그때마다 나는 자기가 가진 시간과 노력과 물질을 아끼지 말고 과감하게 투자할 각오가 되어 있지 않는 한 수련에 성공하기 어렵다고 회답을 보냅니다. 그러면 십중팔구는 아무 회답도 없이 끝나 버립니다.

생식 값이 아깝고 차비가 아까워서 만나서 도움을 받고 싶은 고수에게 찾아가고 싶어도 못 찾아가는 사람은 일찍이 수련을 접어 버리는 것이 좋습니다. 그 사람이 만약에 상근기라면 스승 없이 책만 읽고도 혼자서 공부해도 능히 일취월장(日就月將)하게 될 것입니다. 그렇지 않다면 중근기나 하근기에 속합니다. 이런 사람은 천상 스승의 도움을 받을 수밖에 없습니다. 그것이 바로 스승의 존재 이유입니다. 관을 통하여 자기 자신의 존재의 실상을 객관적으로 파악할 수 있는 사람은 어떠한 난관에 부닥쳐도 헤쳐 나갈 수 있는 돌파구를 찾을 수 있을 것입니다.

선생님의 말씀을 듣고...

자상한 설명 감사드립니다. 제가 수련에 미치지 않았다는 부분은 동감합니다. 완전히 알지도 못하는 상태에서 미칠 만큼 무모한 성격은 아닌 편입니다. 저는 회사의 건강검진에서 폐결핵이라는 판정이 나왔을 때 도저히 믿을 수가 없었습니다.

『선도체험기』에서 강조한 바에 따라 똥 만드는 기계가 되지 않고 몸의 자연치유력을 강화하기 위해 1일 1식을 1년 가까이 해 왔고, 운동도 그전보다 더 열심히 해 왔는데 이런 결과가 나오다니 하고 말입니다.

그리고 치료를 위해서도 큰 고민에 휩싸였습니다. 내과질환에 있어서 약, 주사, 수술 등의 부작용을 귀가 따갑도록 들어온 저로서는 서양의학을 택하지 않기 위해 오행생식을 다룬 『선도체험기』 8, 9, 10권을 뒤져보고 한의원을 찾아보고 하였지만 한의원에서도 결핵 치료의 뾰족한 방법은 없으니 서양의학에 따르라는 권유였습니다.

결핵은 소모성 질환이라 잘 먹어야 한다는 말에 따라 1일 1식을 1일 3식으로, 오행생식을 화식으로, 그리고 제법 많은 양의 서양 약을 먹기 시작하면서 혼란스러운 기분 이루 말할 수 없었습니다. 치료 시작 후 1번의 재발을 거쳐 1년 6개월 정도의 성실한 약 복용으로 치료를 하였습니다만 지금도 의문입니다.

제가 오행생식요법에 따라 결핵을 명현반응으로 보고 자연치유력에 의지하여 결핵약을 먹지 않고 오행생식을 계속하면서 폐를 강화하는 금기(金氣)의 매운 음식을 많이 먹음으로써 병을 고칠 수 있었을까 하고 말입니다.

그리고 메일 교환을 당분간 그만두고자 함은 제가 접어 버리고 싶어서가 아니라 선생님께서 인연이 아닌 것 같다고 말씀하시니 저만의 욕심으로 선생님을 피곤하게 만들기보다는 잠시 여유를 갖자는 이유였습니다.

그런데 수련에 미치지는 안 했지만 고통 속에 1일 1식을 1년 가까이 하며 몸공부를 계속할 만큼 절실하게 노력했고, 모든 타인과의 대화를 항상 선생님의 『선도체험기』를 바탕으로 했을 만큼 올바르게 살려고 해왔다는 것은 부끄럽지 않은 부분이라고 생각하고 있습니다.

생식 값이 아깝고 차비가 아까울 만큼의 구두쇠형은 아니지만 그 생식이 선생님처럼 저에게 잘 맞아떨어지지 않는 듯하니 무조건 계속해서 먹어 보자 할 수는 없는 일이었습니다(선생님도 기 수련이 어느 수준 이상이 되고 난 후 화식이 싫어져서 생식을 찾게 된 것으로 알고 있습니다.)

그리고 지금도 아침을 먹을 시간이 없을 때는 오행생식(수, 금, 표준, 상화 : 휴대용)으로 해결하고 있습니다. 우리가 중생상(衆生相)을 가지고 태어난 이상 수련이 즐겁고 재미있다고 하기는 어려운 일입니다.

수십 년을 운동한 마라토너들도 그게 즐겁기만 해서 하겠습니까? 그 길이 옳다고 믿으니 노력하고, 그 노력의 성과로 위로 받고 다시 노력하는 과정이 아니겠는지요? 수련에 힘쓰는 게 즐거움만이 아닌 중생의 입장에서 그 길을 노력하면서 갈려니 선생님이 보시기에는 많이 미흡함을 잘 알고 있습니다.

제가 다소 관념적인 질문을 드리는 것도 『선도체험기』 정신대로 살려

고 노력하는 삶이 현실에서 모순에 부딪히는 것처럼 보일 때 그 이유가
우주의 논리와 어떻게 조화를 이루며, 만일 조화를 이루지 못한다면 우
주의 논리 그 자체가 불합리하고 부조리한 것은 아닌가 하는 것을 지혜
가 큰 분에게 문의하여 자기가 가는 길에 확신을 더하기 위해서임을 말
씀드리는 바이고요.

친절하신 말씀 감사드리며

황인식 올림

【필자의 회답】

지난 번 나의 회답의 요지를 전연 파악하시지 못한 것 같아 유감입니
다. 사회에는 초, 중, 고, 대학, 대학원이 있어서 수많은 교사, 교수들이
학생들을 가르치도록 제도화되어 있습니다. 그 밖에도 수없이 많은 학원
강사들이 학생들을 가르치고 있습니다. 왜 그럴까요? 아무리 우수한 학
생도 혼자서는 공부를 제대로 하기 어렵기 때문입니다.

수련도 마찬가지입니다. 책만 보고 혼자서 수련을 해 보아 다행히도
잘되면 좋겠지만 잘 안 되면 스승이나 고수를 찾아야 한다는 요지입니
다. 지금까지 황인식 씨는 순전히 혼자서만 수련을 해 온 것 같아서 그
런 조언을 한 것입니다. 발상의 전환을 해 보라는 의미였는데 전연 엉뚱
한 동문서답만 하고 있군요.

또 내가 수련에 미치라고 한 것은 지극정성을 다하여 전력투구하라는

말이지 정말 미쳐버리라는 말이 아닌데 참으로 의사소통이 어렵습니다. 아무래도 더이상 메일을 교환해 보았자 피차 아무 소득도 없을 것 같습니다.

글만으로는 어려운 대화

제가 선생님께 드린 말씀이 어떻게 선생님께는 그렇게 받아들여지는지 참 힘이 듭니다. 이미 이전 몇 번의 메일로써 제가 정말 표현하고 싶은 뉘앙스나 감정이 상대방은 알기 힘들 수도 있겠구나 하는 것을 느꼈기 때문에 가능한 선생님 말씀의 한마디 한마디에 성실히 나의 얘기하고자 하는 바를 전달하려 애썼건만 그게 동문서답으로 받아들여지다니요?

수련에 미친다는 표현이 수련에 모든 것을 건다는 의미가 있으므로, 제가 겪은 경험을 바탕으로 어느 하나에 모든 것을 건다는 것의 위험성과 그에 대한 조심성을 말씀드렸건만 선생님은 전혀 관계없는 얘기로 이해하시니 참 난감한 마음입니다.

그리고 스승이나 고수를 찾는 것도 모든 것을 건다는 확신과 마음의 자세가 된 뒤에야 흔들림이 없다는 얘기가 내포되어 있는데 그것도 제대로 전달되지 못한 것 같습니다. 그런 확신과 마음의 자세를 굳건히 하기 위해 우주의 논리, 현실의 논리와 『선도체험기』의 논리와의 차이가 있어 보이는 부분에 대해 다소 관념적으로 보이는 질문들을 드린 것이고요.

제가 수련에 미친다는 의미를 정신이 돈다는 의미로 받아들이고서야 어떻게 공기업의 직원으로서 생활하겠습니까? 저도 애초에 알고 싶었던 핵심이 자꾸 빗나가 전혀 다른 부분에 대해 설명하고 있으니 매우 안타까운 마음입니다.

황인식 올림

【필자의 회답】

내가 1986년 1월 20일부터 단전호흡을 시작하여 뚜렷한 성과를 거두지 못했더라면 지금까지 86권이나 나온 출판 역사상 희귀한 『선도체험기』 시리즈는 이 세상에 태어나지 못했을 것입니다. 그러니까 『선도체험기』는 기공부를 바탕으로 태어난 것입니다. 따라서 질문자는 처음부터 기공부를 안 했으니 『선도체험기』를 이해하기 어려울 것입니다. 그것이 안타까워서 혼자서만 기공부를 해 보니 안 된다고 하여 간단히 포기하지 말고 스승이나 고수를 찾아가 감정을 받아 보라고 한 것입니다.

그런데 질문자는 수련에 모든 것을 걸겠다는 확신이 서지 않은 한 스승을 찾을 수 없다는 얘기인 것 같습니다. 수련에 대한 확신을 굳건히 하기 위해서 평소에 의문을 품어 온 다소 관념적인 질문들을 했는데 유감스럽지만 그것이 내가 보기에는 가상적이고 비현실적이고 환상적이어서 달걀이 먼저냐 닭이 먼저냐 식의, 언제까지나 결론이 나지 않을 백해무익한 탁상공론에 지나지 않는 것입니다.

그리고 질문자는 기공부도 생식도 자기 체질에 맞지 않으니 스승을 찾을 필요조차 없다면 그 또한 할 수 없는 일입니다. 그러나 그러한 단정을 질문자 스스로 내리는 것은 좀 성급하지 않나 하는 생각이 듭니다. 왜냐하면 이 세상에는 본인 자신은 새까맣게 모르고 있는 자질을 객관적인 안목을 가진 전문가들은 족집게처럼 집어낼 수 있기 때문입니다.

그래서 서구 선진국들에서는 초등학교 3, 4학년쯤 되면 담임교사들은 벌써 자기 제자들 중 누가 학자가 되고, 기술자가 되고, 사업가가 되고, 예술가가 되고, 숙련공이 될지 알아차리고 학부모들과의 합의 아래 그 방면의 준비를 한다고 합니다. 그래서 우리나라에서처럼 사교육 따위가 기승을 부리지 않는다고 합니다.

나는 지난 17년 동안 삼공재에 찾아오는 숱한 수련자들을 관찰한 경험이 있어서 한 시간만 앞에 앉혀 놓고 대화하고 관찰하면 그 사람이 앞으로 기공부를 할 수 있을지 없을지 90프로 정도는 직감으로 알아 낼 수 있습니다. 그리고 두세 번만 더 만나 보면 그 여부를 거의 100프로 알 수 있습니다.

내가 질문자에게 말하고자 한 것은 자기의 자질을 자기 혼자서만 멋대로 판단하고 결정하려고 하지 말라는 것입니다. 이렇게까지 말했는데도 내 말이 끝내 동문서답으로밖에는 들리지 않는다면 더이상 할말이 없습니다.

내가 이렇게까지 말하는 것은 질문자가 그래도 그 방대한 『선도체험기』 시리즈를 다 읽고 나와 열세 번 이상이나 이메일을 교환을 할 수 있었다는 희귀한 지구력과 인연 때문이지 다른 뜻은 추호도 없다는 것을 덧붙여 말해 두는 바입니다.

목숨을 걸고 하는 수련이란?

삼공 선생님께

안녕하세요? 오연식입니다.

부모님하고만 살아서인지 선생님에게서 문자메시지 받으니, 너무 새롭고 기분이 좋습니다. 고이 간직하겠습니다. 이왕 편지함을 열었으니 몇 가지 드는 생각을 말씀드리겠습니다. 지난 일요일 등산 중 심심풀이 땅콩처럼 삼공재를 드나들면서 수련에 열의가 없다는 말씀에 정신이 번쩍 들었습니다.

수련의 고삐를 잡으면 놓치지 말고 내쳐 달려들어야 한다는 말씀도 명심하게 되었습니다. 한편으론 과연 내가 전력투구를 하고 있는지, 목숨을 걸고 수련을 하고 있는지 반성하게 되었습니다. 과연 목숨을 걸고 한다는 것이 어떤 것일까? 하고 하산을 하면서 곰곰이 생각해 봤습니다.

그런데, 어머니 생각이 났습니다. 어머니는 병환 중 당신이 병마를 이겨내기 위해서 목숨을 걸고 고군분투하셨으리라 생각됩니다. 안 그러면 목숨을 잃으니까요. 제가 너무 게으름을 부리고 있는 것 같습니다. 편지를 쓰면서도 단전에 의식을 두는 것을 놓치게 됩니다.

2007년 목표가 단전에 기운 느끼기인데 벌써 6월이 다가옵니다. 수련 중 제가 게을러졌다 싶을 때 꾸중을 부탁드립니다. 아직 선생님께서 화난 모습을 한 번도 보지 못했으니 몽둥이보다 더 아픈 한 말씀만 해 주십시오.

"그렇게 수련을 게을리하면 어느 세월에 단전에 기운을 느끼겠냐?"

26일 좁은 고시원에서 가격이 비슷한 조금 넓은 하숙집으로 이사를 합니다. 이사 정리가 되면 오후에 삼공재 방문해서 생식도 구입하고 수련 지도를 부탁드리겠습니다. 토요일 오후에 뵙겠습니다. 고맙습니다.

오연식 올림

P.S.

저녁 22시부터 새벽까지 저는 근무를 하는데 문득 이런 생각이 들었습니다. 다른 차원에 살고 있는 존재들은 우리처럼 밥은 먹지 않는다는 것을 『선도체험기』를 읽어서 추측이 갑니다만 잠은 자는지 궁금합니다.

【필자의 회답】

수련의 성공 여부는 정신 집중에 달려 있습니다. 어디 수련뿐이겠습니까? 이 세상 무슨 일이든지 성공을 하려면 그 일에 미쳐 버려야 합니다. 발명가 에디슨은 연구 중에 호구조사차 나온 동회 직원이 이름을 묻자 자기 이름이 생각나지 않아 대답을 못하고 쩔쩔맸다고 합니다. 이 정도로 연구에 열중했기에 그는 인류를 위해 수백 가지의 발명품을 내놓을 수 있었습니다.

기공부에도 그만한 열의가 당연히 있어야 합니다. 언제나 무슨 일을 하든지 단전에 의식을 두고 코로 숨을 쉬되, 깊고 길고 가늘고 고르게 천천히 쉬어야 합니다. 때로는 자는 것과 먹는 것도 잊을 정도로 운기조식(運氣調息)에 열중을 해야 합니다.

걸을 때나 쉴 때나 앉아 있을 때나 누워 있을 때나, 말을 할 때나 침묵을 지키고 있을 때나, 몸을 움직이고 있을 때나 조용히 앉아 있을 때는 말할 것도 없고, 무슨 일로 누구와 대화를 하다가 갑자기 화가 치밀 때도 주먹질이 오갈 때도, 물에서 헤엄을 칠 때도 심지어 남녀가 운우지정을 나눌 때도 단전에서 의식이 떠나면 안 됩니다. 자나 깨나 오매불망 단전에서 의식이 떠나면 안 됩니다.

침식과 생사를 초월할 수 있다면 이 세상에 이룩하지 못할 일이 어디 있겠습니까? 이렇게 지극정성으로 호흡을 하여 그 정성이 하늘에 닿아야 단시일 안에 단전이 달아오르게 되어 있습니다. 광부가 막장에서 착암기로 바위를 뚫어 광석을 캐낸다는 절박한 심정으로 운기조식에 임한다면 반드시 성공하게 될 것입니다.

구도자는 외부의 회초리에 의존하지 않고 어디까지나 자기 자신의 의지력으로 난국을 뚫고 나가는 습관을 길러야 합니다. 수련은 어디까지나 자기 자신과의 싸움이니까요. 남의 힘에 의존하면 종교인이 되어 버립니다.

광명천(光明天)이라는 세계에 살고 있는 존재는 지구인처럼 음식을 먹지 않고도 순전히 공기 속의 영양으로 살수 있다고 합니다. 잠도 역시 지구인처럼 밤에 8시간씩 오래 자는 것이 아니라 잠시 눈을 붙이는 것만으로 해결한다고 합니다.

머리가 시원해졌습니다

선생님, 안녕하세요. 고용성입니다. 게으르다 보니 남들처럼 쭉쭉 뻗어나가지를 못하고 그것도 한 걸음 가는 듯 말듯 이렇게 수련이 되어 가고 있습니다. 어제(5/26) 삼공재에서 김미경 씨를 보면서 4월 말에 처음 오셨는데 벌써 현묘지도 수련을 하니 참 진도가 빠르구나 하고 느끼면서 열심히 수련에 임해야겠다 다시 생각을 해 봤습니다.

수련이 미미하다 보니 선생님께 수련에 관해 질문도 제대로 하지를 못하고 이메일만 가끔씩 올립니다. 어제 삼공재에서 수련하면서 질문을 올릴까 하다가 좀더 지켜본 다음에 하자 하고 집으로 돌아왔습니다.

전에 수련하면서 몸에 일어난 현상하고 진동에 관한 겁니다. 저는 반가부좌를 하고 있으면 조금 있다가 머리가 도리질을 합니까? 한두 번을 하는 것이 아니라 여러 차례 합니다. 도리질을 하고 나면 경추 부위가 시원해지면서 답답했던 것이 풀리곤 합니다.

팔과 몸도 한두 번씩 이리저리 흔들리기도 합니다. 제 생각으로는 경추가 비틀어져 있다가 진동 현상으로 제자리를 잡아 가는 것이 아닌가 합니다. 그리고 4월 말쯤에 허리둘레와 독맥 쪽에서 따뜻한 기운이 움직이는 것을 느꼈습니다.

전에는 단전에서 온기를 조금씩 느꼈는데 어제는 수련 시 단전이 서늘하게 느껴지기도 하고 따뜻하게 느껴지기도 했습니다. 정수리 부근에서는 묵직한 기운이 내리고 그러면서 머리 뒤쪽 옥침 부위가 시원해지고 단전도 함께 따뜻해지면서 팽팽해지는 것을 느꼈습니다.

전에는 옥침 부위를 늘 잡아당기는 느낌이 들어 불편했었는데 어제는 그런 현상이 사라졌습니다. 물론 머리도 시원해졌습니다. 머리에서 가끔씩 쩍쩍 하는 소리가 나면서 시원해지는데 무슨 문제가 있는 것은 아닌지요?

어제 이후로 기운이 더 강하게 느껴지는데 수련이 제대로 되고 있는 것인지 궁금합니다.

항상 건강하시길 기원합니다. 안녕히 계십시오.

4340(2007)년 5월 27일
고용성 올림

【필자의 회답】

수련은 남보다 무조건 빨리 되는 것이 좋은 것이 아니고 좀 늦더라도 확실하고 빈틈없는 것이 더 중요합니다. 수련 중에 일어나는 진동은 우리 몸이 가지고 있는 자생력이 발동하는 것으로서 수련자에게는 좋은 일입니다.

단전이 따뜻해지는 것은 축기가 시작된 징후입니다. 그럴수록 단전에 의식을 집중하여 기의 방(房)이 형성되도록 해야 합니다. 머리에서 쩍쩍 소리가 나면서 시원해지는 것은 그동안 그 부위에서 막혀 있던 경혈들이 열리는 것이니 걱정할 것 없습니다.

전반적으로 수련이 향상되고 있습니다. 이런 때일수록 은인자중하고 내공(內功)에 힘써야 할 것입니다. 행주좌와어묵동정(行住坐臥語默動靜) 염념불망의수단전(念念不忘意守丹田)해야 합니다. 몸을 함부로 굴리거나 과음이나 방사에 특히 조심해야 할 것입니다.

아기 고양이

선생님께서 알려 주신 이향애 정형외과 소개 잘 받았습니다. 하지만 안타깝게도 아버지께서는 몸살림 운동에 이렇다 할 관심도 없고 도서도 읽지 않고 계십니다. 아버지는 여전히 아침마다 한약을 드시고 식후 아산병원에서 처방한 알약을 드십니다.

음양식에 대해 설명해도 원리는 알겠지만 수십 년 동안 살아온 생활의 리듬을 어떻게 갑자기 뒤바꾸겠느냐며 전혀 관심이 없으십니다. 제가 여러 번 말해 봐야 도리어 어머니까지 합세해서 제가 틀렸다는 듯이 몰아세우는 탓에 더는 말을 않습니다. 언젠가 몸이 더 나빠져서야 현대의학의 한계를 인정하고 아침 달리기, 등산 등을 생활화하시지 않을까 싶습니다.

지난 한 주는 너무도 바쁜 나날이었습니다. 선생님으로부터 메일 받은 것이 벌써 일주일 전이라는 것을, 이 글을 쓰면서 비로소 실감했으니까요. 몸과 맘이 너무도 바빴습니다. 엊그제부터 돌꽃 찻집 안에 커플룸을 만드는 공사를 시작했기에, 숱한 살림살이를 옮기고 수백 장의 4인치 벽돌을 날랐습니다.

그 이전 22일부터 25일까지는 캐나다 손님들 5분이 숙박하셔서 조식 준비와 각종 대화로 바빴고요. 무엇보다 이런 일들에 앞서 22일부터 오늘 29일까지 아기 고양이 4마리를 길러 분양한 것이 가장 큰 어려움이었습니다.

평소처럼 아침 달리기를 하다가 이제 막 눈을 떠서 야옹대는 코리안 쇼트헤어 고양이들을 발견했습니다. 누군가 과일 박스에 넣어 길가에 내 버렸더군요. 그대로 두면 모조리 윤회 전생하게 생겼기에 데려다가 탈지 분유 타 주고, 동물 샴푸로 씻기고 온풍기 틀어 주었습니다.

그러나 고양이들이 아직 어미젖도 떼지 못한 어린 나이이고, 저 또한 늑대 같은 개들하고만 뛰어노는 탓에 고양이의 생리는 몰라 이틀 만에 한 마리가 죽었습니다. 한 녀석을 땅에 묻어 줄 때, 캐나다 손님 중 한 분이 오셔서 "고양이 한 번도 키워본 적 없지요?" 물어보시더니, 녀석들 에게 수건을 덮어 주고 물약병으로 분유를 짜서 입안에 넣어 주는 방법 을 알려 주셨습니다.

그런 식으로 하루에 사오 회씩 밥을 주라고. 솔직히 저는 고양이들이 그다지 달갑지는 않았습니다. 하루 종일 빽빽 울어 대는 것이 무엇이 필 요하다는 의미인지 이해할 수 없었고, (고양이의 언어에 익숙할 즈음인 오늘이 되어서야 녀석들을 모두 분양했습니다.) 녀석들 발톱에 피부가 남아나지도 않았으니까요.

하지만 제가 녀석들을 못 봤다면 몰라도, 데려왔다면 책임감을 가지고 길러야 한다고 생각했습니다. 세상 모든 고양이들을 도울 수는 없어도, 일단 내 손에 들어온 녀석은 어떻게든 살려야겠다고. 사실 아기 고양이 살리기 자체보다도 더 큰 어려움은 부모님의 싫은 소리 견디기였습니다.

왜 이렇게 바쁜 시국에 (커플룸 건축 중) 고양이 새끼를 데려오느냐? 당장 밖으로 내보내라. (메뚜기라도 잡을 힘이 있어야 살죠!) 왜 실내에 동물을 들이느냐. 제발 저 놈의 울음소리 좀 잠재워라. 저는 저대로 고 양이 밥 주는 요령과 배설시키는 방법에 (아기 고양이는 배와 등을 가볍게 눌러 주어야 배설을 할 수 있습니다.) 익숙하지 않아 피로한 나날을 보내는데 부모님은 자꾸만 내버리라고 하시니 저도 모르게 감정적으로 치달아 말싸움까지 했습니다.

부모님은 일에 최우선 순위를 두시고 고양이에게 마음 두는 걸 싫어하시는데, 저는 고양이가 좋건 싫건 제 손으로 데려온 생명을 죽일 수는 없었으니까요. 오늘에야 분양이 끝났지만(무료 분양에다가 분유와 수건, 아기 고양이 전용 사료까지 퍼 주었습니다.)

마음은 그런 식으로 부동심에서 상당히 떠나 있었습니다. (고양이를 살리는 것보다 부모님과 다투지 않는 게 더 중요했을까요? 저로서는 피어 보지도 못한 꽃이 시든다는 게 너무도 안타까웠습니다. 같은 상황이 또 발생한다 해도 저는 고양이를 살리기 위해 노력할 것입니다.)

삼공재에 들르는 횟수가 줄어드니 갈수록 세속만 닮아가는 것 같아 다소 불안합니다. 삼공 선생님을 자주 뵈어야 선생님과 같은 도력과 선생님을 닮은 의식 수준을 지닐 터인데, 제 정성이 부족합니다. 이번 주 목요일 즈음에 예전처럼 오후 3시에 찾아뵙겠습니다.

p.s. 6월 28일부터는 군에 입대합니다. 전북 전주 35사단 4.2인치 박격포병입니다. 선생님의 뒤를 이어 포병으로 가게 되었습니다. 일반병으로 가고 싶어 상당히 노력했는데 희한한 일입니다. 선생님과 저의 인연은 군대와 연관이 있지 않을까 싶습니다.

충남 서산시 해미면 대곡리 돌꽃 펜션
오주홍 올림

【필자의 회답】

건강 문제로 아버님과 대립하지 말았으면 좋겠습니다. 아무리 좋은 건강법이라고 해도 상대가 받아들이지 않으면 어쩔 수 없는 일입니다. 지금 쓰시는 방법이 듣지 않아 아버님께서 현대의학의 한계를 느끼실 때 또 한 번 여쭈어도 끝내 들어주시지 않으면 그 또한 어쩔 수 없는 일입니다. 강요한다면 부자간에 의만 상할 것입니다.

새끼 고양이의 생명을 존중하는 것은 좋은 일이지만 일에는 우선순위가 있습니다. 그런 일은 될수록 신속하게 처리하고 일상적인 일 다음에는 수련에 우선순위를 두어야 합니다. 할 일은 많고 시간은 제한되어 있으니 어쩔 수 없는 일입니다. 부디 만사에 지혜롭게 대처하여 뒷날 후회하는 일 없도록 해야 할 것입니다.

돌꽃 펜션의 육체노동이 힘겹기는 해도 도시생활에서 맛볼 수 없는 신선한 공기와 목가적인 분위기는 축복이 아닐까 생각됩니다.

언제나 일상생활을 함께 하는 가장 가까운 이웃인 부모님의 호감과 신뢰부터 얻어야 할 것입니다. 부모님의 처지에서 자기 자신을 관찰하면 무엇이 잘못되었는지 환히 드러나게 될 것입니다. 가장 중요한 것은 부모님의 사랑과 믿음을 사는 아들이 되어야 한다는 것입니다.

지금 그렇게 하지 않으면 양친 다 돌아가신 뒤에 살아생전에 효도 못한 것을 뉘우친들 무슨 소용이 있겠습니까. 효도야말로 수행자로서 마땅히 다해야 할 소임임을 잊지 말아야 할 것입니다. 부디 돌꽃 펜션 내에 화기애애한 분위기가 감돌기 바랍니다.

스스로 해결하라

삼공 선생님께. 요즘은 주말이 되면 사람들이 많아져서 한꺼번에 많은 빙의령들이 들어와도 전처럼 힘들지 않고 수련이 잘되면 어김없이 많은 빙의령들이 그 빛을 보고 쫓아오는 것 같습니다. 방하착 수련이 많이 진전되어서 그런지 중단전에 걸림이 있긴 하지만 잠깐 머물렀다가 해소되는 것 같습니다. 그리고 기운의 소모 현상이 있긴 하지만 그때그때 충전이 되고 만물만생이 다 나의 나툼이라는 생각이 저절로 일어납니다.

어제저녁 수련 시에 중단전에 하얀색 연꽃이 피어나더니 그 중심으로부터 허공으로 하얀색 빛줄기가 무한정 뻗어 나가는 현상이 나타나고 어느 순간 그 빛줄기가 다시 상단전으로 옮겨지면서 인당에 사람 눈이 하나 나타난 후 다시 그 눈이 수천 개로 변하였습니다. 이것이 무엇을 뜻하는 것인지요?

광주에서 제자 상공 올림

【필자의 회답】

수련을 하다가 의문이 일면 그것을 화두로 삼아 참구하면 반드시 해답이 나올 것입니다. 앞으로는 그전처럼 일일이 나에게 질문하지 말고 그런 식으로 스스로 해결해야 할 것입니다. 상공은 지금 그만한 단계에 진입해 있습니다. 자신감을 갖기 바랍니다.

생활의 변화들

스승님... 안녕하신지요. 저번 주 금요일에 부산에서 다녀간 박순미입니다. 지난번 삼공재에 갔을 때 전혀 예상치 못하게 스승님께서 기운을 돌려 보라고 하셔서 잔뜩 긴장했었나 봅니다. 기를 느끼기는 하지만 제스스로도 아직 축기가 많이 덜되었다고 생각하고 있었고, 스승님께서도 처음에 한 3년은 축기만 열심히 하여야 된다고 하셨기 때문에 그날이 그렇게 갑자기 올 줄은 몰랐습니다.

집으로 돌아오는 기차 안에서 스승님이 주신 기회를 너무 쉽게 놓친 것 같아 아쉬웠습니다. 아직은 제가 준비가 덜된 탓이겠지요. 지난번에 삼공재에 갔다 온 후로 제 환경에는 많은 변화들이 있었습니다.

우선 백회로 기운이 잘 들어옵니다. 오늘은 굉장히 피곤한 하루여서 그런지는 몰라도 하루 종일 기운이 잘 들어 왔습니다. 확실히 그전에 들어오던 느낌하고는 많이 다릅니다. 『선도체험기』에 보면 마음을 바꿔먹으면 기운의 질도 달라지는 경우가 왕왕 소개되어 있는데 정말 그렇다는 것을 알았습니다.

두 번째로는 갑작스럽게 직장을 구하게 되었습니다. 저희 신랑이 실직을 한 연유도 있지만 아이들이 좀 크면 일을 하려고 했는데 더이상 미룰 여지가 없어서입니다. 저는 이제 슈퍼우먼이 되어야 합니다.

시부모님과 함께 살고 있어서 살림도 잘해야 되고, 애들도 아직 어려서 잘 보살펴야 하고, 그동안 이리저리 돈 번다고 애쓴 안쓰러운 신랑에게 용기도 주어야 하고, 제가 하는 일이 집에서 아이들을 가르치는 일이 기는 하지만 출판사를 끼고 하는 공부방이기 때문에 일주일에 서너 번은 출근을 해야 합니다.

요 근래 몇 년간의 제 삶은 급커브의 연속입니다. 형님네 가게를 박차고 나온 후 연이은 남편의 실직이 옛날의 제 심리 상태라면 콩 튀듯 팥 튀듯 안절부절못하는 불안의 연속이었을 것이지만, 지금처럼 고요한 제 맘은 제가 봐도 가상합니다.

한 가지 걱정되는 것은 제가 이 슈퍼우먼 역을 잘 소화할 정도로 몸공부가 많이 미진하다는 것입니다. 그와 더불어 이제 뭔가 수련이라는 것에 가닥이 잡혀가는데 생활에 지쳐 이번 생에 닿은 구도의 인연과 멀어질까 봐 겁이 납니다.

스승님 제가 과연 잘해낼 수 있을까요? 하고 보니 어리석은 질문 같습니다. 그래도 덕분에 삼공재에 갈 빌미가 하나 더 생겼습니다. 다음주 4박 5일 일정으로 조치원에서 연수 일정이 잡혀 있습니다.

인터넷 검색해 보니 조치원에서 서울까지 고속버스로 1시간 30분 정도 소요되더군요. 15일 금요일에 선생님 뵈러 가겠습니다. 아 참 그리고 집에 있을 때 기운 돌리는 거 연습해도 되는지 궁금합니다.

【필자의 회답】

지난번에 삼공재에 다녀온 후 백회로 기운이 잘 들어오는 것은 삼공재 수련에서 기운이 충전되었기 때문입니다. 삼공재에 가능하면 자주 오는 것은 수련에 큰 도움이 될 것입니다. 물론 행주좌와어묵동정 염념불 망의수단전과 생식과 걷기와 등산은 필수입니다.

기운이 임독을 돌지 않는 것은 축기가 덜 되었기 때문이지 연습이 부족해서는 아닙니다. 수련을 잘할 수 있을지는 수행에 용맹정진하겠다는 정성에 달려 있습니다. 지성이면 감천이라는 말을 항상 명심하기 바랍니다. 그리고 항상 이기심(利己心)보다 이타심(利他心)이 앞서야 큰 기운을 받을 수 있습니다.

마음이 가 있는 일이라면 무엇이든지 잘할 수 있습니다. 어떤 사람은 늘 책 읽을 시간이 없다고 합니다. 그러나 그런 사람은 시간이 남아돌아도 책을 읽지 않습니다. 그러나 마음이 책에 가 있으면 아무리 바빠도 어떻게 해서든지 시간을 내어 책을 읽을 수 있게 되어 있습니다.

오늘 구걸하고 왔습니다

스승님께...

안녕하시지요? 스승님. 부산에 사는 못난 제자 박순미입니다. 스승님, 오늘은 참으로 많은 인생 공부를 한 날이었습니다. 늦은 시간이지만 오늘의 감정을 정리하는 명상이 잘되지 않아 이렇게 메일을 띄웁니다.

역시 세상은 호락호락하지 않은가 봅니다. 스승님은 『선도체험기』에서 구걸형 인간보다 거래형 인간이 되길 누누이 강조하셨는데 전 오늘 남편을 앞세워 구걸형 인간이 되었었습니다. 현대판 흥부인 제 남편은 굶으면 굶었지 남에게 아쉬운 소리 하거나 구직을 부탁하는 일은 죽기

보다 싫어합니다.

그러한 남편을 제가 며칠 전부터 구슬려서 재력가이신 고모님에게 구직을 청탁하러 갔었습니다. 사실 저희가 처한 상황에서 그것이 최선이라고 판단했기 때문입니다. 물론 고모님과는 친분 관계가 없는 것은 아니지만 아쉬운 소리를 하기는 처음이었습니다.

그리고 늘 고모님 주위에는 무언가를 바라는 사람들로 북적거렸기 때문에 우리만큼은 그 틈에 끼기가 싫었습니다. 처음에는 완강히 거부하던 그도 상황의 절박함을 깨닫자 무슨 바람이 불었는지 고모님께 같이 가자고 하더군요.

결론부터 말씀드리면 고모님 댁을 나오면서 남편의 한 번도 본 적 없는 구겨진 표정 속에 떨어지는 눈물방울을 보았습니다. 가슴이 쓰렸습니다. 형제도 부모도 친척도 내가 가진 것이 없으면 얼마나 철저하게 비참해질 수 있는가를 알았습니다.

그런데 말입니다. 그 비참이라는 감정이 알고 보면 내가 만들어낸 허상이고 상대방이 나에게 심어 준 것은 아니거든요. 그렇게 생각하자 저는 어느 정도 진정이 되었는데 남편은 그렇지 못했습니다.

일자리를 부탁하는 것보다 남편을 더 비참하게 한 것은 부모님 때문이었습니다. 우리 시부모님은 70 평생 고생만 하시고 제주도도 한 번 여행을 해 본 적이 없으셨습니다. 요는 고모님 내외가 같이 동남아로 여행을 가자고 두 달 전부터 얘기를 하셨는데 우리 부모님은 형편이 안 좋은 아들 내외에게 행여나 부담이 될까 봐 이리저리 핑계만 대시다가 끝내 여행의 기회를 놓치셨던 겁니다.

그 사실을 알았다면 빚을 내서라도 보내 드렸을 것인데, 자신의 처지로 인하여 부모님이 이리저리 눈치를 보셨다는 사실이 너무나 마음이 아팠나 봅니다. 순간 남편은 자신을 고모님 앞에까지 끌고 온(?) 저를 원망의 눈초리로 쏘아보았습니다. 마음이 아팠습니다.

지금은 비록 거래할 것이 없어 구걸형이지만 지금의 그런 마음을 새겨서 다시는 이러한 상태가 되지 않도록 한다면 영 얻은 것이 없는 것도 아닙니다. 남편에게 그걸 알게 해 주고 싶습니다.

아직 세상을 덜 살아서 이만한 일에 눈물이 나옵니다. 어쩌다 보니 주저리주저리 푸념이 되어 버렸네요. 전혀 구도자답지 않은 모습이라 죄송합니다. 다음에는 더 당당한 모습을 보이도록 노력하겠습니다.

【필자의 회답】

오욕칠정(五慾七情)이 모두 허상이요 물거품이라는 것을 깨달은 박순미 씨는 그런 대로 잘 나가고 있는 것 같은데 문제는 남편입니다. 이 경우 마음이 참담해진 남편의 눈물을 닦아 주고 재기할 수 있는 의지를 심어 줄 수 있는 사람은 평생의 반려인 아내뿐입니다.

남편이 이 세상을 굳세게 살아갈 수 있도록 한발 앞선 동반자의 지혜를 발휘하시기 바랍니다. 이런 역경과 눈물을 겪지 않고는 그런 기회가 생겨나지 않는다는 것을 명심하시기 바랍니다. 난관 속에 언제가 새로운 돌파구가 열리게 되어 있으니까요.

저자 약력

경기도 개풍 출생
1963년 포병 중위로 예편
1966년 경희대학교 영어영문학과 졸업
코리아 헤럴드 및 코리아 타임즈 기자생활 23년
1974년 단편 『산놀이』로 《한국문학》 제1회 신인상 당선
1982년 장편 『훈풍』으로 삼성문학상 당선
1985년 장편 『중립지대』로 MBC 6.25문학상 수상

저서로는 단편집 『살려놓고 봐야죠』(1978년), 대일출판사, 민족미래소설 『다물』(1985년), 정신세계사, 장편 『소설 한단고기』(1987년), 도서출판 유림, 『인민군』 3부작(1989년), 도서출판 유림, 『소설 단군』 5권(1996년), 도서출판 유림, 소설선집 『산놀이』 ①(2004년), 『가면 벗기기』 ②(2006년), 『하계수련』 ③(2006년), 지상사, 『선도체험기』 시리즈 등이 있다.

약편 선도체험기 19권

2022년 05월 10일 초판 인쇄
2022년 05월 20일 초판 발행

지 은 이   김 태 영
펴 낸 이   한 신 규
본문디자인 안 혜 숙
표지디자인 이 은 영
펴 낸 곳   글터
주   소   05827 서울특별시 송파구 동남로 11길 19(가락동)
전   화   070 - 7613 - 9110 Fax02 - 443 - 0212
등   록   2013년 4월 12일(제25100 - 2013 - 000041호)
E-mail geul2013@naver.com

ⓒ김태영, 2022
ⓒ글터, 2022, Printed in Korea

ISBN 979 - 11 - 88353 - 46 - 0   04810   정가 20,000원
ISBN 979 - 11 - 88353 - 23 - 1(세트)

.